Nada muere en este mundo,

Simplemente se transforma.

Que no lo veas no significa que no exista.

Todo depende del valor con el que miren tus ojos.

Sol Arenales.

# DRAMBUY EN PENUMBRA II

## Sol Arenales

Título: *Drambuy en Penumbra II*

©2019, Sol Arenales.

Diseño de portada e ilustración: Sergio Samaniego Alonso.

(También autor de la portada de *Drambuy en Penumbra* ).

Maquetación: Verónica Monroy Romeral.

1ª edición, 2019, Amazon

# Índice

CAPÍTULO 1. Avatares 13

CAPÍTULO 2. Cuenta Atrás 45

CAPÍTULO 3. Segunda Prueba 55

CAPÍTULO 4. Al límite 73

CAPÍTULO 5. Confidencias 87

CAPÍTULO 6. Canción 107

CAPÍTULO 7. Revelación 109

CAPÍTULO 8. La clave 117

CAPÍTULO 9. Antes del amanecer 145

CAPÍTULO 10. Antes del mediodía 171

CAPÍTULO 11. El hallazgo 197

CAPÍTULO 12. Después del amanecer 257

CAPÍTULO 13. Cruzada personal 265

CAPÍTULO 14. Revelarse 289

CAPÍTULO 15. Punto frío 323

CAPÍTULO 16. Felicidad momentánea 371

CAPÍTULO 17. La otra cara 393

CAPÍTULO 18. Estaba anunciado 423

CAPÍTULO 19. Últimas consecuencias 449

CAPÍTULO 20. Solsticio de verano 21 de junio 461

CAPÍTULO 21. Primeros de septiembre 465

AGRADECIMIENTOS 485

Para la persona más fuerte que conozco, yo.

# CAPÍTULO I
## AVATARES

*Drambuy, 2019*

Aquel día el frío estaba siendo más intenso, varias personas iban muy abrigadas, ataviadas con guantes y gruesas bufandas. Enrollé mi fular protegiendo mi cuello, en parte debido al frío, pero también por las marcas que tenía, eran demasiado visibles. Me detuve y observé el cielo encapotado y gris, lleno de oscuros presagios, cuando vi a Luna salir de la clínica. Su rostro es muy bello, pero por la expresión que tenía en ese momento, le ocurría algo. Nada más verme, me dedicó una sonrisa, aunque detrás de ella ocultaba tristeza. De camino al restaurante recordé lo divertida que es mi amiga, aún lo sigue siendo, pero de forma distinta. Lo que más admiraba en aquel entonces de Luna era lo hábil que era con las palabras, la madurez que transmitía en ellas, por eso siempre obtuvo las mejores calificaciones en el orfanato. Tenía un sexto sentido para adivinar cosas que nadie imaginaba, esto me asustaba, ¿y si se diera cuenta de algo?, ¿podría ocultárselo? Tenía el cabello un poco descuidado, las ondas que solían caer sobre sus hombros parecían haber desaparecido. Me gustaba cuando se lo recogía con unas horquillas, le hacía parecer más juvenil (aunque solo tiene veinticinco años), como si la madurez estuviera reflejada en sus facciones haciéndole aparentar más edad.

Al entrar en el restaurante nos encontramos que estaba bastante concurrido, las mesas que daban a las ventanas estaban todas ocupadas. En una de ellas, había un matrimonio joven, ella daba de comer a su hijo mientras el padre le hacía muecas y gestos distrayéndolo. En otra un grupo de chicas hablaba animadamente y en las restantes varias parejas almorzaban. Pero de todos, aquellos dos hombres fueron los que llamaron mi atención al ver cómo uno, de cabello oscuro y bastante largo para mi gusto, fijó sus ojos en Luna con descaro.

Por sus facciones debían tener unos treinta años. Estaban sentados en la barra y no me extrañó en absoluto ver cómo recorría con su mirada a mi amiga. Su atractivo físico y elegancia provocaba eso en los hombres. Cuando nos quitamos el abrigo y dejamos el bolso en una de las sillas libres, el que estaba a su lado desvió sus ojos al encontrarse con los míos, parecía avergonzado o tal vez nervioso, cogió el vaso con manos temblorosas y bebió un trago largo. Tenía mejor aspecto que su compañero, llevaba ropas oscuras, aunque el chaleco que sobresalía era de un color vivo, sus cabellos rubios los llevaba limpios y cortos, y no había en él esa mirada lasciva como en el otro.

—Pareces cansada, ¿va todo bien? —pregunté a Luna concentrándome en ella.

Recorrió mi rostro y una sonrisa apareció en el suyo, en ella pude ver que había alegría, pero ¿ocultaba preocupación?

—Hablemos de ti —dijo mientras ojeaba el menú.

Hice lo mismo y a mi mente vino la imagen en la que Henry entraba en el restaurante con varias bolsas de la mano.

—¿En qué piensas? —insistió.

Después de unos segundos suspiré y le conté lo de aquel día.

—Debes recordar los buenos momentos vividos junto a él, es lo que hago yo.

Si tú supieras Luna...

El camarero se acercó hasta nuestra mesa, nos tomó nota y minutos más tarde comenzamos a almorzar. En un momento de la conversación pregunté por Sein...

—Últimamente no parece el mismo —dijo Luna retirando su plato, apenas había probado nada y movía el contenido pensativa—. No sé si es debido a que ahora al llegar a casa estoy tan cansada y saturada por los problemas de mis pacientes… Es como si estuviera celoso de ellos —dijo para sí misma, pero en voz alta—, parece que no le prestó la atención que él quisiera.

—No tenía idea Luna…

—Con todo lo ocurrido y sin Henry en el taller…, pero no me malinterpretes, Sein también lo echa de menos, lo que ocurre es que ahora el trabajo se le acumula y disponemos de menos tiempo para los dos —reconoció con tristeza—. Pero dejemos mis problemas, ahora es tu momento, se te ve tan feliz...

—Luna… —protesté.

Ella levantó la mano ante mi protesta.

—Estas viviendo lo que viví hace tres años, y mis mariposas continúan ahí cada vez que veo a Sein. Pero no, no pienses que te va a suceder lo mismo que a mí, por lo poco que he hablado y observado, creo que Sam siente por ti algo más profundo.

Sus palabras me conmovieron, porque al pronunciarlas... He de decir que Luna es una parte de mi vida, no sé si la más importante, pero de lo que sí estoy segura es de lo que siento por ella. Logró llenar el vacío que dejó mi madre, aunque es un poco ilógico porque solo tiene cinco años más. Siempre me escuchaba, me aconsejaba y tenía paciencia conmigo, ya que a veces era imposible de tratar.

—En parte puedo entender a Sein...

Me miró confundida.

—Luna, he de confesarte que las noches que no dormía bien, muchas de ellas, era debido a que te ibas a marchar. Ibas a poner kilómetros de distancia entre nosotras —hice una pausa al beber un poco de agua y sentí un vago malestar—. Cuando supimos que trabajarías en la clínica, me alegré mucho, ¡no sabes cuánto!, pero más aún por el hecho de qué podría acudir a ti como siempre. Soy una egoísta por pensar así —expliqué avergonzada.

—Aunque hace tiempo que no acudes a mí. —Sonrió complacida—. Lo entiendo. El regreso de tu padre ha acaparado toda tu atención, pero creo que Sam lo ha hecho más aun.

—Siempre he tenido la esperanza de que algún día volviera.

—Te has aferrado a esa carta, ¿cuántos años? —preguntó, aunque la respuesta ya la conocía, ella sabía lo que significaba para mí—. Estoy segura de que aún la guardas...

Sonreí.

—Cuéntame, niña... ¿Qué motivos le llevaron a dejarte en el orfanato?

Le conté lo que en su día conté a Artus, pero ella fue más compresiva con Terry.

—Debió ser muy duro para tu padre, perdió a la mujer que amaba y a ti también. Coincidirás conmigo en que él se ha perdido toda tu infancia y adolescencia, los momentos felices y tristes… Y ahora ha encontrado a su hija hecha ya toda una mujer —explicó.

Tenía razón, como casi siempre, pero ahora eso no me importaba. He de reconocer que en esas noches en las que mis pesadillas aparecían deseé que mis padres entrasen en mi cuarto y me calmasen. Fue Luna la que las soportó noche tras noche y soportó lo que provocaban en mí. A cierta edad pasamos por momentos de confusión y rebeldía en un suspiro, recuerdo que pasaba de la alegría a la tristeza sin ningún motivo aparente. Desconcertaba tanto a Luna que tomó la decisión de apartarse, aunque yo sabía que ella estaría ahí. En esa conversación me dijo que hay momentos en los que es mejor estar en soledad, reflexionando en silencio. Muchos de esos sueños y su significado eran tan reales... A los dieciséis años, una noche fue horrible…, ver cómo alejaba a las personas que quería porque mostraba mi parte más malvada, mis ojos se oscurecían y esto provocaba un rechazo en mis amigos, al igual que la palidez de mi cara. ¿Y si Etiene vio en sus pesadillas lo que ocurría en la mía? No podía dejar de pensar en lo que me contó Otto sobre los problemas de sueño de Etiene después de la muerte de Henry. Rápidamente aparté de mi mente aquella pregunta.

—Estás un poco distraída, ¿tiene que ver con él? —observó.

Me pilló tan desprevenida que mis mejillas ardieron.

—Ya veo… —dijo al verlas sonrosadas y llamó al camarero.

—Aquellos caballeros me han pedido que les pregunte si desean ser invitadas a una copa —nos dijo retirando los platos y limpiando la mesa.

Miramos en su dirección, el del cabello largo levantó su vaso dedicando una sonrisa a Luna.

—Es muy temprano para beber —le respondió Luna—. ¿Te apetece tomar un café? —me preguntó.

—Sí.

—Que sean dos por favor, uno corto de café. Y diga a los caballeros que no, gracias —añadió con calma.

Uno de ellos, el que anteriormente había levantado su vaso, dirigió una mirada a Luna con la cual nos dio a entender que quería algo más que tomar una copa con ella. Era asqueroso… El camarero les transmitió lo que le dijo mi amiga. Molesto por el rechazo de su invitación, se levantó de la butaca con tanta furia que esta cayó. Solo fueron unos segundos, pero por la expresión de su rostro no sabía si estaba asustado o perplejo... Me giré completamente. El cambio que se produjo en mí por unos segundos le hizo vacilar, hasta que finalmente sé acercó. Su compañero recogía el taburete observándonos. Una sonrisa apareció en mis labios.

—No me gusta la forma en que sonríes —advirtió Luna con tono serio.

La escuché, pero no la miré, sino que puse toda la atención en aquel hombre. Nos separaban unos metros, cuando oí varios murmullos de voces. Todas las personas que se encontraban en el restaurante reaccionaron sorprendidas por la actitud de aquel hombre. Su compañero lo alcanzó tras llegar a nuestra mesa, lo sujetó del brazo y este se giró. Visiblemente molesto, fulminó a su amigo con una mirada iracunda, pero, sin mirar atrás, caminó hacia la puerta y salió. El amigo sacudió la cabeza y pasó los dedos por sus cabellos rubios, nos miró con gesto de disculpa, pagó la cuenta y se fue.

Oí a Luna que cogía aire para después soltarlo rápidamente, al volver a mirarla el cambio que se produjo en mí debió desaparecer porque ella no dijo nada. Agradecí en silencio que el camarero se aproximase con el café, estaba visiblemente disgustado por el comportamiento de aquel tipo, aunque no dijo nada. Abrí el sobre del azúcar cuando el teléfono de Luna sonó.

—Hola Sein…

Al otro lado de la línea le oí decir:

—¿No tenías la tarde libre?

—Pues sí.

—Te he estado esperando para almorzar juntos.

—Cariño, te dije que iba a quedar con Len —dijo con tono impaciente. Mi amiga me miró haciendo un gesto con la mano y salió afuera.

Minutos después regresó, me pareció que estaba un poco molesta cuando se sentaba de nuevo.

—Si no te importa, pagamos la cuenta. He de irme.

—¿Todo bien?

—Cosas de pareja —respondió al mismo tiempo que cogía el monedero de su bolso.

Al salir caminamos en dirección al taller, pero Luna se paró y miró en el interior de su bolso.

—¡Uy! —exclamó—. Creo que me he dejado el teléfono móvil sobre la mesa del restaurante.

—¿Estás segura?

—Creo que sí, no recuerdo haberlo guardado. Espérame aquí, ahora mismo vuelvo. —Se fue rápidamente y entró.

Mientras la esperaba, varias personas pasaron por mi lado. El tráfico a esas horas era ensordecedor. Cuando miré hacia el otro lado de la calle… ¿Artus? Alcé el brazo para saludarlo, aunque dudé de que me viera, y observé con atención que no iba solo. Lo acompañaban varios hombres. Fue extraño y confuso, parecía que lo estaban escoltando, dos de ellos a un lado y otros tres en el otro, incluso uno más mayor (por la forma de caminar, más despacio) iba detrás, como si nadie pudiera acercarse a él. Los perdí de vista tras ver como desaparecían por una calle.

—Gracias a que el camarero lo ha cogido —oí a Luna aproximarse—. Niña, parece que hayas visto un fantasma. —Me miró fijamente.

—Esto..., he creído ver a Artus —respondí todavía extrañada.

—¿Sí? ¿Dónde? —Miró en la misma dirección que yo—. Puede que lo hayas confundido con otra persona —dijo después de unos segundos.

—Lo dudo, estoy segura de que era él —comenté frunciendo el ceño. ¿Por qué Luna desconfiaba de mí?

—Pareces molesta. No puedes haberlo visto, sabes que está en la cafetería.

Me cogió del brazo para animarme y comenzamos a andar. Le conté a mi amiga la conversación que había mantenido con él esa mañana y por qué estaba tan segura, pero me ahorré decirle que iba acompañado de varios hombres.

—Entiendo —dijo pensativa—. Y, ¿ahora qué vas a hacer con tanto tiempo libre?

Mmm, a ver, una cosa era que dudase de mí al decirle que había visto a nuestro amigo, pero otra muy distinta era que evitase el hablar de él. Una de dos, o estaba siendo muy perspicaz o por algún motivo en concreto no quería decir nada con respecto a Artus. Así que me armé de valor...

—Espero que no te moleste mi pregunta, pero… ¿sabes algo de nuestro amigo y no quieres decírmelo?

Su rostro se endureció.

—Len, no sé por qué me dices eso. Hace días que no hablo con Artus, lo vi ayer como tú en la cafetería.

¿Entonces…, por qué en sus palabras había algo que no me convencía? ¿Tal vez veía cosas donde no las había? El tiempo y las circunstancias responderían a muchas de ellas, pero por ahora debía creer a mi amiga.

—Perdóname, Luna, por pensar...

—¡No seas tonta, niña!

Habíamos llegado al taller, cuando vi a Sein saliendo de debajo de un coche que estaba reparando. Sonreí tras ver que su mejilla derecha estaba manchada de grasa. Al llegar hasta donde estábamos vi que sus manos y ropas tenían el mismo aspecto sucio.

—Len, siento haberos interrumpido, no me acordaba de que habíais quedado para almorzar —se disculpó.

—No importa Sein.

—Bueno, y ahora, ¿cómo vas a volver a casa? —quiso saber Luna—. Cariño, ve a por el coche y acerca a...

—No hace falta —interrumpí a mi amiga—, iré a Drambuy en el transporte público.

—A mí no me importa acercarte —dijo Sein.

—Te lo agradezco —le respondí mientras miraba mi reloj de pulsera—, pero solo faltan diez minutos para que llegue el autobús. Si me doy prisa...

—Como quieras —comentó Sein.

—¿Estás segura? Está anocheciendo y sabes que tendrás que caminar un kilometro hasta llegar a casa —me recordó Luna—. Aunque podías llamarlo para que te viniese a buscar.

—Quiero darle una sorpresa, además tengo que hacer la maleta...

Sein volvió de nuevo a reparar el vehículo. La conversación se centró en Sam, de ahí que nos dejase a solas, pero antes se despidió.

—Ah, de acuerdo —respondió Luna.

—De paso aprovecharé para acercarme hasta la posada, Nadia está con Etiene, me apetece verlo —añadí.

—Bueno, salúdalos de mi parte y ten cuidado. —Besó mi mejilla e hice lo mismo.

Eran las seis de la tarde, pero a juzgar por el cielo gris encapotado, parecía que fueran las diez de la noche. El invierno en Kitea, al igual que en Drambuy, es lo que tiene, anochece más temprano. Caminé hasta donde el autobús hacía su rutinaria parada, pero entonces lo vi alejarse sin darme tiempo a subir a él. De haber sido otro día, me hubiera acercado hasta la tienda de mis amigas y habría charlado un rato con ellas haciendo tiempo hasta que llegase el próximo. Pero ese día no, así que decidí dar un paseo y echar un vistazo a las tiendas que aún seguían abiertas.

Me paré frente a una *boutique* y observé los abrigos del escaparate cuando comenzó a llover tímidamente. No llevaba conmigo nada para protegerme, a excepción de la capucha de mi cazadora, pero tampoco me importó. Mis pasos eran pausados, casi todas las tiendas tenían algo que me llamaba la atención al pasar y las miré de refilón. Me detuve frente a un semáforo y esperé a que se abriera, cuando miré al otro lado de la calle, me di cuenta de que estaba en el mismo sitio donde había visto a Artus. La curiosidad me empujó a ir hacia esa zona. Varias personas cruzaban e hice lo mismo sin saber lo que podría encontrarme, pero, al ver la calle donde lo perdí de vista hacía aproximadamente una hora, me adentré en ella.

A los lados, varios edificios se extendían, todos de cinco pisos. Uno que tenía la fachada en blanco y de forma redondeada destacaba entre los demás. Al letrero de aquella tienda le faltaban varias vocales y permanecía cerrado, deduje que hacía mucho tiempo que estaba así tras ver que detrás de la verja había una multitud de cartas en estado precario. Las señales indicaban que era una calle peatonal, los únicos coches que podrían pasar por allí serían los de los propietarios de aquellas casas, aunque a mí me dio la sensación de que estaban deshabitadas como el resto.

Continué caminando, buscando algún indicio de donde pudiera estar mi amigo y esos hombres que lo acompañaban, y di con una plaza pequeña. Las farolas, a mi parecer escasas, iluminaban los bancos en tonos marrones. Estos estaban en muy malas condiciones, corroídos por la humedad, y dudo mucho que alguien se sentara en ellos. Podía ser un punto de encuentro, probablemente en otro tiempo la gente quedaba allí para hablar e incluso para expresar sus sentimientos y pasiones, de hecho, en uno de los bancos había dos iniciales en medio un corazón las unía. Me di cuenta de que la lluvia era más intensa al escuchar el golpeteo de las gotas sobre mi cazadora y el suelo. Me protegí subiéndome la capucha y al hacerlo noté que mis cabellos estaban empapados, lo mismo que mi rostro.

—¡Uf! —Suspiré.

El sonido de mis dientes hizo que diera media vuelta, sentía penetrar el frío en mi cuerpo. Caminé con paso firme y una pregunta vino a mi mente, ¿cómo podía estar espiando a mi amigo? «No debería estar aquí», pensé molesta conmigo misma, «si Artus me viera, ¿qué le diría? Pasaba por aquí… Sí, muy ingeniosa Len». Aparté de mi cabeza aquella pregunta y presentí que había alguien merodeando en la oscuridad. La maleza que se reproducía estaba comenzando a desmoronar las casas abandonadas. Todo se hallaba en un estado ruinoso y sobre todo peligroso. A mitad de la calle, un chasquido a mi espalda me puso en alerta. Giré sobre mis pasos y miré para saber de dónde procedía.

—¡Eh, bicho raro! —gritó—. ¿Te has perdido? —preguntó con desprecio caminando y paseando su cínica mirada por mi cara—. ¿Por qué intervienes cuando a tu amiga se le ofrece tomar una copa? —añadió a la vez que agarraba mi brazo.

Seguía teniendo esa mirada colérica que había dirigido a su compañero antes de salir del restaurante. Sabía que me había estado siguiendo, sus ropas y cabellos lo delataban, el agua chorreaba de ellas.

—Tus intenciones no eran nada honestas —respondí.

—¿Te sientes acomplejada? Explícame por qué tus ojos son antinaturales.

—Además de despreciable, miope.

Intenté zafarme. Lo que quería ver era por qué se produjo aquel cambio, sin embargo, él presionó su mano aún más hasta lastimarme. No podía creer lo que estaba pasando... Había experimentado el poder cuando me enfrenté a Kneisel, fui más fuerte que un vampiro, lo que es imposible para un humano, incluso meses atrás conseguí golpear a Ioban y Tuivano, pero esa fuerza ahora me había abandonado. Era como si estuviera entumecida, no sabía si por el frío o por el miedo, pero sentí mis labios temblar aun estando agrietados.

Volvió su cabeza para cerciorarse de que estábamos solos y cuando lo hizo por segunda vez aproveché para tirar del brazo con todas mis fuerzas. Estaba desprevenido y conseguí liberarme, pero no fui consciente de la fuerza que ejercí y creí que caería golpeándome la cabeza contra el pavimento. Por increíble que parezca, equilibré mi cuerpo levitando en el aire, sostenida por mis pies para no caer. Solo nos separaban unos centímetros. Él estaba atónito por lo que vio y no lo pensé… Me levanté y empujé su cuerpo sin darle tiempo a reaccionar.

Y corrí. Disponía de unos segundos, así que lo hice como si una manada de lobos me persiguiera acechando a su presa, pero no podía comparar aquel animal con ese hombre. Ellos son salvajes, se supone que nosotros no. Solo unos metros más y… Las calles estrechas y laberínticas me condujeron a un callejón sin salida. Di unos pasos tanteando el lugar, había restos de basura por el suelo. Ajena al peligro, algo en la oscuridad me envolvió. No sabía si tenía relación con el vago malestar que sentí en el restaurante horas antes, porque este apareció con más intensidad en ese momento. No prestaba atención a sus palabras, no paraba de gritar lo que parecían amenazas, y tampoco al tono que usó al pronunciarlas. No puedo expresar el pánico y la desesperación que se apoderó de mí, era como si mi cuerpo fuese un bloque de hormigón de una tonelada. No podía moverme. Caí de rodillas retorciéndome de dolor, pero ningún sonido salió de mi boca. Él contempló mi agonía con la mirada helada tras haberme alcanzado.

Cuando miré hacia arriba, algo o alguien, que surcaba los cielos, cayó sobre los desechos. Las gotas de agua salpicaron mi cara haciéndolo invisible a mis ojos, por lo que dudé de si era un pájaro arrastrado por la lluvia para protegerse de ella. No abrió sus alas, sino que descendió en picado.

—¡No! —imploró el hombre.

La boca de ese alguien acabó en el cuello de aquel individuo. «¡Ahgg!». Escuché perfectamente el alarido del hombre al sentir los colmillos de Sam penetrando en su carne y bebiendo cuando atravesó su yugular y convirtió su torso en una cascada roja.

Un maligno destello iluminó la mirada de Sam. En sus ojos el brillo había adquirido un tono perverso, como la mirada ávida de un animal hambriento esperando a su presa, cuando esta no muestra ningún signo de resistencia. La lluvia que caía implacable sobre nosotros no hizo más que realzar aquella escena. La sensualidad que desprendía, cuando curvó los labios al dirigirse a mí, me hipnotizó. Su esencia de vampiro se hizo patente y yo había entrado en su círculo mágico, iba a estar sumida en un ensueño lleno de sombras. Cuando me besó, el sabor de sus labios fluyó por mi cuerpo estimulándome como un vino dulce, borrando de mi memoria aquel recuerdo.

—¿Por qué ahora? —*me preguntó Ben—. Influir en sus recuerdos no hará que lo olvide. No es solo humana.*

—*Por una vez, ¿puedes hacer lo que te pido? En breve despertará y debes regresar.*

*Aún seguía apoyada sobre mi pecho. Rodeé su cuerpo con mis brazos sujetándola.*

—*Yo al menos le habría dado una muerte sin público. Podrías haber compartido un poco.*

—*Tengo entendido que a ti te son más apetecibles las mujeres y el juego de seducción que utilizas antes de alimentarte de ellas.*

—*No hago desprecios, venga de donde venga. Por lo menos soy más honesto siendo…*

—*No ha sido por placer —le interrumpí—, tampoco necesidad. Acechar a Len tiene su castigo.*

—*Muy noble por tu parte.*

24

—¿Noble? —repetí con ironía—. Quien se interponga entre ella y yo lo lamentará. Deshazte del cuerpo ya. Si continúa bajo la lluvia, enfermará —agregué con varios improperios.

*Hizo lo que le pedí, arrastrando el cuerpo de una pierna sin ninguna delicadeza. Después lo cargó sobre sus hombros y salió disparado sobrevolando los edificios.*

Cuando me desperté, miré a mi alrededor y no encontré signos del hombre que me había perseguido.

—Len, te has desmayado. ¿Cómo te sientes?

—Mareada y…

Intenté sobreponerme al dolor infernal de estómago, retiré mis brazos con cierto disgusto y los dejé caer por su abrigo empapado.

—¿Qué…?

En ese momento, mi subconsciente, celoso de su intimidad, decidió boicotearme.

—No hay nada por lo que temer, ¿no es así hermano?

*Llegó en el momento justo en el que Len salió del influjo. Aún seguía palpitando su beso dentro de mí, el sabor fue mucho más placentero que en otras ocasiones.*

Recordé la primera vez que vi el excesivo brillo de sus ojos. En ellos algo había cambiado.

—Estaremos en contacto hermano —le dijo para que no entablara una conversación.

—Antes, me gustaría hablar con Len. —Posó sus ojos en mí con un maligno destello que iluminó su mirada.

Sam parecía estar calmado, pero por su brazo alrededor de mi cintura… Diría que estaba siendo cauteloso.

—La muerte de tu amigo no entraba dentro de mis planes —dijo Ben— y aunque ahora no me creas, más adelante lo harás —puntualizó—. Lo siento, Henry no debió morir.

No disimulé mi sorpresa al oírlo. Ben era un total desconocido para mí y las circunstancias en las que nos habíamos conocido no eran las más apropiadas, sin embargo, por su tono de voz, diría que estaba siendo sincero.

Los dos esperaron mi respuesta y lo único que pude decir fue un:

—Gracias.

Se alejó y desapareció.

—Tienes que darme una explicación, tu hermano, ¿por qué…?

—Primero iremos a casa —me interrumpió—, necesitas darte un baño caliente y cambiarte de ropa. Después —dijo tirando de mí con suavidad—, vas a decirme por qué estabas aquí —advirtió serio.

—He preguntado primero —protesté.

—Sí, es cierto, pero voy a comenzar por lo que no has preguntado para que la próxima vez, y espero que no exista otra —anunció—, tengas más cuidado. Prométeme que no volverás a pisar esta zona y menos estando sola.

—No entiendo... —resoplé.

—Len —pronunció mi nombre impaciente.

—De acuerdo —accedí refunfuñando.

Sin embargo, cuando nuestras miradas se encontraron, mi pequeño enfado se evaporó rápidamente. Sentí arder mis mejillas. No sabía si yo le producía el mismo efecto, pero tampoco iba a preguntárselo, porque no pasó inadvertido para él. Empezó a reír divertido. Aquella risa encantadora dejaba al descubierto una hilera de dientes perfectos, fue maravilloso verlo, aunque también un poco inquietante, parecía la boca de un animal peligroso y hambriento queriendo devorarte.

—Sube. —Sonrió.

No podía creer que estuviéramos junto a su vehículo. Era como si una barrera invisible me separase del resto del mundo y me aislara de los demás cuando estaba con él. Empecé a notar como el calor subía por mis piernas al sentarme en el coche.

—Voy a estropear la tapicería —dije tras observar que mis ropas y la cazadora seguían empapadas.

Me desabroché la cremallera para estar más cómoda, puse la cazadora sobre las rodillas y el bolso lo dejé en el asiento de atrás.

—Len —dijo dulcemente mientras me quitaba la cazadora y la dejaba junto al bolso—. La tapicería puede ser reemplazada, tú no —añadió con voz apasionada.

—Haces que me sienta... ¿Ves?, estoy falta de palabras, no sé qué decir... —balbuceé.

—No lo hagas —dijo colocándose detrás de un coche que esperaba a que el semáforo se abriera—. Tu cuerpo y tus gestos responden a todo cuanto quiero saber de ti.

Su forma de hablar era increíble, nadie excepto él había conseguido dejarme sin palabras. Una de mis virtudes, dicho por mis amigos, aunque siempre he pensado que es más un defecto, es que hablaba como si la vida me fuera en ello, de cualquier tema que supiera. Eso sí, si no era así, callaba, escuchaba y aprendía.

—¿Len?

Estaba tan absorta en mis pensamientos… Lo miré.

—¿Qué hacías allí? —preguntó con voz turbia y baja.

—Antes, dime por qué no puedo volver a esa zona de Kitea.

—Bien… —Su expresión cambió al ver que juntaba el ceño—. Es un barrio marginal, nutrido de individuos peligrosos. Ahora responde a mi pregunta —exigió.

—Si te lo digo, tienes que prometerme que tu opinión con respecto a él no cambiará y que si en algún momento coincidís, no le dirás nada. Ya me siento fatal por ello, si se enterase de que lo estaba espiando...

—A estas alturas y después de lo que hemos vivido y presenciado... —interrumpió abatido—, creo que te he demostrado que puedes confiar en mí.

Atónita por sus palabras y avergonzada, no pude mirarlo. Desvié mi rostro y vi la oscuridad a través de la ventanilla cuando un lo siento brotó de mi boca temblorosa.

—Sé que te estás refiriendo a Artus y lo entiendo, de veras que sí. Lo quieres —puntualizó con voz triste—. Si te quedas más tranquila, no cambiaré mi opinión y tampoco le contaré nada, dudo que me creyera —añadió molesto ante esto último.

Había reducido la velocidad al ver que estábamos a unos metros de mi casa. Cuando apagó el motor y se disponía a salir, se detuvo tras observar que no movía ningún músculo. Sus palabras me dejaron petrificada en el asiento. Dentro del vehículo se podía palpar un silencio tenso que él rompió al decir:

—No puedes quedarte aquí toda la noche, vamos.

Escuché la puerta al cerrarse y cómo abría la del copiloto. Su fría mano cogió la mía y me ayudó a salir. Mientras él sacaba mi cazadora y mi bolso, el frío era tal que contuve la tiritona como pude. Me dio el bolso y busqué las llaves. Cuando entramos lo tiré en el sofá y lo siguiente que hice fue llevar al baño la cazadora, que goteaba dejando un rastro a su paso. Antes de salir vi mi reflejo en el espejo.

—¡Estúpida! —exclamé en voz baja—. La próxima vez, elige mejor tus palabras.

En el salón el frío era notable, la puerta de cristal que daba a la terraza estaba abierta y Sam permanecía a fuera. En ese momento deseé que la tierra me tragase, sabía que lo había herido, aunque no fue mi intención, jamás pondría en duda su confianza. Debía arreglarlo como me fuera posible, pero el daño ya estaba hecho. Me disponía a salir cuando entró cerrando tras de sí la puerta.

—Sam, yo...

—¿No deberías estar dándote un baño? —observó con gesto de reproche mi ropa aún mojada.

Sí, tenía que hacerle ver que era en quien más confiaba y no presté atención a sus palabras.

—Estaba con Luna cuando lo vi, bueno, ella tuvo que volver al restaurante —dije rápidamente—. Después se lo dije y creyó que me equivocaba...

Fui hasta el sofá y me dejé caer en él, era como si estuviera viendo por segunda vez a Artus con aquellos hombres.

—Has dicho que es una zona muy peligrosa, esto hace que mi preocupación por él sea aún mayor —reconocí nerviosa—. No iba solo, varios hombres lo acompañaban y lo rodeaban como si… —Respiré con cierta dificultad—. Los perdí de vista cuando se adentraron en ella.

Mis ojos buscaron los suyos desesperadamente, quería saber cuál era su respuesta. Empezaron por mis labios y después siguieron por todo el cuerpo, los temblores eran por los nervios, pero más por el intenso frío… Había penetrado hasta tal punto, que mi temperatura descendió considerablemente. Repentinamente, los escalofríos fueron desde mi cabeza hasta los pies, cuando escuché el agua correr. Solo recuerdo ver cómo me retiraba la ropa e introducía mi cuerpo desnudo y tembloroso en el agua caliente de la bañera. No sé el tiempo que permanecí allí y tampoco cómo llegué hasta la cama. Cuando abrí los ojos, él estaba sobre ella a un lado.

—¿Qué? —pregunté confusa queriendo moverme, pero fue imposible por la cantidad de mantas que tenía sobre mí.

—Has estado a punto de sufrir hipotermia —dijo al ver que ponía cara de circunstancias—. ¿Sabes?, creo que eres más cabezota de lo que suponía. Me haces ver que confías en mí y no prestas atención a las señales que manda tu cuerpo. ¡Qué voy a hacer contigo! —masculló—. Siento que me hayas malinterpretado y hayas creído que herías mis sentimientos, lo que ocurre es que… debo asumirlo por difícil que me resulte. Artus forma parte de tu vida, aunque estés conmigo. Tu amiga tiene razón al afirmar… Admiro profundamente el cariño mutuo que os procesáis —reconoció con sinceridad—. No he conocido a nadie que dé tanto como lo haces tú, entregándote en cuerpo y alma a las personas que quieres —explicó orgulloso.

—Te refieres a Luna… —murmuré avergonzada tras oírlo—. ¿Cuándo has hablado tú con ella? —pregunté acalorada.

—No sabía qué hacer, mis conocimientos médicos son escasos, por no decir nulos. Ella me explicó qué debía hacer. Hace unos minutos llamó preguntando si habías despertado. Se ha puesto en contacto con Nadia, tú le comentaste que estaba en la posada con Etiene y ellos están aquí —concluyó.

Los sonidos que escuché provenían de la cocina, oí unos pasos acercándose y llamaron a la puerta.

—¿Se puede? —preguntó Nadia a través de ella.

Sam se levantó y abrió.

El aroma impregnó toda la habitación. Mi amiga llevaba consigo una bandeja sobre la que había una taza, por el olor y el vapor que salía de ella supe que se trataba de un chocolate muy caliente. Nadia era una experta en cocinar postres, pero su chocolate… Nunca había saboreado uno tan delicioso como el que preparaba ella.

—La bella durmiente se ha despertado —dijo divertida—. Espera a que se enfríe un poco Len. —Colocó la bandeja en la mesilla que tenía a mi derecha—. ¿Cómo te encuentras?

—Incómoda. —Me faltó decirle que también acalorada y no precisamente por las excesivas mantas, sino por las palabras que segundos antes había dicho Sam.

—Te entiendo, estate quieta —dijo al ver como echaba varias hacia los pies.

—Pero… —protesté.

—No seas niña. —Volvió a colocarlas sobre mí, mientras me removía.

—Len, lo estás confirmando —dijo Sam divertido.

Recordé lo que hablamos, pero no sabía a qué se refería hasta que hizo que saliera de dudas.

—¡Cabezota!

Iba a contestarle de mala manera, pero era imposible enfadarme con él. En ese momento Etiene entró y me saludó:

—Hola Len.

—Hola —respondí tímidamente al recordar la conversación con Otto sobre las pesadillas de Etiene Ahora lo entendía, la expresión de su rostro era demasiado elocuente y sus ojos verdes reflejaban cansancio.

—Últimamente siempre que vengo a tu casa, o estás malherida..., o como ahora que has llegado a sufrir de hipotermia. ¿Qué es lo que pasa por tu cabeza? —preguntó molesto.

Parpadeé extrañada por el tono que usó.

**********

Mi memoria retrocedió unos cuatro años...

En solo dos ocasiones había visto a Etiene furioso. La primera se debió a una discusión que tuvo con Henry. Nunca supimos por qué discutían tan acaloradamente, excepto Otto, e incluso este no lo supo todo. Nos dijo que no hiciéramos preguntas, que era algo que solo les concernía a ellos. La tensión era palpable y estuvieron semanas evitándose. A la hora de almorzar y una vez que todos estábamos sentados, Henry se tomaba su tiempo, masticando la comida lentamente, lo que provocaba la ira de Etiene y él lo sabía, se sentía satisfecho por ello. Cuando Henry se levantaba tras haber terminado, Etiene se aproximaba y ocupaba el lugar que él había dejado. Hasta que un día Otto no aguantó más y se lo recriminó. Quizá en otro momento se oyeran sonoras carcajadas, pero la situación no invitaba a ello, se palpaba la tensión.

—¿Acaso eres un bebé? —le dijo Otto al ver que masticaba deliberadamente con lentitud mientras miraba en dirección a la mesa en la que aguardaba Etiene.

Este lo miraba con la mandíbula apretada.

—No —respondió una vez que tragó lo que sería puré.

—Pues, a mí me lo parece amigo.

—¿Ah sí? —preguntó divertido.

El tono de voz iba subiendo de nivel.

—Él es quien no se sienta cuando estoy yo, y la verdad, tampoco me importa —aseguró Henry.

Sabía que no era cierto, lo vi cerrar sus ojos para después abrirlos, parecía abatido.

—Pues fíjate, Henry, ¡que a mí sí! —exclamó Otto cogiendo su bandeja y acercándose hasta Etiene.

Henry retiró la suya, en ella quedaba gran parte del almuerzo.

—Otto tiene razón, os comportáis como niños —dijo Artus a este último.

La discusión que mantuvieron Otto y Etiene fue aún mayor. Nos sorprendió, porque no había ningún motivo aparente para ello. Artus tuvo que ir y calmarlos, la cocinera salió y les reprendió echándolos del comedor. Días después, Artus habló con las tres, nos dijo que necesitaban tiempo y que no hiciéramos preguntas, nosotras asentimos y no les sacamos el tema de lo ocurrido. Ahí me di cuenta de que Artus apreciaba a Henry más de lo que creía.

*********

—Etiene, no creo que sea el mejor momento para… —Oí a Nadia.

—Así es —interrumpió Sam bruscamente observando a mi amigo.

Dejé atrás aquellos recuerdos y me concentré en ellos. A Etiene le ocurría algo, no parecía estar bien.

—Chicos —les dijo Etiene—, necesito que ella responda a una pregunta o creo que me volveré loco —añadió en voz en grito.

—Etiene —murmuré mientras me deshacía de las mantas y me acercaba.

En está ocasión, Nadia no hizo ningún comentario de reproche, porque sus ojos estaban puestos en él. En ellos había preocupación.

—Dime qué te atormenta… —dije una vez estuve enfrente.

Dudó unos segundos.

—Creo que es algo que solo debes oír tú —respondió con la mirada ausente.

Iba a pedirles que nos dejasen a solas...

—Dejemos que hablen —pidió Sam a mi amiga.

—Eh… —titubeó esta—, debo ir a casa —se dirigió a Etiene—, pero si quieres puedo esperar fuera —añadió en voz baja.

Fue tan hermoso… Los dejamos a solas, necesitaban un poco de intimidad. Lo que deduje aquel día en la cafetería… Una tímida sonrisa surgió en mis labios, Nadia y Etiene estaban juntos.

Estaba acurrucada en el sofá y señalé con una mano a Sam pidiendo que se sentase junto a mí.

—No es una buena idea. —Lo vi con expresión seria.

Parpadeé sorprendida. Tomó mi mano y la alzó hasta su boca, al besarla sentí un cosquilleo por todo mi cuerpo.

—Lo que precisas es calor, si me acerco, tu temperatura no subirá, sino que descendería aún más —advirtió con el semblante duro, pero detrás de él pude ver que se lamentaba.

Me dedicó una sonrisa al ver que lo observaba detenidamente y desvió su rostro escuchando a mis amigos acercarse. Debió ir al dormitorio, porque dos segundos después me vi con toda la ropa de la cama sobre mí.

—Gracias.

—De nada —me besó con ternura y se despidió hasta que mi amigo hubiera hablado conmigo.

Pero estaría cerca, muy cerca.

—Si necesitas algo —dijo Nadia con las mejillas aún sonrosadas—, sea la hora que sea, estaré aquí.

No quería saber de que habían hablado, pero viendo que estaba más relajada, me relajé yo también.

—Len —dijo una vez que estábamos solos, he elegido el peor momento. —Miró las mantas que me cubrían.

—Cuéntame… —estaba más preocupada por él que de mi propio estado.

—¿Qué sientes al despertar por culpa de una pesadilla?

¡Qué difícil iba a resultar contestar a esa pregunta! «Tristeza. Dolor. Angustia», recordé en silencio. Su estado no era el más apropiado (demasiado ansioso), sería innecesario hacerle pasar por lo que estas provocaban en mí, así que lo deseché y conseguí que la conversación fuera dirigida en otra dirección.

—No siempre han sido pesadillas, también han habido sueños maravillosos.

De los cuales, muchos se habían hecho realidad, excepto el último.

—De acuerdo, pero… ¿Por qué evitas mi pregunta?

Esto hizo que apartara aquella imagen de mi mente, sus cabellos rubios y sobre todo sus palabras… Descubriría la clave de aquel sueño.

—No quieras oírlas, pienso que deben quedarse para mí. Son muy personales —expliqué.

—Luna ha vivido muchas de ellas —recordó.

—Lo sé, y no sabes lo que daría porque no fuera así —pensé, pero lo había dicho en voz alta.

Él no supo qué decir y continué.

—Otto habló conmigo y sé que está preocupado por ti.

—Me ocurre lo mismo. Lamento que él… —Suspiró abatido—. Últimamente he estado ausente. ¡Esto me sobrepasa! Aunque hayan desaparecido, creí en serio que iba a perder la cabeza.

—Has estado demasiado tiempo con ello dentro, debes sacarlo, te sentirás mejor —lo animé.

—Aquel sueño o pesadilla, se repetía noche tras noche, tú… —balbuceó—. Creo que es posible que llegue a ocurrir, no puedo ocultarlo por más tiempo, hasta mentí a Otto —dijo con amargura. Sus ojos verdes estaban enrojecidos intentando dominar las lágrimas. —Sus rostros eran desgarradores por el dolor al mirar en dirección a aquella lápida...

Se acercó con dificultad al sofá y se hundió en él con la cabeza entre sus manos, me sobrecogió.

—Etiene… —Puse la mano en su espalda intentando consolarlo.

Él dejó caer las suyas, las entrelazó para calmar sus nervios y alzó el rostro. Transcurrieron unos segundos antes de que todo el impacto de sus palabras me conmocionara.

—Todos estábamos allí, excepto tú—. Tenía el semblante desencajado. Una lágrima descendía por su mejilla y después otra más acompañó al resto.

Respiré con fuerza y retuve el aire. El significado que di a sus palabras no era otro que el que él no se atrevía a pronunciar: mi muerte. Por lo que deduje anteriormente, llevaba demasiado tiempo con aquel peso, al menos cuando se fue, pude ver que se liberó de él, aunque no del todo.

Mientras esperaba a que Sam hiciera acto de presencia... La palabra que mejor definiría lo que había sentido cuando abracé a Etiene no era otra que inquietud. Pero ni por un instante calmé su desesperación. Las siguientes palabras que escuché después estaban llenas de dolor y tristeza. Había relacionado a mi padre con Ioban y sus hermanos, pero él sabía que no podía haber relación posible, ya que le expliqué que nuestro amigo Henry los conocía e iba con ellos mucho antes de que Terry hubiera regresado. Me faltó decirle que incluso mucho más tiempo, porque había estado oculto, queriendo acercarse a mí. Etiene quedó conforme con mi explicación y sentí cierto alivio, pero el hecho de que mi padre apareciera en la conversación no me gustó en absoluto. Lo siguiente que dijo mi amigo me hizo que pensar muy en serio que no debía subestimarlos, a ninguno de ellos.

—Len, eran tan reales… Y se repetían noche tras noche… Sé que estás en peligro, lo mismo que Henry en su día —hizo una pausa—. Artus está seguro de que esos malditos tienen algo que ver con su muerte, pero ahora no disponemos de ninguna prueba, aunque si deciden regresar, ten por seguro que todo el peso de la ley caerá sobre ellos.

Entré en el dormitorio y cogí la bandeja, el chocolate se había enfriado y lo lleve a la cocina. No era la primera vez que oía esas mismas palabras, recordaba la conversación con Dulce después de la desaparición de Henry. Artus supo quiénes habían ido a buscarlo cuando preguntó en el hospital. Parecía que Etiene no tenía nada más que decir, cuando antes de irse…

—Aquel día en la cafetería, Ioban te reclamó algo…

Lo miré y recordé lo que sucedió, la imagen de Tuivano, hizo que me pusiera tensa.

—Sabes que puedes confiar en mí —añadió al ver que no respondía.

¿Cuándo terminaría esto? ¿Hasta cuando mis mentiras serían creíbles a la vista de mis amigos? No, en esta ocasión y ya que se había sincerado conmigo, le dije la verdad, por supuesto, toda no.

—Quiere que me case con él.

Él meditó mis palabras un momento mientras sacudía la cabeza.

—Sam jamás lo permitiría —respondió confiado.

Asentí muy segura de ello. Quise preguntarle si sabía algo de Artus, o de los hombres que iban con él, pero Nadia se preocuparía, debía irse. Eran las diez de la noche. La hora y media hablando con Etiene se había hecho muy corta. Salí a la terraza, no sin antes abrigarme. Necesitaba respirar aire fresco. Escuché los murmullos del valle, los melancólicos suspiros de la noche, aquellos silbidos que procedían de las aves nocturnas que se confundían con esos rumores siniestros, que se dilataban en el seno de la oscuridad sin saber quién los producía. Hacía tiempo que la lluvia había cesado dejando numerosos charcos, en los cuales se reflejaba la luna. El sonido del microondas me distrajo. Había calentado el chocolate tras oír a mi estómago protestar, fui a la cocina y lo saqué. Di un sorbo aun sabiendo que podría quemarme, así que soplé un poco, qué bueno estaba. Con la taza me dirigí al salón y lo vi, su mirada estaba inundada de una luz intensa pero grave.

—Por lo que deduzco, no te gusta entrar como hace la gente normal —me burlé.

Sonrió y cerró la puerta de la terraza.

—Parece que estás mejor, y con apetito.

Alcé los hombros distraída y bebí otro poco. Al estar él me relajé, pero estaba convencida de que no podría conciliar el sueño esa noche.

—¿Sam?

No protesté cuando me hizo volver a la cama, así que allí estábamos, él sobre la ropa que cubría mi cuerpo.

—¿Sí?

—¿No quieres saber de qué hemos hablado?

—He pensado que lo mejor es dejarte descansar. Me complace ver como duermes.

—Para mí sería muy aburrido.

Me miró sin comprender.

—Ver cómo duerme otra persona, sería cansado y aburrido —repetí.

—Yo lo encuentro fascinante —dijo divertido.

Sabía perfectamente a qué se refería. No pensaba hacer ningún comentario, cuando dormía él escuchaba lo que decía en sueños.

—Hay demasiada información aquí —señalé con un dedo mi frente—, y quiero compartirla contigo. Además, necesito respuestas.

—Eso quiere decir... —Oí una áspera expulsión de aire cuando exhaló como un vampiro—. De acuerdo, pero si en algún momento veo que el sueño aparece... —Curvó los labios en una sonrisa.

—Te complaceré y podrás ver cómo duermo —accedí.

Kitea es una ciudad donde hay aproximadamente cuatrocientos mil habitantes ¿Cómo sabía exactamente dónde estaba?

—Ahora te asaltan las preguntas, quiero oírlas —exigió.

—Ha sido muy oportuno que Ben y tú...

—No ha sido fruto de la casualidad.

—¿Cómo?

Meditó antes de responder.

—He percibido tu miedo, es como si algo dentro de mí me advirtiera que corrías un gran peligro...

Sorprendida me incorporé.

—Lisandro me explicó que cabría una posibilidad, que podría suceder —observó ausente.

Vale, habían hablado de mí ¿Por qué Lisandro no quiso hacerlo conmigo? La conversación fue interrumpida por aquella llamada telefónica, pero… aun así, nunca me dijeron las conclusiones a las que habían llegado.

—¿Qué más te contó? —dije un poco molesta.

—Estoy tan sorprendido como tú —respondió mientras sus ojos buscaron los míos—. No deberías estar disgustada, he estudiado cada gesto de tu rostro, es como mirar las aguas de un lago, eres tan transparente… Ahora es distinto al percibirlos —hizo una pausa y cogió mi mano—. Creo que después de haber compartido contigo… No sabía si tu parte humana sería un obstáculo por lo que implica. —Desvió la mirada y la soltó—. Creí que en algún momento no llegaría a ser capaz de controlarme mientras estamos juntos. A estas alturas y viendo el resultado, no me preocupa —aseguró—. Ahora sé que una parte de ti, aunque pequeña, pero no menos importante, está dentro de mí.

—Entonces, todo cuanto siento, ¿tú?

—No exactamente.

—¿Desde cuándo…?

—Dormías, pero fue como si permanecieras a mi lado en todo momento.

Hacía dos días que el deseo de los dos fue consumado, él dejó una nota donde le contó que Kraven no paraba de burlarse de él durante la caza. Pensaba todo el rato en ella. Al regresar su comentario hizo que me mofase.

—Es extraordinario poder percibir las emociones de la persona a la que amas —comentó con admiración—. Creí que tu reacción sería distinta —advirtió con pesar.

El simple hecho de que pudiera saber lo que sentía me fascinaba, pero el recuerdo de haberme sentido atraída por el aroma de Ioban y ¡su propio hermano! era asqueroso. ¿Y si en algún momento percibía algo para lo que no estaba preparado? Iba a complicar las cosas entre los dos, aunque quizás…

—Él estaba contigo… —murmuré.

—Ben —dijo en voz baja—. Qué equivocado he estado —reconoció.

—¿Por qué?

—Mi hermano ha estado con Ioban desde que era un iniciado, pero transcurridos los años, quizás demasiados, si está con él es porque cree estar en deuda conmigo por lo que hizo. Sin embargo, no se arrepiente después de presenciar de lo que es capaz Ioban y los demás. Lo creo cuando dice que quiso ayudar a tu amigo, aunque su arrogancia puede hacer pensar lo contrario, nadie lo conoce como yo.

—¿Por qué no lo hizo? —pregunté refiriéndome a que él pudo sacar de allí a Henry.

—Al ver que Ioban te llevaba consigo —dijo furioso—, tuvo que trazar otro plan.

—¿Qué plan? —repetí.

—Nunca ha interferido en mi vida, y mucho menos ahora. Al principio no supo quién eras hasta que te llevó a la fuerza e hizo las presentaciones —explicó.

Noté que su cuerpo se ponía cada vez más rígido e intenté calmarle cogiendo su mano.

—En aquel enfrentamiento, él no estaba —continuó.

¿Fueron imaginaciones mías o el contacto de mi mano lo calmó?

Él apretó la mía con dulzura confirmando lo que pensaba. El recuerdo de verlos unos frente a otros hizo que apretara la suya.

—Mi hermano tenía sujeto a tu amigo y cuando Kraven llegó hasta ellos, desapareció dejando que este último sacara a Henry de allí.

Mis ojos y boca se abrieron por la sorpresa. Ahora sabía que no tenía importancia, pero Henry no me comentó nada. Como si hubiera leído mi pensamiento...

—Tu amigo estaba inconsciente.

—¿Por qué continúa aquí tu hermano?

—Siguió a Brunilda y Kneisel, este último pudo escapar, pero ella no.

—¿Quieres decir…?

—No, las órdenes de Ioban fueron bien explícitas, debían ir hasta el hospital y llevárselo para así tener algo...

Una vez más, lo iba a utilizar como moneda de cambio para que yo accediera a estar con él.

—De ahí las palabras de Ben —prosiguió—. Mi hermano pidió a Brunilda que informase a Ioban, para así cerciorarse de que a tu amigo no le ocurriera nada. Fue demasiado tarde.

No tenía idea de que estuviera de nuestro lado y escuchar a Sam no dejaba lugar a dudas. Aun así, ¿por qué utilizó su poder conmigo? No sé, pero había algo más detrás de todo esto.

—¿Ha vuelto con él?

—En efecto, mi hermano sabe lo que se hace.

—Tú… ¿No estás preocupado? Quiero decir… Si Ioban se entera de que nos está ayudando… —balbuceé—. He visto con mis propios ojos el precio que pagaría por su traición.

—¿Te preocupa lo que le pueda ocurrir? —preguntó un poco molesto. Estaba más serio e hizo un gesto de desaliento.

—Quién me preocupa eres tú, no sabría qué hacer.

No escuchó o no quiso oírme, porque de nuevo...

—¿Aunque haya utilizado su poder contigo? En ese momento, ya sabía quién eras. Ioban se encargó de decírselo —aseguró.

Mi corazón se encogió como mi estómago, había herido mis sentimientos. Traté de ocultarlo callándome.

—Lo siento, lo siento —susurró en tono desesperado.

Ahora entendía a mi amiga Luna cuando se refería a Sein. Al estar con otra persona, ya sea humano o inmortal, como Sam, te pueden entrar dudas, principalmente por los celos. Debo confesar que a estas alturas solo tengo ojos para él, nunca me había sentido así por otra persona, estaba segura de que lo amaba, pero tenía que ser más contundente y dejárselo claro de una vez. Silencié otro lo siento al besar sus labios.

—Ben —comencé retirando mis labios de los suyos—, es extraordinariamente bello. Cuando se acercó, no puedes hacerte una idea de lo que me produjeron sus ojos al mirarlo, fue estremecedor.

—Len...

Volví a silenciarlo con otro beso.

—Creo que tu hermano lo hizo para enfurecer a Ioban, después de todo está de nuestro lado, ¿no?

41

Asintió. Qué lástima, si hubiera respondido le habría regalado otro beso. Una sonrisa pícara surgió en mis labios.

—Ayelen… —dijo entre dientes y entrecerró los ojos.

Una de dos… o estaba enfadado o... Descarté esto último, le estaba poniendo en una situación un tanto complicada. Había pronunciado mi nombre y hacía mucho tiempo que no lo utilizaba al completo, de nuevo lo besé.

—Es la segunda vez que lo veo —proseguí sin prestarle atención y alcé una mano al ver que iba a interrumpirme, me había puesto seria—. Sé que la situación no era la más apropiada. —La imagen de aquel hombre vino a mi mente, pero rápidamente se difuminó—. No sentí miedo, más bien curiosidad. Supongo que delante de ti…

—Len, no hace falta que continúes.

—Quiero hacerlo —protesté—, y no me interrumpas, por favor.

Alzó una ceja sorprendido.

—Si te dijera que no me sentí atraída por él, mentiría. —Lo miré de reojo—. Su poder radica en su rostro, solo eso, pero contigo he sentido cosas que jamás podría sustituir una cara bonita —concluí.

En está ocasión él fue quien me besó. Permanecí largo rato con los ojos abiertos sin poder conciliar el sueño.

—Sam… —susurré acurrucada a su lado.

—Deberías dormir un poco —contestó serio.

—Más tarde —repliqué—. Cuando desperté esta mañana no estabas.

—Mi vida —acarició mi pelo—, creía que seguirías durmiendo a mi regreso.

—No importa, además he pensado que tal vez estarías...

Soltó una carcajada.

—Len… —dijo con ternura—, la caza es una de mis prioridades, pero acostumbro a hacerlo de noche. Al ver que no estabas recordé que habías quedado con tu amiga y no quise molestarte, aunque ahora ya sabes con quién he estado todo ese tiempo. Además puedo estar meses sin alimentarme.

Meditaba algo, hasta que unos segundos después agregó:

—Debiste conducir, hablaba en serio cuando dije que mi coche está a tu disposición.

Sí, pero lo había descartado. Solo pensaba en aquel sueño, donde las figuras de tres niños revelaban lo que era, es y sería mi pasado, presente y futuro, y lo que este representaba.

—Ahora tenemos que ser más cuidadosos —advirtió.

—¿Por qué?

—El informe de la autopsia reveló que tu amigo fue asesinado. Están seguros de que las desapariciones de los dos turistas tienen relación. El hospital informó a las autoridades y han abierto una investigación. Por lo que sé, el detective que va a llevar el caso es uno de los mejores.

¿Un detective? Más complicaciones.

—¿Cómo te has enterado?

—La gente está muy nerviosa, es el tema de conversación en Kitea, es extraño que no hayas oído nada.

Después de insistir en repetidas ocasiones, consiguió que cerrase los ojos, el sueño estaba haciendo mella en mí, pero pude sentir el frío de su mano al acariciar mi mejilla y oír dos veces como pronunciaba mi nombre… Su voz se fue dilatando y el sueño me venció.

# CAPÍTULO 2
## CUENTA ATRÁS

«Según fuentes policiales, hallaron su cuerpo bordeando el río Drambuy», explicaba la locutora de radio, «y las mismas fuentes informan que fueron varias personas las que cometieron el crimen con tanta brutalidad. Sin embargo, aún no han encontrado a los dos desaparecidos...»

Apagué la radio, ya no la podía escuchar más. Había preparado la maleta y estaba esperando a que llegara Sam. Hacía tiempo que me había propuesto que viviéramos juntos y por fin me decidí, no era fácil porque era como acabar una etapa y comenzar una nueva, pero me sentía eufórica y estaba deseando verle para decírselo.

Estaba asomada a la ventana y en cuanto lo vi, su cuerpo, sus movimientos... ¡Estaba locamente enamorada! Salí a buscarle. Cuando me vio se dio cuenta de que lo estaba mirando atónita, me puse nerviosa y sin percatarme del hielo que había en la entrada, me resbalé.

—¡Maldita sea!

Sin darme tiempo a incorporarme, él me ayudó a hacerlo, no me acostumbraba a que fuera tan rápido, cuando lo miré de reojo, estaba reprimiendo una sonrisa. Antes de irnos eché un último vistazo a mi casita. Sentía cierta nostalgia porque en ella había pasado momentos divertidos, y también de cierta tensión, en compañía de mis amigos.

—Puedes volver cuando lo desees —me susurró al ver que me invadía la tristeza.

Lo miré no pudiendo hablar. Al llegar a Kitea… También era mi casa, me lo hizo saber meses atrás y así lo sentía.

Una vez que guardé toda la ropa y dejé el neceser con las cosas de aseo, volví al dormitorio. Miré la maleta pensando dónde debía ponerla cuando sus brazos rodearon mi cintura.

—Bienvenida a tu hogar —murmuró en mi oído.

Su aliento gélido me hizo estremecer... Me volví y me humedecí los labios, nerviosa por su cercanía. Se apoderó de mi boca y empezó a devorarme a besos. Me quité el jersey y me tendí en la cama. Él cruzó la habitación, cerró la puerta del dormitorio y se acercó desabrochándose la camisa burdeos. Me abrazó pasándome suavemente la mano por la espalda de arriba abajo apretándose contra sí, una ráfaga de corrientes eléctricas inundó mi cuerpo. Deslicé mis manos por su espalda y las subí hasta sus hombros, le rodee la nuca con los dedos y acaricié sus cabellos para luego enredarlos en ellos. Nuestros labios no se separaban… sus manos recorrían todo mi cuerpo, acariciando, explorando, aprendiendo...

Ahora nada ni nadie podrían separarnos… Pero siempre que una parte de tu vida va bien, otras muchas se nublan por completo.

Ya de madrugada pensé que debía contarle aquel presagio sin explicarle lo que sucedió después. Creí que su reacción sería distinta, no sé, como por ejemplo el porqué me decía que mi destino sería protegerlos o lo que decía aquella inscripción en la lápida, pero lo único que salió de su garganta fue un quejido áspero, entrecortado, como un canto lúgubre. Y por primera vez desde que le había conocido y estábamos juntos, sospeché que me ocultaba algo.

Ahora disponía de mucho tiempo libre, pero este pasaba rápidamente, una de las razones fue la vuelta de mi padre. Además, Walnut no había venido. ¿El motivo? Ahora que estaba con Sam debía dejarnos solos, teniendo en cuenta que necesitábamos cierta intimidad. También que Ioban y sus hermanos no tenían ninguna intención de regresar, aunque Terry no parecía muy convencido de ello, y de todas formas tanto Lisandro como Sam sabían por mediación de Ben todos sus movimientos.

Tampoco tuve que contarle a Terry todo cuanto sucedió, ya que el día que quedé con Selene habló con él. No puso ninguna objeción al saber que me había instalado en casa de Sam, me pareció antiguo e incluso ridículo que nos diera su bendición. Hasta ahora había hecho todo cuanto quise sin su aprobación.

—¡Qué diferente es todo esto desde aquí! —decía mi padre mientras admiraba el paisaje.

Dos días después de estar en Kitea, me mostró aquel lugar, nunca había subido hasta allí. Atravesamos el bosque de Drambuy y lo seguí por una ruta que subía a la cascada, no creí posible que poseyera siete saltos de agua de caída vertical (unos sesenta metros aproximadamente). A la magnífica visión de los saltos se unía el increíble sonido, ya que en las proximidades solamente escuchaba el ruido del agua. Como complemento de todo ello, el magnífico bosque autóctono le daba una belleza panorámica. No era de extrañar que muchos excursionistas eligieran nuestro valle para hacer senderismo atraídos por su belleza y tranquilidad.

Subimos un poco más, diría que estábamos a unos ochocientos metros de altitud, pero mi padre me corrigió al decir que tenía ciento cuarenta más. Un silbido salió de mi boca al ver el valle desde allí. Fue una de las experiencias más impresionantes que había tenido, en lo que se refiere a un paisaje. Aunque en un primer momento cerré los ojos al sentir el vértigo producido por la impresión. Terry me observó sin hacer ningún comentario, al parecer pensaba algo mientras me miraba.

Unos días antes había experimentado la misma sensación.

—Sabía que te gustaría —observó mi perplejidad—, mira hacia allí. —Señaló con un dedo.

Miré en esa dirección y pude ver extensas ondulaciones por una alternancia de cumbres y las decenas de caminos que se adentraban en el bosque bordeando el río, parecían ser simples líneas dibujadas al igual que las casas. Me recordaba a Kambalya, pero las circunstancias que me llevaron allí no dejaron que disfrutara de ella.

—Que hayas hablado con el detective Miller, ha creado en ti cierta inseguridad —advirtió al mismo tiempo que me hacía sentar en una roca en tono rojizo—. ¿Me equivoco?

—No…, papá. Como le conté a Sam, es que estoy asustada.

—¿Tu temor es por lo que pueda averiguar con respecto a lo que somos?

—Sí y no, no sé… —murmuré indecisa.

Al mirarme no parecía entenderme y comencé a explicarle cómo se puso en contacto conmigo. Antes recordé que ese día había estado almorzando con Selene, hacía tiempo que no quedábamos. Luna me contó que de vez en cuando hablaban por teléfono y que en una de las conversaciones le dijo que estaba muy ocupada y que sentía no poder quedar más a menudo.

\*\*\*\*\*\*\*\*\*\*

Seguía parloteando como siempre y tras mirarla detenidamente había habido un cambio. Su melena rubia había crecido considerablemente y sus ojos castaños eran más grandes al no estar ocultos tras unas gafas (sustituidas por lentillas). Estaba radiante. Por segunda vez le pregunté el motivo por el cual se la veía tan feliz.

—Está bien —respondió ante mi insistencia—. Iba a ser una sorpresa pero… Len, he conseguido hacer realidad mi sueño.

Me explicó que había ido al banco y había conseguido el crédito que necesitaba para llevarlo a cabo. Selene es una amante de los animales y su sueño consistía en hacer un refugio para aquellos que fueran abandonados.

—Al principio él estaba tan ilusionado como yo...

—¿Quién? —pregunté confusa.

—Henry.

48

—¿Él y tú?

—¿Te acuerdas del día en el que comimos los tres?

—Sí.

Lo recordaba más por lo sucedido con aquella mujer del puesto de flores y por la insistencia de nuestro amigo tras saber lo que pasó.

—Él se iba a hacer cargo de que la cabaña fuera un sitio habitable para mí, de ahí que te dijera que no podía quedar contigo al día siguiente.

—Ahora entiendo lo que me dijo Dulce...

—No sé si lo sabes, pero ahora que la mencionas, ayer se fue.

—¿Cómo?

—Sabes que no le gustan las despedidas, lo pasa fatal, me dijo que en cuanto estuviera instalada y sepa los horarios de las clases, nos llamará.

Después de pensar en ello unos minutos, recordé que tenía en el escritorio varias solicitudes de ingreso a la universidad.

—¿Por qué guardaste el secreto de que Henry y ella estaban juntos? Sé que ahora no tiene importancia, pero...

—Buena pregunta —dijo sonriendo levemente—. ¿Cómo definirías tu relación con Artus?

—Selene —protesté.

—¡Vale! Lo que voy a decirte responderá a las dos preguntas, para mí Henry ha sido como un hermano.

Ahora entendía el dolor de mi amiga y la complicidad de ella con Dulce el día del sepelio.

—Y aunque él no lo demostraba como yo —prosiguió—, puedo asegurarte que sentía lo mismo. Pero desde que ellos llegaron todo cambió... —Suspiró—. Tú me entiendes, ¿verdad?

Por supuesto que lo hacía, porque ese mismo sentimiento lo tenía yo hacia Artus.

—Len, si lo hice fue porque me lo pidió y respeté su decisión de ocultarlo, aunque no sé el motivo, puedo imaginarlo.

Sabía perfectamente a qué se refería y deliberadamente cambié de tema, se dio cuenta, pero no dijo nada.

—Y dime: ¿cuándo voy a conocer el lugar?

—Si quieres puedo llevarte ahora, antes déjame decirte que os doy las gracias a ti y a Luna por animarme e insistir en que lo hiciera.

—No digas tonterías.

Unos minutos después y viendo que las personas que se encontraban allí ocupando varias mesas, nos miraban con gesto de desconcierto y asombro, pedí a mi amiga que bajase el tono de voz. A veces es un poco soez, pero tiene su gracia. Observé que estaba llamando la atención explicándome la raza y carácter de un perro que habían abandonado y que ella había decidido adoptar. Me enseñó una fotografía de él, era de caza, de extremidades largas, con el pelo corto en blanco y negro. Decía que era muy cariñoso, pero que en ocasiones era para matarle, hablando metafóricamente, claro. Zeus, así lo bautizó. Había infinidad de ellas en su cámara digital, desde un labrador de color chocolate hasta un rottweiler. Del primero había leído que son una de las razas más inteligentes y dóciles, pero Selene con su habitual desparpajo me dijo que le parecía tonto, aunque después describiéndome lo que hacía, su comportamiento, estaba sorprendida al comprobar que aprendía cosas fácilmente, casi parecía humano.

—No, no me mires así. No te estoy tomando el pelo, en serio —dijo tras ver mi gesto—. Mira, este es para ti —señaló orgullosa—, tienes que venir a conocerlo, te gustará —aseguró.

Me quede maravillada al verle.

—¿Es un husky siberiano?

—Así es. ¿A que es precioso? En cuanto lo vi me dije que debías adoptarlo. ¿Lo harás? —preguntó con esperanza.

Cuando me centré en sus ojos pardos… Supe que había sido

amor a primera vista, un poco ilógico sabiendo que se trataba de un animal.

—¿Sabes que vagaba por el valle? Un hombre lo encontró aullando...

No me sorprendió que aullara. Mi amiga es una entendida en razas de perros y por sus numerosas conversaciones sobre ellos más o menos estaba al corriente de que la forma de comportarse de un husky es muy similar a la de un lobo, dada su proximidad genética.

—¿En serio? —pregunté.

—Por desgracia sí —respondió molesta alzando aún más la voz.

En ese momento fue cuando se disculpó, aunque a regañadientes. La verdad es que tenía razón cuando me dijo entre susurros, después de mirar a la gente del restaurante, que deberían meterse en sus asuntos. No sé cómo lo hacía, pero siempre conseguía sacarme una sonrisa o carcajada. Mientras pagábamos la cuenta, quedamos en vernos en un par de días. Debía decidir qué nombre le iba a poner al perro en cuanto lo viera, me recordó, dando por hecho que sería yo quien lo iba a adoptar.

—No lo sabía —comenté a mi amiga una vez que salimos del restaurante al saber por ella que Artus y Misti estaban juntos. Siempre pensé que entre ellos podría surgir algo.

Selene no disimuló su sorpresa.

—¡Qué raro! —dijo pensativa.

En el momento que nos despedíamos escuché el sonido de mi móvil.

—¿Señorita Cooper?

—Eh... Sí, soy yo —vacilé al no reconocer la voz.

—¿Podríamos vernos? Me gustaría hablar con usted. Soy el detective Miller.

La conversación telefónica duró tres minutos escasos en los cuales me citó en la librería que estaba cerca del restaurante.

**********

Aquí comencé a explicar a mi padre el por qué de mi temor.

—Él tendría constancia de tu número por ir hasta el hospital y mirar en la ficha médica —señaló Terry, que hasta ahora había permanecido en silencio escuchando.

Le miré y asentí.

Después de los saludos y de enseñarme la identificación que demostraba ser él, observé que la fotografía no le hacía justicia. Era un hombre corpulento, algo entrado en carnes, con el pelo canoso y corto. Su rostro era recio y brutal, de facciones marcadas. A mi parecer no del todo desagradable.

—Sabe por qué estoy aquí, ¿verdad? —me preguntó.

—Sí.

Sam me había puesto al corriente mucho antes de que llegara, de ahí que no me sorprendiera. Fui la última con la que habló. ¿Una estrategia, quizás?

—Debo ser franco con usted. Al igual que les dije a sus amigos, este caso es un poco confuso para mí y que mis treinta años de experiencia no sean suficientes para saber qué sucedió realmente…

Al mirarle con más atención parecía lamentarse por ello, pero lo que me dejó un poco perpleja fue el tiempo que llevaba ejerciendo de detective. Debió empezar muy joven porque a juzgar por su aspecto no aparentaba más de cuarenta y cinco años.

—El caso es que —continuó— el médico que atendió a su amigo… Mi más sentido pésame.

—Gracias.

—Me dijo que unos minutos después llegaste al hospital tras haber sufrido un accidente con el coche, y por lo que deduzco esto no ha dejado ninguna secuela seria —advirtió al ver que estaba bien.

—Han pasado tres años desde aquel día —dije apartando de mi mente la imagen de Miztli convertida en pantera.

—Entiendo… —dijo sin emoción—. Tuvo mucha suerte joven, no muchas personas sobreviven a un accidente así. Vi por unas fotografías cómo quedó el vehículo.

¿Qué estaba insinuando? ¿Se suponía que debía estar como un vegetal sin movilidad? ¿O quizá, a su entender, que debería haber muerto en aquel accidente? «Por lo visto es uno de los mejores…», recordé las mismas palabras de Sam así que debía tener mucho cuidado con lo que decía. A Miller no se le escaparía nada.

—Ahora entiendo tu inquietud hija… Su trabajo y lo que le ha traído hasta aquí es averiguar las desapariciones de dos jóvenes y la relación de estos con la trágica muerte de tu amigo. No comprendo su interés después del tiempo transcurrido…

—Y si… —susurré—. Papá, ¿coincidir con Henry en el hospital es motivo suficiente para…?

—¿Piensas que sospecha de ti? —interrumpió—. No lo creo posible —aseguró frunciendo el ceño—. Hija, continúa...

—Tuve que pensar algo rápido porque se dio cuenta de que sus palabras me habían disgustado, y por lo visto no fui la única —continué.

Le expliqué que hablar de mi amigo Henry me entristecía y era muy doloroso.

—Es curioso, uno de sus amigos me dijo lo mismo —señaló Miller sin decir quién—. Nunca mezclo mi trabajo con los sentimientos —prosiguió—, pero ver a un muchacho tan fuerte y de gran personalidad —comentó con admiración— cómo se derrumbó al recordarle… Me sobrecogió y lo dejé unos minutos a solas. Lo siguiente que le oí decir fue tan inesperado...

—¿Se refiere a Artus? —reaccioné atónita.

—Parece que no ha hablado de ello contigo —confirmó que se trataba de él.

—¿Qué le contó?

—Señorita Cooper, siento no poder responder a esa pregunta.

—¿Por qué no? —alcé la voz.

—Como les dije a sus amigos, esta conversación no saldrá de aquí. Me ampara el secreto profesional.

El rostro de Terry se oscureció.

—¿Qué crees que le pudo decir Artus?

—Papá, sabes la respuesta.

—Entiendo... Y aunque no nos guste reconocerlo, Ioban nos ha puesto a todos en riesgo. —Observó que mi respiración era más rápida de lo habitual—. Tranquila hija. —Rodeó mis hombros con su brazo—. Nadie sabe que existimos y así debe seguir.

# CAPÍTULO 3
## SEGUNDA PRUEBA

Al día siguiente...

Si dijera que mi padre no me estaba tanteando, mentiría. Lo primero fue comprobar cómo reaccionaba ante una gran altura y hoy...

—¡Vamos hija! Quiero ver con mis propios ojos lo rápida que eres.

Pero antes de que pudiera responder, desapareció. Al comprobar que no fui capaz de seguirlo como él esperaba, me miró con gesto extraño.

—Algo no va bien.

—Si esperabas ver otra cosa… —dije con la respiración entrecortada—. Siento decepcionarte papá.

—Len, nunca lo has hecho —aseguró—. El caso es que Sam…

—Creo que ahora sí —murmuré sin prestar atención a lo que había dicho. Quizás en otro momento me enfadaría por ello, pero en ese no.

No era la primera vez que mi cuerpo no respondía. A diferencia de aquel día en el que las fuerzas me habían abandonado tras sentir un intenso dolor, debido a la tensión del momento, ahora no había peligro. ¿Cabría la posibilidad de que solo reaccionase frente a este? La verdad es que no estaba muy segura.

Terry optó por dejar los paseos, para mí, pruebas, hasta que la nieve desapareciera. Fue una excusa demasiado absurda, teniendo en cuenta que habían empezado las primeras nevadas. Sabía perfectamente que lo hacía porque la mayoría de las veces, por no decir todas, cuando regresábamos a Kitea me veía exhausta. Incluso, Sam y él habían tenido una conversación respecto a esto. Ellos no se dieron cuenta, pero yo los estaba oyendo.

Los días siguientes me acerqué hasta la tienda de mis amigas y en una ocasión sustituí a Vera porque tuvo que irse deprisa a la academia. Fue divertido aunque no tuviera experiencia y fuera un completo desastre, Nadia se rio lo suyo a mi costa, por supuesto que mi amiga se desenvolvía a la perfección. Aquel día, a eso de las seis de la tarde, como ya había anochecido, ella me agradeció la compañía porque esa hora y media hasta el cierre solía ser muy aburrida.

—Hay rumores de que hay unos asesinos sueltos por Kitea, por eso las calles están tan vacías —me explicó.

—Nadia, ¿tú no tienes miedo?

—Sabes que no soy nada miedosa. De todas formas creo que lo que les sucedió a esos jóvenes no tiene nada que ver con Henry. Lo mejor es dejar que el detective Miller haga su trabajo, además sino es Etiene —dijo sonriendo—, es Otto el que nos viene a buscar. Se han puesto de acuerdo para que no regresemos solas a casa.

Quiso sonar molesta, pero en el fondo le encantaba que Etiene estuviera pendiente de ella. Al saber a quienes se estaba refiriendo, pude estar más o menos tranquila. Yo estaba con él, en su casa, y mi padre estaba haciendo vigilancia… Sonreí.

Si no iba a las tiendas, me pasaba a ver a Etiene y Otto en el coche de Sam.

—Vaya, vaya. ¿No decías que no te gustaba ese coche? —preguntó con ironía al verme llegar.

—Esas no fueron mis palabras, Otto, te...

—Sí, ya recuerdo —me interrumpió dejando la pala a un lado.

Él estaba retirando la nieve del camino, aunque me dije que estaba perdiendo el tiempo.

—Sabes que es el único modo de venir a veros.

—Está el autobús —dijo divertido.

—Muy listo amigo. ¡Vamos! —exclamé y le arrojé el mando del coche, él lo cogió al vuelo.

—¿Estás pensando lo que yo creo? —dijo atónito.

—¿Tú qué crees?

—¿Estás segura? ¿Él sabe…? —dudó.

—Sam no está aquí, pero si no quieres...

Rápidamente abrió la puerta del copiloto y dijo sorprendido:

—¿No vienes?

Negué con un movimiento de cabeza.

—Disfruta tú solo, iré a hablar con Etiene mientras lo haces.

Le vi acariciar el volante y mirar la tapicería de piel beige. Me recordó cuando éramos unos críos en el orfanato. No era una crítica, pero unos habíamos madurado más que otros y parecía que Otto vivía en otro mundo, como si todo lo que había sucedido no le afectase. Disfruté del paisaje que rodeaba la posada y vi que Etiene salía, por lo visto no se fiaba de Otto.

—¿Qué excusa ha puesto ahora para no terminar el trabajo? —preguntó molesto.

—Yo también me alegro de verte, ¿eh?

—No sabes lo que has hecho —me reprochó.

Entramos y me ofreció una taza de café.

—No seas así con él.

Durante los veinte minutos en los que estuvimos a solas, me dijo que no había vuelto a tener más pesadillas, pero su expresión me decía justo lo contrario. En cambio no se reprimió al mencionar a Artus, lo notaba cambiado. Me explicó que cuando Otto o él regresaban de Kitea de ir a buscar a Nadia y Vera, y se pasaban a tomar unas cervezas, Artus los saludaba con pereza. Además, la tensión también era muy palpable cada vez que alguien abría la puerta de la cafetería, se ponía muy nervioso. Por otro lado, Otto y él se aburrían muchísimo, hacia ya tres semanas que no se hospedaba nadie.

—Ahora sería el mejor momento para que tú y Nadia os fuerais de viaje —le animé.

Salíamos en busca de Otto cuando este hizo acto de presencia aparcando el Jaguar en la entrada.

—No es una mala idea —me dijo meditándolo.

—¡Vaya! —exclamó Otto bajando del coche.

—Por lo que deduzco —dijo Etiene—, ha debido ser interesante. ¿Estoy en lo cierto? —le preguntó conteniendo una carcajada.

—Te quedas corto, amigo —contestó todavía alucinando.

Miré a Etiene y ninguno de los dos pudo contener la risa. A Otto no le molestó que nos riéramos y me dio el mando con una sonrisa.

—Puedes repetir cuando quieras, ¿sabes? —le dije mientras guardaba el mando en el bolsillo de la cazadora

—Cuidado Len —interrumpió Etiene—, por la expresión de su cara, la próxima vez se fugaría con él —se burló.

—Qué gracioso… Normal que digas eso. ¡Va, déjalo!, no lo entenderías...

Entendí a Otto. Al igual que Nadia, Etiene no tenía carnet de conducir y su opinión le importaba bien poco. Nos decía que era algo que nunca le había llamado la atención y Nadia entre ir a la universidad y estar en la tienda, no disponía de tiempo suficiente. Excusas, les decía siempre a los dos.

—No te enfades Otto —le dije.

—¿Yo? ¡Qué va! Vamos, te invito a tomar algo y así de paso ves a Misti y Artus.

—¿Te vienes? —pregunté a Etiene.

—Otro día, alguien debe quedarse aquí —respondió mirándole.

—Ya sé —dijo captando la indirecta—. Mañana haré tu turno, aunque...

—Te lo recordaré, ya sabes lo que nos dijo Frey.

—«A los holgazanes no se les paga» —recordó con sorna—. Ven más a menudo Len —se despidió.

Caminábamos en dirección a la cafetería, cuando no pudo resistirse…

—¡Ahora verás Otto! —le contesté quitándome la nieve de la cazadora.

No paraba de reír aunque le hubiera tirado varias bolas de nieve. Entramos en la cafetería retirándola de nuestros abrigos y Misti nos saludó.

—¡Hola chicos! Pero… ¿qué narices os ha pasado? —Vio que estábamos empapados y nos ofreció unas toallas mientras le decía que fue él quien empezó.

—Sigues igual —le recriminó—. Os prepararé algo caliente para que entréis en calor, sentaos allí, por favor.

Normalmente, esa mesa siempre estaba ocupada por Frey. En los meses que trabajé allí no faltó un solo día. Ahora estaba vacía. Al sentarnos miré a través de la ventana, él lo haría frotándose las manos a la espera de turistas. Tuve que dar la razón a Artus en ese preciso momento por una conversación telefónica. Nuestro valle se había convertido en un lugar maldito.

Misti entró en la cocina para después salir con el pedido. Se desenvolvía a la perfección, y aunque seguía ejerciendo su profesión, ahora pasaba bastante tiempo allí. Hasta donde recuerdo, la había visto ir de un lado a otro e incluso salir de viaje, pero era como si el estar con Artus le hubiera parado el ritmo. Visto desde fuera, daba la sensación de que estaba recluida.

—¿Artus? —le preguntó Otto.

—Ha ido a Kitea. Últimamente pasa demasiado tiempo fuera —añadió desanimada.

Sus palabras hicieron que retrocediese a aquel día. ¿Estaría con esos hombres, con los que le vi en Kitea?

—Hacia días que no venías —comentó dejando el café y se sentó con nosotros—. ¿Qué tal con tu chico?

Era una pregunta de lo más normal entre amigas y respondí que todo iba bien. «Demasiado perfecto para ser real», pensé.

—Parece que tú y Artus...

—¿Lo sabes?

—Sí, Selene me lo contó.

—Siempre hablando más de la cuenta —refunfuñó—, me hubiera gustado decírtelo yo.

—Creía que lo sabía —la defendí.

—Y, ¿qué más da quién se lo haya dicho? Ahora lo sabemos todos —intervino Otto.

Les miré confundida. Primero fue el detective Miller y ahora ellos. Desde que me había ido a vivir a Kitea, todo lo que concernía a mis amigos, como el resto de cosas, era la última en saberlo. Al mirar a mi amiga más detenidamente, me di cuenta de que en sus ojos azules se podía apreciar un brillo especial y que sus mejillas tenían un tono sonrosado. Era debido a Artus. Justo en ese momento este entró con una caja entre sus fuertes brazos y rápidamente ella se levantó para ayudarle y sujetarle la puerta. Sin percatarse de que estábamos allí, dejó el paquete y la besó en los labios. A mi parecer, muy casto. Misti tuvo que alzarse, dada su estatura, y me recordó a mí, hacía lo mismo con Sam.

—¡Chicos! —exclamó Otto—. Vais a conseguir que me sonroje —añadió divertido.

Nunca había visto a Artus tan avergonzado… y ella se separó sonriendo tímidamente. Le di un codazo.

—¡¿Qué?! —Otto me miró sorprendido.

—Hola —nos saludó acercándose y dejando la caja sobre la barra—. Hacía días que no te veía.

—Eso le he dicho yo —comentó Misti sacando el contenido de una.

—No es cierto, solo ha pasado una semana, parece que lleve un mes sin venir. —Sonó irónicamente—. Además el estar con mi padre...

—¡Ah!, por lo visto se ha instalado en tu casa, ¿no?

—Su casa —le corregí a Artus.

Había tomado la decisión de hacerlo por dos razones. Debía hacer ver que llevaba una vida normal (sin levantar sospechas) y porque el que yo no estuviera no dejaba de ser peligroso para mis amigos.

—Por lo que parece… el cambio te ha sentado bien —reconoció con sinceridad, aunque pude apreciar que su tono de voz que fue un poco áspero.

Ahora estábamos solos. Misti tuvo que atender una llamada telefónica, antes de contestar nos comentó que era Frey, un amigo había cogido demasiado peso y sintió un dolor en la espalda. Otto se marchó con ella al ver que eran las siete y media de la noche, llegaría con el tiempo justo para ir a buscar a Vera y Nadia.

No le di importancia y le contesté:

—Puedo decir lo mismo de ti.

—¿Te refieres a Misti?

La verdad es que me alegraba mucho por los dos.

—Debo reconocer que después de llamarme estúpido, he estado cegado y sé que siento algo por ella.

—No quise...

—Ja, ja, ja, está olvidado, pero si te soy sincero, aquel día y después de lo ocurrido… —Estaba fuera de mí.

Era difícil olvidarlo, tanto él como el resto de mis amigos habían hecho frente a Ioban sin saber lo que eran.

—Ella te necesitaba más que yo.

—Puede ser, pero yo no lo vi así. Y como siempre, me sacaste de mis casillas —explicó divertido.

No lo hacía tanto como él, cuando recordaba las numerosas veces que me fastidiaba. Siempre deseé tener un hermano mayor, ahora comprendía más a Selene, y Artus era lo más parecido. Con respecto a ellos dos, sabía por qué había sido la última en saber de su relación, estaba segura de que no quería oír de mí un «te lo dije». Otra de las razones era que no daba su brazo a torcer. Hacía tiempo que no estábamos así y comprobé que su cara se iluminaba cada vez que mencionaba a Misti, y aunque tenía la certeza de que el distanciamiento entre nosotros iba a ser mayor (debido a un motivo muy diferente al que creía en ese momento), siempre estaríamos en contacto.

En el momento que se fue al baño, aquella imagen vino a mi mente. No tenía idea de cómo preguntarle qué hacía en aquella zona tan peligrosa (dicho por Sam) y quiénes eran los hombres que le acompañaban. Estaba segura de que se molestaría conmigo, así que la indecisión permaneció largo rato en mi cabeza. Pero ella me iluminó en aquel momento de duda, al cerrar los ojos, por un instante, escuché su voz como si estuviera ahí.

—Si crees que oculta algo, no temas en descubrirlo.

Su rostro lo recordaba con sus cabellos dorados y largos, pero ahora no estaba dormida. Oí los pasos de mi amigo acercándose.

—¿En qué piensas? —preguntó sin ninguna intención de volver a sentarse.

No creí que se diera cuenta, estaba confundida por la voz, pero más por lo que dijo.

—¿Puedo preguntarte algo sin que te enfades conmigo?

—Estaba seguro de que algo rondaba por esa cabecita… Tú dirás.

El cosquilleo del estómago me avisó y titubeé al decir:

—Misti nos ha dicho que pasas mucho tiempo fuera.

Reaccionó con sorpresa y después quitó importancia a mis palabras.

—Me sorprende que diga eso, ella sabe que llevar una cafetería no consiste en estar detrás de una barra todo el día. Debo hacer los correspondientes pedidos si quiero tener las cámaras frigoríficas llenas —explicó.

El tiempo que trabajé allí, él se encargaba de hacerlo, pero no salía con tanta frecuencia. Además, una vez al mes el repartidor, el hijo de un amigo de Frey, dejaba bastantes suministros para una buena temporada. Se acercó hasta la barra a servirse otra cerveza y me preguntó si quería beber algo más.

—No. Artus...

—Len, no me voy a molestar si es eso lo que te preocupa. —Se sentó—. Vamos, dime de qué se trata.

Al mirarle parecía estar tranquilo.

—Hace unos días te vi en Kitea, evidentemente tú a mí no.

—¿Ah sí? —dijo con mucho interés.

Cogí la taza vacía intentando apaciguar mis nervios en ella.

—Voy muy a menudo… y bueno, es probable que sea así. Exactamente, ¿dónde? —No se dio cuenta de mi nerviosismo.

En un primer momento no le mencioné el lugar, debía ir indagando poco a poco, no quería que pensara que le estaba vigilando. De todas formas no me extrañaría que Luna le hubiera comentado lo de aquel día.

—¿Y bien? —insistió impaciente.

—Ahora no importa el lugar, sino con quién estabas.

Anteriormente le había visto paladear la cerveza con placer, ahora la retiraba a un lado con el gesto serio meditando.

—Continúa —murmuró sin levantar la vista.

—Pues… —dudé—, ibas con varios hombres. Artus —dije acercando mi mano a la suya—, si estás metido en algún lío… puedes contármelo, no se lo diré a nadie.

—¿Lío? —repitió asombrado retirando su mano.

Creí que eran imaginaciones mías, pero al hacerlo fue como si el simple contacto le incomodase. Todavía confusa le oí reír.

—¿Qué te hace tanta gracia? —pregunté enojada.

—Algo me comentó Luna… Dijo que en cuanto tuvieras oportunidad me lo dirías —respondió divertido. Fruncí el ceño—. ¡Vamos! Estaba bromeando. ¿Quieres saber si era yo? Pues no, debiste confundirme con cualquier otro. ¡Ya está!

—¿Y por qué pienso que me estás mintiendo? —susurré.

—¿Cómo has dicho? —espetó duramente.

—Lo que has oído. Sé que no me estás diciendo la verdad.

—Crees que estoy metido en algo turbio —dijo con sorna—. ¿Eso te ha contado? —añadió con tono mordaz.

—Si te refieres a Sam, él no me ha dicho nada —le aseguré furiosa—. No tiene sentido hablar más de ello.

—¡Vaya! ¿Temes descubrirlo? ¿Decir algo que lo comprometa?

—¿Quieres saber de qué tengo miedo? —lo interrumpí molesta—. Tu obsesión no te deja ver más allá. Sí, Artus, no me mires así, si no quieres confiar en mí, de acuerdo, no eras tú. ¡Vale! —Casi fue un grito.

—Len, mírame.

Desvié la cara, tenía el corazón encogido, pero le hice caso. Observé en sus ojos castaños cierta melancolía, aunque su expresión seguía siendo dura.

—Quizás debería dejar que Miller y las autoridades se encarguen de ello, pero te equivocas al decir que no confío en ti, sabes que no es así… Eh… Pero no me pidas que lo haga en él.

—No lo entiendo —dije por encima.

—Ja, ja, ja —Rió con amargura—. Te ha llevado a su terreno como en su día hicieron con Henry.

¿Así que se trataba de eso?

—No sabes lo que dices —refunfuñé—, y tampoco deberías compararme con Henry, mi familia sois vosotros, eso nunca cambiará.

—Puede que tengas razón. —Su gesto se suavizó.

—Hace un momento le has mencionado… El detective me contó que te derrumbaste al hablar de nuestro amigo —deliberadamente cambié de tema—. No sabía que lo estuvieras pasando tan mal.

—Cuando realmente sientes dolor, no tienes lágrimas, lo sufres por dentro —dijo con expresión atormentada—. Además, fue un momento de debilidad. ¿Qué más hablaste con Miller?

—¿Y tú?

—Len… —murmuró entre dientes.

—No me dijo nada, obviamente lo deduje.

—Espero que se pudran donde quiera que estén —dijo furioso.

Se refería a Ioban y sus hermanos, pero ahora ellos no me inquietaban, sino el cambio que se había producido en él.

—Se está haciendo tarde. —Me puse en pie.

—Te acompañaría…

—No importa, debes esperar a que llegue Misti.

—Eh… Sí —dudó—. ¿Len?

—¿Sí?

Al salir noté que estaba nervioso.

—Siento ser yo el que te lo diga, pero… he oído ciertos rumores con respecto a tu… a Sam.

—¿De verdad? —No pude disimular mi sarcasmo. De pronto sentí sus dedos tensos al agarrarme por la muñeca y esto no hizo más que empeorar las cosas.

—No uses ese tono conmigo.

—Y tú, deberías soltarme. —Miré en dirección a su mano.

—Antes escúchame —exigió.

—Dame una buena razón para hacerlo.

No pudo responder, miró por encima, alguien se acercaba a nosotros.

—Piensa en lo que te he dicho —murmuró al tiempo que me soltaba—. Hola Frey —lo saludó.

—Artus —le contestó sin emoción—. Niña, qué bueno que no te hayas marchado—. Tiró de mí—. Necesito pedirte algo.

Antes de que Artus entrase de nuevo, me despedí de él, no quería que el viejo Frey se diera cuenta de la tensión que había por parte de los dos. Fue inútil, se miraron fijamente. Aquí pasaba algo. Mientras nos dirigíamos al coche le pregunté:

—¿Qué necesitas Frey?

—Nada, ha sido una excusa para poder hablar contigo.

Creía que el motivo por el cual no iba a la cafetería sería porque ya no venían excursionistas.

—Lo siento por Misti, es una niña adorable pero...

—Frey, me estoy perdiendo.

Entonces él me lo explicó. He de decir que nos tenía mucho cariño a todos, y era recíproco, pero desde hacía tiempo sabía que sentía cierta debilidad por Artus, de ahí que su cambio le produjera tristeza. No entendía como de la noche a la mañana su simpatía se había transformado en amargura.

—Frey, creo que el motivo es Henry.

—Lo sé, quiere hacer ver que está bien, pero tú y yo sabemos que no es así. ¿Crees que solo es por eso?

No supe qué responder. Aunque mi padre hubiera regresado, no dejaba de ser la figura paterna que siempre había estado ahí y la confianza que depositó en nosotros…, nunca tuvo reparo en contarnos parte de su vida. Obviamente seguía soltero (así lo quiso), y no era porque no hubiese tenido oportunidades para formar una familia, simplemente nos decía que no estaba hecho para el matrimonio. Sin embargo, ahora parecía arrepentido al vernos a Terry y a mí de nuevo juntos. Frey era mucho mayor, se conocían desde bien jóvenes, aunque a la edad de mi padre él ya era un hombre. Su pregunta no me sorprendió, pero sí el comentario que me hizo después.

—Nunca perdí la esperanza de verlo y ahora ya ves...

—Niña, es normal, tu padre está recuperando el tiempo perdido y, por lo que he visto, a todos no nos ha tratado por igual.

«Muy ocurrente», pensé.

—Aunque le lleve unos cuantos años…

Lo miré confundida.

—Me gustaría saber su secreto —rio.

—No quieras saberlo —comenté en voz baja creyendo que no me oiría.

—Estaba bromeando, lo que yo crea ahora no tiene importancia, lo único que sí la tiene es que su vuelta ha sido para bien.

Agradecí en silencio sus palabras.

—Frey. —Habíamos llegado al coche—. Sé que te has enterado de todo lo que está sucediendo y bueno… —vacilé.

—Tiene que ver con Sam… y Artus —refunfuñó—. ¿Tengo razón?

—¿Cómo lo sabes?

—Parece mentira que en esto no te hayas dado cuenta, pero dime.

Le conté la conversación que había tenido con él, sobre la parte en la que mencionaba a Sam. ¿De qué rumores hablaba?

—¿Eso te ha dicho? —Sacudió la cabeza molesto—. No te vayas a enfadar por lo que te voy a decir. Me parece increíble que seas tan ingenua como para no verlo.

—¡Caramba, Frey! —exclamé atónita.

—Veras, últimamente se rumorea sobre muchas cosas. La gente está nerviosa después de lo ocurrido, pero la presencia del detective Miller ha calmado un poco el ambiente. No hagas caso de las habladurías y menos viniendo de donde vienen —me aconsejó refiriéndose a Artus—. Te sorprendería saber lo que se comenta de mí. He oído que soy el viejo chiflado de Drambuy. —Sonrió—. No te reprimas, ríete.

Durante unos segundos nuestras carcajadas se unieron en el silencio de la noche. ¿Por qué dirían tal cosa de Frey? ¿Sería debido a aquella historia sobre el árbol?

—Y ahora déjame decirte, ¿qué opinión tiene de mí Artus? Me dejó bastante claro que no soy su padre y que no actuase como tal —calló unos segundos—. Contigo su reacción es diferente, aunque no seré yo quien te lo diga.

—¿A qué te refieres?

—Todos llevamos el peso del pasado y él el trauma por la muerte de sus padres… Pero créeme cuando te digo que eres muy importante para él, te quiere demasiado.

—Yo a él también —murmuré.

—Ahora se ha visto desplazado de tu vida, tienes quien te proteja y a él le duele. Además, tú le quieres de una forma diferente, ¿no? —dudó.

Era difícil hacerlo, pero al igual que en su día Sam me dejó sin palabras, ahora lo hacía Frey. Esto se estaba convirtiendo en una costumbre muy fea.

—Si quieres que te dé un consejo —dijo una vez que entré en el coche—, me iría unos cuantos días a un lugar tranquilo hasta que todo se calme. Y no te preocupes por Artus, estaré pendiente de él. Adiós Len, y saluda a tu padre de mi parte.

Me marché y retrocedí a los años que pasé en el orfanato, las imágenes de cuando éramos unos críos no me decían nada, eran tan borrosas. «¡Uf!» suspiré, «¿Qué demonios sabía de él que no podía decirlo?». Pero una imagen más reciente entró en mi mente aportándome datos. Cuando mi padre regresó, la angustia que vi en sus ojos castaños al ver que no estaba… Mi vello se erizó reviviendo aquel abrazo, confirmando las palabras de Frey. Fue el día que se enfrentó a Ioban y Tuivano.

En el momento que las luces me cegaron presté atención a la carretera y al vehículo que se aproximaba. Al cruzarnos, la ventanilla estaba bajada y el que conducía me saludó con un movimiento de cabeza que correspondí. Solo me dio tiempo a ver que sus rasgos eran excesivos, pensé que en otro tiempo habría sido atractivo. Noté un vacío en el estómago, fue una experiencia mental subjetiva, como si me hubiera desdoblado de mi cuerpo físico. Confirmé mis sospechas al verles entrar en la cafetería, eran los mismos hombres que estaban con Artus aquel día. Después de estar varios minutos escondida en la parte de atrás, me dije que no debería estar ahí. Fue demasiado tarde.

—Piensa en ello Artus. No he de decirte lo que ocurriría si ella interfiere en nuestros planes.

Reconocí su rostro, era el mismo que minutos antes se había cruzado conmigo y me había saludado. Mi corazón comenzó a latir frenéticamente y noté la humedad, como un sudor helado por el terror al ver aquella brusca aparición. Estaban frente a mí, pero ellos no me veían. ¡Parecía que estaba en una sala de cine y que formaba parte de una película con escenas en tres dimensiones!

—Te aseguro que Len no sabe nada —respondió con firmeza. Mi amigo expresaba serenidad y entereza.

—Artus —susurré alargando mi brazo para llamar su atención.

—Espero que así sea —le advirtió moviéndose en dirección a mi mano.

Fue espeluznante comprobar que ninguno sintió el contacto. Retrocedí hasta que mi espalda dio contra el muro de piedra de la cafetería, no había forma de irme sin que ellos no se dieran cuenta. Miré la mano aturdida, como si ella pudiera explicarme lo que había pasado. Sus pasos me distrajeron al aproximarse, era uno de los que aguardaba con el resto. Él tampoco me vio.

—Creo que debería hacerle una visita, ya sabes, para que mantenga la boca cerrada —le dijo al que saludé desde el coche mientras Artus cerraba sus puños.

—Si me entero de que lo haces —gritó colérico acercándose a él.

—¡Basta! —Se interpuso entre los dos.

—Pero Turner...

—Ve al coche y espérame dentro —ordenó.

Antes de hacerlo, le dirigió una mirada en la que había más desafío que desprecio, pero lo que realmente provocó la ira de Artus fue ver, igual que yo, como con su dedo índice recorría el cuello mientras caminaba de espaldas hacia el todoterreno.

—¿Un accidente quizás? —agregó Erik con placer.

La deducción a la que llegué fue bien clara, no había que ser muy lista para saber que se refería a mí. No supe cuánto tiempo permanecí detrás de la cafetería una vez que se habían marchado. Los escalofríos y las ráfagas de calor seguían. ¿Por qué? ¿Por qué Artus? Lo único bueno de todo esto era el saber que aún le seguía importando. Debía levantarme e ir a casa, pero no podía moverme, o no quise hacerlo, me acunaba con los brazos alrededor de las piernas, el pozo era cada vez más profundo y oscuro… Hasta que el contacto de sus manos y su voz me hicieron volver a la realidad.

—Len, ¿qué ha ocurrido? Estás temblando —dijo Sam con voz opaca.

—Solo quiero irme a casa —susurré.

En cuestión de segundos me vi sentada en el coche y aunque permanecí durante todo el trayecto con los ojos cerrados sentía su mirada.

—Tienes que decirme qué ha producido esto. —Acarició mis mejillas manchadas de lágrimas secas—. ¿Has discutido con Artus?

Negué con un movimiento de cabeza mientras dejaba la cazadora sobre uno de los taburetes de la cocina. Me había dirigido allí para calmar la repentina sed.

—Es aún peor. —Aparté mis ojos de los suyos.

—Me lo temía.

Fuimos a la sala y veinte minutos después…

Le había visto en varias ocasiones furioso, ahora estaba encolerizado. Pensar que iría en su busca fue el detonante que lo desencadenó todo.

# CAPÍTULO 4
## AL LÍMITE

Sam permanecía a mi lado, pero ni él ni nadie podían hacer nada para que el dolor disminuyera. Tumbada en el sofá, golpeaba este ahogando mis gritos con el rostro oculto, era insoportable. Hasta la garganta me ardía.

—Len, ¿qué te sucede? —Su tono de voz era desgarrador como mis gritos.

Al principio su fría mano conseguía parar los golpes, después no. Antes de que el vómito… Salí corriendo hacia el baño.

—Por favor —supliqué.

Me tenía sujeta la cabeza e hice una señal para que saliera fuera. Pero se quedó cerca cuando oí que iba de un lado a otro con pasos largos y rápidos. Fue increíble el poder escucharle aún estando así. El vacío que sentí en el estómago me alivió.

—¿Estás mejor? —quiso saber al entrar y sentarse en el suelo rodeando mi cuerpo.

—Sí —susurré contra su pecho.

No recordaba haber tomado nada en mal estado, solo un café. La garganta la sentía dolorida por el esfuerzo y varias gotas de sudor recorrían mi espalda, era agradable el estar recostada en su cuerpo frío.

—Es la segunda vez que me ocurre, pero no así.

Se retiró y pude ver su rostro desencajado.

—¿Quieres decir? ¿Cuándo?

—Al despertar de aquel sueño, en él aparecían unos niños…
—confesé.

—¿Por qué no me lo contaste? —preguntó ansioso.

Me tapé la boca, no podía continuar hablando debido a mi
aliento, intenté levantarme cuando él me ayudó a hacerlo. Al mirar
en el lavabo vi mi cepillo de dientes y lo cogí.

—Estaré aquí —señaló.

Me cepillé concienzudamente. Cuando terminé, él me esperaba en la puerta como había dicho. Todavía estaba sin fuerzas y el
dolor persistía, pero con menos intensidad. La delicadeza con la
que me dejó en el sofá me conmovió. Cogí aire y puse mi mano
sobre el vientre, él posó la suya mirándome con expresión afligida.

—Cielo —susurré cariñosamente—, el dolor pasará —sonreí
levemente.

—Sé que no es el momento, pero me gustaría saber por qué no
lo hiciste.

—No quería preocuparte.

—Len, debiste hacerlo —su voz desfalleció.

¿Por qué era tan importante para él? Creía que el significado
del sueño lo era aún más que lo que provoco en mí. El silencio se
prolongó y nuestras miradas se cruzaron.

—Tengo la boca seca.

Puso el vaso de agua en mis labios, pero le dije que podía hacerlo sola y él reaccionó haciendo una mueca y suspirando. Bebí
un poco y al tragar sentí algo de alivio porque el agua era lo único
que digería bien.

—Sam, con respecto a...

—Déjame que te diga algo... Me transmitiste las palabras que Kneisel te dijo antes de que se marchara, él sabía que Artus ocultaba algo. Pues bien, he hecho mis averiguaciones.

—¿Qué es lo que sabes? —pregunté nerviosa.

—De momento no te conviene saberlo, teniendo en cuenta con la clase de personas con las que va —refunfuñó—. Mira lo que ha provocado el que... Yo también tengo parte de culpa al reaccionar como lo he hecho y ahora tú…

—No lo hagas —le supliqué.

Días después estaba exactamente igual, recostada en la cama con varias almohadas.

—Tienes que comer algo...

El aroma de aquel plato me produjo náuseas, ni tan siquiera podía probar aquella pasta en forma de caracolas. El intenso olor a queso me revolvía el estómago.

—Lo siento, retíralo o vomitaré —moví la boca con asco.

—Len, llevas días sin probar bocado —recordó.

—De verdad, no puedo —estaba cansada.

—Al menos, inténtalo —pidió.

Conseguía dormir varías horas al anochecer, aunque el incesante dolor me despertaba. Solo salía para ir al baño. En una de las ocasiones me desmayé y mi padre se disgustó por no querer pedir ayuda. Al abrir los ojos el dormitorio estaba alumbrado por una claridad monótona como de un mediodía nublado. El resto de los días permanecía acostada sin fuerzas para levantarme. Él no se movió de mi lado a excepción de aquel momento. No sabía que supiera cocinar cuando le pregunté y Sam dijo:

—Terry es quién lo ha preparado.

Después de insistir en que tomase algo, me llevé a la boca un poco de pasta, mastiqué lentamente y la saboreé. Debía reconocer que a mi padre se le daba bien cocinar, estaba deliciosa. Mientras me observaba con gesto de aprobación, repetí hasta que el plato quedó vacío. Me dejó el vaso de agua y salió con la bandeja. Lo cogí y bebí, pero al hacerlo, mi estómago protestó con tanta violencia…

—¡Len! ¡Len! —gritó.

Iba a responder cuando al abrir la puerta de cristal vio que estaba tirada en el suelo al lado del váter.

—¡Dime qué puedo hacer! —Estaba muy angustiado.

Se arrodilló junto a mí y miró en dirección a mis manos, las tenía sobre mi vientre. En ese momento no lo relacioné, creía que mi organismo estaba desarrollando alguna enfermedad.

—Por lo que he visto y me ha dicho Sam, parece que he pasado la prueba y te ha gustado —pronunció entrando en el dormitorio—. ¡Hija! —Su voz se desvaneció.

Unos minutos después y de nuevo en la cama le oí murmurar:

—Creo que deberíamos avisar a Lisandro.

Mi padre asintió y después me dijo:

—Tu teléfono ha estado sonando estos días y me he visto en la obligación de contestar, era tu amiga Selene, me ha preguntado qué motivo no te ha dejado ir a verla. ¿Habías quedado con ella?

—Sí. Debí llamarle hace días… ¿Qué le has dicho?

—Pues es evidente, que no te encontrabas bien y que no estabas en condiciones de salir. —No parecía muy contenta cuando le comenté que no era necesario que viniera a verte, ¡vaya humor! —exclamó. Sonreí forzosamente. —Lo mejor es que tus amigos se mantengan al margen —agregó serio.

Qué inoportuno el estar así. Aunque me lo había contado, era la única que no conocía el refugio. Tampoco tuve tiempo de pensar en un nombre, el husky que me propuso que adoptase debía esperar, me lamenté.

—¿Papá?

Estaban en la puerta del dormitorio y se miraron con expresión seria.

—¿Sí, cariño?

—¿Estoy enferma? —insistí—. Y de ser así, ¿qué clase de enfermedad es?

—No creo que debas llamarlo así —respondió Sam duramente.

—Hija.—Se acercó hasta la cama y se sentó—. No te preocupes, dentro de unos días te sentirás mejor, te lo prometo.

—Pero has dicho, que mis amigos…

—Así es, no podemos correr ningún riesgo.

—Entonces… ¿es infecciosa?

Miró a Sam.

—Lo que tu padre quiere decir es que tu parte no humana se está revelando.

No chillé ni me enfadé. En el fondo sabía que algo así podría suceder, desde aquel sueño todo en mí estaba cambiando. Al dirigirse a la puerta vi a mi padre hacerle un gesto, pero antes de salir me preguntó:

—¿Estarás bien?

—No me queda otra, ¿verdad?

—Hija...

—No te preocupes papá, pero...

—¿Sí?

Sam nos había dejado solos.

—Nada, no es nada. Salúdales de mi parte.

—Tendrás oportunidad de hacerlo tú en persona, deben hablar de esto contigo para que entiendas el porqué.

Los días transcurrieron y cansada de estar postrada en la cama, me dije que ojalá pasara pronto el malestar. Haciendo un gran esfuerzo salí de ella y crucé lentamente la habitación en dirección al baño. El gran espejo que ocultaba la ducha y el retrete no mentía, porque al quedarme desnuda... Había adelgazado tanto que hasta yo empezaba a preocuparme. Al tocar la parte de mi vientre, la redondez había desaparecido haciendo más visible el ombligo, incluso mis pechos parecían más abultados. Cerré los ojos por un instante. Los abrí y vi mi reflejo. Ahora las pronunciadas ojeras no tenían ese color carmín, sino amarillento.

—Normal que no desees estar conmigo —murmuré en voz alta pensando en Sam.

¡Estaba espantosa! Pero lo que realmente me asustó fue que, al acercarme más, mis ojos ya no tenían ese color verdoso, estaban oscurecidos y mi tono de piel era aún más pálido. No daría importancia a esto último pero tuve que hacerlo, mis mejillas no tenían ese tono sonrosado, ni aunque me hubiera dado una ducha con agua caliente. Fui hasta el armario y la ropa que decidí ponerme la determinó mi estado de ánimo. Un pantalón de pana gris perla y un jersey en forma de pico del mismo tono. Fue un regalo de Luna por mi cumpleaños, el comentario que hizo no me sorprendió.

—No es que sea muy alegre —recordé—, pero así cambias un poco.

Me reí porque precisamente iba vestida de negro, mi color favorito. No sabía qué hora era, así que fui a la sala. Al dirigirme hacia el sofá blanco situado frente a la chimenea llena de libros y discos un dolor atroz, como nunca había experimentado, me subió de pronto por la columna vertebral. Ahogué una exclamación. Me agarré con fuerza al respaldo y me quedé apoyada con el cuerpo doblado esperando que pasara aquella convulsión. Mi subconsciente me había jugado una mala pasada, ahora lo veía claro, tanto era así que se dilató el tiempo que me sentí débil, cansada, como si me hubieran arrancado toda la energía...

—Papá, regresa pronto —musité.

Cuando por fin pude moverme, me senté, apoyé la cabeza sobre los cojines y respiré el aire lentamente.

—Qué bien hueles. ¿Te sientes mejor? —preguntó.

—Ahora sí.

Pasados unos diez días, aunque no puedo asegurar con exactitud cuándo llegó, la presencia de Barsella cambió las cosas. Mi padre se marchó dejándome a su cargo creyendo que Sam iría con él, sin embargo no fue así. Él siguió cuidando de mí, aunque de distinta forma, lo que quería era seguir controlando la situación. De madrugada, cuando me despertaba, lo veía mirando a través de la ventana y otras en el reposapiés. Recordé que este cuarto lo utilizaba para leer y ahora yo lo había invadido. Parecía absorto en la lectura cuando me saludó.

—Hola Len.

Qué ingenua al creer que no se había dado cuenta.

—¿Qué lees? —murmuré.

—Una novela histórica. —La cerró sin poner ningún marcapáginas, como solía hacer yo, y se puso en pie—. Voy a traerte un vaso de agua —cogió el vacío.

Estaba en la puerta y se detuvo al escucharme decir.

—No tengo sed, quédate conmigo, por favor.

Por un instante le vi vacilar en la puerta, pero al encontrarse con mi mirada, se acercó. Fue un momento mágico, porque no se volvió a repetir en días. Se tumbó a mi lado y puse la cabeza sobre su hombro.

—Te amo —brotó de mi boca.

No sé si estaba dormida o fue producto de un ensueño del que no quería despertar, porqué su respuesta fue:

—Pase lo que pase, yo también mi Len —masculló.

A la mañana siguiente, debido a aquella llamada telefónica con Luna que propició que me viera en persona con Artus, estuve más irascible de lo habitual.

—¿Qué hora es?

—Faltan diez minutos para que sean las seis de la tarde. Mi consejo es que no vayas a hablar con él.

—Barsella, tengo que hacerlo, parecía nerviosa cuando hablé con ella por teléfono.

—Se dará cuenta de tu aspecto.

—En esta época del año hay muchas personas enfermas. Además, él me ha visto así en varias ocasiones así.

—Ahora es distinto —me advirtió, sin embargo ante mi expresión suspiró—. De acuerdo, pero estaré cerca, no quiero pensar qué pasaría si se llegan a enterar —dijo con expresión seria.

—Mi padre no está y Sam ha ido a Drambuy para saber las últimas noticias que le trae su hermano. —Me levanté y me abrigué—. Me lo prometiste.

—Te di mi palabra —se ofendió—. Eres igual que tu madre —admitió.

—En algo me tengo que parecer a ella, ¿no? —Suspiré alzando mis hombros.

La primera vez que la vi estaba en Kitea con Selene. Ella también se sorprendió al verme allí, tratándose de la hija de su querida Carissia se quedó petrificada sin poder moverse, qué ironía, ¿verdad?

—¡Papá! —exclamé con los ojos desorbitados cuando me la presentó.

Casi me da un ataque de nervios al reconocerla, era la misma mujer que vimos mi amiga y yo en el puesto de flores. Ahora al mirarla más detenidamente, no, no era posible...

—Sé por qué está así Terry —le dijo—. Querida, no fue mi intención reaccionar como lo hice —parecía apenada—. Llevaba días sin poder alimentarme bien y tú…

Ese fue uno de los motivos, porque al día siguiente me explicó que cuando se dio cuenta de que era la viva imagen de mi madre, fue aún peor que ver y oler mi sangre. Al principio tenía ciertas reservas hacia ella (tras recordar lo de aquel día), pero poco a poco se fue ganando mi confianza. El que mis amigos no pudieran venir a verme, aunque manteníamos el contacto por teléfono después de que mi padre lo hiciera con Selene, había provocado que me acostumbrara a ella, después de todo era agradable el tener compañía femenina. Ahora que la tenía a mi lado, nadie diría que era una mujer de avanzada edad, lo que la hacía parecerlo era la forma de llevar sus largos cabellos negros en un moño a la altura de la coronilla, ni un solo pelo sobresalía y dejaba ver su rostro perfecto y pálido, a los ojos de los demás era una mujer muy atractiva, pude comprobarlo al ver las miradas que se dirigían entre Sam y ella.

—Es una ventaja ser un inmortal —dijo al ver que la estaba observando.

Sonreí sin ganas. Cuando salimos de casa no nevaba, aunque la carretera y la acera decían lo contrario, estaban cubiertas por un manto blanco igual que los bancos y el parque. Lo vi con las manos en los bolsillos mirando el suelo cabizbajo. Después de hablar con Luna, acepté quedar con él. Suponía un gran riesgo (recordé lo que me dijo mi padre), pero sabía que no sería capaz de hacerle ningún daño. ¡Jamás! Aunque debía controlar esa parte de mí, y no era fácil, pero tampoco imposible.

**********

—No entiendo por qué no podemos ir a verte... —decía mi amiga a través del teléfono.

—Luna. —Suspiré—. Es mejor así, Sein tiene las defensas de su organismo muy bajas. —Era patético mentir así.

—Tienes razón, puedo llevar el virus a casa y él… Pero, ¿de verdad estás bien? —Seguía recelosa.

—He conseguido comer algo —la engañé de nuevo—. ¿Sabías que mi padre cocina muy bien? —aporté este dato para que no le diera tanta importancia.

—¿Ah sí? Bueno, eso es una buena señal, quiere decir que vas recuperándote ¿Sabes qué es lo que tienes?, quiero decir, ¿fuiste al hospital?

En ese momento Barsella me dio un papel, en él había escrito qué debía responder si alguno de mis amigos preguntaba.

—El médico vino a casa, después de examinarme llegó a la conclusión de que se trata de un virus, no saben exactamente qué lo produce, solo que es muy contagioso.

Le tendí la nota molesta, por tener que mentirla de nuevo. Me miró con expresión de lástima y la vi irse.

—Me imagino que estarás cansada de repetirlo, ha sonado como si fuera un discurso —advirtió—. Esto… por lo visto se está extendiendo, varios pacientes no han venido a mi consulta por el mismo motivo.

Fue extraño. Cuidado, Luna es muy lista. La letra de aquella nota no era de Barsella y tampoco de Terry, la de mi padre la conocía muy bien. Reconocí su caligrafía, además en el final había una S en mayúscula, pero no ponía te quiero ni nada similar. Qué frío.

—Ahora tendrás más tiempo libre, entonces, ¿no?

—¡Ojala!, el papeleo me tiene bastante ocupada.

—Ah.

—Supongo que habrás hablado con los demás…

—Sí, Otto y Etiene me llamaron ayer, se pasaron el teléfono entre bromas y al final discutieron. Les oí algo de un viaje, pero como te he dicho…

—Tienen pensado hacerlo con las chicas, si no recuerdo mal en un par de días se marchan, pero no te preocupes, estoy segura de que podrás despedirte de ellos.

La idea de que se fueran fue en parte mía. ¿Por qué tenía la sensación de que si lo hacían me quitaban un peso de encima? Cuántas preguntas sin respuesta.

—¿Sabes algo de Artus? —preguntó directamente.

—No, es el único que no se ha puesto en contacto conmigo.

—Me contó que habíais discutido y...

—¿Ahora se llama así? —interrumpí molesta.

—Creo que lo sacaste de contexto.

—¡Genial! Tú también. —Suspiré desanimada.

—Yo también, ¿qué? Es igual. Len, él no está bien.

Por un momento creí que le había pasado algo, pero Luna me tranquilizó.

—Quiero decir que no está bien anímicamente, perdóname por hacerte creer…

—La culpa es mía por no esperar a que acabaras, continúa.

—No estaba seguro si contestarías al ver que te llamaba él, así que...

—Te ha pedido que lo hagas tú.

—Sí, ¿te parece mal?

—No, claro que no, pero me gustaría saber si te contó por qué discutimos, si quiere llamarlo así —me lamenté.

—Más o menos —admitió con discreción—. El caso es que necesita hablar contigo.

—Le llamaré.

—Artus quiere hacerlo en persona —presionó.

—Lo sabes.

Hubo un corto silencio al otro lado de la línea que confirmó lo que pensaba, y tras un instante murmuró:

—No se lo tomes en cuenta, después de todo, se ha visto apartado desde que llegó tu padre y le conociste a él.

—¿Has hablado con Frey?

—No. ¿Por qué?

—Sois los únicos que lo sabéis.

—Él ha sido como un padre para nuestro amigo —comentó con voz gentil—. Bueno… ¿Qué le digo entonces? —insistió.

—Hablaré con él, pero...

—Vas a decirme que estaba equivocada al creer que sus sentimientos eran distintos, ¡*mea culpa*! —exclamó con humor.

—Esto es muy raro, no iba a decirte nada de eso.

—¿Qué entonces?

—Ahora no puedo explicártelo, pero aquel día… —Un nudo en la garganta no me dejó continuar.

—Tranquilízate Len, créeme que no está metido en ningún lío. Sabes que no te engañaría.

Quizás lo hacía para que no me preocupara, porque en su día sí dudé de mi amiga.

—Otra cosa más.

—¿Qué pasa? —pregunté nerviosa.

—Nada, nada —me calmó—. Es que te escucho y...

—¿Y?

—Has madurado mucho.

Me di cuenta de que había cambiado de tema, y en el fondo se lo agradecí. Aunque sabía la relación de Artus con aquellos hombres, no parecía preocupada. ¿Tal vez porque ella también estaba implicada?, o quizás ¿porque a ella también la engañó?

—Será porque he tenido a la mejor maestra.

—Qué tonta —rio.

—Puede —dije con sorna.

¿Por qué me sentía así al oírla reír? ¿Sería debido a que estaba demasiado sensible? Finalmente decidí que era porque echaba de menos a mi amiga.

—Estará en el parque a las seis de la tarde —añadió interrumpiendo mi reflexión.

—Ahí estaré. Luna…

—Ve tranquila, creo que van a cambiar las cosas entre él y Sam.

—¿Cómo?

—No más preguntas por hoy. Cuídate, adiós Len.

Habían pasado cinco días desde que hablé con Luna y ahora le tenía ahí. Era el momento de saber la verdad.

# CAPÍTULO 5
## CONFIDENCIAS

—¿Es él? —masculló Barsella al verle.

—Sí.

—Tu amiga no era la que estaba nerviosa. Estás temblando.

—Tengo frío —mentí, pero ella no me creyó.

—¿Ves aquellos árboles? —Los señaló mirando hacia ellos—. Querida, sé que es tu amigo, pero algo me dice que no es beneficioso guardar tantos secretos.

—¡Vaya!, gracias por tu...

Pero desapareció entre la espesa nieve. Al principio medité cuál sería su reacción, después de ese día no le había vuelto a ver. Repentinamente vino a mi mente la conversación que tuve con Luna. ¿Y si lo que iba a cambiar entre ellos fuera porque habían hablado…? No, no lo creí posible, pero ¿por qué igual que Barsella? «No pienses en ello», me dije severa.

—Ayelen. —Captó mi atención al aproximarse.

No era la única que lo estaba pasando mal, sus ojos me decían que últimamente no dormía bien. También estaba más delgado y el pelo le había crecido bastante. Noté un vacío en el estómago y sin darme cuenta volvió a invadirme la sensación de desesperanza que me atormentaba desde que había hablado con Luna. Ahora me ocurría lo mismo con él. Tiempo atrás supe que nuestros caminos irían en otra dirección, pero no pensaba que iba a ser tan duro. Les echaba de menos, después de todo, eran mi única familia. Sí, eran; ahora pertenecía a otra de la que ellos no podrían formar parte.

—¿Te encuentras bien? —interrumpió mis pensamientos.

—Estás, estás… —vacilé.

—Puedo decir lo mismo de ti. Aunque no esté mejor que tú, sigues igual de enana a mi lado —dijo divertido al notar la tensión.

Torcí los labios intentando que fuese una sonrisa.

—Vamos...

Le seguí y nos sentamos en un banco, no sin antes retirar la nieve.

—Artus… —Me falló la voz y aguardé a que él dijera algo.

—Creía que estaba superado. No es fácil, nada fácil. La muerte de Henry ha hecho que resurjan los recuerdos y el dolor —comenzó con voz grave—. Frey era el único que sospechaba algo y Luna… Gracias a su terapia se está recuperando un poco de la pena. Te voy a contar lo que sucedió aquel día. Solo supisteis lo del accidente, me quedó claro que en el orfanato la noticia corrió como la pólvora. Sin embargo, los detalles les guardé para mí. Íbamos en el coche, cuando todo sucedió… tan rápido. Solo recuerdo sentir el contacto de una mano. —Observó y acarició la suya como si aún pudiera percibirlo.

Entonces empezó a contarme lo que ocurrió:

»El murmullo de unas voces y pasos me llegaron a través de las paredes de aquella habitación y se silenciaron al cerrarse una puerta. No podía establecer una distinción clara entre los sonidos, olores y sensaciones; hasta que me di cuenta de que estaba en la cama de un hospital y había recuperado la consciencia. ¿Cómo te encuentras?, me preguntó la enfermera al ver que estaba despierto. No respondí, solo miraba a mi alrededor buscando a mis padres. «Muchacho, te aseguro que hemos hecho todo cuanto nos ha sido posible», justo en ese momento que me daba la noticia y pregunté por ella.

Lo miré confundida.

—Mi madre estaba esperando un bebé. Saldría de cuentas en un mes —reprimió un súbito ahogo de tristeza.

—¡Un bebé! —repetí en voz baja.

—Iba a tener una hermana. —Entornó los ojos con la mirada perdida—. Todavía guardo el papel donde había escrito varios nombres para ella. —Sonrió fugazmente—. Ahora nunca sabré por cual me habría decidido —reconoció con amargura.

—Lo siento mucho.

—Te preguntarás por qué te lo cuento ahora, créeme que no estaba preparado y ese es el motivo por el que vengo tan a menudo...

No sé si estaba siendo del todo sincero, así que dejé que continuase.

—Confío en que no le dirás nada a Misti, debo ser yo el que lo haga.

—No lo haré, pero ¿puedo saber por qué...?

—Necesito tiempo. —Suspiró—. No te haces una idea del lío que tengo formado en mi cabeza.

Ya éramos dos.

—Y ahora vayamos a la parte en la que tú... —Se levantó y se acercó un poco—. Si has notado que he sido demasiado protector contigo, llegando a confundir a todos sobre lo que siento por ti —dijo sonriendo tímidamente—, es porque no quería que se volviera a repetir. Creo que el destino me dio una segunda oportunidad cuando te vi por primera vez en el orfanato, y no soy de los que creen en las casualidades.

Hice lo mismo y me acerqué.

—Pero el que tu padre haya regresado y ahora estés viviendo con él, me hace suponer que ya no me necesitas —se lamentó.

—No, te equivocas, ahora me haces falta, más que nunca.

—Lo dices para que me sienta mejor.

Quizás fuera cierto e iba a ser una completa egoísta. Todos esos días, con sus horribles noches, me sentía como una extraña cuando estaba en la misma habitación que él. Deseé estar en Drambuy, en mi casita, con ellos entrando y saliendo... Otto y sus bromas. Las atenciones de Nadia y Vera. Etiene y su templanza. La complicidad de Luna, y sobre todo la de él, el tenerle ahí. Quería refugiarme en sus brazos, pero no, tenía que ser fuerte o tal vez cauta, Artus se daría cuenta de que algo no iba bien, por nada del mundo quería ser una carga para mi amigo. Después de todo, la opinión que tenía sobre Sam era bien sabida por los dos.

—Debes saber algo más. He de confesarte que no me lo esperaba. —Se volvió—. Dos días después, cuando tú y yo discutimos, me comporté como un estúpido —reconoció—, volvía a casa y le vi. Estaba hablando con Frey, como he dicho anteriormente, no creo en las casualidades. Lo que le había traído hasta Drambuy era hablar conmigo —hizo una pausa—. Por tu expresión, no te ha dicho nada.

Era evidente al morder mi labio inferior nerviosa.

—Quizás no lo ha creído necesario —prosiguió observando ese gesto nervioso—. Estás más pálida de lo habitual —advirtió con gesto serio.

—Tú tampoco te ves muy bien —protesté.

—Es diferente —interrumpió.

—¿Diferente? —repetí molesta.

—No pienso discutir sobre esto contigo, a no ser que no quieras saber de qué hablamos —refunfuñó.

—Está bien —accedí.

—Lo primero que hice fue preguntar por ti, no me atrevía a llamarte temiendo que no quisieras hablar conmigo, pero ahora no importa —dijo rápidamente—. Cuando me explicó que estabas muy débil, su semblante cambió por completo, porque al verme no se inmutó, parecía impasible... Sabes que no voy a cambiar mi opinión con respecto a Sam y aunque haya tratado de enmascararlo, sufre al verte así.

Lo que yo decía, nunca daba su brazo a torcer, pero tal vez...

—Puede que tenga mejores sentimientos que yo, porque viendo cómo te veo ahora, no exageraba, pero no sé, diría que estaba angustiado o atormentado...

No entendía nada. Puede que se estuviera refiriendo a los primeros días, tanto mi padre como él no sabían qué hacer. Ahora su actitud conmigo era bien distinta, por no decir indiferente, aunque esta última observación no sería justa.

—No lo entiendo —pensé en voz alta.

—¡Ah no!, pues está bastante claro Len.

—¿Cómo me has llamado?

—En una ocasión, te llamó así. —Sonrió y guiñó un ojo—. ¿Sabes?, me gusta.

Hasta ese punto llegaron las confidencias entre ambos. El sonido de varios coches me distrajo. Uno de ellos se acercaba a toda velocidad. Perplejos, vimos como un todoterreno se subía a la acera, la rueda delantera izquierda y trasera ocupaban parte de ella. Un ocupante dio un salto al salir, golpeando fuertemente la puerta tras cerrarla y caminó hacia donde estábamos. Artus se puso delante de mí tenso, antes se giró y dijo enojado:

—Quédate aquí.

Sin darme tiempo a responder, se acercó hasta él con paso firme. Hubo unas palabras más altas que otras y de vez en cuando mi amigo se volvía para tranquilizarme. Cuando dejó de hacerlo, miré en dirección a los árboles, ya era tarde. Sentí que Barsella estaba detrás de mí.

—¿Ahora entiendes a lo que me refería? Querida, Sam está cerca y esto sí que debería preocuparnos.

—¿Estás segura?

Asintió.

—Lo mejor es que entres en casa ¡Qué las dos lo hagamos! —exclamó temerosa.

—No, ve tú —eludí su temor—. Debo quedarme y averiguar quién es. —Señalé con un movimiento de cabeza al hombre que estaba con Artus.

Este nos vio y frunció el ceño, antes estaba sola. Mi amigo lo hizo por encima de su hombro, extrañado o quizás alarmado al ver a Barsella. Se aproximó.

—¿Y tú eres…? —Enarcó las cejas con gesto de incredulidad.

—Era amiga de mi madre. Barsella ha cuidado de mí estos días —le respondí.

—Opinarás que tiene carácter. ¡Es tan cabezota! La decía que entrase en casa. —Posó sus manos en mis hombros mientras hablaba con él—. La temperatura ha bajado considerablemente, querida —me dijo con voz gentil—, todavía no te has recuperado.

—Estoy de acuerdo —apostilló Artus con el semblante serio.

—El frío no me preocupa —le contesté irritada.

—No me refería a...

Resoplé mirando mal a mi amigo.

—Len, debo irme.

Al abrazarme, aproveché para susurrarle:

—Creo que no son de fiar, debes saberlo como tú hiciste en su día con Sam.

—Estaba equivocado con respecto a él, de verdad, debo marcharme. —Se retiró—. Cuida de ella, Barsella.

—Te aseguro que lo haré.

—Adiós. —Sonrió y alargando la mano me apretó el brazo cariñosamente.

—Adiós.

Mientras se dirigía al todoterreno, un Land Rover Defender de cinco puertas, recordé aquel día que pasé por el taller. Me bajé del coche a saludarles.

*******

—¿Qué te trae por aquí Ayelen? —preguntó Sein—. Creía que estabas con Luna y Selene.

Henry me saludó con una herramienta que tenía en su mano derecha, diría que se trataba de una llave inglesa, pero mis conocimientos con respecto a esos utensilios son nulos.

—Nada, solo saber qué tal os va, acabo de estar con ellas. Debo volver a la cafetería y las dejé terminando el café.

—Pues ya ves que tenemos jaleo. —Señaló a varios vehículos que debían reparar.

—¿Ese es un Mitsubishi L200? —Miré un todoterreno blanco.

—Sí —contestó acariciando su barbilla, llevaba días sin afeitarse.

No sé cómo empezó el juego, fue muy divertido. Antes de que el coche estuviera a mi alcance, como para verlo, debía adivinar de qué gama o modelo era. Fue demasiado obvio, Sein me dejó ganar, aunque la ayuda de Henry me vino bien cuando me chivó en voz baja que uno de ellos era un Chrysler azul marino, aportando el dato de sus 300 caballos. Mientras pasaba de largo, me explicó que el Dacia Duster era poco conocido, ya que se trataba de un todoterreno grande, ligero y robusto, superando incluso a muchos de sus hermanos en prestaciones. Ese le dijo Sein que no lo tomara en cuenta, no podía conocerlo porque hacía poco que estaba en el mercado.

No conocía a Sein tanto como mi amiga Luna, aunque tenía una cierta idea de cuando ella hablaba de él. Sein no era de los que le gustaba presumir, ese día lo confirmé, era evidente que su trabajo le permitía conocer con los ojos cerrados e incluso solo escuchando el sonido del motor de qué vehículo se trataba. Y puesto que soy una gran admiradora de esos portentosos coches, supe un poco más sobre ellos gracias a él.

******

No fue la primera vez que le veía. Supe que era Turner cuando oí cómo Erik le llamó, el que había provocado la ira de Artus. Era igual de alto que mi amigo (pude apreciarlo al verles hablar minutos antes), fornido, con brazos fuertes, iba con una camiseta de manga larga que insinuaba sus músculos, la llevaba apretada a su cuerpo. Su mirada risueña, maliciosa, expresaba inquietud. No le temí cuando se despidió de mí con cierta hostilidad, yo le correspondí desafiante.

—¿Satisfecha? —dije una vez que se alejaban.

—Querida, te he advertido en dos ocasiones… —replicó—, pero la verdad es que sí —reconoció igual de gentil—. Tu amigo parece una buena persona...

—Len, sino te importa. —Seguía notando mucha inquietud—. Lo siento —me arrepentí en el momento—, no entiendo por qué...

—Yo sí. —Me cogió del brazo con cariño y caminamos—. He visto cómo le has mirado y él a ti, ha sido un simple aviso por tu parte. Le diremos que necesitabas salir a dar un paseo —añadió maldiciendo nuestra suerte.

—A qué viene… Entiendo —respondí en voz baja al ver que Sam y su hermano estaban a unos pasos de nosotras. Repentinamente, sentí una mirada helada en la espalda.

—Espero que la explicación me convenza —se dirigió a Barsella deteniéndose.

—Fui yo la que insistió salir, quería que me diera el aire —la defendí.

—Vamos —dijo a Barsella con acritud—. Tú y yo debemos hablar.

—¡Genial! —exclamé con sarcasmo alzando los brazos y sentí una convulsión—. ¿Ahora viene la parte en la que no vas a dirigirme la palabra? O por lo menos, responder cuando te estoy hablando. ¿Qué va a ser lo próximo? —le pregunté, aunque lo hacía más para mí misma.

Era evidente que estaba demasiado alterada para escuchar su respuesta, así que caminé sintiendo un frío concentrado y peligroso. Con la respiración irregular, de nuevo mi cuerpo reaccionó con otra sacudida... Segundos después, llegó la tercera cuando Barsella me alcanzó. A su lado, observándome con gesto insólito estaba Ben.

—Entretenle —le pidió a Ben—. Ven conmigo Len.

Me llevó a la cocina rodeándome a la altura de los brazos.

—Va a querer saber qué le ocurre —dijo él detrás de nosotras.

—Dile que después se lo explicaré —le espetó con voz áspera. Se dirigió a mí con una voz conciliadora—: Cariño, debes tranquilizarte.

Seguía con la respiración entrecortada.

—Querida, te pareces tanto a ella... —confesó agarrando mi rostro entre sus manos.

—¿Te refieres a mi madre?

—Solo respira profundamente —me silenció.

La miré llenando los pulmones de aire.

—Así, muy bien. —Me hizo sentar en uno de los taburetes.

Vi que cogía un vaso y lo llenaba de agua. De un cajón sacó un botecito y dejó caer en su mano una pastilla redonda y plana.

—Ten.

La miré con desconfianza.

—No te hará ningún daño, es un calmante natural.

Me mostró el papel que cubría el frasco, entre los muchos excipientes me llamó la atención solo uno, el aceite de ricino. Me la llevé a la boca, su sabor no era desagradable, sino dulce. Dudé, ya que no sabía si me iba a producir náuseas, pero conseguí tragarla y, aunque era muy pronto para saberlo, no sentí ninguna.

—Aún recuerdo ver a Carissia siempre en aquel árbol leyendo... —dijo pensativa. Fue nostalgia lo que había en sus ojos cuando la miré—. Tu respiración es más pausada —indicó.

—Acabas de mencionarla, Barsella, me gustaría saber cosas de mi madre.

Su semblante cambió, de la melancolía pasó a la satisfacción de tener consigo su recuerdo.

—¿Qué quieres saber?

—¡Todo! ¿Cómo era? ¿Por qué estaba con Ioban? Sé que fue él quien la transformó.

—Así es, su relación nunca fue buena, tu madre lo odiaba por lo que la había hecho —hizo una breve pausa—. Maldijo al hombre que en su día no acabó con su vida allí mismo porque la dejó agonizando de dolor mientras cogía su bolso... Sí, querida, un ladrón le asestó una puñalada por un puñado de monedas. —Señaló con repulsión—. Len, estarás de acuerdo conmigo en que los detalles de lo ocurrido, ahora no son importantes —agregó seria.

—Pero... Pero...—protesté.

—No quiero que nada te altere —me recordó al haberlo presenciado en persona.

—De acuerdo —accedí de mala gana—. Volviendo a mi madre, si le odiaba ¿Por qué siguió con él?

—Ioban no solo se conformó en convertirla, quería más, algo igual que Kneisel, siempre obedeciendo sus órdenes —puntualizó con aversión—. Con Carissia no pudo —dijo orgullosa.

—¿En qué sentido?

—Siempre ha querido tener una compañera.

Ante la imagen de Ioban y mi madre juntos... Puse mala cara y la aparté de mi mente rápidamente.

—¿Cómo se lo tomó?

—La verdad es que no muy bien, he de confesarte que es muy voluble, aunque al principio le complicó su existencia.

—Tal vez… puede que pase lo mismo conmigo. ¿No?

Debía tener una cierta esperanza, por muy pequeña que fuera, pero Barsella la destruyó en pedazos delante de mis narices cuando le oí decir:

—El poder de tu madre es insignificante comparado con el tuyo.

«¿Poder?», me pregunté.

—Te tuvo a ti —respondió a mi pregunta sin haberla dicho—. Ioban no sabía en qué te convertirías, así que tuve que explicarle lo que yo sé. De no haberlo hecho, ahora no estarías aquí.

Abrí los ojos y la boca perpleja.

—Me complacería ser la que te lo dijera, pero por desgracia debo acatar las leyes, nuestras leyes —admitió—. Antes me has preguntado cómo era. Al llevarte en su vientre sacaste lo mejor de ella, dejó a un lado su odio, las malas contestaciones, sus cambios de humor. Carissia era tan imprevisible, supongo que lo fue siendo humana y en eso no te pareces a ella.

Mi padre me había hablado de ella, pero no cómo Barsella.

—No me imagino enfrentándose a él —observé, más por mi temor, no porque no pudiera hacerlo.

—¿Por qué no? Tú lo hiciste y sigues sus pasos... Querré eternamente a Carissia y la admiré por ser la única que lo hizo.

—Barsella, tú...

—En otro momento te contaré mi historia, no quiero colmar su paciencia —se refería a Sam.

—¿Por qué está tan enfadado?

—Tu seguridad es lo primero.

—¿Mi seguridad? —repetí confusa.

—¿Aún no lo conoces? —preguntó extrañada.

—Parece que no —dije desanimada.

—Entiendo —se compadeció viendo que agachaba la cabeza desolada—. Está bajo una gran presión, pero no dudes de sus sentimientos.

—¿De verdad lo crees?

—¡Por supuesto! No me cabe la menor duda.

—Si estás tan segura, ¿podrías explicarme...?

—Dilo querida, desahógate.

—El dolor físico es insoportable, pero no me importa porque su frialdad e indiferencia son lo peor —confesé con el corazón encogido.

—Tus palabras me conmueven. —Se acercó y me abrazó—. Me has convencido, te lo contaré —murmuró en mi oído.

—No quiero que por mi culpa te metas en un lío —admití con sinceridad.

—No, no, lo que voy a decirte no tiene nada que ver con lo que piensas. —Acercó un taburete y se sentó.

—Ah —respiré resignada—, debo esperar a que mi padre regrese.

Asintió con el semblante serio.

—Antes prométeme que si percibes algún síntoma...

—Te lo haré saber.

—Como ya sabes, si estoy aquí es porque Terry me lo pidió —comenzó rápidamente al notar mi impaciencia—, no solo era para cuidar de ti, sino porque también debemos hacer ver que continuas en Drambuy y que nada ha cambiado.

—Espera, espera. —Levanté la mano—. Si Ben está aquí, ¿quieres decir...?

—Puede que estén empezando a sospechar de él. Ayer lo acompañaba Brunilda —anunció con tono grave.

La recordaba perfectamente, alta, extremadamente delgada y cuya expresión al mirarme fue dura y rígida.

—De ahí que su apariencia al verte fuera tan fría, te insistí en volver por esta razón, podía haber estado con ellos —agregó alarmada.

—Pero no ha sido así —advertí intentando parecer tranquila.

—Querida, esto nos hubiera dado una cierta desventaja, aún no estás preparada y tampoco tienes la suficiente fuerza, necesitas...

Alguien llamó a la puerta dos veces, al mirar se asomó precavidamente.

—Quiere saber si todo va bien —dijo Ben dirigiéndose a ella.

—Sí, has llegado justo cuando la decía que ayer tenías compañía.

—¿Cómo? —preguntó duramente al entrar y acercarse a nosotras.

—¡Vamos, Ben! El hecho de que esté así no quiere decir que debamos ocultarle todo.

—¿Y no has pensado que quizás no sea el momento de hacerlo? —Me miró fugazmente.

—Ese período no existe querido —le espetó con ironía.

—Muy bien, Barsella —comentó irritado—. ¿No te importará entonces si mi hermano se entera de esto? —Sonrió con arrogancia.

—¿Estás sugiriendo que debo temer a su reacción? —y sin dejarle responder—, averigüémoslo —lo retó.

—¡No! —grité al levantarme.

Los dos se miraron sorprendidos.

—Ben, si lo ha hecho es porque yo… yo… —dudé.

—Len. —Acarició mis hombros—. No tienes por qué explicarle nada.

—En efecto —dijo Ben—, ella es quién debe hacerlo —añadió con aire despectivo.

—Confía en mí.

—Barsella...

—Tu preocupación por mí me halaga, pero no lo hagas, no hay motivo. ¿De acuerdo? —pidió muy segura.

Asentí muy poco convencida. No me importó quedarme sola, así tendría unos minutos para meditar en silencio. Lo primero que vino a mi mente... La idea que tenía formada de mi madre era muy distinta al oír a Barsella, sea un inmortal o un humano... No todos podemos ser pacientes, pensar u opinar de igual manera, sería muy aburrido. Tampoco podemos mostrar felicidad cuando no la sentimos y menos transmitirla a la persona amada. Me parecía a ella más de lo que creía, ahora estaba viviendo algo similar, pero no, no podía compararles. Ioban quería lo que no tenía y Sam me tendría para siempre, aunque no estaba muy segura de que lo quisiera.

En el momento que le escuché decir que fui la personita que hizo cambiar a Carissia, me sentí orgullosa, pero en el fondo de mi corazón sabía que Terry fue el causante con su amor. No negaré que por unos segundos me sentí protagonista de su historia (en el buen sentido), porque ahora ese mismo amor se debía a un motivo muy diferente. La fotografía conmigo en brazos no engañaba, era demasiado hermosa. Aunque tuviera cierto parecido con ella, la perfección de su rostro se alejaba bastante del mío.

Luna solía decirme que no llamaba la atención por mi belleza, sino porque detrás del brillo de mis ojos había una mirada transparente, limpia, que hechizaba (si me viera ahora no podría decirlo). Cuando sonreía lo hacía con picardía, seduciendo a cualquier joven u hombre que se atreviera a mirarme. Reconozco que sí me daba cuenta, pero no porque produjera tal efecto, sino porque algo en mí les hacía mantener las distancias. Tal vez fuera miedo a lo desconocido (en ese caso podía entenderlo). También lo he sentido por ser diferente. ¿Por qué si no iba a querer Ioban tenerme a su lado?

Mis amigos dirían que si pudieran retroceder en el tiempo cambiarían la suerte de sus seres queridos, yo no opinaba lo mismo. Precisamente, las palabras de Artus fueron las que me hicieron reaccionar, él no creía en las casualidades, y puede que tuviera razón. Quizás se deba al destino o una señal, porque ese día en el que Sein me propuso aquel juego, vimos pasar un Jaguar en tono verdoso y también cuando salimos de festejar el cumpleaños de Henry, pero no sabía quién lo conducía ¿Casualidad? No, desde luego que no.

«Y en la noche únicamente son visibles, pero si volteamos hacia el lugar correcto…». Ella lo describió a la perfección en mi sueño, él siempre estuvo conmigo. Guardé la fotografía y cogí el teléfono móvil. Me disponía a llamarle cuando vi dos llamadas de mi padre.

—Papá, ahora no —me impacienté. Era evidente que estaba disgustado.

—¿Crees que me hubiera marchado de saber que…? —comentó arrepentido después de darse cuenta de cómo me sentía—. Antes de hacerlo, le dije que te darías cuenta, esas cosas una mujer las percibe, que buscaríamos una solución al problema —hizo una breve pausa.

Por lo que escuché al otro lado de la línea, el sonido del viento lo acompañaba, estaba regresando a Kitea, lo que me produjo cierto alivio.

—Puede que sea más duro de lo que pensaba —admitió.

—El problema —le interrumpí ansiosa—, soy yo. ¿Verdad?

—Hija, ha sido una forma de expresarme ¡Por supuesto que no! —gruñó—. Ahora no puedo explicártelo, dame unas horas y…

—Eso quiere decir que formo parte de él —reconocí con amargura—. Te equivocaste al escribir que había sido una bendición.

No hubo respuesta, él móvil se apagó al quedarse sin batería. ¿Tanto se notaba que estaba deprimida?, me pregunté. Por lo visto sí, porque para Terry no pasó desapercibido.

—¡Genial! —exclamé en voz alta.

Un padre conoce a sus hijos (en este caso a su hija), no se le puede engañar tan fácilmente, él sabía por lo que estaba pasando, de ahí que antes de irse hablase con Sam.

Tenía, debía ser fuerte, me repetí de nuevo. Tenía que asumirlo por difícil que fuera, me sentía sola… Este es mi destino, a no ser que todo se vuelva en mi contra.

—¡No! —grité en silencio al mismo tiempo que cerraba los ojos con fuerza. No dejé que cayera ninguna lágrima, por suerte o desgracia era algo que estaba a aprendiendo hacer. Pero la presión de mi pecho apretaba más y mi corazón día tras día se estaba endureciendo…

Con el teléfono en la mano, salí de la cocina y fui a la sala. Estaba de pie, con los brazos cruzados a su espalda, mirando a través de los estores de lino. El simple hecho de verle me hacía sentir bien, aunque en este momento lo dudé.

—¿Barsella? —quise saber con cierta cautela.

—Ella y mi hermano han tenido que salir —respondió secamente.

—Entiendo —suspiré.

«Espero que hayas sido discreta al hablar con él», reflexioné en silencio.

—Terry llegará en unas horas —añadí.

—Lo sé, he hablado con él hace un minuto.

—Mi móvil se ha quedado sin batería. —Lo enchufé a la corriente—. Creo que voy a esperarle aquí, si no te importa.

—¿Ibas a ocultármelo? —obvió mi comentario.

—¿El qué? —No sabía a qué se refería.

—Artus… Por lo que deduzco, mi ausencia la has aprovechado bien, a no ser que llevases días planeando el veros —advirtió—. Si me lo hubieras dicho, no me habría opuesto.

—Y, ¿por qué estás tan enfadado? —alcé la voz.

—¿Aún me lo preguntas?

—Pensaba hacerlo —me defendí. «Aunque no sabía ni cómo ni cuándo», pensé—. Me lo prometió —musité.

—Ten por seguro que Barsella no me ha dicho nada, tienes en ella a una gran aliada —reconoció con sinceridad.

¿Entonces cómo sabía…?

—Hueles a él —añadió satisfecho.

Se giró y pude ver cómo me observaba al oler mi ropa, qué raro, yo solo olía a jazmín.

—Ahora que lo sabes y si debo estar recluida, sin poder salir, al menos dime qué hablaste con él.

—Si quieres llamarlo así… Nunca he retenido a nadie en contra de su voluntad —dijo abatido—, puedes irte cuando lo desees, aunque preferiría que no lo hicieras —agregó rápidamente—. Con respecto a tu amigo, no pareces sorprendida y tampoco molesta.

Si no quería que me fuera, ¿por qué estaba tan distante y frío? Por no mencionar que nuestras conversaciones eran de dos o tres palabras seguidas, nada más.

—Quizás porque no me contó gran cosa —reconocí—. En cambio me dijo algo que llevaba ocultando…

—Has sustituido al bebé que murió.

—¿Cómo sabes tú que...?

—Me dijo que no fuera duro con él, que estaba pasando por una etapa muy dolorosa, aún no superada. Hablaba de Artus como si fuera su padre.

—Frey —susurré—. ¿No le habrás dicho lo que has averiguado de, de… —dudé—, esos hombres…?

No sabía el motivo de aquella sonrisa, hacía mucho tiempo que no la veía, así que no dije nada.

—Igual que le confesaste a Etiene las intenciones de Ioban, me he visto obligado a hacer lo mismo, pero yo, he sido más prudente.

—¿Estabas escuchando?

—Todo cuanto te rodea y suceda, también me concierne.

Levanté una ceja perpleja, sabía que estaría cerca, pero no que oyera nuestra conversación.

—Le expliqué que tu padre e Ioban se conocían desde hacía años, antes incluso de que tú nacieras, que el motivo de su enemistad fue por tu madre, y ahora quiere hacer lo mismo contigo... No te haces una idea de lo complicado que fue evitar sus preguntas. Más bien fue un interrogatorio —anunció incómodo—. La situación lo requería, estaba dispuesto a venir, aunque no fuera bien recibido. Parece que alguien le hizo cambiar de opinión y no fui yo, te lo aseguro.

—Luna. Hablé con ella hace cinco días. Artus dudaba si yo iba a querer verle después de...

—Vuestra pelea, también me lo dijo.

Obviamente, Frey le tenía bien informado.

—Siento haber sido el motivo de ella.

—No importa. Exactamente, ¿qué es lo que sabe?

—Las fechas, lo que eres, somos —negó con un movimiento de cabeza—. Aunque no estoy muy seguro —observó muy serio.

Respiré un poco aliviada.

—Sé que se siente desplazado desde que llegué a tu vida, pero he conseguido que se mantenga al margen, nosotros nos ocuparemos de Ioban.

—¿Cómo puedes estar tan seguro? ¿Ha creído que todo lo que les hace ser enemigos es por el amor de mi madre?

—¿Crees que es tan absurdo? —preguntó a su vez con un hilo de voz—. Recuerda que seguimos siendo hombres, pero no es el amor lo que le impulsa a quererte a su lado —añadió lo que fue una reflexión hecha en voz alta.

—Y está relacionado con lo que me está pasando.

—Creía que no era posible, tú… tú… —dudó—. Que ellos habían errado… Es crucial que estés tranquila. Len, saben que eres mi debilidad y lo aprovecharán si tienen oportunidad —aseguró con una vehemencia insólita y un gesto de irritación—. Barsella no debió hacerlo —se lamentó—. Ahora que lo sabes, entenderás mi reacción.

—Lo hizo porque yo… yo… —titubeé—. Aún así, ella estaba cerca…—conseguí decir pensando más con la mente que con él corazón.

—Sigues sin entenderlo —parecía frustrado—. ¿Crees que Ioban es tan necio como para presentarse aquí solo?

Me falló la voz. No sé si fue el pánico lo que se apoderó de mí, sentía pesadas las piernas y los ojos, como si no tuviera fuerza para mantenerme en pie.

—Han sido demasiadas emociones. Lo mejor es que descanses, te avisaré cuando tu padre esté aquí.

En ningún momento se acercó y me volví para ir al dormitorio dándole la espalda, el calmante estaba haciendo efecto, cuando…

—Len —dijo detrás de mí.

Con cierta torpeza me giré.

—Cuando lleguen, quiero que permanezcas a mi lado en todo momento.

Su rostro estaba cerca del mío, pero me costaba desentrañar su expresión… Lo quería por encima de todo, y lo había idealizado tanto que ahora formaba parte de un sueño, mi sueño. Tras un instante y viendo que él esperaba una respuesta, accedí apesadumbrada.

Iba de un extremo a otro de la cama sin poder conciliar el sueño, todas las imágenes se repetían en mi mente una vez y otra hasta que me levanté y saqué de un cajón el mp3. Debía hacerlas callar, hacer que desaparecieran... Lo conseguí al oír la primera melodía. Era la banda sonora de una película, en la escena donde se escuchaba, el marido se despedía vestido para la batalla, se iba con un puñado de hombres que seguían las órdenes de su rey. Ella, entera, sin derramar una sola lágrima, se despidió con la esperanza de que regresaría vivo, por desgracia no fue así. Recordé que fue Nadia quien me grabó las canciones y pulsé el botón para avanzar a una canción menos triste. Creí que tendría más ritmo, cuando comencé a escuchar...

# CAPÍTULO 6
## CANCIÓN

Date la vuelta ojos brillantes.

De vez en cuando me pongo un poco más sola y tú nunca vuelves.

De vez en cuando me pongo un poco más cansada, más aterrada y luego veo la mirada en tus ojos.

De vez en cuando me pongo un poco inquieta y sueño con algo salvaje.

De vez en cuando me pongo un poco enfadada y sé que tengo que salir y llorar...

Y te necesito ahora, esta noche, más que nunca.

Y sin tan solo me tomas fuerte, estaremos tomándonos para siempre.

Lo haremos bien, porque nunca estaremos mal.

Juntos podemos tomarlo al fin de la línea. Tú amor es como una sombra en mí todo el tiempo.

Estamos viviendo en un barril de pólvora y haciendo chispas.

*Por siempre esta noche.*

*Érase una vez había una luz en mi vida, pero ahora solo hay amor en la oscuridad.*

*Yo no sé qué hacer y estoy siempre en la oscuridad...*

*Estoy cansada de escuchar mis lágrimas.*

*De vez en cuando yo sé que siempre serás el único quien me quería de la manera que soy yo.*

*Que no hay nadie en el universo tan mágico y maravilloso como tú.*

*No hay nada que yo pueda hacer, un eclipse total del corazón.*


Sin ninguna voluntad, las lágrimas resbalaron por mis mejillas.

# CAPÍTULO 7
## REVELACIÓN

El valle está cubierto de barrancos profundos que desembocan en el río Drambuy. El sendero era angosto y empinado, nos dirigíamos al lugar donde la leyenda dice que las brujas se reunían para sus aquelarres, con la densa vegetación cubierta de nieve y troncos que parecen forrados de terciopelo. No me gustó la forma de dejar así a mi amiga Len.

—La mentí y ahora no confiará en mí.

—¿Prefieres que sepa la verdad...?

—Nos vio… Me advirtió que no sois de fiar.

—Al igual que tú hiciste en su día. Te aconsejé que no lo hicieras, no podemos basarnos en las habladurías de la gente, el temor les impulsa a ello.

—Lo sé, me precipité, pero sigo pensando… Hay algo que sigue sin gustarme.

—Artus, amigo, déjame que te diga algo: el hecho de que haya ido a vivir con él no significa que vayas a perder a Len. —Esperó su respuesta—. ¿No vas a contestar?

Del bolsillo de la cazadora saqué el móvil.

—Sí, acabo de estar con ella, he notado que estaba un poco deprimida… Muy bien, en veinte minutos. —La conversación terminó y colgué.

—¿Era ella?

—Nos espera en el sitio acordado… ¿Puedo preguntarte algo?

—Adelante, dime, amigo.

—No pareces nervioso.

—¿Tú sí?

—Es la primera vez que me veo involucrado en algo así.

—Yo no —carraspeó—, además, la tenemos a ella y está de nuestro lado.

—Sabes que llevará su venganza hasta la última consecuencia —dije bajando del coche.

—Eso nos viene bien. ¡Vamos Artus! Cambia esa cara, no vamos a ningún funeral.

—Gracias por recordármelo —le espeté con dureza.

—No te lo tomes así, ya han pasado tres años.

—Déjalo Turner —concluí molesto.

Habíamos ido por una carretera paralela al río, ascendiendo unos pocos kilómetros y custodiados por las altas montañas. La vista era impresionante a la vez que tenebrosa, al no estar alumbrado el camino por ninguna luz artificial nos guiamos con unas potentes linternas. Nos hizo una señal con una de ellas y fuimos hacia ella.

—Llegáis tarde, obviamente ya no está.

—Si no te hubieras entretenido no habría pasado —me recriminó duramente Turner.

Noté que mi cara se endurecía.

—No haber venido a buscarme —dije arrastrando las palabras.

—Al igual que yo, tú también estás...

—¡Calmaos! Os explicaré lo que he visto.

Luna se estaba iniciando en las fuerzas ocultas. No fue por casualidad, nosotros, sus amigos, sabíamos que tenía la necesidad de conocer de donde venía, quiénes fueron sus padres y el porqué de su abandono. La búsqueda comenzó en el lugar donde empezó todo, en el hospital. Tuvo que ir hasta Nayvalén.

La enfermera que la cuidó las primeras horas aún seguía trabajando allí y fue ella quien se puso en contacto con la responsable del orfanato. Se alegró de verla. A parte del canastillo y la mantita que la protegió del frío, había algo más, de no haberlo visto, habría sido destruido o utilizado junto con lo demás. En esa cajita de madera hallaría casi todas las respuestas. El que Luna fuera a parar al orfanato no fue algo no premeditado, sino todo lo contrario.

Por desgracia las brujas siempre han inspirado miedo, nunca nos hemos preguntado por qué están aquí o cuál es su cometido. Siempre han sido objeto de persecución, ese fue tristemente y lamentablemente el destino de su madre y familia. Era la única manera de alejarla del peligro, de que jamás la relacionaran con ello. Pero debía saber cuáles eran sus raíces y la antigüedad de su estirpe. Me confesó que su nombre verdadero es Miglenia: de Milena por parte de su abuela y Magdalena de su madre.

Mientras Turner esperaba impaciente a que ella nos revelase lo que había visto, sonreí al recordar lo bien que se llevaban. Entre ella y Len siempre hubo química desde el principio (aunque no puedo asegurarlo al llegar unos años después), pero no estaba muy seguro si se debía al don de ella, ahora sé que al de Luna sí. Comenzó describiendo a una mujer de cabellos negros recogidos en un moño y con una elegancia exquisita en sus movimientos, como si la túnica en color burdeos que llevaba puesta formase parte de su cuerpo. Nos dijo que, aunque la había visto entrar con frecuencia, eso no demostraba nada. ¿Podría deberse a que estuviera preparando el regreso de Ioban?

—¿Estás diciendo que esa mujer está con él? —quise saber.

Luna no respondió.

—Por la descripción… creo que tú y yo la hemos visto en alguna parte —aseguró Turner.

Lo miré y ella me observó con una mezcla de curiosidad. En ese preciso instante, dudé a la vez que temí y me sorprendí sintiendo miedo por Len. Pero no lo sentí por Barsella.

—Es vital que nos lo digas —adivinó Luna.

—Se llama Barsella, era amiga de su madre, estaba con...

—¡Len! Eso es. ¿Cómo no me he dado cuenta antes?

—¿Estás seguro Turner? —preguntó Luna.

—Díselo tú, Artus.

—Acabo de estar con ellas.

Los vi mirarse con el semblante serio a la par que sorprendido, ella más.

—Debo suponer… —vacilé—. ¿Podrías explicarme qué significa?

Estaba perdido e intranquilo. A no ser que Luna me estuviera ocultando algo. ¿Cómo era posible que esa mujer cuidase de Len y al mismo tiempo estuviera con quienes habían asesinado a Henry? No lo entendía.

—Por lo que acabas de decir, no podemos sacar conclusiones erróneas —dijo mi amiga con sensatez.

—El hecho de que esté con vuestra amiga no es motivo suficiente. Quizás, no debamos fiarnos de ninguna.

—¿Cómo? —dije furioso.

—¡Ey! Tranquilo. —Alzó las manos—. Solo digo, ha sido una suposición. Pensad en ello.

—Veamos Turner —intervino Luna—, digamos que tienes razón, entonces… ¿Dónde está la prueba que lo demuestra?

—Para mí no es ninguna amenaza —pensé en voz alta—, solo he intercambiado unas palabras con ella y sé que no puedo basarme en ello, pero sí en la forma de mirar a mi amiga.

—Puede que se esté ganando su confianza y después, ¡zas! —advirtió con aire despectivo.

—Luna, ¿tú podrías? —dije sin prestarle atención.

—Aún desconozco los elementos, incluso no sé si llegaré a manejarlos, estoy sola en esto —admitió desanimada—. Lo que capté de ella no fue malo, pero sí sombrío, no me permitió ver más allá —agregó un poco incómoda.

—¿Y si hablo de nuevo con Sam?

—No, creerá que le estamos espiando. Además, él sabe que Barsella está con nuestra amiga, puedo afirmar que fue su padre quien la hizo llamar.

—Impresionante, Luna —señaló Turner satisfecho—. Y ahora, ¿qué se supone que debemos hacer? Necesito un poco de acción —añadió impaciente.

—Seguiremos como hasta ahora, antes debes saber algo, tienes que controlar a los tuyos, Turner, y de paso tú también deberías hacerlo. —Parecía descontenta.

—Erik, quién si no —observé con aire despectivo.

—Puedo manejar la situación —dijo con énfasis—, me respetan y harán lo que les pida.

—Más te vale que así sea, como ha dicho Artus…

—Si me entero de que hace algo a Len… —interrumpí furioso.

—¿Estás poniendo en duda mi autoridad?

—No, desde luego que no, solo digo...

—Tranquilo, ella está segura con Sam.

—¿Y Miller...? —le pregunté.

—¿Qué pasa con él? —dijo Turner.

—No será un problema.

—¿Cómo? —quise saber desconcertado.

—Créeme, no he utilizado la magia.

—Es una pena —interrumpió Turner.

—No ha hecho falta —comentó fulminando a este—, tiene pendientes otros casos, lo que hace que por unos días o tal vez semanas, no le tengamos por aquí. Lo sé por una periodista a la que conocí hace un par de días. Se llama Adara, nos será de utilidad en su momento.

En el trayecto de vuelta permanecimos en silencio. Luna no parecía estar cómoda, sabía que la actitud de Turner no le gustaba, pero he de decir que tenían algo en común. Ioban asesinó a los padres de mi amiga, así como hizo con los de Turner. Si yo me había metido en todo esto era porque quería que pagase por la muerte de Henry y también que dejase en paz a Len.

—Estaremos en contacto —nos dijo bajando del coche—. Ni una palabra de esto a nadie —se despidió.

No sé cómo se las iba a ingeniar con Sein. Me dije que sabía lo que hacía. Cuando llegué a casa, Misti dormía, me desvestí y me tumbé a su lado. Se despertó o fui yo el que lo hizo al oírla decir:

—¿Qué hora es...?

—Tarde, vuelve a dormir.

—Tus salidas nocturnas tienen que ver con ella, ¿verdad?

—Si te refieres a Len, sí.

—¿Qué es lo que te pasa con ella? —Se sentó en la cama.

—Misti, no quiero discutir...

—¿Discutir? —repitió molesta—. Solo quiero saber por qué estás tan pendiente de ella —susurró—. Desde que os conozco… No sé qué haces conmigo si la quieres de esa forma.

—No puedes estar hablando en serio —me irrité.

—¡Ah, no! Entonces quizás deberías explicármelo, pero no me negarás que la...

—¿Quiero? Por supuesto, pero a ti te amo. Ahí está la diferencia —mentí.

—No más secretos, Artus —me dijo después de saber todo y por qué Len representaba tanto.

—De acuerdo.

No podía contarle lo referido a Turner y Luna, esta última me hizo prometer que no diría nada. Que yo me hubiera metido en todo esto no quería decir que tuviera que arrastrarla conmigo. Media hora después seguía mirando el techo, no podía conciliar el sueño ¿Podría ser que ella y yo estuviéramos de alguna manera conectados? Estaba intranquilo por Len... Miré a Misti, dormía. Volví a ponerme el pantalón vaquero. Bajé a la cafetería. No tuve oportunidad de mostrárselo. Saqué la agenda, desgastada y doblada en los extremos, del bolsillo y la puse en la barra del bar. En ella había anotados varios nombres femeninos, entre los cuales estaba el de ella, Len. De esto hacía ya diez años. Abrí uno de los cajones con cerradura, lo guarde y me serví una cerveza. En el momento que daba un trago, mi teléfono sonó, era un mensaje. Lo leí.

Presiento que algo espantoso va a suceder.

No te lo diría si no fuera importante.

Sé que lo has sentido antes, también tengo miedo.

Len está en peligro.

Luna.

Inmediatamente salí…

# CAPÍTULO 8
## LA CLAVE

Me desperté con el cuerpo dolorido, como si hubiera dormido varias horas, pero nada más lejos de la realidad... Debí quedarme dormida con la música y al coger de nuevo el mp3 seguía sonando. Antes de apagarlo vi en la pantalla que eran las cuatro de la madrugada, solo había transcurrido una hora y media desde que hablé con Sam.

Al principio todo había sido como imaginaba, incluso el día que lo conocí supe que fue un flechazo, y en los momentos clave él siempre había permanecido a mi lado, pero ahora cuando más le necesitaba... Como decía aquella canción: tenía que haber un motivo, sí, algo demasiado importante, pero ¿el qué? No podía esperar. Aunque muchas de las preguntas serían respondidas al llegar mi padre, esta solo le concernía a él.

Al salir del dormitorio noté cierto temblor, estaba nerviosa. Las preguntas más importantes no dejan de ser preguntas que giran en torno a un enigma. A cada contestación hay que añadirle un «tal vez», sin embargo las únicas preguntas que tienen respuestas decisivas son las que no nos parecen curiosas.

Temía su respuesta.

La casa estaba silenciosa, al dirigirme a la sala, vi una silueta mirando a través de las enormes ventanas. No hizo falta que se girase, sabía perfectamente que no era él. Era Ben.

—Te has despertado.

—Sí.

Por primera vez íbamos a estar solos.

—Mi hermano ha tenido que salir.

Aunque no me viera, asentí. No parecía tener muchas ganas de hablar y me ocurría lo mismo, aún así rompí el silencio.

—No te gustó que Barsella me hablase de ello. Creo que no deberías exponerte más —le dije temiendo la reacción de Sam si algo le ocurría.

—Es muy noble por tu parte —comentó arrastrando las palabras.

—Hablo en serio.

—Sé que tu preocupación es por mi hermano y no te culpo, pero no lo hago por ti —indicó calmado—. Se lo debo, como te habrá contado fui yo quien le quitó la vida. Humana— enfatizó.

—No te culpa.

Se acercó un poco manteniendo las distancias.

—¿Alguna vez te has sentido culpable por algo? No, creo que no. Tú vives en un mundo donde todo es perfecto.

—Estás siendo muy injusto.

—Ja, ja, ja —rio con sorna—. Mira a tu alrededor. Vives en una casa lujosa, conduces un vehículo de última gama, tu padre ha regresado y nos tienes a todos pendientes de ti protegiéndote.

—¿Crees que me importan los lujos? —dije duramente—. He sido muy feliz en un lugar donde debíamos compartir todo

—reconocí refiriéndome al orfanato—. ¿Tienes idea de lo que es mentir constantemente a mis amigos? Hasta ahora han sido la única familia que tenía, por no mencionar el sacrificio de mis padres.

Ya me sentía bastante culpable por ello, pero que Ben me lo recordase...

—No lo hagas, cuéntales la verdad.

—La verdad —repetí pensativa en voz alta.

—Si decides hacerlo, tendrá consecuencias —añadió sonriendo astutamente.

—No te caigo bien, ¿verdad?

—Bien, mal. ¡Qué más da! ¿Importa?

—Creo… que... que… —titubeé.

—Mmm, volvemos a lo de antes, por mi hermano.

—Sé que no puedo caer bien a todo el mundo, y tú… no eres una excepción.

—Te confesaré que no me eres indiferente. Tenía mucho interés en conocerte y cuando Ioban te llevó a casa…

—No quiero hablar de ello. —Arrugué la frente molesta.

Aunque hubieran pasado varios años, aquel día seguía muy presente.

—Como quieras, pero tengo curiosidad, tu reacción al verme no fue como esperaba.

—Lo hiciste para irritar a Ioban.

Sonrió con astucia.

—La última vez que te vi... Ahora tus ojos se ven distintos.

—Tampoco he sido indiferente para ti —dijo satisfecho—. ¿Quieres saber por qué ahora se ven así?

—Atraes a las mujeres, ahí radica tu poder. —Después de pensar en ello unos segundos—. ¡Madre mía! Lo utilizas para...

—¿Crees que he sido el único que lo hacía? —espetó.

—¿Lo hacías? —repetí confusa.

—Llevo tiempo sin alimentarme de mujeres hermosas.

Le miré incrédula.

—Ahora mismo tu olor me está volviendo loco —confesó.

Retrocedí unos pasos por precaución.

—No temas, Len, se lo prometí… Aunque no te haces una idea de lo difícil que me está resultando mantener esa promesa.

—Puedes hacerlo.

—Lo dices porque estás asustada —se lamentó—. Tengo entendido que cambias los estados de ánimo ¿Sería mucho pedir que lo probaras conmigo? No sé si podré aguantar más...

Indecisa al recordar que con Etiene no funcionó cuando me contó las pesadillas, ¿y si ocurriera lo mismo? Sería una presa fácil, no tendría forma de escapar, estaría en desventaja. No porque no pudiera hacerle frente, sino por ser quien era, su hermano. Me acerqué despacio, respiré hondo y tragué saliva a duras penas, porque repentinamente se me había secado la garganta. Le cogí la mano, en el momento en que sentí su contacto, mi vello se erizó. Los segundos, después minutos… No dijo nada, solo permanecía quieto, con los ojos cerrados, seguía siendo muy atractivo. En sus labios se dibujaba una sonrisa radiante y pude distinguir que detrás de sus labios sobresalían dos colmillos blancos y afilados. Me quedé absorta admirando esa parte que hasta ahora no había visto, no así.

—¿Ben?

No me gustó la forma en que acariciaba mi mano y rápidamente la retiré.

—Esto supera todo cuanto he oído sobre ti. —Abrió los ojos—. Ahora podemos hablar sin que piense en querer matarte todo el tiempo.

—¿Qué es lo que sabes sobre mí?… No importa. —Suspiré desanimada—. Barsella me contó que debéis acatar las leyes, estoy convencida de que no podéis hablar de ello conmigo. Nadie me dice nada.

—Cierto, se nos ha prohibido hacerlo, y pienso que es lo mejor.

—¿Por qué?

—Han hablado de tu existencia mucho antes de que nacieras. Muy pocos lo sabemos. Barsella… —pronunció su nombre con una mezcla de compasión y arrogancia—, estuve presente cuando ella hablaba con Ioban, obviamente él no lo sabía, tampoco yo —anunció—. Al principio creí que estaba cometiendo un error, pero tras escuchar lo que dijo, debíais haber muerto las dos. No mataros fue una decisión acertada, si no, tú no estarías aquí.

—¿Conociste a mi madre?

—No tanto como me hubiera gustado, pero ha dejado un legado mucho mejor.

—Mi padre no me contó eso —eludí su comentario—. Ioban quiso que Carissia fuera su compañera.

—Todos —interrumpió—. También me incluyo, siempre he sentido cierta debilidad por las mujeres bonitas. Con respecto a Terry, ¿crees que iba a cumplir la parte del pacto? En ningún momento tenía pensado hacerle uno de los nuestros, corrijo, de los suyos —objetó con amargura—, pero no contó en que él sí lo haría y tampoco que mi hermano y tú... —agregó con satisfacción, más por el hecho de que mi padre hubiera tenido el valor de hacerlo. Él tampoco contaba con que Sam y yo estuviéramos juntos.

—Has dicho que él sí lo hizo, ¿quién?

—Pronto lo sabrás, viene de camino con tu padre.

—¿Lo conoces?

—Sí.

—¿Cómo pudo hacerlo? —observé con amargura.

—La decisión fue de Terry. Deberías agradecérselo, solo conozco a dos de nuestra especie que pueden hacerlo. Parar a tiempo —puntualizó—. Él y uno de los mayores.

—No puede ser… Ioban te… y mi madre…

Su carcajada fue estridente.

—Si no le incluyo es por el beneficio que saca de ello… Si pudiera dar marcha atrás en el tiempo, preferiría estar muerto y que mi hermano hubiera sido un anciano. Debió morir por la vejez, ahora nunca lo hará.

—Quizás creas que estoy loca, pero sin los acontecimientos que has contado, no le habría conocido, y solo de pensarlo… —reconocí con cierta aprensión.

—Le amas.

—Más que a mi propia vida.

—Su imprudencia a la hora de estar contigo tendrá un desenlace fatídico.

—¿Qué?

—Aún puedes… podemos…

—Si te refirieres a que tarde o temprano la sed podrá más, confió en él, no lo hará. Aunque si es al contrario, prefiero morir en sus manos que no en las de otro —dije abiertamente.

—¿Estarías dispuesta a ello? —Estaba asombrado.

—Mi corazón le pertenece y si deja de latir a causa de… No le culparía.

—Si te dijera lo que le puede ocurrir, ¿cambiarías de opinión?

—Tú intención no será que… que... ¡Jamás! —alcé la voz—. No pienso alejarme de él.

Pero el miedo me invadió por completo, paralizada y con la respiración irregular… Ahora lo entendía todo. Iban a buscar una solución al problema, o sea yo. Estaba bajo una gran presión, recordé las palabras de Barsella y por último las de él: «pase lo que pase». Me amaba, pero ¿a qué precio?

—Ben, aún puedo hacer algo, explícate —dije intentando parecer calmada.

Me miró con gesto insólito.

—Estoy esperando —me impacienté.

—Nunca temas perderle porque esa pérdida te desatará y atrapará.

—¿Si has dicho...?

—Olvídalo. —Parecía arrepentido.

—No puedes pedirme que lo haga —reconocí molesta—. Por favor, dime qué puede ocurrirle —dije pasados unos segundos en los que él no tenía ningún deseo de responder.

—Sabes la respuesta.

—Ah no, no, no —musité sacudiendo la cabeza y alzando los brazos desesperada.

Creía que sería Ben el que me sujetaba cuando le miré.

—Debo, debo… renunciar a ti o… —conseguí articular trabajosamente.

—No pienso permitirlo. Solo por haber llegado hasta aquí, este lugar, en este momento, eres una gran luchadora que ha vencido a las dificultades, a las heridas, al dolor del pasado y de estos días.

Ahora me toca a mí y estoy dispuesto a quebrantar cuantas leyes hagan falta, nada ni nadie nos van a separar, te lo prometo.

—Se están acercando —dijo Ben después de dejarnos solos y regresar.

—Lo sé —contestó Sam.

—Perdóname —me dijo—. Hermano no quise...

—Debía saberlo.

—Gracias, Len —agregó al salir.

Levantó una ceja sin saber a qué se debía el agradecimiento.

—Le calmé, no estaba muy seguro de poder controlarse.

—Ben —pronunció su nombre entre dientes.

—Ahora estás aquí, conmigo. Estos días he sentido que te alejabas poco a poco...

—No pude disimular mis sentimientos con Artus, pero contigo sí —admitió con una mezcla de tristeza y asombro.

—Yo...

En ese momento callé al notar la tensión de su cuerpo, lo miré, apretaba su mandíbula con fuerza y me agarró. «Cuando lleguen quiero que estés conmigo», recordé. Al ver de quiénes se trataban, Lisandro y mi padre, me relajé e incluso iba a abrazar a este último cuando Terry levantó la mano para que me detuviera, en parte fue porque Sam me lo impidió. Cuando lo vi, supe la razón.

—Por fin nos conocemos —se adelantó dejándoles atrás—. Len, ven niña, no tengas miedo. —Tendió su mano hacia mí.

Ninguno de los allí presentes pudo disimular cierta hostilidad hacia él. Al mirarle su expresión era imperturbable. Tenía el cabello largo y oscuro, igual que sus ojos, pero en el iris vi un tono rojizo intenso.

—Deja que venga a mí —exigió a Sam.

No tenía ninguna intención de soltarme, pero poco a poco su resistencia fue cediendo, no era él, sino yo, algo hizo que fuera hasta el vampiro.

—Melióm —pronunció duramente Sam.

Me paré y me giré, su expresión lo decía todo. Estaba alarmado, lo que provocó que no diera ni un paso más. No le molestó y dejó caer su mano. Ahora las dos permanecían ocultas en su abrigo. Estaba en medio de los tres, más cerca de él. Melióm observó primero a mi padre durante largos segundos, después lo hizo con Sam. En esta ocasión pude ver que sonreía maliciosamente.

—Debe estar preparada —advirtió Lisandro duramente, pero calmado.

—Sus penurias nos debilitarán —respondió sin dejar de mirarle—. Es el momento apropiado —agregó con indiferencia.

El dolor fue insignificante, pero el miedo no, puesto que tener a un grupo de vampiros intentando dominar sus instintos, entre los cuales se encontraba quien me dio la vida y mi primer amor… Había nacido con un solo objetivo y esto llenó de tristeza mi corazón. Una sensación amarga y llena de verdad. Dudar del amor que sienten por ti es humano, ahora descubrirlo… Sería una faceta de alguien inhumano.

La daga que sacó Melióm hizo cortes en mi rostro, brazos, piernas, en mi vientre, con tal precisión y determinación que era como si la rabia en ese momento lo invadiera por completo. Fue tan veloz y ágil que no me dio tiempo a sentirlo. En cambio noté como la sangre recorría mi piel sin llegar a derramarse en mi ropa o en el suelo. No pude evitar contener el aliento, sobrecogida y alarmada. Contemplé el rostro horrorizado de mi padre que no retiraba los ojos de Melióm. Este último apartó la mirada turbado, no por Terry, sino al observar cómo mis heridas se cerraban con la misma rapidez con la que él había hecho los cortes. No hubo tiempo para asimilarlo. Un gruñido infernal rasgó el silencio de la sala. Sam creyó que arremetería de nuevo contra mí, de ahí que se interpusiera entre ambos. Pero no, su intención era saber cómo reaccionaría. A parte de Tuivano, nunca me había parado a pensar el efecto que me podría producir otro vampiro semejante. Estaba asustada, porque al posar sus ojos en los míos, a través de ellos vi la fuerza del mal, como ocurrió con Kneisel.

El golpe iba dirigido a Sam, pero interferí entre los dos, me revolví con maestría apartándole y experimenté la sensación de verme levitar, aunque… caí alarmada. «No tiene la suficiente fuerza, no estás preparada, sus penurias», tenía su lógica, pero no me iba a dar por vencida, y menos sabiendo que atacaría de nuevo a Sam. No dio tregua y fue más despiadado y feroz… Esta vez sí arremetió contra mí, el sonido fue brutal… Antes cuando lo aparté había caído al lado de las ventanas, mi padre y Lisandro lo habían tenido sujeto, aunque no por mucho tiempo. Suspendida en el aire vi los cristales, pero Sam no dejó que mi cuerpo diera contra el suelo de la calle e interceptó el golpe con el suyo.

Aquí comencé a escribir sobre páginas en blanco lo que sería mi destino.

Nadie excepto yo pensaría en ello, en ese momento agradecí que su casa estuviera bastante alejada de la ciudad y de que a esa hora Kitea permaneciera desierta, alguien podría haber visto algo y dar la voz de alarma. Intentó levantarme, cuando noté una ráfaga de brisa helada. Fue tan violenta que se apoderó de mi piel paralizando mis músculos cruelmente. La naturaleza de nuevo se alió conmigo, y como en su día al revelarme que Henry había muerto, quería decirme algo. Ahogué una exclamación al sentir el dolor penetrante, el abismo estaba más cerca y no escuchaba voz que me apartara de él. Antes de caer inconsciente oí:

—*Dura lex, sed lex.* «La ley es dura, pero es la ley».

—*Lex posterior priori derogat* —musité—. «La ley posterior deroga a la anterior. La ley más reciente sustituye a la más vieja».

Sorprendido por mi respuesta, Melióm me observó con cierto recelo, como si algo invisible estuviera a mi alrededor y lo desconcertase. En sus brazos, el grito que salió de mi pecho fue horrible. Después de unos segundos y agotadas mis fuerzas, caí como un cuerpo inerte y perdí todo el sentido de mi existencia…

Quería hablar, tranquilizarles, pero se apoderó de mí un nuevo terror. La luz palidecía y una procesión de sombras movedizas pasaba por delante de mí, parecían ser ánimas que vagaban sin saber dónde ir hasta que el sonido de unas campanas las hizo desaparecer. No cerré los ojos, a cada instante me parecía que iba a desvanecerme y que la oscuridad me apresaba, pero una luz grave tembló con un último resplandor. La seguí y me concentré en ella, aspiré profundamente por la nariz y dejé que los aromas del bosque me purificasen… Estaba rodeada de flores de diferentes colores y olores, cuando al mirar a lo lejos, una figura se movía… Corrí en su dirección cuando tropecé, no puedo expresar el horror y la desesperación que se apoderó de mí en ese momento, quedé anonadada, mi última esperanza de saber… Me levanté precipitando mis pasos al azar, respiré con fuerza y retuve el aire. El camino destacaba entre los árboles como si alguien hubiera dejado un rastro luminoso a su paso… De nuevo la vi y lo expulsé rápidamente.

—¡Mamá! ¡Mamá! —exclamé con un grito sofocado creyendo que era ella.

Se giró y pude ver un rostro… En él había algo indefinible, como de otro mundo, pero desapareció envuelta en polvo. ¡Oh no! Si era Carissia, eso quería decir… ¿yo estaba muerta? El miedo ante esto último me invadió por completo, pero era atenuado, envuelto en un sentimiento de paz, sin sobresaltos, sin inquietud. Y la curiosidad me empujó a acercarme más cuando escuché el sonoro mugido que produce la dislocación de las capas del viento.

—¿*Natura?* —pregunté petrificada en voz alta. «¿Naturaleza?».

—*Nam* —oí. «En efecto».

No. No se trataba de polvo, sino cenizas. Estas revoletearon a mi alrededor haciéndome sentir que pertenecían a Carissia, mi madre. ¿Cómo? ¡Imposible!

—*Ecce sigmun.* «He aquí la señal».

La lluvia comenzó a caer. Extendí los brazos y parpadeé al notar que mojaban mi rostro. Miré en dirección a mis manos, estas tenían un tono rojizo, la necesidad de eso era tal que quise más y más...

—*¡Sic haud!* —escuché. «Así no».

—*¿Ut est?* —pregunté sedienta. «¿Cómo es?»

—*Ut inmortalis.* «Como inmortal».

Vencida por el dolor, sentí que iba a desmayarme de nuevo, no podía hacer nada, si quería sobrevivir tenía que alimentarme de sangre.

—Hoy no hay un destino que tengas que cumplir, ni un sendero que tengas que recorrer... Déjate llevar por la corriente de la inmortalidad, ella te regalará un hálito de poder, llena tu ser del alimento.

—¿Dónde estás? ¡Mamá!

Noté que mi cuerpo estaba de nuevo en la cama, cuando un ruido violento hirió mis oídos, fue semejante al de un trueno y oí que se perdía poco a poco en la lejanía. De repente, escuché palabras inciertas, lejanas, confusas y me estremecí. «Es una alucinación», pensé. Pero no, preste más atención. Eran reales aquellos susurros de voces, aunque estaba tan frágil que no comprendí lo que decían. Hablaban, de eso estaba segura. Percibía palabras dudosas, extrañas, incomprensibles.

Estaría en medio del cielo y del infierno, me preguntaba. Al ser lo que soy, no sabía qué lugar me pertenecía. Cuando escuché de nuevo y en esta ocasión... ¡Sí! ¡Sí! Esta vez oí mi nombre claramente, y la voz que lo decía me era muy conocida... ¡Artus! Abrí los ojos lentamente, mi visión era un tanto borrosa hasta que conseguí visualizar… El rostro que tenía delante era el de Barsella.

—Nos has dado un susto tremendo… De no haber sentido que tu corazón seguía latiendo —enmudeció.

—¿Qué pasa? Acabo de… Artus, ¿está aquí?

Asintió incómoda.

—También Luna —agregó agitada.

—¡Ay! —Suspiré al intentar levantarme.

—Creo que te has fracturado una costilla —dijo ayudándome—. Ten, ponte esto. —Me dio un pantalón vaquero y un jersey, y me vestí.

Artus y Sam discutían acaloradamente mientras Luna intentaba calmarlos.

—Hija… —dijo en tono desesperado.

Me miraron con asombro y Sam con el semblante desencajado.

—¿Papá? —Estaba un poco desorientada—. ¿Por qué están aquí?

—Lo saben. —El impacto de sus palabras me hizo tambalear.

—Artus, lo mejor es que te alejes de ella, solo por precaución —advirtió Sam con una ligera expresión de cautela.

Le miró extrañado, pero no retrocedió, sino que se acercó aún más hasta ponerse a mi altura y la de mi padre. Mis fosas nasales se dilataron percibiendo su aroma.

—No creo que debas estar tan cerca —agregó bruscamente.

Sus ojos buscaron los de Luna y está con cierta suspicacia asintió.

—Ella sabe que no me hará ningún daño —le respondió.

—¿De qué narices estáis hablando? —exclamé incrédula—. Jamás os haría tal cosa, Luna...

—Lo siento, todavía estoy desconcertada. De momento no puedo confiar en ti sabiendo lo que eres.

—Sigo siendo yo —dije abatida.

Después de observarme durante largo rato.

—No. No eres tú —dijo duramente moviendo sus manos.

—Luna... Estás cegada por lo que les sucedió, pero ella nunca haría algo tan horrible —advirtió Artus.

—Tal vez tengas razón, perdóname, debes darme un poco de tiempo. —Se fue.

—Siento tener que decir esto, pero ahora ella me necesita más —murmuró—. Seas lo que seas, siempre serás... —calló.

El fuerte abrazo que me dio hizo que protestase por el daño que me ocasionó.

—¿Qué te ocurre? —preguntó al retirarse.

—Nada, no es nada.

Era evidente que no le habían mencionado lo que sucedió, miré en dirección a las ventanas, aunque los estores las tapaban fueron sustituidas por otras.

—Vamos Artus, te acompañaré —dijo Terry.

Parecía una completa inútil, de los brazos de mi padre pasé a los suyos, pero debía dejar que lo hicieran si no quería caerme, y qué mejor lugar que en el cuerpo de Sam.

—Artus...

—¿Sí?

—Has dicho que Luna está cegada por lo que les sucedió, ¿a quiénes?

Antes de responder miró a Terry y después a Sam, este último le dirigió una mirada llena de compasión.

—Ioban… —balbuceó—. Él… él...

—Muchacho —interrumpió mi padre—, nos ocuparemos de que en su momento lo sepa. Y te ruego que mantengas tu promesa.

—¿Crees que pondría en peligro su...? —vaciló.

—Sigue viva —advirtió Sam con acritud.

—Eso ya lo sé —le espetó irritado—, su contacto continúa siendo cálido —señaló al haberme abrazado.

Le vi apretar la mandíbula.

—No seas necio.

—¡Basta! Será mejor que te vayas —dije al notar la tensión en su cuerpo—. Te acompañaré. Miré a Sam y a regañadientes me soltó—. Sam —capté su atención—, volveré en unos minutos.

Por extraño que parezca no se opuso, él y Terry se miraron y este último se apartó del lado de mi amigo.

—¡Es ridículo! —me reveló.

Habíamos salido y caminado hasta el parque.

—¿No estará celoso de mí? —se preguntó—. Es absurdo...

—Él sabe que eres una pieza clave en mi vida y sin ti… —susurré— pero...

—El camino del amor se encuentra en los lugares y seres más insospechados.

Me paré en seco.

—Ya lo sabías.

—Sí —confesó—, aunque al principio no. Solo tuve que unir las piezas.

—Explícate.

—Cuando vi por primera vez a Ioban y Kneisel con nuestro amigo, la verdad es que no le di mayor importancia, solo fueron unos segundos… Pero el día que entraron en la cafetería pude fijarme mejor, no saqué una conclusión clara hasta que conocí a tu padre y después hablé con Sam.

—Tiene su lógica.

—Len, no es que quiera decir que su aspecto les haga ser iguales, como sucedería con nosotros, por supuesto que hay una notable diferencia, y sabes a quién me estoy refiriendo…

—Ioban —dije entre dientes—. Aunque lo supieras, otro en tu lugar…

—¿Tendría miedo?

—Deberías —le advertí.

—¿Debo incluirte? Después de todo tienes una parte de ellos —se burló.

—No tiene gracia —dije molesta.

—Ja, ja, ja, ahora me parece gracioso, pero créeme que no ha sido fácil asimilarlo. ¡Vampiros viviendo entre nosotros! Cómo diría Otto, ¡guau!

—Sí, suena a chiste… Aun así, sigo sin entender cómo es que tú...

—Debes saber que también te mentí, aunque ya lo sabes.

—Te refieres al día que te vi con esos hombres, ¿quiénes son y por qué estás con ellos?

—Eres muy inteligente. Es sencillo, su destino está unido al nuestro.

—¿Nuestro?

—El de Luna y el mío.

—De ahí que me mintiera.

—No exactamente. Ella sabía que había quedado en verme con Turner, pero no a qué hora.

—Ah… Turner, ¿fue quien vino a buscarte?

Él asintió.

—Sé que me dijiste que no es de fiar, pero su causa es igual que la nuestra.

—Vuestra...

Me contó por encima la historia que él conocía de primera mano sobre Turner. Cuando terminó...

—Artus, puedo entender su dolor y que quiera vengarse de Ioban, pero tú...

—No conocías esa faceta de mí… Ojo por ojo, Len.

—¡¡Os matará!! —exclamé llena de pánico.

—No. Luna no lo permitirá —aseguró.

—¡¡Estás loco!! —grité—. A ella también… —Negó con un movimiento de cabeza—. No puedes estar hablando en serio… —le dije tras saber de donde procedía nuestra amiga y del legado que la habían dejado sus padres, en particular su madre.

—La prueba está delante de tus narices, si no ¿por qué estamos aquí? Recibí un mensaje en el móvil, decía que estabas en peligro.

—¿Cómo?

—Antes de venir, sentí miedo por ti, y Luna no sé si leyó mi mente o lo percibió… Len, puede que haya sido una señal.

—Tal vez…

—No pareces muy convencida.

—Artus… —Me volví.

—Me das la espalda, hay algo más, te conozco, no te preocupes por mí, dudo que sea peor...

—Ioban no mató a Henry.

—¿Ah no? —dijo sorprendido—, si no fue él, entonces, ¿quién?

—Kneisel.

—Kneisel —repitió en voz baja— ¡Vaya! así que deja el trabajo sucio...

—No, Ioban quería a nuestro amigo vivo para así tener algo con lo que… No importa —callé.

—A mí sí, continúa.

—Le utilizó para que yo...

—Ahora lo entiendo, era el cebo. —Le oí apretar los dientes furioso—. De ahí sus palabras en la cafetería, puedo entender mejor a Sam y lo que me contó.

—Tras confesarme que sabía demasiado…

—Espera, espera —dijo rápidamente e hizo que me volviera—. ¿Por qué te lo contó a ti? y ¿cuándo?

—Hay pesadillas que se quedan en malos sueños, en cambio hay otras...

Con una frialdad asombrosa le expliqué cómo murió Henry, saltándome la parte en la que mi madre a través de la naturaleza me lo dijo. No pudimos seguir hablando… Vimos a Luna justo en el sitio donde había caído Sam conmigo encima. Todavía quedaba algún cristal esparcido en el suelo que se veía al brillar en la oscuridad de la noche. Artus se encaminó pausadamente, pero yo no me moví.

—Len —pronunció mi nombre con alegría, pero fue momentáneamente.

—Luna.

—No dejes que nada de lo humano te sea ajeno. ¿Sabes? La fuerza de las historias ha echado raíces… —Rio con amargura—. Tú y yo somos la prueba de esos mitos.

—Sí, Artus me ha contado todo.

—No te lo he querido decir antes, pero ahora que estoy un poco menos aturdida, espero que no nos enfrentemos… Por el bien de las dos.

—Nunca te haría daño.

—Lo sé —dijo mirándome con sinceridad—, pero no puedes asegurarlo.

—¡Luna! —resopló Artus.

—¡Ah! Diles a tus aliados que ya nos vamos. —Miró en varias direcciones y después a nuestro amigo—. Cuídate ese golpe.

Artus nos miró confundido. Hice lo mismo mientras se alejaban y percibí que todos mis movimientos estaban siendo espiados. Normal que Sam me dejase salir porque la sombra alargada detrás de los árboles del parque era de Ailen, con ella estaban Ciro y Kraven. En el tejado de la casa tras llegar a ella vi a Betsabé sujetando un par de espadas a los lados de su cuerpo. Iba a abrir la puerta cuando Sam apareció en el umbral, la presencia de Lisandro con Melióm hicieron que él se pusiera frente a mí.

—Entremos, debemos hablar —dijo Lisandro muy serio a todos.

—No pienso hacerlo si está él —señalé a Melióm.

—¿Confías en mí? —preguntó Lisandro.

Lo miré con desconfianza, pero no a él, sino al vampiro que había golpeado a Sam y después a mí.

—Ven conmigo Len...

—Así que me has puesto guardaespaldas —le dije mientras me obligaba a entrar en la cocina.

—Ellos no se fían de tus amigos como yo, no he tenido nada que ver.

—Pero sabías que estarían, de ahí que me hayas dejado acompañarle.

—Sí —admitió—. Supongo que te ha contado todo lo que debías saber.

—Y tú que lo haría.

—En efecto, ahora será más fácil.

—Ellos quieren acabar con Ioban, pero claro, al igual que sabes lo que es mi amiga, también esto… Si piensan que voy a dejar que se enfrenten a él, ¡van listos!

—Yo confío en que ese momento nunca llegará, antes acabaremos nosotros con él, pero tú no estarás, ¿entendido?

—¡Ja, qué te crees tú eso...!

—Si es necesario, te llevaré lo más lejos posible.

—No puedes hablar en...

—¡Ah no!, ponme a prueba —dijo duramente.

—Estás aquí —dijo Barsella entrando en la cocina—. Creo que Len debería alimentarse —le dijo.

—No lo harías, ¿verdad? —le pregunté antes de que se fuera.

—Nunca he hablado más en serio —respondió.

—¿Qué ocurre? —quiso saber Barsella mirándonos.

—Hace meses no pudiste encontrarme, puedo volver a hacerlo —advertí con malicia.

—No entiendes que si te pasara algo, yo… yo… —Nos dio la espalda.

—Sam… —me acerqué—. Tampoco lo haces tú… Son mis amigos.

—Dejad está discusión para más tarde —intervino Barsella.

—¿Cuántas veces más crees que puedo soportar el verte malherida?

—Hay una forma, tu hermano me lo dijo, aún hay tiempo.

—No pienso alejarme de ti, y tampoco dejaré que lo hagas tú.

—Déjame ver. —Sam había salido y Barsella no dejó que lo siguiera.

Me quité el abrigo y ella me levantó la parte derecha del jersey.

—No tiene buen aspecto —observó al tocarme el costado—. Necesitarás reposo y te pondré un vendaje, así podrás respirar adecuadamente. Mañana me acercaré hasta una farmacia y compraré unos antiinflamatorios, la colisión con su cuerpo ha sido muy fuerte.

—Parece que sabes mucho sobre fracturas.

—Fui matrona.

—¿Fuiste?

—Ten, bebe.

—¿Es...? —Pero callé al percibir el olor, se me hacía la boca agua y cogí el vaso con ansia. Cuando bebí el primer trago mi lengua lo saboreó con placer, luego la necesidad hizo que terminase rápidamente.

—Ha sido...

—No digas nada, no es necesario.

—Pareces molesta.

—He presenciado vuestra discusión, ¿cómo quieres que esté? Os aprecio a los dos —hizo una breve pausa—. Len, él tiene razón, ¿sabes lo mal que estuvo viéndote todos esos días en la cama?

—No —dije apenada.

—Querida, no quiero hacerte sentir culpable...

—Ya me siento así, incluso he pensado en lo que dijo Ben.

—¿Qué te ha contado?

Cinco minutos después...

—Porque él se sienta así, no quiere decir que lo hagas tú.

—¿Y si es la única solución?

—¿No volver a estar juntos? Quítate esa idea de la cabeza —dijo seria.

A pesar de lo que me dijo Barsella, no hice otra cosa más que pensar en ello. Primero fue Carissia, tras darme a luz desapareció de este mundo por mi culpa, aunque siempre estuvo conmigo. Después el que mi padre cometiera ese terrible error solo por protegerme. La muerte de Henry trajo consigo esa faceta desconocida de Artus y Luna. Aunque sabía que sería muy poderosa, ¿qué iba a ser lo próximo?

—No me estás prestando atención.

—Perdona, ¿decías?

—Es hora de que sepas toda la verdad, antes déjame decirte algo. A otro vampiro le llevaría años de práctica, si es que lo consigue, en cambio tú, has regenerado tus heridas según se producían. ¿Sabes lo orgullosa que estoy de ti? Vamos, querida.

No me dejó responder. Al entrar en la sala solo estaban mi padre, Melióm y Lisandro. Este último comenzó a explicarme todo y cuanto más le escuchaba, más convencida estaba de lo que debía hacer. Estaba de pie mirando a través del cristal con los brazos cruzados a su espalda.

—No creí que fuera cierto hasta que lo comprobé y vi que habías sobrevivido al ataque de Miztli... Los más longevos lo predijeron y tú eres la prueba de ello —admitió.

—¿Quieres decir…?

Asintió. Lisandro confirmó mis sospechas, a las conclusiones que habían llegado cuando supe el significado de aquel sueño y lo que se me decía. Fui elegida para un único fin, y él, ellos… lo sabían antes de que se produjera el presagio.

—Te explicaré todo cuanto debas saber —continuó—. Llevamos ocultos durante siglos, muchos de mis semejantes han destruido familias enteras dejando a su paso ciudades vacías —señaló con desaprobación—. Los que no eran asesinados huían abandonando todo creyendo que sería debido a alguna epidemia… Si piensas en ello, no se equivocaban al afirmar tal hecho, ya que transmitimos virus mortales. Nadie ha sobrevivido excepto tú —observó—. Fue inútil que huyeran, eran perseguidos. A donde quiera que fueran, siempre los encontraban, no podían dejar que el resto del mundo supiera que existimos.

¿Eso pasó con los padres de Turner y Luna? ¿Tal vez estos últimos…? Claro, por supuesto que escaparon, si no mi amiga no hubiera sido concebida. Recordé que Kneisel dijo que Henry sabía demasiado, de ahí su asesinato.

—La caza para muchos de ellos se ha convertido en un juego apasionante, digamos que experimentan, como lo que sentís vosotros ante el peligro, pura adrenalina. —Se situó frente a mí y prosiguió—. Después de todo lo que han hecho, no culpo a los humanos y sus planes, pero ahora los perseguidos somos nosotros —anunció—. Sé quien lidera a ese grupo de hombres que se han propuesto darnos caza… No saben a qué se enfrentan, son valientes, aunque también estúpidos… No tienen ninguna posibilidad.

Al principio creyeron que éramos animales, lobos le oí decir a uno de ellos. ¿Por qué nos ligan a ellos como nuestro enemigo?, ¿como alguien capaz de poder hacernos frente? —se preguntó mientras caminaba hacia la ventana—. Como habrás comprobado, las leyendas que hay sobre vampiros, muchas son falsas o fruto de la imaginación.

—El peor enemigo de un vampiro es uno mismo —dijo mi padre.

Desde el principio de la conversación, Terry había estado a mi lado.

—En mis años como inmortal —prosiguió Lisandro—, jamás he saboreado la sangre humana, ha habido situaciones en las que… pero sé que aunque nos describan como monstruos hay algo en mí, llámalo conciencia o remordimientos. Tal vez se deba a que he sido humano, aunque no lo recuerde como quisiera.

—¿Sabes quién...?

—No, tampoco me interesa —aclaró sin emoción—. Lo último que recuerdo es ver a mi hermana intentando saciar su sed conmigo, después no hay nada.

Observó que estaba desconcertada.

—Ella solo me vio como algo apetecible, si Sam te contó lo referente a su hermano, puedo decir que mi historia es bien parecida. ¿Coincidencia? —se preguntó.

—No tuviste el mismo deseo —murmuré.

Al girar el rostro hacia mí, su expresión dura y seria cambió por completo, ahora estaba conmovido.

—No, la seguí viendo como lo que era, mi hermana pequeña, Ailen.

—¿Entonces...?

—Sam y yo debemos ser un caso excepcional, o los raros de nuestra especie —explicó con sutileza—. Intento que mi familia o los que están conmigo os vean como lo que sois, humanos y no alimento.

«Una tarea muy complicada», reflexioné en silencio.

—Hay muchos que se hacen llamar Orden, y debes estar preparada, ya que querrán verificar si es cierto. ¿No es así Melióm?

Por lo que me explicó este último, la tercera y última prueba la había pasado satisfactoriamente, también que su labor era hacerlo sin ninguna consideración. Así lo exigieron ellos.

—¿Se está refiriendo a los que has mencionado anteriormente? —pregunté a Lisandro.

—Sí —dijo pensativo—. Iba a ser yo, pero me opuse.

—Y eso tendrá consecuencias, Sam… —Miré a mi padre y a Barsella angustiada.

—Explícale que no os ocurrirá nada —dijo Lisandro refiriéndose a ellos dos.

Lisandro tras oponerse y Sam por estar conmigo, el desenlace podría ser fatídico, recordé las palabras de su hermano.

—No hace falta, sé que mi destino es permanecer sola, pero no entiendo por qué...

—No valoras lo que se te ha dado —advirtió Melióm duramente.

Discutí sin acalorarme y sin ceder a la presión de sus palabras, me mantuve firme. Estaba evolucionando.

—¿Y lo que me van a quitar? —añadí.

—Eres muy poderosa —Lisandro no dejó responder a Melióm—, pero tu poder debe ser utilizado con un único fin.

—¿Cuál...?

—Creo que sabes la respuesta.

—¡Es una broma! ¡Una locura! ¿Cómo puedo proteger a quienes han asesinado a humanos? He presenciado la muerte de mi amigo por uno de ellos, aunque haya sido producto de una horrible pesadilla —advertí con sarcasmo y amargura.

—Ya lo has hecho…

—Sam. Pero...

—¿No te has dado cuenta de que tu reacción para con nosotros es distinta? —preguntó Lisandro aun sabiendo la respuesta—. Nos ves diferentes como si supieras… y el que estés con mi hijo dice mucho a nuestro favor.

—¿Estás diciendo que sé diferenciar unos de otros? ¿Cómo?

—Ahí radica tu poder, tus instintos... Déjame decirte algo, que tal vez te sorprenda aún más. Desde el día en que naciste, nuestras facultades de vampiro han ido evolucionando. Tú has sido quien nos ha otorgado tales dones, estamos conectados a ti como a una líder a quien seguir.

—El que Ioban quisiera retenerte consigo… —comenzó a decir mi padre mientras sujetaba mis manos y las acariciaba.

—Lo sé. —Miré a Barsella—. ¿Quiénes más lo saben...?

—Casi todos los de nuestra especie. Muchos otros, tarde o temprano se enterarán —contestó Terry.

Entonces no solo sería Ioban, muchos más querrían tenerme a su lado.

—Me has mentido papá.

—No exactamente.

—¡Ah, no!

—Hija, lo supe cuando enfermaste días atrás. Tenía mis sospechas, por supuesto, pero cuando fui en busca de Lisandro, él me lo confirmó.

De ahí los paseos. Si tenía razón… Terry a su manera quería confirmar sus dudas.

—¿Sam? —Miré a Lisandro.

—Él solo ve a la joven que ama.

—Siempre lo ha sabido...

Ninguno me respondió, pero al mirar a Lisandro supe que fue él quien se lo dijo, mucho antes de que naciera.

—Ahora que percibe lo que sientes —reconoció—, no creí que fuera posible… Había una posibilidad… —dijo pensativo.

Las palabras de Barsella cobraban más sentido.

—No estoy segura de que sea algo bueno.

—Temes su reacción… Len, no debes inquietarte por ello, si de verdad le amas y estoy muy seguro, confía en él. Los humanos os dejáis guiar fácilmente por la pasión y sentimientos, es lógico.

Lo miré y su rostro no cambió de expresión, pero las fosas nasales se le dilataron al aspirar con fuerza como si pudiera captar el olor a esa distancia. En el momento que lo vi, había sustituido sus ropas por otras más oscuras y hacía que sus cabellos oscuros lo fueran aún más. La noche acabó anunciando que la luz de un nuevo día empezaba. Dormí hasta tarde y él veló mi sueño.

# CAPÍTULO 9
## ANTES DEL AMANECER

Los días posteriores fueron tranquilos, en mi estado no podía hacer nada y tampoco me apetecía. Después de hablar con Lisandro tuve una conversación con mi padre que fue más esclarecedora. Obviamente sabía que mi madre representaba a la naturaleza. ¿Cómo y por qué era posible?

—Antes de que nos dejase me pidió que sus cenizas fueran esparcidas aquí, donde nos conocimos —aclaró Terry—. Fue su último deseo que yo cumplí.

—Todavía sigo sin entender cómo pudo quedarse embarazada.

—Yo tampoco, me contó que venía del hospital, las pruebas que le habían hecho quince días antes de su muerte, la humana, le revelaron que no podía tener hijos.

¿Mi madre era estéril?

—Enfadada, enloquecida, pidió, maldijo que no fuera así… Hasta que el ladrón que quiso acabar con su vida acalló sus gritos…

Mi padre estaba todavía confuso, no lo entendía, pero ahora yo sí. Él desconocía aquella historia sobre el árbol que oí durante meses contada por Frey. Después de que Ioban se la llevara consigo quedándose con el último suspiro de vida que aún tenía antes de que su corazón dejase de latir, ella acudió al árbol. En dos ocasiones oí la historia, la de cuando se conocieron y tiempo después contada por Barsella… Inconscientemente le grité al árbol y aunque no estaba cerca de él, el eco de su voz llena de dolor le llegó, y así se lo hice saber a Terry.

—La vi papá —dije una vez que finalicé.

—¡¿Ah sí?! —dijo perplejo y orgulloso a la vez.

—Cuando estaba inconsciente ella me mostró cómo tendría que alimentarme, sé que estuvo conmigo, de ahí que Melióm me mirase extrañado.

—Siempre lo ha estado —meditó.

—¿Puedo preguntarte algo?

—Dime de qué se trata.

—¿Por qué ellos, los más longevos, exigen que mi destino sea estar sola?

—Es tan importante como despiadado.

Fruncí el ceño.

—Aunque no lo creas, lo es. Ahora los humanos no podrán utilizar ningún arma contra nosotros, tú eres nuestro escudo, pero puede tener consecuencias adversas... Ioban te quiere para utilizarte contra todos, ser el amo y señor tanto con vampiros como con humanos.

—¿Y creerán que Sam…?

—Hija, no sería por él, es por cualquiera que comparta contigo tu presente y futuro… Desconocen que estáis juntos, así debe seguir.

—¿Confías en Melióm? Sé que fue él quien...

146

—Sí, fue obligado a hacerlo, a ponerte a prueba, pero no creí que resultara así. Cariño, sabes que la decisión fue mía…

Se refería a que llevaba dos días haciendo reposo, pero en esta ocasión no sentía tantas molestias o dolor. Y como mi padre, yo también la había tomado.

—Pudo oponerse.

—No todos tenemos la autoridad de Lisandro ante ellos.

—Le respetan.

—Y temen, él sabe dónde se esconden y podría darlo a conocer.

—¿Eso significaría...?

—Buscar otro lugar donde las muertes de multitud de personas no levantasen sospechas, tendrían que empezar de nuevo.

—Papá, ¿si pudieras retroceder en el tiempo, lo volverías hacer?

—¿Convertirme en lo que soy? Que no te quepa la menor duda, pero… ¿por qué me lo preguntas? ¿Acaso lo has dudado?

—No, en ningún momento. Si…si hiciera algo parecido… No me mires de esa forma, no soy ni una cosa ni otra, has dado tu vida por mí, y mamá al tenerme. Ya va siendo hora de que yo haga algo por vosotros, sería justo.

—Lo has hecho, tu sacrificio es mayor que el nuestro, todo por lo que has pasado, ninguno podemos decir que lo ha vivido o experimentado.

—¿Te refieres a ser golpeada?

Asintió.

—Me regenero rápidamente.

—Pero sientes el dolor, lo sufres.

—Tú también al verme.

—No es lo mismo, un padre no debería ver esas cosas, y menos cuando le pasan a su hija. —Se levantó del sofá—. Creo que debemos ponernos en camino, en unos días volveré. ¿Me prometes que harás caso a Barsella?

—Prometido papá.

Al cuarto día ya me podía mover mejor, y Sam viendo que necesitaba que me diera el aire...

—Len, ¿te apetece dar un paseo conmigo?

—Claro.

Salimos y llegamos a su coche.

—Creía que íbamos a...

—Todavía no debes hacer grandes esfuerzos, iremos en él hasta Drambuy, después pasearemos.

Subí sin protestar. El trayecto fue en silencio, aunque nuestras miradas se encontraban. Todavía conseguía hacerme sonrojar. Aparcó justo detrás de otro coche, alejado de la parada del bus, agarró mi mano y comenzamos a caminar. Con este frío no había nadie en el bosque y pudimos hablar. De pronto, tras haber soltado mi mano, le vi con una bola de nieve y me la enseñó divertido.

—¿No pensarás...?

Me moví rápidamente para que no me alcanzase, casi lo consigue, pero él lo hizo sin apenas decisión, para no dañarme. Yo siendo una principiante… Como si fuera un objetivo, se la lancé con demasiada precisión y enseguida me di cuenta de que si le alcanzaba sería un proyectil. La velocidad que llevaba era demoledora y sin pensarlo corrí, desplacé su cuerpo hacia un lado e impactó sobre mí.

—¿Estás bien? —Se acercó rápidamente.

—A parte de que estoy mojada… —Reí mientras sacudía el abrigo— ¿Deseas seguir? —dije con picardía.

—Eres increíble… Es la segunda vez que interceptas un golpe que va dirigido a mí.

—Ese es mi cometido.

—Me ocuparé de que sea solo estar conmigo —susurró.

—Estoy segura.

—¿No me replicas?

—¿Serviría de algo?

—Len...

—Sam, no quiero discutir, haré cuanto me pidas. Solo pienso en una cosa desde que lo hicimos y es hacerte feliz.

—Ahora eres tú la que me deja sin palabras.

—¿Y qué se siente? —me burlé.

—Que eres tan bonita por dentro que se me ha olvidado lo hermosa que eres por fuera.

—¡Sam! —exclamé molesta, lo había vuelto hacer. No estaba muy segura de dejarme llevar hasta el río y sentarme en las piedras, por el recuerdo de la muerte de Henry—. Mis heridas han cicatrizado.

—¿Las del corazón también?

No respondí, obviamente me seguía sintiendo culpable de su muerte.

El quinto día de convalecencia fue nefasto, aunque hacía una vida normal como cualquier otra persona, me levantaba, me aseaba, comía y me alimentaba... No me apetecía salir, prefería ver la televisión y leer, y ver más tele. De los cinco documentales que vi, me identifique con uno; el león hacía su cometido mientras las leonas se encargaban de cazar y llevar alimento a la manada, él se ocupaba de su protección, pero yo no me sentía tan fuerte y segura como aquel mamífero. Después de estar todo el día tumbada en el sofá, decidí vestirme y salir, aunque solo fuera a ver tiendas o tomar un café en cualquier bar. Se me ocurrió llamar a Frey, tenía ganas de verlo, así me enteraría de cómo estaba Artus. Desde aquella noche no hubo ningún contacto, tampoco con Luna.

—¿Sí? ¿Quién llama?

—Frey, soy Len.

—¡Hola niña! ¿Cómo estás? ¿Te has recuperado del virus?

Al principio no caí.

—Sí, ya estoy bien.

—El hospital está saturado por ese dichoso virus. Pero dime ¿qué te ha hecho llamarme?

—Me gustaría hablar contigo.

Treinta minutos después estábamos sentados en una cafetería del pasaje Bruk, al lado del bar donde festejamos el cumpleaños de Henry. Barsella me acompañó, aunque a una distancia prudente, se lo había prometido a mi padre.

—Sam no quiere que te deje sola —me dijo antes de salir.

—De acuerdo —la respondí mientras cerraba la cremallera de la cazadora.

Turner no sé cómo seguía nuestros movimientos.

—¿Qué tal está?

—¿Artus? —Yo le asentí—. Se fue hace dos días con Misti, me dijo que necesitaban descansar y como Drambuy está desierto. Es extraño que no te lo haya dicho.

—No tiene por qué hacerme saber cada paso que da.

—Yo lo haría si fueras mi hija —dijo con melancolía y algo más.

—Ya Frey, pero la realidad es que no soy su hermana.

—¿Te lo contó?

—Sí. ¿Por qué has dicho si fueses mi padre de esa forma?

—Lo podría haber sido.

—¿Cómo?

Me explicó que vio y conoció a Carissia mucho antes que mi padre. Frey le ofreció su amistad y algo más, pero mi madre lo rechazó. Había conocido a Terry y no se lo podía quitar de la cabeza.

—Tu padre y yo hicimos un pacto de silencio, él me ayudaría económicamente a reformar y amueblar la posada a cambio de que no dijera nada de Carissia.

—¿Qué...? —balbuceé aterrada.

—No te preocupes, seguiré manteniendo mi promesa.

Después de analizarlo, recordé cuando se vieron en el sepelio, sus miradas estaban llenas de complicidad.

—Hace tiempo que nos dejó.

—¡Oh! —exclamó—. Entonces, ¿quién es esa mujer pálida que nos vigila? —Observó a Barsella a través del cristal.

—Fue amiga de ella —dije mirándola por encima del hombro—, no se te escapa nada, Frey...

—No es eso, ella ha querido que la viera —advirtió—, tiene cierto parecido —agregó con anhelo.

—Me protege y mima demasiado.

—Como Sam.

—Sé que hablasteis. ¿De qué le conoces?

151

—De verle en el valle.

La conversación estaba dando un giro inesperado, y no me gustaba, obviamente sabía lo que eran. Me encargué de que el resto no.

—¿Cuándo dijeron que volverían?

—¿Te refieres a los chicos?

—Esta mañana llamé a Nadia, pero su móvil estaba desconectado.

—Deben de estar en un sitio donde no hay cobertura, ayer lo hice al de Otto y no pude contactar con él por lo mismo, pero sé que han ido a Kambalya.

No quise hacer memoria de lo que me llevó allí, pero habían elegido un buen lugar para descansar.

—Debemos irnos Len. —Barsella había entrado y tiraba de mi brazo con poco tacto.

—¡Vaya!, mira a quien tenemos aquí —dijo Frey arrastrando las palabras.

¿Fueron imaginaciones mías, o el tono del viejo Frey era sarcástico? Vi a Turner sentarse en una mesa, haciendo como que no nos había visto, con él estaba...

—Mujer, siéntese —recomendó a Barsella.

No podía quitarle los ojos de encima… «Quizás deba hacerla una visita». Recordaba sus palabras con exactitud y aquel gesto.

—Disimula un poco niña.

Me volví al sentir el contacto cálido de su mano.

—¿Les conoces? —le pregunté temerosa.

—Por desgracia sí.

Barsella estaba a mi lado inquieta.

—No les des ningún motivo —dijo a esta última.

Y se sentó.

—Frey...

—Tranquila, hay demasiada gente, no creo que se arriesguen a hacer una estupidez.

—¿Quién es el joven que lo acompaña?

—Erik —respondió molesto.

—¿Por qué has reaccionado así al verles? —pregunté en voz baja.

—Estoy al corriente de todo.

—¿Terry?

—No, Sam. Me contó que quieren...

—¿Deshacerse de mí?

—Si interfieres en sus planes, lo harán.

De nuevo las palabras de Erik inundaron mi cabeza.

—Niña, no estoy a favor de la violencia, pero si se les ocurre ponerte una mano encima…

—De eso nos ocuparemos nosotros —intervino Barsella.

Hasta ahora no se habían dignado a mirarnos, pero cuando vieron entrar a Sam… Sus miradas se encontraron, en ellas había hostilidad, por su parte hubo una sonrisa maliciosa. Mi temor le llevó hasta donde estaba.

—Creo que deberíamos irnos… Frey —le saludó con voz gentil.

—Sam —hizo lo mismo.

—¿Piensas quedarte? —le pregunté mientras Sam entrelazaba su mano con la mía.

—Debo terminarla —señaló la cerveza medio llena—. Además —añadió mirando su reloj de pulsera—, en diez minutos echaremos una partida a las cartas.

Solté su mano y me acerqué a Frey.

—Gracias por mantener su secreto —susurré y le besé en la mejilla.

—Si te dan algún problema… —le dijo—. Cuida de ella Sam.

Tuve mis dudas, pero aunque Frey estuviera de nuestro lado, y me demostró con creces que me quería, iba a ser ningún obstáculo. Tenía pensado hacerlo y nada ni nadie podrían impedirlo.

Dos días después recibí la llamada telefónica de Nadia. Mientras me dirigía a la posada en coche, pensé que más tarde me pasaría por la cafetería. No quería llamarle, debía hacerlo en persona. Cuando les vi llegar en la camioneta de Otto, Vera tenía un tono más oscuro, supuse que había tomado el sol esos días y por fin había dado el paso para que ella y Otto… No hizo falta decirme nada, los gestos de cariño y el beso que se dieron en los labios lo hicieron. Después de contarme las anécdotas del viaje, a varios metros fuera de la cafetería, estaba sucediendo algo…

**********

—No vuelvas a amenazarme —le gritó a Turner.

—Estás metido en esto como nosotros —le respondió.

Artus tenía la mandíbula y los puños apretados, Turner y Erik estaban frente a él cortándole el paso.

—No puedo creer que ahora nos traiciones.

—¿Traicionaros?, eres tú el que quiere hacer un trato con ellos. Os utilizarán como hicieron con Henry… Lo sé de primera mano.

—Creo que le utilizaré yo, y cuando esté dentro, como uno más, me vengaré.

Por la expresión de Erik no estaba muy seguro de que quisiera hacerlo. Y sabía que en muchas personas el rencor y el anhelo de venganza son más fuertes que la ambición.

—Y si te entrometes… —prosiguió con ironía—, ella es la primera de mi lista.

Aunque fueran dos contra él, no fue suficiente para intimidar a Artus, ya que este último golpeó en la cara a Turner…

**********

—No pareces muy contenta de nuestra vuelta —comentó Nadia mientras dejaba una maleta del viaje.

—Por supuesto que sí. —Sonreí—. Es que ahora que os veo… Siento no haber podido despedirme cuando os fuisteis.

—Ah, se trata de eso, bueno, tranquila. Artus nos dijo que estabas enferma, pero veo que ya estás recuperada.

—Cuando recojamos todo esto —dijo Vera y señaló a las maletas—, quedamos y te enseñamos todas las fotografías que hemos hecho.

—Todas no —se mofó Otto.

—De acuerdo. —Reí ante su comentario.

Me despedí de ellos y mientras iba de camino a la cafetería, los gritos amenazadores y golpes hicieron que corriera. Lo que me encontré nada más llegar fue a Frey en medio de Artus y Turner.

Erik tenía en su poder un machete de grandes dimensiones.

—¿Qué pasa? —pregunté asustada acercándome a mi amigo.

—Tan inoportuna como siempre —me dijo Erik.

—¿Nos conocemos? —dije con desprecio.

—He oído hablar de ti.

—¡Ah!, pues fíjate que yo de ti no —mentí a propósito.

—Estúpida… —dijo mientras se aproximaba, amenazándome con el cuchillo.

—Ni se te ocurra tocarme —advertí entre dientes enfrentándome a él.

—Déjala en paz —intervino Frey poniéndose enfrente.

—Hazle caso —intervino Turner dolorido.

—¡Fuera de aquí! —les gritó Artus.

Nada más entrar fui a la cocina, cogí un paño, lo estiré y dentro de él puse varios cubitos de hielo; hice un nudo, salí y se lo di. Por momentos el ojo derecho se le estaba hinchando.

—¿Por qué…? —les pregunté ayudando a Artus a sujetarlo.

—Ya puedo solo —dijo molesto.

—No seas testarudo, déjame...

—¡Te he dicho que puedo solo! —gritó.

—Len, no creo que sea un buen momento.

—¿Es que no vais a decirme qué ha pasado? —me aparté.

—Ha amenazado a lo que más quiero, nunca debí mezclarme con ellos… y no se te ocurra recordarme que me lo advertiste —observó malhumorado.

—¿Misti? —Estaba aterrada.

—¿Quién si no...?

—Debes contármelo Artus.

—¿De qué serviría...? —contestó arrastrando las palabras.

—Te estás pasando hijo.

—¿Eso crees Frey? Si Len no nos hubiera traído a todos hasta aquí, nada de esto… Incluso Henry seguiría con vida.

Hablaba como si yo no estuviera.

—Estás siendo muy injusto, ella no te dijo que te mezclases con esa panda de desalmados, igual que Henry —admitió molesto Frey.

Por mucho que me esforzase no entendía la actitud de mi amigo, sus palabras eran muy duras.

—Déjalo, Frey, en el fondo es lo que piensa y puede que tenga razón. Entiendo que tu opinión sobre mí haya cambiado ahora que Misti podría estar en peligro. Me encargaré de que no la ocurra nada, a ninguno de vosotros. Te doy mi palabra.

—Con toda la información que tienen, piensan usarla una vez que se conviertan en lo que son ellos.

—¡¿Qué?!

—Misti me pidió que dejase de verles, mis salidas nocturnas no le gustaban y estaban colmando su paciencia.

—Eso te lo dije yo —interrumpió Frey.

—Y ahora creen que les he traicionado.

—Dime con sinceridad Artus. ¿Soy culpable de tus meteduras de pata?

No me respondió.

Cuando entré en casa, Sam estaba en la sala mirando el ordenador portátil.

—¿Len? —me llamó.

—Hola —intenté disimular lo más que pude.

—¿Qué tal con tus amigos? ¿Han disfrutado del viaje?

—Sí, bien. —Alcé los hombros distraída—. Quedaré para que me enseñen las fotografías que han hecho.

—En tu voz hay decepción.

—¿Crees que la muerte de Henry fue por mi culpa?

—¿Por qué piensas semejante barbaridad?

—Parece que alguien sí lo cree.

—¿Quién? —se irritó.

—No importa. —Fue inútil reprimir las lágrimas.

—Ven aquí —dijo con dulzura atrayéndome a su cuerpo.

Dos minutos después me las limpié y dije contra su pecho:

—Hace tiempo me aconsejó que me fuera unos días a un lugar tranquilo, Frey es sabio. Sam, necesito alejarme de aquí, de todo y todos.

—Bien. —Alzó mi rostro por la barbilla—. Pero recuerda que no será una huída, a nuestra vuelta debemos hacer frente los dos a todas las dificultades, aunque se llamen Ioban y Artus.

—¿Cómo sabes qué...?

—Estando contigo he aprendido que quien más te quiere, más te hace sufrir, y eso es lo que te ocurre con Artus.

A la mañana siguiente...

—No necesitas mucha ropa, solo estaremos un par de días fuera.

Lo miré desanimada.

—Haré lo posible para que te olvides de todo —me animó.

Cuando salimos no presté atención. El vehículo al que nos dirigíamos era un cuatro por cuatro, no le pregunté si era suyo o lo había alquilado para la ocasión. Tampoco quise saber a dónde me llevaba, cualquier lugar me parecía bien estando con él.

Cuarenta minutos después llegamos. El acceso a la cabaña fue a través de un camino peatonal desde la calle, paralelamente se ubicaba la rampa de entrada de coches. Únicamente estaba el suyo, no vi ninguno más, así que íbamos a estar completamente solos.

Nos encontrábamos muy cerca de Kitea, durante el trayecto me fijé que una vez que la dejábamos atrás, íbamos por la única autovía que nos conducía hasta allí. Vi un letrero que decía: «ONABIA 30 kilómetros». Fue acertado ir en un todoterreno, las calles eran estrechas y empedradas. Las casas eran de piedra blanca y madera, con puertas y ventanas góticas; más adelante otras tenían base de granito y los tejados presentaban grandes aleros. De noche comprobaría que estos crearían un particular juego de luces y sombras en el interior del pueblo. Pero cuando salí del coche y miré a mi alrededor, la cabaña estaba escondida entre la naturaleza, rodeados de un bosque lleno de hayas centenarias y abetos cubiertos de nieve.

—¿Cuántas hectáreas hay aquí…? —pregunté perpleja.

—Más o menos doce mil. Vamos, después daremos un paseo.

La cabaña estaba decorada con muebles rústicos. Dejé la bolsa de viaje encima de la cama, en el dormitorio había una gran alfombra azul de lana del mismo tono que la colcha. Solo vi una mesilla y una lámpara sobre ella, el armario era empotrado de tres puertas. Al encender la luz del baño, el color negro acaparaba la zona, estaba equipado con una encimera de granito y con dos toalleros integrados. Un espejo de grandes dimensiones y lamparitas suspendidas desde el techo iluminaban los dos lavabos, y a la derecha vi la ducha a ras del suelo con mampara de cristal. Volví de nuevo y guardé la poca ropa que había llevado. Mientras él avivaba el fuego de la chimenea de ladrillo, me acerqué hasta el ventanal, fuera comenzaba a nevar.

—¿Cómo estás...?

No respondí, pensaba en Artus, lo que me provocaba impotencia.

—Len... —dijo detrás de mí rodeándome por la cintura. Acaricié sus manos—. No te sientas mal, en el fondo no quiso...

—Muchas veces es mejor callar que herir.

—Cierto, pero el que hayan amenazado a su amor... Como hombre que está en su misma situación lo entiendo, aunque yo hubiera utilizado otra forma de decírtelo.

—¿Acaso hay otra manera de decir que soy culpable de todo?

—Él no te culpa, lo que ocurre es que se le ha ido de las manos. Es más fácil culpar a otro, en concreto a ti.

—¿Y qué me dices de Luna?

—Ha sido un *shock* para ella, dale tiempo.

—Cuando vine aquí pensé que seguiríamos como en el orfanato, siendo una familia. De haber sabido lo que iba a pasar, me hubiera ido a Drambuy sola.

—Nadie puede predecir lo que sucederá. Vamos, debes comer algo, anoche apenas dormiste y esta mañana no has tomado nada.

—No me apetece...

Pero fue inútil protestar, ya que me llevó a la cocina y me hizo sentar. De la nevera sacó un plato, quitó el papel transparente que lo cubría y lo fue calentando despacio en una sartén. Lo sirvió y lo puso frente a mí.

—Barsella lo ha cocinado para ti, pruébalo —me ánimo poniendo los cubiertos sobre el plato—. No lo desprecies, ha puesto mucho interés y cariño en cocinarlo.

La pechuga de pavo estaba dorada, debajo había unos espaguetis finos rebozados. La salsa tenía un sabor agridulce con setas cortadas en láminas. Solo pude comer tres trozos.

—Está delicioso, pero… —Me levanté y lo dejé al lado del fregadero.

Fuimos al salón y nos sentamos en el sofá, puso la televisión, pero no presté atención a lo que ponían. El cansancio de la noche anterior... Antes de quedarme dormida...

—Len, ve a la cama, estarás más cómoda. —Fui al dormitorio y me senté sobre ella—. —Volveré en un momento —dijo desde la puerta.

—Podría ir contigo, después de todo yo también me alimento como tú.

—No, serías una deliciosa distracción.

—Tarde o temprano tendré que hacerlo.

—No si yo puedo evitarlo —volvió a ser tajante.

—¿Por qué te opones?

—En las condiciones en las que estás, no sería lo más apropiado, además...

—Dormiré después...

—Verás. —Se acercó y se sentó. Cuando decía ese «verás» con aquel tono tan peculiar...—. En las condiciones en las que te has enfrentado a ellos, siempre he estado yo o tu padre. Si decides cazar, ninguno de nosotros podrá estar contigo, es demasiado arriesgado y peligroso.

—¿Me hablas a mí del peligro?, creo que estoy perfectamente capacitada para...

—No insistas Len.

—Pero, pero —protesté.

—Tu parte humana es una distracción para mí, podría llegar a confundirte.

—Iré detrás. —Negó con un movimiento de cabeza—. ¿Es tú última palabra?

—Así es. —Iba a salir...

—¿Y por qué sales ahora?, todavía no ha anochecido.

—Anoche estaba preocupado por ti.

—Sam, no deberías cambiar tus costumbres por mí.

—Eso lo decidiré yo —dijo con dulzura—. Duerme un poco.

Y se fue.

Tuve un sueño muy extraño a la vez que inquietante. Me veía en lo profundo del bosque llegando al árbol con la luna llena sobre mí guiándome, pero algo me impidió seguir y me desperté sobresaltada. Había pasado una hora y Sam no estaba. Me levanté con todo el peso de la realidad sobre mis hombros, y el temor de no verle... Me puse los botines rápidamente y salí. Corría a gran velocidad pronunciando su nombre en voz alta, pero no hubo respuesta, y me di cuenta de que había salido de los límites del bosque que nos rodeaban cuando vi la carretera por donde habíamos venido y muy cerca las montañas.

Un sonido de que algo o alguien se aproximaba a mí me paralizó y me di la vuelta... Aquel mamífero salvaje de gran tamaño se alzó sobre sus patas traseras intimidándome… En ese momento agradecí no haber prestado atención a las innumerables tonterías de Otto en clase de conocimiento del medio. Mi amigo siempre acababa castigado y hablando con la encargada del orfanato en dirección. Sabía que el oso pardo era solitario (esto me alivió en parte), pero no su gran tamaño. A escasos metros de mí vi que yo sería una hormiga para él, su fuerza llegaría a ser descomunal si me aplastaba. Pobre de aquel que cayera entre sus poderosas mandíbulas provistas de fuertes colmillos y sus enormes zarpas. Así pues, no moví ni un músculo, si se viera amenazado por mí... Recordé las palabras de la profesora del orfanato:

«Desde tiempos inmemorables, las pinturas rupestres así lo acreditan, ha sido acosado por el mayor exterminador, sin darle tregua hasta obligarlo a esconderse en las montañas donde puede defenderse de nosotros, el hombre».

No entendía por qué había llegado hasta aquí, tal vez por su desarrollado olfato y oído, porque normalmente padecen de miopía. El pánico me había dominado al principio, ahora estaba estática. Lo vi apoyar las patas delanteras...

—Que no te engañe su aspecto apacible Len… —masculló Sam—, si no le prestamos la más mínima atención, se irá. Tu olor lo ha desorientado.

Donde nos encontrábamos estaba muy oscuro, solo la luna parecía un farol encendido en el cielo, alumbrando nuestros cuerpos y su espeso pelo castaño. Las nubes negras se abrieron en los cielos y sopló una brisa gélida. Alcé los ojos como preguntando a los oscuros nubarrones cuál sería el momento preciso, Carissia me mostraría la señal… A pesar de su enorme volumen, dio un salto hacia nosotros, sería la tercera y última vez que interceptaría un golpe que iba dirigido a él. Empujé a Sam por el pecho con todas mis fuerzas y cuando el oso estuvo a punto de caer sobre mí, atraparme y despedazarme, me elevé en el aire como si unos hilos invisibles me ayudasen. No se dio por vencido al oírme caer a unos centímetros. Se volvió y rugió enseñando sus fuertes colmillos. De mi garganta salió un gruñido e hice que me persiguiera, ahora no había tiempo para saber si Sam estaba bien o no, aunque lo viera inmóvil boca abajo, tenía que apartarlo de él.

La nieve me dificultaba la carrera. Al principio mis pies se hundían por su espesura, me paré mirando a mi alrededor. Con decisión y maestría subí a un árbol, nerviosa por su cercanía, abracé el tronco con los brazos. Mis movimientos estaban siendo metódicos, sincronizados, y conseguí escalar a lo más alto. Vi sus brazos cortos y gruesos intentando alcanzarme, agarrándose con sus fuertes y enormes zarpas, moviendo el árbol con furia mientras emitía rugidos violentos. No estaba muy segura de que pudiera hacerlo, la distancia de un árbol a otro era demasiado larga para saltar, pero si no lo hacía caería de un momento a otro. Escuché un ruido que provenía del tronco, se estaba ensañando con él, lo arrancaría y se desplomaría conmigo. El miedo aceleró mi corazón, cerré los ojos y respiré hondo. Una vez más, miré abajo, con absoluta claridad, advertí que solo quería devorarme.

Primero lo dominé y después me libré de su peso, estaba histérica, pero cuando me lancé y llegué al árbol más próximo mi excitación dejó atrás mi temor. Era extraño sentirme así de segura en lo más alto, y el pánico volvió de nuevo, me asfixiaba y aceleraba al mirar abajo. Bajé rasgándome la ropa, y cuando creí que me había librado de él, tras mirar de reojo, corrí…

Corría sorteando cada rama, tronco, piedras que había en el bosque y mi instinto me dijo que parase. El lugar era enigmático, estaba a mitad de la cima, una de las piedras que formaba el paraje cayó al vacío golpeándose contra las rocas. Detrás de mi olfateó las magulladuras que me había hecho al bajar con rapidez. El cosquilleo de la sangre hizo que me tocase la pierna, tenía el pantalón roto, pero no dejé de mirarlo. No podía creer lo que estaba ocurriendo, al moverme hacia la derecha él se movió cortándome el paso, hice lo mismo hacia el otro lado y... o me tiraba al vacío cayendo en el río, o de lo contrario me enfrentaba a él. Opté por esto último porque en cuestión de segundos se abalanzó sobre mí. Rozó mi pierna al elevarme por encima rompiendo aún más la tela. El oso intentó frenar, pero el sonido de sus gruñidos se fue dilatando al caer. Lo vi golpearse hasta que su enorme cuerpo chocó contra las aguas. Mi cabello se movió a causa de la velocidad a la que llegó Sam.

—¡Len! —gritó—. ¿En qué pensabas? —Me giró y sacudió por los brazos—. No lo vuelvas a hacer ¡Nunca! ¡Estás herida! —advirtió con angustia.

—Suéltame Sam.

Dejó caer sus brazos.

—Perdóname, no podía permitir que...

—He matado a muchos como ese. —Me dio la espalda—. Es imposible que me hubiera hecho algo.

—Quizás en esta ocasión...

—¿Cómo te has librado de él? —Se volvió.

Le hice mirar al vacío y vimos como lo arrastraba la fuerza del río.

—¿Qué es este lugar? —. Señalé una ermita rupestre con necrópolis.

—Verás, este sitio me apasiona, iba a traerte de madrugada para que vieras la densa niebla cubriéndolo todo. Es una de las imágenes más hermosas que he disfrutado hasta ahora.

—Y estas piedras, ¿qué significan? —Me acerqué a ellas.

—Venían a velar a sus muertos. —Miró lo que quedaba de la capilla—.Estamos sobre un cementerio.

Lo miré perpleja.

—Este lugar ha encerrado a lo largo de los siglos numerosas leyendas. Temido incluso al principio, sus habitantes no se atrevían a venir aquí por miedo a lo que el destino, cargado de historias satánicas, les pudiera deparar.

—¿Qué historias?

—Primero iremos a curarte esa herida.

—Es un simple rasguño.

—Len… —dijo impaciente.

—Está bien.

—¿Me permites que sea yo el que te lleve hasta la cabaña?

—Eh… creo que puedo andar… —dije observando la pierna.

Pero él me cogió en brazos y unos minutos después...

—No sé por qué me preguntas —comenté una vez que me senté en el sofá. Me sonrió—. Te dije que era solo un arañazo.

Me había limpiado con alcohol para desinfectar la herida y puesto una venda.

—Trae, lo haré yo.

Sam se adelantó y tiró la gasa y el pantalón con restos de sangre a la chimenea y oí como el sonido del fuego iba quemando una de mis prendas favoritas.

—Bueno, ya estoy curada, ahora cuéntame lo que pasó aquí.

—Se comenta que la batalla y gesta más simbólica que vivió Onabia se produjo en 1890 contra un duque y que fue defendida por sus mujeres, dado que el ataque se produjo con los hombres, sus maridos, padres y hermanos ausentes.

—Y… ese duque, ¿qué es lo que quería?

—Esclavizarlos.

—¿Lo consiguió?

—Sí y no, él posee un arma más poderosa.

—¿Cuál?

—Adivínalo.

—Entonces es cierto que lleváis siglos escondidos. ¿Sigue por aquí? Antes has dicho…

—Desapareció cuando Lisandro llegó, pero antes de hacerlo convirtió a muchas mujeres y ellas lo harían con sus respectivos congéneres, fue todo un caos.

—Lo cuentas como si tú hubieras...

—No tengo tantos años. —Sonrió—. Su forma de actuar ante situaciones complicadas… Es un aprendizaje constante.

Escuché orgullo en su voz.

—Drambuy cerró sus fronteras. Este lugar por si no lo sabías pertenecía a Kitea.

—No tenía idea… pero tu padre me explicó que huían creyendo que se debía a alguna epidemia.

—Fue la única forma de ocultarlo, aunque solo unos pocos, los más astutos pudieron escapar, debido al poder que generación tras generación se ha ido transmitiendo, de nacimiento.

Supuse que se estaba refiriendo a los antepasados de Luna y ahora quedaba ella.

—Creo recordar que ahora está con ellos, de haber seguido aquí, Lisandro habría acabado con él.

—¿Cuándo pensabas decírmelo...?

—En su momento.

—Ah ya, claro. —Bajé la cabeza y cerré los ojos.

—¿Len?

—¿Sí?

—Mírame.

—No debes subestimar tu fuerza.

—¿Mi golpe te ha causado…? ¿Te duele? —Toqué su pecho asustada.

—Puedes hacer que disminuya —dijo con picardía.

—¡Sam!, hablo en serio.

—Yo también.

El primer beso fue ahí mismo, antes nos habíamos desprendido de las ropas y ahora estábamos en el dormitorio. Teníamos tanta complicidad y química que con solo mirarnos sabíamos lo que pensaba el uno del otro. Sus ojos me miraban con lujuria, pasión, determinación. No quería solamente llegar al clímax con él, tenerle dentro de mí era suficiente, pero para Sam no lo creí. Le daría más, no me bastaba solo con darle mi cuerpo, intercambiar fluidos, sentimientos, movimiento, quería entregarle más.

Lo que sucedió no entraba dentro de mis planes y menos del de los mayores que habían presagiado mi nacimiento. Esto traería consigo algo para lo que me estaba preparando, ser una víctima más. ¿Quizás?

El aroma del café me despertó, pero antes me duché. Salí, cogí uno de los dos albornoces que estaba detrás de la puerta y me lo puse. Entré en la cocina dando los buenos días. Sam me miró con fijeza.

—Me muero de hambre —me serví un tazón y dos tostadas.

No dejó ni un momento de observarme, lo hacía con una mezcla de curiosidad y orgullo.

—¡¿Qué?! —exclamé incomoda.

—Nada, es solo que… ¿te importaría venir conmigo?, quiero que veas algo.

—¿No puede esperar? —pregunté extrañada y un poco molesta, no había terminado el desayuno.

—No.

Sus ojos habían adquirido un brillo fascinante igual que la primera vez que lo vi. Sentí curiosidad y fui con él. Cuando entramos, el vaho había desaparecido y no entendí qué hacíamos en el baño.

—Sam...

—¿Qué ves?

Le miré perpleja y fruncí la frente.

—¡No puedo creer que no te hayas dado cuenta! —Sonrió prendado mientras miraba mi reflejo.

No era la típica chica que se pasaba minutos u horas mirándose en el espejo, solo lo necesario, por si llevaba el pelo bien o tenía legañas en el borde de los párpados e incluso, muchas veces, lo hacía de refilón sin encender la luz, pero ahora... Sam se puso detrás, lo cual fue una distracción.

—Len —protestó empujándome suavemente.

Mi cintura dio contra uno de los dos toalleros cuando me acerqué. En un acto reflejo elevé la mano hasta mi rostro. Moví los ojos de un lado a otro nerviosa mientras acariciaba la parte donde las pronunciadas ojeras ya no estaban, habían desaparecido. Aunque lo que más me impactó fue el color de mis ojos, hacía mucho tiempo que no veía ese tono verdoso en el iris. Parpadeé creyendo que desaparecería si lo hacía, pero no, continuó ahí, más intenso que antes. Lo único que siguió igual y que permanecería para siempre era el matiz de mi piel pálida. Inmediatamente cerré los ojos sintiendo que era una señal, pero no entendía qué quería decirme.

# CAPÍTULO 10
## ANTES DEL MEDIODÍA

No fueron dos días, sino cuatro los que estuvimos en Onabia. Como sabía que mi amiga Misti estaba en peligro, desde que llegamos él hablaba con Barsella por teléfono y luego cuando colgaba ella me transmitía que todo iba bien. Eso quería decir que tanto Turner como Erik no habían vuelto a Drambuy desde la pelea. Temía por los dos, más por Artus, y deseaba que no cometiera una estupidez o locura. Recordaba sus palabras, llenas de ira e impotencia esas que provocaron que me alejase de ellos unos días, pero entendía a mi amigo, aunque me seguían haciendo daño, no quería ni podía negarlo. Como dijo Sam era mucho más doloroso viniendo de él. Me dijo que todo estaba tranquilo, no dudé de su palabra y tampoco de Barsella, pero me reconfortaría más escucharle a él y si no respondía a mi llamada telefónica... Un tono, dos, en el tercero me desanimé... Hasta que en el quinto y a punto de colgar, contestó.

—Ho… hola —vaciló.

—Artus, ¿cómo estás?

No dijo nada, sino que dejó pasar unos segundos, para mí fueron eternos.

—No he tenido valor para llamarte yo.

—Y yo creía que no me lo cogerías.

—Lo tenía en el bolsillo de la cazadora, lo he oído por casualidad —aclaró rápidamente.

—Ah…

—Ayelen.

—Len, eh… Se me hace raro que me llamen ya con el nombre completo.

Le escuché aclarándose la voz.

—Creo que te debo una disculpa.

—No tienes...

—Te hice daño y eso hace que me sienta aún peor, no sé en qué estaba pensado.

Le imagine pasándose la mano por sus cabellos castaños.

—Así es —le confirmé—, pero eso no quita que tengas parte de razón en lo que dijiste.

—Me hiciste una pregunta y en ese momento callé, ahora puedo responderla.

—Artus...

—No Len, déjame. —Suspiró con fuerza—. Fuiste la primera persona que me advirtió que no eran de fiar, supongo que Sam fue quien te lo dijo y estoy seguro de que haría por ti cualquier cosa. Hasta en esto es más legal que yo, pero no has sido la única.

—¿Frey?

—Antes Luna.

—De ahí vuestra complicidad.

—Siento mucho no haberte...

—No tienes que explicarme cada cosa que haces.

—Tal vez si lo hubiera hecho…, nos habríamos ahorrado todo esto.

—Yo también he tenido ese sentimiento.

—¿Cuál?, no sé a qué te refieres.

—Tú te expresaste de distinta forma, pero en el fondo, los dos hemos sentido lo mismo. El día que enterramos a Henry no pude desahogarme, en mi interior y en mi mente solo aparecieron las ganas de vengarme. Ahora que sé por ti que también ha tenido que ver en la muerte de los padres de Luna...

—Aquel día, todos nos marchamos excepto tú.

—Quería despedirme de él a solas.

—Por tu tono de voz, parece que has vivido junto a Henry cosas que desconozco.

—No te voy a mentir, sí.

—Desconocía esa faceta de ti y sé que tienes carácter. ¿No tendrá algo que ver el que seas...?

—Puede, aunque te aseguro que no merece la pena gastar energías en ello, solo trae consigo que se vuelva en contra de uno mismo.

Quería hacerle ver que Turner era peligroso. También quería que mi amiga me perdonase. Pero ahora el que se hubiera desvinculado de ellos traería consecuencias, y una de ellas sería Misti.

—¿Te refieres a Turner?

—Sí.

—¿Crees que Ioban...?

—No lo sé, y tampoco que Turner vaya a tener el valor suficiente para dejar...

—Después de explicarme lo que hizo con sus padres, todavía me pongo nervioso.

—Puedes contármelo.

—No creo que sea una buena idea.

—Podré soportarlo.

—Eh… esto —titubeó.

—Por favor...

—Desde que te conozco has tenido pesadillas, ¿quieres que continúen después de saberlo?

—No dejan de ser malos sueños, además, hace tiempo que no tengo.

No le mentí, en parte porque si soñar implicaba que lo hiciera con mi madre y que ella me mostrase las señales, unas pocas pesadillas más no me matarían.

—Espero que no me estés mintiendo.

—Últimamente, en mis sueños aparece ella. Sé cómo es por una fotografía que me dejó mi padre junto con la carta.

—Hablas de tu madre… El recuerdo que tengo yo de la mía, es como si no pudiera…

—Siempre estará contigo, no importa que no recuerdes su rostro, su sonrisa, solo siéntela.

—Parece que sabes de lo que hablas.

—En efecto, pero nos hemos desviado del tema, dime qué les hizo Ioban a los padres de Turner.

—No te das por vencida —comentó con sutileza—. No sé por qué me sorprendo, nunca lo has hecho.

**********

Me estremecí llena de pánico ante el espeluznante relato.

—¿Sigues ahí...?

Me era imposible hablar.

—¿Len? —Al ver que no contestaba—. ¡Maldita sea!, sabía que no debía haberte dicho nada. Es mejor que lo olvides.

¿Olvidarlo? Les imaginé atados de pies y manos, bebían la sangre que fluía de sus heridas dejando que cayera sobre un recipiente. Imperturbable ante su dolor, sufrimiento y terror... Ioban ordenaba al doctor, que también había sido secuestrado, que limpiara y cosiera las heridas para que no se desangrasen. De haber acercado sus colmillos lo más mínimo, el veneno se extendería a toda velocidad y hubieran muerto. Cuando dejaron de ser útiles (no me dijo cuánto duró su agonía), se deshicieron de los cuerpos. Los que estaban con él, supuse que se refería a sus hermanos, parecían poseídos, pero una orden de Ioban les hacía salir. Precisamente había hablado de ella con mi amigo, ¿y si Carissia había participado en sus muertes?

—Artus —dije al fin—. ¿Cómo sabe todo eso y sigue con vida?

—Porque le hizo presenciarlo, creo que Ioban tenía grandes planes para él.

—Es... es...

—Inhumano.

Sabía perfectamente a qué se refería, lo había vivido en mis propias carnes, aunque no como Turner. ¿Y para qué lo quería con vida?

—¿Cómo pudo escapar?

175

—Uno de ellos, en concreto una mujer, le ayudo a hacerlo.

—¿Quién?

—Creo que estabas con ella cuando Turner vino a buscarme.

—¿Barsella?

Su silenció lo confirmó.

—Cuando la vio, no parecía recordarla. El odio y la venganza le han nublado por completo y aunque hayan pasado muchos años, para él todos son iguales.

—En esto hay algo que no encaja...

—¿Estás preparada para oír el resto?

—Sí.

—Barsella abandonó al niño a su suerte, ten en cuenta que por aquel entonces Ioban, así como el resto, hacían, o mejor dicho, asesinaban sin que nadie pudiera hacer nada. Sin embargo, se encontraron con un gran obstáculo. Intervinieron fuerzas que ellos no llegaron a entender a pesar de saber que existían, hasta ese momento.

—Los padres de Luna.

—Fueron los únicos que pudieron hacerles frente, pero...

—Acabaron siendo presas.

—Me dijo que uno de ellos tiene el poder de transformarse en pantera negra —advertí miedo en su voz.

—Miztli.

—¿Cómo sabes su nombre?, ¿la conoces?

—Conocía, ya es historia.

—¿Qué quieres decir...?

—Acabó con ella antes de que lo hiciera conmi… —callé.

—¿No estarás sugiriendo…?

—Artus, no tuve un accidente con el coche.

—¡Dios mío! —gritó.

—Ahora forma parte del pasado —intenté que se calmara.

—Y lo dices así… como si nada —alzó la voz de nuevo.

—Lisandro se ocupó de ella, no todos asesinan humanos —seguí calmada.

—Sam me lo ha demostrado…

—¿Has cambiado la opinión que tenías sobre él?

—Sabes que tuvimos una conversación, pero Luna me ha aportado un poco más de luz en tanta confusión.

—¿Cuándo has hablado con ella? ¿Qué te dijo? ¿Cómo está?

—Con respecto a tu primera pregunta, ayer. Se encuentra bien, aunque preocupada. Len, pronosticó lo que iba a hacer Turner, de ahí que me advirtiera.

—Debiste acudir a ella o a alguno de nosotros antes de involucrarte con ellos.

—Es fácil decirlo desde fuera...

—Yo lo hice.

—Te refieres al día en el que dijiste que algo iba a cambiar, lo presentías...

—En ese momento debí marcharme… Te aseguro que lo intenté, pero el motivo que me llevo a hacerlo no era este.

—¿Sabes?, me estás contando cosas que desconocía y si te soy sincero, no entiendo por qué lo haces ahora.

—Es sencillo, me importas más de lo que crees. Todos vosotros. Dentro de poco se cumplirán tres años desde su muerte y sé que ninguno de los dos lo hemos superado. Todos los días me acuerdo de Henry, yo tuve parte de culpa, le querías tanto como yo o más —hice una pequeña pausa—. Pude evitarlo.

—Lo siento mucho, Len, estaba fuera de mí. ¿Me creerías si te dijera que no lo pienso?, en el momento que lo hice me arrepentí. Además, estoy seguro, y daría mi vida, de que hiciste todo cuanto pudiste por salvarle.

—No fue suficiente. Pero gracias, necesitaba escucharlo —balbuceé.

—¿Estás llorando?

No le respondí.

—Len...

—Dime qué más te contó Luna.

—No creo que...

—Precisamente ahora es el momento.

—Me gustaría verte, puedo estar en veinte minutos en el parque.

—No estamos en Kitea.

—Ah… —se extrañó—. ¿Dónde entonces?

—En Onabia.

—¿Por qué...?

—Tú lo hiciste hace unos días con Misti. Frey me dijo que necesitabas alejarte de aquí.

—Lo hice por temor y creí que desaparecería, pero ha sido volver a Drambuy y...

178

—¿Te quedarías más tranquilo si te dijera que he pedido a unos amigos que os vigilen? —le pregunté, aunque no dejé que respondiera añadiendo—, te prometí que tanto a Misti como a ti no os pasaría nada, que me iba a encargar de ello.

—¿Nos has puesto guardaespaldas?

—Más o menos. —Sonreí levemente al recordar que yo utilicé la misma expresión cuando Sam dejó que le acompañase—. Si quieres llamarlo así… Siempre has confiado en mí.

—Eso nunca cambiará, pero…

—Barsella con la ayuda de otros están preparados, ellos os protegerán en mi ausencia, Sam lo dispuso todo antes de marcharnos.

—Siento decirlo, pero… ¿estamos seguros con ellos cerca?

—Has conocido a mi padre, a Sam, y hace poco estuviste en el mismo lugar con varios más. ¿Te has sentido en algún momento en peligro?

—No, porque estaba Luna allí y también tú.

—¿Y cuando se fue?

—Seguías estando tú. No es que quiera quitarte razón en tu argumento, pero Luna hace que me sienta seguro.

—Y yo, que ella me perdone, pero aunque fuesen capaces de enfrentarse a ellos, sabes cómo acabaron. No quiero convencerte de nada que tú no quieras, sé que no es fácil confiar en seres que a lo largo de los años o siglos han sobrevivido gracias a que nosotros, los humanos, hemos sido su fuente de alimento. Hay muchos, más de los que crees, que utilizan otros seres vivos para alimentarse.

—¿Animales? Aún así, les dan caza y después…

—Y nosotros, ¡¿qué?! ¿Acaso la carne que comes crece de la tierra?

—Y tú…

—Debo hacerlo si quiero sobrevivir. No fue un virus infeccioso el que me tuvo todos esos días sin poder salir. Sam no quiere que lo haga, cazar, así que tomo mi ración para mantenerme viva, pero te aseguro que no es de un humano.

—¿Cómo puedes estar tan segura?

—Porque he saboreado la mía. —«Cuando Kneisel me golpeó y mi rostro dio contra una de las piedras del río», recordé—. La nuestra es más dulce.

—Len, mi… —calló—. ¿Te haces una idea de todas las dudas y preguntas que me has resuelto?

—Me hubiera gustado mantenerte al margen.

En ese momento oí y vi entrar a Sam.

—Espero verte pronto, ahora tengo que colgar.

—Cuando vuelvas házmelo saber, y...

—¿Sí?

Él se sentó a mi lado.

—¿Le dirás que estaba equivocado?

—No va a hacer falta. —Le miré más tranquila—. Te acaba de escuchar.

—Adiós —nos despedimos al unísono.

Su rostro estaba serio y cogió mis manos.

—Siento tener que darte esta noticia ahora que estás más calmada y, por lo que deduzco, has aclarado las cosas con Artus.

—¿Qué pasa?

—He estado con mi hermano, Turner y otro que le acompañaba han dado con Ioban.

—¿Cómo es posible?

—El hecho de que hayan estado con tus amigos...

—Luna… ¡Ay no! Sam, le di mi palabra, si le ocurre algo a Misti…

—Solo si se entrometía en sus planes, recuerda.

—Lo golpeó, y dudo mucho que eso vaya a quedar así, cree que Artus le ha traicionado. Debemos irnos y advertirle. —Me levanté muy nerviosa.

—No. De momento es mejor no decirle nada, no hay motivo, pasará tiempo hasta que Turner…, si es que Ioban le transforma. Debemos tener en cuenta que tal vez no lo haga, eso nos daría cierta ventaja para estar preparados. Quizás pasen semanas o meses hasta que tengamos noticias de ellos.

—Siente pánico por si decide venir a por Misti. —«No permitiré que vuelva a repetirse», pensé.

—Pues, lo mejor es no acrecentarlo. Mi Len. —Acarició mi mejilla—. Deja que yo me encargue de todo y si en algún momento vemos que están en peligro, aunque sea mínimo, los llevaré a un lugar seguro.

—No sé —dudé.

—Sabes que si Ioban aparece aquí, no es por tus amigos, ¿verdad?

—Puedo hacerle frente.

—Lo sé.

—Pero tú no dejarás que eso ocurra.

—¿Acaso lees mi mente? —dijo con humor quitando tensión.

—No creo que ella pudiera decirme más de lo que tú me transmites cuando me miras.

—Me halagas demasiado. Sabes que no tengo secretos para ti.

—Puede que uno sí.

—En su día te dije que no lo creí posible.

—Pero no imposible. Mi padre lo reconoció e incluso Ben.

—¿Qué te contó mi hermano?

—Había oído hablar de mí antes de que naciera, pero no me refería a eso.

—¿A cuál entonces…?

—En un principio, cuando te conocí, dudé que dedicases tu tiempo para cuidarme. Eh… Hace cosa de unas semanas he recordado que no fue así exactamente.

—¿Te refieres a las veces en las que te seguía...? —Sonrió con picardía.

—Sí, ¿por qué? No había peligro, Ioban todavía no...

—Ja, ja, ja —rio divertido—. ¿En serio quieres saber por qué lo hacía?

Estaba pecando de ingenua, pero como le había dicho hacía escasos segundos, dudaba el interés que pudiera tener en mí, lo cual me equivocaba.

—¿Crees que me conformaba con verte a través de una ventana...? —eludió mis mejillas sonrosadas—. ¿Sabes la de veces que pensé y deseé bajar del coche y acercarme a ti? ¿Te imaginas el impacto que hubiera supuesto el haberlo hecho? Por no mencionar la cara que habrían puesto tus amigos.

Estaba fascinada ante su forma de explicarlo, pero tuve la sensación de que realmente no se trataba de mis amigos sino de uno en particular, Artus. Además había otro motivo, un día me explicó que los cristales del coche hacían barrera contra los rayos del sol, por eso era tan caro y moderno. Eran las dos y media de la tarde cuando terminé de almorzar. En está ocasión no dejé nada en el plato.

Mientras Sam salía y entraba llevando consigo leña para la chimenea, miré en la nevera. Saqué todos los ingredientes necesarios para hacer una ensalada de pollo. Media hora después empecé a comer. Lo recogí todo y fui al salón, antes miré por la ventana que comunicaba con el lugar donde estaba él y le vi mirar a través del ventanal, un poco alejado, los rayos del sol se reflejaban a escasos centímetros de su cuerpo.

—Sam. —Di unos pasos y me puse enfrente tapando parcialmente la luz—. Creí que estarías fuera.

Tenía los ojos cerrados, apretándolos con fuerza, mostrando los colmillos, estaba furioso y alarmado. En ningún momento sentí miedo, ya que lo había visto en su hermano. Acaricié su rostro gélido, los abrió y su mandíbula se relajó ocultándolos.

—Len… —Los volvió a cerrar.

—Tranquilo, no estoy asustada. —Me acerqué más.

—No —dijo duramente y retrocedió.

—Sam.

Se movió rápidamente y escuché una puerta al cerrarse. Me quedé paralizada y después de unos segundos... Salí y comprobé cómo los rayos alcanzaban mi rostro, eran muy débiles. Hay muchas leyendas que no son ciertas, por desgracia el que no pudieran salir a la luz del sol no era una de ellas, aunque no creí que le fuera afectar así, tal vez ¿por mí? No sé si hice bien, pero disfrute de ese momento, lo hacía por Sam.

Observé que la nieve de los árboles se derretía mientras iba por el camino y anduve hasta llegar al pueblo. Pasé por dos tiendas de comestibles (eran las únicas que había). Me crucé con dos parejas, un matrimonio mayor y otro joven. El primero iba agarrado de la mano y se miraban con amor. En ese preciso instante me di cuenta de que jamás nos veríamos así. Me alarmé al pensar que yo envejecería y Sam no, las probabilidades era de un noventa y nueve por ciento contra un uno, puesto que soy humana también.

Pasé por la zona de juegos donde los niños se tiraban bolas de nieve mientras sus madres estaban sentadas en un banco viendo cómo se divertían. Una de ellas miró su reloj de pulsera, se levantó y lo llamó. Le oí decirle que debían ir a casa a comer. No sabía si yo lo habría heredado de mi madre y, como antes, pensé que tampoco llegaría a tener un bebé de Sam en mis brazos.

—Len, ¿eres tú...?

Me volví.

—¿Selene?

Dejó en el suelo la bolsa que llevaba y me abrazó.

—¡Qué sorpresa! —Se retiró—. ¿Cómo tú por aquí? ¿No habrás venido a verme sin avisar?

—Me alegro de verte —me dejó decir.

Había cosas que nunca cambiarían.

—Vamos, te invito a tomar algo, tenemos que ponernos al día, hace mucho tiempo que no sé nada de ti.

Me llevó a una taberna, dentro vi un grupo de hombres mayores jugando al dominó (me recordaban a Frey y sus amigos). En una de las mesas, uno de ellos no participaba en el juego y miraba con atención las noticias en el televisor. Selene se acercó a la barra y pidió, yo me senté en una mesa vacía mientras escuchaba, no sin cierta dificultad debido al alboroto (el ruido de las fichas, sus voces), cómo la presentadora daba por terminada la investigación...

—Bueno… ¿Qué te ha traído hasta aquí? —dijo dejando las bebidas mientras se quitaba el abrigo, la bufanda y los guantes.

Yo le comenté que había ido allí a descansar unos días con Sam.

—Has elegido un buen sitio. En un principio no me acostumbraba a este pueblo, pero ahora ya ves, la tranquilidad que hay aquí no la cambiaría por la ciudad, como cambian las cosas, ¿verdad? —dijo divertida—. Parece que te va bien, estás como la última vez que te vi, sonríes de una forma...

—Puedo decir lo mismo, tienes buen aspecto.

—Gracias.

—Aunque haya pasado tiempo, ahora entiendo por qué tu padre no quiso que fuera a verte, caí enferma hace quince días, lo pase fatal.

—¿Por qué no me llamaste? Me hubiera...

—Tranquila, él cuido de mí.

—¿Quién?

—Mi chico, Mark. —Estaba orgullosa.

—¿Dónde lo conociste?

—Es el veterinario, casi pasa más tiempo en mi casa que en la consulta. —Rio.

—¿Cuánto llevas con él?

—Un mes y medio, pero lo conozco de mucho antes. Al principio hubo tonteo por parte de los dos y ahora estamos viviendo juntos.

—¿No es un poco precipitado?

—Tal vez, pero tú mejor que nadie sabes que el tiempo no importa.

Aunque tuviera razón, mi relación con Sam era y seguiría siendo muy diferente a la suya, así como la del resto.

—Y tú, ¿cómo estás con él? Desde el funeral no lo he vuelto a ver.

—Bien.

—Eh… No pareces muy segura.

—No, no. —Sonreí forzosamente—. Lo que ocurre es que hay días mejores y otros… regulares.

—Es normal, si te dijera las veces que discutimos Mark y yo, por tonterías, es muy celoso.

Continuó hablando, pero la verdad es que no estaba poniendo interés a sus palabras, solo pensaba en Sam y en lo ocurrido.

—Se me ocurre una idea —captó mi atención—. Terminamos el café y lo conoces, así de paso te enseño el refugio. ¿Qué me dices?

Pagamos y salimos. Hacía rato que había anochecido.

—Vaya —dijo desanimada mirando al cielo—, creo que volverá a nevar.

—Piensa que es época de hacerlo. Selene, no sé...

—Sí, y a ti te encanta, eres un poco rara. Yo voy envuelta en tres capas de ropa y tú llevas una cazadora fina.

—No exageres.

—¿Qué ibas a decir? Hay veces que me pongo hablar y no escucho.

—Nada, no es importante —pensé en Sam y en dónde estaría—. Por cierto, ¿sigue contigo el husky que querías que adoptase?

—No, lo dejé libre. —Se paró.

—¿Por qué?

—Su comportamiento era muy variable, unas veces podía dejarlo con los demás y otras lo tenía que separar. Hace cosa de veinte días vino un hombre mayor, quería adoptar uno para su hijo pequeño. Cuando lo vio, al principio dudó y después se sorprendió, me contó que ya lo había visto, en concreto en Kambalya.

Estaba tan extrañado que comentó que sus aullidos se escuchaban desde su casa, cerca del hostal Madi.

Me quedé impresionada y perpleja, a mí también me despertó una noche al oírlo. Tuve la extraña sensación de que aquel animal estaba siguiendo mis pasos, pero ¿por qué? Tarde o temprano lo descubriría.

—Len, hay muchos otros que necesitan un hogar.

—Pero… —Seguía sorprendida.

—Tranquila, está bien, es muy inteligente, ¿por qué lo sé? —hizo la pregunta ella—. De vez en cuando viene hasta aquí, en el fondo me tiene cariño, como yo a él. Es una pena que no puedas conocerlo

—Quizás hoy...

—No, cuando lo hace deja pasar unos días, por eso sé que tardará en volver.

Le vi mirar en el bolso y sacar el teléfono.

—Es el tuyo el que suena.

—Hola, Sam.

—No es una buena idea. —Al otro lado de la línea su voz era muy intensa.

—¿Por qué? —Miré a mi alrededor.

—Tú olor les pondría nerviosos, recuerda lo que sucedió hace dos días.

—Te refieres al refugio —murmuré, ya que mi amiga me miró extrañada—. ¿Dónde estás?

—Muy cerca, no te muevas, iré a buscarte.

—Sam.

—Seré amable.

—Lo sé.

Y ahora venía la parte en la que debía inventarme algo creíble, aunque no hizo falta.

—No voy a poder ir contigo, Sam viene de camino.

—Es una pena, me apetecía que lo conocieras, pero si vais a estar más días por aquí...

—La verdad es que no lo sé.

—Bueno, no importa. Ahora que sabes dónde estoy… Además, después de tanto tiempo, ha sido una suerte el haber coincidido. —Miraba a un lado—. ¿Es Sam?

—Sí —respondí girándome.

—No lo recordaba muy bien, ¡pero, chica!, qué buen gusto tienes, es muy atractivo.

Él la había escuchado y cuando llegó sonrió de una forma que cautivó a mi amiga.

—Tú debes ser Selene —saludó.

Ella titubeó, pero consiguió saludarlo y aunque le dedicase esa sonrisa, no dejó de mirarme de reojo, supuse que sería debido a lo que había sucedido en la cabaña.

—¿Nos vamos?

—Sí.

—Yo también he de irme —nos dijo—. Espero que nos veamos pronto.

—Cuídate —susurré abrazándola.

De vuelta a la cabaña no hice ningún comentario referente a su forma de saludar a mi amiga. Él sabía que era una parte importante en mi vida y si tenía que ser amable, aunque no quisiera, que no era el caso, lo haría por mí. Pero después de lo que pasó tuve que preguntarle, él se adelantó disculpándose.

—Sam. —Hice que detuviera el paso, ya que me había cogido de la mano—. No deberías controlar tus instintos.

—¿Mis instintos? —repitió calmado—, lo que ha pasado no tiene nada que ver con ellos... Saber que no puedo salir a la luz del día me enfurece, no quería que lo presenciases, pero te adelantaste.

—En ningún momento tuve miedo.

—¿Ah no? —se extrañó.

—No.

—Te fuiste.

—Vaya, ¿has creído que lo hacía por temor? —me lamenté—. Debí quedarme, no sabía cómo ibas a reaccionar si… Pensé que lo mejor era dejarte solo.

—La próxima vez lo controlaré y podrás quedarte conmigo —aseguró.

—Lo haré, aunque no eres el primero a quien… —callé, no sabía cómo se lo tomaría si le dijera que fue su hermano.

—¿Terry? —preguntó molesto, aunque se tratase de mi padre no le gustaba.

Comencé a caminar sin responder.

—¿Len? —Se puso a mi lado, pero no paré el paso.

—Lo más importante es que no pasó nada.

—Ben —pronunció su nombre entre dientes.

—Voy a pensar en serio que lees mi mente, además de percibir lo qué siento —añadí distraída.

—Le quitas importancia a algo que sí la tiene.

Comenzó a nevar cuando entrabamos en la cabaña.

—¿Hay algo más que debas decirme sobre mi hermano?

Estaba claro que no iba a dejar el tema y me quité la cazadora.

—Hablaré con él.

—No, Sam. No puedes cambiar la opinión que tiene de mí, como le dije a él, no puedo caer bien a todo el mundo. Lo mejor es dejar las cosas como están, si hablas con Ben su odio podría acrecentarse.

—Sabía que dirías algo así. No te odia.

—Puede que no. —Fui al dormitorio—. Bueno, no sé… —agregué indecisa.

Sonrió levemente ante mi comentario, y de nuevo se puso serio.

—Después de vuestra última conversación, tiene claro lo que soy para ti y lo que tú eres para mí.

—¿Ah, sí?

La voz del niño apareció en mi mente y me mostró la lápida: «Yo era lo que tú eres; tú serás lo que soy».

—Pareces sorprendida.

—Sí. —Me quité el jersey.

—Ben siempre ha sido un niño frágil, sensible y volátil, puede ser caprichoso e imprevisible, pero como su hermano mayor que soy, le creo cuando dice que siente admiración por ti. Bueno a esa conclusión he llegado yo después de hablar con él.

Dejé de desvestirme prestando atención a sus palabras y me senté en la cama.

—También que no sucumbieras a sus encantos… —Se sentó a mi lado.

—Él solo te tiene a ti, si yo hubiera estado en su lugar habría reaccionado igual.

—Eso querría decir que yo sería el fruto de ese presagio.

Lo miré detenidamente.

—Len...

—Voy a ponerme cómoda

¿Por qué tuve la sensación de que él se cambiaría por mí sin pensar en las consecuencias?

Había salido del baño, él no debió moverse porque lo vi igual que cuando entré.

—Ten. —Me dio una caja negra rodeándola un gran lazo rojo.

—¿Qué es? —pregunté dejándola encima de la cama.

—He pensado que te haría falta. Ábrela.

Retiré el lazo con cuidado, lo abrí y puse a los lados el papel blanco que lo cubría. Dentro había un pantalón vaquero.

—Es igual que el...

—Pruébatelo.

Lo hice mientras me observaba. Me quedaba perfecto, ajustándose a mis curvas. Había recuperado los kilos que perdí.

—Gracias. —Iba a darle un beso...

—Una cosa más.

De una bolsa sacó unas botas altas en tono marrón oscuro. Eran de piel al tacto y con unos cinco centímetros de tacón.

—Pero… —Lo miré con ellas en la mano.

—Te protegerán de la nieve.

Fue un detalle por su parte, porque además no era una fecha señalada para regalarme nada.

—¿Cuándo lo has comprado?

—Estás muy sexy —eludió mi pregunta. Enrojecí—. Será mejor que te deje cambiarte...

Consciente del deseo que vi en sus ojos, no dije nada y salió.

—Ven. —Señaló el sofá nada más oírme—. ¿Te apetece ver una película? —Me miró fijamente, pero rápidamente desvió la mirada y se concentró en la programación buscando qué ver. No le di importancia y me tumbé, antes cogí uno de los dos cojines y lo puse sobre sus piernas.

—¿Quieres elegir tú?

—Lo dejo a tu elección.

Y comenzó la película. Trataba de una chica soltera buscando el amor de su vida. En la primera escena se veía que era Navidad y ella visitaba a sus padres por esas fechas. Su madre, un poco desquiciante para mi gusto, hizo que subiera a su habitación y le enseñó que sobre la cama tenía un conjunto de falda y jersey horroroso (parecía que solo le importaba cómo iba vestida). Accedió a ponérselo y cuando bajó las escaleras muchos invitados, familiares y amigos hablaban, bebían y comían. Se acercó a ella su padre (un hombre que despertó en mí cierta simpatía).

—Pepinillos —le dijo este último.

—En las fiestas que organiza mamá, no pueden faltar —le contestó ella con humor—. Hola papá. —Le besó en la mejilla.

—Me alegra que estés aquí hija… Mira quien está ahí...

—El tío...

Antes de que terminase la frase, este último se acercó a ella y le dio una palmada en el trasero (yo en su lugar le hubiera dado una bofetada), porque se hacía llamar su tío aunque en realidad no lo era.

Después, aunque seguía escuchando las voces de los actores, me relajé de tal forma... En parte porque Sam puso el brazo izquierdo sobre mi vientre y yo lo cogí y lo llevé hasta el corazón. Noté su dedo índice recorriendo el perfil de mi rostro acariciándome. Adormilada sentí que se levantaba conmigo en brazos.

—¿Ha terminado la película? —musité con los ojos cerrados.

—No. —Noté su aliento gélido sobre la nariz alzando los brazos y rodeando su cuello.

—Mañana podrás verla de nuevo.

No sabía exactamente lo que había dicho, porque fue dejarme en la cama y quedarme profundamente dormida. Sam utilizó ese momento para hacer…

—*No he tenido valor y aprovecho tus horas de sueño. Len… —me aseguré de que no me oía al sentarme junto a ella y retirar varios mechones que tapaban su rostro.*

*Escucha aunque no oigas nada. Estás tan llena de vida… Por mucho que me esfuerce hace que tenga remordimientos de existir. Ahora duermes placenteramente, despreocupada, tan dulce y sensual... Exhalas un suspiro muy prolongado y sigues durmiendo. El temor que tengo no es infundado, es tan real como el hecho de que estés junto a mí. Hace días que no te despiertas por culpa de un mal sueño, pero al contrario de lo que sucedería conmigo, mi peor pesadilla es real y la veo todos los días, desde que amanece hasta que anochece. Es despiadado no confesártelo, pero más ruin sería hacerlo, sé que te sentirías culpable y pondrías tu vida en mis manos; justo o no, no soy quién para hablar de justicia, ya es bastante injusto que tú corazón me pertenezca.*

*Mi vida, eso eres para mí, y si te cuento todo esto es... Cómo explicarlo... Hace dos noches te he sentido más cerca de mí que nunca, con cada beso, con caricia tuya. Me niego a pensar que hayas tenido que ver en ello. Lo hiciste una vez aunque no fueras consciente de ello, no pudimos rastrear tu aroma, pero ahora no importa, porque lo tengo grabado y sería inútil que lo volvieras hacer. Puedo percibir el cambio que se está produciendo en mí, pero... ¿Por qué no sé el cambio que va a causar en ti? Tenía planes para ti, para nosotros, pero ahora... No me gusta mi Len, nada en absoluto.*

—Buenos días.

Entré en la cocina vestida con lo que me regaló la noche pasada. Ni siquiera me miró.

—Bueno, hoy terminaré de ver la película. —Saqué un tazón del armario y me serví café—. No suelo quedarme dormida...

—Debemos regresar.

—Ah... De ahí que estés tan serio.

—Terry ha llamado.

—Recogeré mis cosas.

—Aún hay tiempo.

—Cuanto antes lo haga... —Me encogí de hombros.

—Len...

—No pasa nada, debo volver a la realidad de lo que soy y de lo que me depararán las próximas semanas.

—A mí tampoco me entusiasma la idea.

—Quedémonos unos días más.

—Tu padre debe transmitirte lo que han dicho los mayores.

194

—Se trata de eso… Puedo llamarle y pedirle que venga hasta aquí.

—Me quedaría más tranquilo con ellos cerca, y él quiere verte.

# CAPÍTULO II
## EL HALLAZGO

Una hora después metía la bolsa de viaje en el asiento de atrás y nos pusimos en camino. De vez en cuando dejaba de mirar a través de la ventanilla para mirarlo de reojo. La llamada de mi padre no me parecía suficiente motivo para estar tan serio. ¿Debería estar nerviosa?, tal vez sí al recordar lo que me dijo. De todas formas pronto lo averiguaría.

—Sam, ¿hay algo que no me hayas contado?

—¿Como qué?

—Te noto preocupado y distante... —Ante mi confesión él sonrió a mi lado. Desde esta mañana era la primera vez que le veía hacerlo—. Has sonreído…

—Esto, estoy pensando... que después de estar varios días solos, ahora tengo que compartirte de nuevo.

No supe qué decir.

Quince minutos más tarde entrábamos en Kitea. Todo seguía igual, varias personas esperaban en la parada del bus, muchas otras iban de un lado a otro con prisa. Parecía que todo había vuelto a la normalidad. Aparcó cerca del parque, bajé y saqué la bolsa, todo sin mirarle, si prefería mantener el silencio iba a respetarlo. Entramos y fui directa al dormitorio, el aroma a jazmín me envolvió y supe que aunque hubieran sido unos días había añorado esa casa. De la bolsa de viaje fui sacando la ropa y llevé la sucia al cesto que estaba en el baño. Salí y lo vi en la puerta.

—¿Terry? —le pregunté yendo a la cama para sacar las cosas de aseo.

—Muy sexi...

Se me cayó el neceser al suelo.

—¡Genial! —exclamé agachándome a recogerlo mientras él soltaba una carcajada—. Me alegra saber que te hago gracia —observé molesta llevando la bolsita al baño.

—Eso lo he oído antes.

—¿Lo recuerdas? —me sorprendí.

—Cada palabra, gesto, así como cada centímetro de tu cuerpo —habló tan cerca que sentí sus labios en los míos—. No sabes lo difícil que me resulta resistirme… —Con cierta resignación se retiró—. Barsella está aquí.

—Hola chicos. Espero no haber interrumpido nada. —Nos miró con picardía.

—Debo llevar el coche, nos vemos luego.

Cuando se fue, un poco decepcionado a mi parecer, seguí guardando la ropa limpia.

—Deja que te ayude querida.

Barsella llevaba un conjunto gris de pantalón y jersey de cuello alto.

—Estás muy guapa.

—Resultaría difícil no decir lo mismo de ti, es asombroso el cambio que se ha producido en tu rostro.

—Las ojeras, creí que nunca desaparecerían.

—Te has equivocado. —Sonrió abiertamente—. Ahora que estás aquí, me hubiera gustado hablar contigo cuando llamaba por teléfono, pero Sam no lo creyó necesario. —Me rodeó los hombros y fuimos a la sala—. No es que antes no lo fueras, pero ahora se te ve más…

—Crees ver en mí a Carissia. —Me senté.

—No, no —dijo rápidamente—, la expresión de tus ojos es... diferente, pareces más humana —admitió con alegría, pero inmediatamente desapareció.

—En mi nada ha cambiado, Barsella. También forma parte de lo que soy.

—Sí, sí, por supuesto, puede que sea debido a que pasas demasiado tiempo con nosotros.

—¿A qué viene eso? —Fruncí el ceño extrañada.

—No me hagas caso, cariño.

—Bien. Ahora que estamos tú y yo, me gustaría preguntarte algo.

—¿Qué quieres saber?

Una vez que terminé de explicarle lo que Artus me contó sobre lo que tuvo que presenciar Turner siendo un niño…

—¿Fuiste tú?

Asintió. La miré detenidamente intentando averiguar lo que pasaba por su mente en ese momento. Se aproximó hasta la chimenea y me dio la espalda.

—Cuéntame cómo pasó.

—Quien realmente salvó a ese niño, ahora todo un hombre, Turner, fue otra persona. Sí, yo le ayude a escapar, no quería que siguiera presenciando lo que hacían a sus padres, así que me interné en el bosque, pero una vez que corrí con él, fue cuando nos vimos, ella le acogería bajo su protección. Sabía que no disponíamos de mucho tiempo, ya que Ioban ordenó a Kneisel que lo trajera de nuevo. El que ahora esté contigo se lo debo a ella... No he visto tanto poder en un ser humano como el de esa mujer, manejaba el fuego con una habilidad asombrosa, su hija lo ha heredado.

—Luna… —Me revolví en el sofá temerosa.

—Quien se hizo cargo de Turner fue su madre. Asustado de mí, más bien, aterrorizado —puntualizó—, corrió en su dirección cuando ella lo llamó con palabras que flotaban en el aire llenando de una inmensa paz al niño. A mí me transmitió un respeto absoluto.

A esa conclusión había llegado yo con respecto a mi amiga desde bien jóvenes, pero a diferencia de Barsella mi temor era real y no porque la tuviera miedo, sino era más bien que tarde o temprano nuestras fuerzas… ¿se verían enfrentadas? La cuestión es si sería capaz de no hacerla daño yo a ella o ella a mí.

—Cuando Kneisel llegó —prosiguió—, utilizó lo que más tememos. La luz del día se elevó ante nosotros como una barrera, la vimos alejarse con el niño, este se giró e hizo burla a Kneisel sacándole la lengua.

—¿Supo que fuiste tú la que…?

—No. Le conté que había salido tras él al saber que no estaba.

—¿Te creyó?

—Sí, soy bastante convincente.

—No quiero pensar si se hubiera enterado Ioban, tú...

—Eso pertenece al pasado. —Cogió mis manos—. Debes saber algo más, ha estado siguiéndome, lo cual no es extraño.

—¿Luna? ¿Dónde?

—Hace tiempo. Debíamos asegurarnos de que no había nadie en la casa, también fui a recoger mis pertenencias.

—Volviste a ese... lugar. —Recordé donde nos encerró Tuivano.

Asintió.

—Antes has dicho que ¿continúa...?

—¿Haciéndolo? No, ya no.

—¿Acaso tú y ella habéis hablado?

—Tampoco, no ha hecho falta.

—¿Ah no?, eso quiere decir...

—Len, antes de que tu amiga supiera lo que eres, sabía de nuestra existencia y por la última conversación que has tenido con Artus, sabes quién ha liderado a ese grupo de hombres y el porqué.

—¿Cómo sabes tú que hablé con él?

—¿Tengo que decirlo?

—Sam… —callé unos segundos—. Turner les puso al corriente —confirmé lo que ya sabía Barsella.

—En efecto, creo que deberías buscar un momento para hablar con Luna.

—¿Y si no quiere? Odia lo que soy.

—Inténtalo, después de todo las dos tenéis un secreto y eso os puede unir aun más.

—Sí, pero la diferencia es...

—Ella sabe que nosotros no hemos tenido nada que ver en el asesinato de sus padres.

—Ya, pero siento tener que decirte esto, aunque no hayas participado en ello… —dije y suspiré—, podría decirse que fuiste cómplice.

—Quizás tengas razón… —contestó ausente.

—Barsella…

—Tuve que elegir entre ellos y tu madre, la respuesta es obvia. Carissia llevaba poco tiempo siendo uno de los nuestros y, como sabes, solo pensamos y deseamos una cosa... Ioban sabe que no soy partidaria de matar humanos de esa forma, quitarles la vida como hace él, no es mi estilo. Así que se deshizo de mí al pedirme que me hiciera cargo de Carissia. Ella podría haber acabado con ellos, estaba descontrolada.

—No sabes el peso que me quitas de encima… Mientras escuchaba a Artus me lo preguntaba.

—Len, no siempre pude controlarla…

Respiré repetidas veces mirando al suelo, no participó en su muerte, pero sí en la de muchos otros.

—Si te sirve de algo —captó mi atención al verme afectada—, no ha sido la única, pero yo, así como ella, no sin mucho esfuerzo, pudimos controlarnos. Aunque tu aroma o el de tus amigos cuando han estado cerca... Por mucho que queramos negar lo evidente, somos lo que somos, cariño.

—Si te ocurre a ti… —pensé en mi padre y Sam.

—El amor que te procesan es mucho mayor que su necesidad.

—Debes incluirte, confío en ti y sé que no me harías daño, la ves a ella a través de mí...

—Es curioso que tu confianza sea mayor que la mía, pero como nos dijo Lisandro en su día, sabes diferenciarnos.

Nada más pronunciar su nombre apareció, con él estaba Melióm y... Se acercó en silencio, fijándose en el cambio que se había producido en mi rostro, pero no dijo nada. Me observó como a una escultura que por el paso del tiempo debían restaurar y ahora se veía impoluta.

—Papá —susurré consciente de que no era el único que lo hacía y me oculté en su pecho para no ser vista.

—Estoy seguro de que ahora darías cualquier cosa por pasar desapercibida —murmuró con humor—. Eso es imposible hija —añadió orgulloso.

Protesté en voz baja avergonzada.

—Sé perfectamente lo que te respondería —escuché a Barsella pasando por nuestro lado.

—Siento interrumpir este momento, Terry. —Lisandro se acercó posando la mano en su hombro.

—No traéis buenas noticias.

Sus miradas lo confirmaron.

—Vamos, hija, sentémonos.

Hacía mucho tiempo que mi estómago no se contraía de esa forma. Estaba acostumbrada a que me mirasen fijamente, pero Melióm lo hacía de distinta manera, como cuando me golpeó. En esa ocasión pude sentirla, ahora no. Ellos le miraron, pero Melióm permaneció impasible.

—Lisandro —dijo este último.

Él le cedió la palabra.

—Están satisfechos —comenzó a decir—, mi deuda está saldada.

Pronuncié su nombre con precaución.

—No voy a pedirte disculpas y tampoco me arrepiento... —contestó Melióm.

Sam lograba perturbar mi control, Melióm tenía la virtud de hacerlo también, pero de distinta forma. Así pues, alcé la barbilla y sostuve su mirada sin pestañear.

—No las aceptaría.

—Aún así, ahora sí estoy arrepentido.

—¿Por qué? —Seguía desconfiando.

—Es sencillo, nunca lo habría hecho, pero sus leyes y órdenes debemos acatarlas y obedecerlas.

—Tal vez haya llegado el momento de cambiarlas.

—Espero que tú contribuyas a ello, no estamos de acuerdo con ellas.

Todos lo miraron, lo que provocó el asentimiento unánime.

—¿Es eso cierto, papá?

—Hace tiempo que lo pienso, y ahora después de intentar razonar con ellos… —gruñó.

—¿Puedo saber la razón de tu deuda?

—No creo que Melióm quiera hablar de…

—Terry no importa. Déjame explicarle cómo sucedió todo. Así como todos, soy de los que no lo ha elegido —puntualizó mirando a mi padre—. Me desperté siendo lo que ahora ves, por desgracia estuve demasiado tiempo a su lado, hasta que la conocí a ella, Patty... Íbamos a fiestas donde pasábamos desapercibidos, casi siempre de disfraces, lo cual no es extraño dada nuestra apariencia, nos ocultábamos tras unas máscaras. Al verla quedé impresionado, pero tuve que ocultarlo… No tardaron mucho tiempo en descubrirnos y dejaron que siguiera con ella a cambio de que llegado el momento...

Sí, recordaba sus palabras con precisión: «sus penurias nos debilitarán, así como ha atravesado los cristales de la sala».

—Nadie quería hacer ese papel, poner a prueba a la elegida…, no querían ser destruidos. Nadie dijo que fueras a hacer tal cosa, lo he comprobado —observó orgulloso.

Se me encogió el corazón tras preguntarle por qué la dejó morir y no la convirtió.

—Dejé que la naturaleza siguiera su curso, me hizo prometérselo.

Lisandro aportó el dato de que Melióm hacia honor a su palabra y cumplió lo que en su día prometió.

—Sé cómo te sientes —le dije apenada.

—Hablas de tu amigo, piensa que ahora está en un lugar mejor.

Cerré los ojos conscientes del dolor que aún sentía por su pérdida.

—Hija...

—Estoy bien papá. Continúa.

—Durante el funeral, les vi. Sabía perfectamente a qué habían venido, querían que volviera con ellos, pero me negué. Después conocí a Lisandro y me presentó a su familia, por aquel entonces Sam ya estaba con ellos.

Le había juzgado mal, porque fue pronunciar su nombre… Entendía nuestra relación mejor que ningún otro, a excepción de mi padre. Supe por él que Sam les hizo llamar cuando me fui a Kambalya. Tras saber las intenciones de Ioban para conmigo, no lo dudó y le ofreció su ayuda.

—Has de saber que Melióm —intervino Lisandro—, nos informó de todo antes de dejarnos y seguir su camino.

—Si accedí a hacerlo fue porque no lo creí posible, se basaban en los sueños de uno de ellos de cuando aún era humano. Incluso la tinta sigue intacta en el papel.

Había pensado en varias teorías sobre mi nacimiento, pero esta jamás habría pasado por mi mente.

—Si estaban tan seguros...

—Parece que desconoces mucho sobre nosotros...

—Te equivocas, todo lo relacionado con ellos no me interesa.

—Entiendo tu malestar.

—No estoy molesta, solo un poco decepcionada y frustrada.

—¿Por qué hija?

—Porque no tienen derecho a ordenar ni a imponer ninguna ley.

—Ahora la que se equivoca eres tú Len —comentó Lisandro—, no apruebo sus formas, ya que muchos otros…

—Debían asegurarse de que en esta ocasión era cierto —interrumpió Terry—. Les dije lo que te ha estado pasando, rechazabas los alimentos que hasta ahora te han mantenido viva, creí que sería prueba suficiente —hizo una pequeña pausa—. Aunque me creyeran, no significaba que fueras a ser la elegida.

—Len.

—¿Sí, Lisandro?

—Nosotros no contamos con algo que ellos sí tienen.

—¿El qué?

—Lo ha mencionado Melióm, pero lo más apropiado es decirte lo que ha hecho Ioban.

—¡No! —me alarmé.

—Es la segunda vez que concierta una cita para pedirles ayuda o consejo, me decanto por lo primero —afirmó.

—Sabes que él quiso que tu madre fuera...

—Lo sé papá. —Miré a Barsella, puesto que fue ella quién me lo contó.

—Lo ha vuelto hacer, pero en está ocasión todo es diferente.

—¿No les habrá dicho que estoy con Sam? —pregunté roja de ira.

—Sí.

—¡Genial! —exploté y me levanté—. Iré hablar con ellos...

—Hija, tranquilízate, aún no hemos…

—¡Ah! ¿Qué hay más?

—Puesto que he quebrantado una de sus leyes, los vampiros no podemos tener relación con humanos a no ser...

—Que nos sirvan de alimento, pero papá, la prueba de que Melióm estuviera con una huma… con Patty, él también...

—Len, recuerda por qué me lo permitieron —dijo Melióm con brusquedad.

—El caso es que, si tu madre no me hubiera conocido y amado nunca se habría cumplido el presagio y ahora están deliberando que te unas a Ioban.

No podía respirar… Hasta que expulsé el aire que había retenido en los pulmones. Barsella fue a por un vaso de agua y se lo dio a Terry.

—Cariño, bebe.

Di un sorbo, lo tenía fuertemente sujeto y el sonido de que se iba a romper en mis manos... Mi padre le retiró rápidamente antes de que sucediera.

—Hija, he hecho lo imposible por razonar con ellos, el pacto nunca se llevó a cabo. —admitió irritado.

—Esto nunca va a acabar, ¿verdad?

Noté aquella punzada de dolor en el pecho que ya no me sorprendía. Mi miedo iba a ser constante y oscuro. La solución de que todo terminase…

—Nos tienes a nosotros querida —interrumpió mis pensamientos.

—Gracias Barsella, pero como ha dicho Lisandro. ¿A qué te referías exactamente?

—Domina el arte de anularles.

Me explicaron que Kraven, Betsabé y, visto con mis propios ojos, Ailen poseían una cualidad que les hacía ser distintos, así como temidos, al resto. No solo ellos, también Melióm. Su virtud es ver el aura de los humanos, de ahí que quisieran tenerle de nuevo a su lado. Lo obligaban a captar el estado interno antes de ser seleccionados.

—¿Es posible? —pregunté incrédula.

—Humm, hace cien años pudo demostrarse científicamente —respondió Melióm.

—¿Podrías detallarme qué ves?

—Escéptica —concedió con elegante arrogancia—. Parece que todo lo relacionado conmigo te cuesta asimilarlo... Me he ganado tu desconfianza desde aquella noche —agregó un poco decepcionado.

—No, me observaste como si algo invisible estuviera a mi alrededor. ¿Acaso viste a mi madre rodeando mi aura? —dije muy poco convencida de que algo tan maravilloso pudiera suceder.

—Crees que es real, pero solo está en tu interior. Carissia no puede mostrarse como un espíritu ni nada que se le parezca.

—¿Por qué puedo comunicarme con ella a través de la naturaleza? Lo vi, y eso no lo puedes poner en duda.

—Vuestro vínculo es fruto de tu parte espiritual e inmortal, eres capaz de verla, entenderla y sentirla.

—La esencia humana, tu ánima —admitió mi padre consciente de lo que significaba.

De cualquier forma estábamos comunicadas. ¿Cómo? No me importaba. Después de insistir, la negativa de Terry fue acompañada por la de Barsella y Lisandro. Melióm parecía estar de acuerdo conmigo, debían saber la opinión que tenían de Ioban y lo que hizo, ya que la historia la conocía de primera mano y era la protagonista. Calló y accedió ante sus miradas. Quedaba saber lo que diría Sam, pero una pregunta revoloteó en mi cabeza.

—Melióm, esa habilidad, y creo que es maravillosa...

—Te gustaría saber cómo se produjo.

Asentí.

—Creyó que así nunca la olvidaría —reconoció abatido.

—Sé de lo que hablas… —Miré a Lisandro.

Su media sonrisa indicó que sabía todo lo relacionado con mi persona.

—Has estado demasiado tiempo con ellos, puede decirse… Eres el único que los conoce bien. ¿Cuál crees que va a ser su decisión?

—La desconozco. —Parecía incómodo—. Puede que tengamos un punto a nuestro favor, aunque suponga no volver a verlo.

—No pienso renunciar a Sam, voy a disfrutar el tiempo que me quede a su lado —dije consciente del juego de palabras.

—Tan valiente como tu padre —admitió Melióm.

—Si lo fuera iría en su busca y no dejaría…

—No dejaré que eso ocurra, la verdad y la razón está de nuestra parte. Ninguna ley va a separarnos hija —añadió.

La melodía de mi teléfono dio por terminada aquella conversación. Al cogerlo vi en la pantalla que era mi amiga Nadia.

—¿Os importa si hablo en privado? —les pregunté, más bien a Terry.

—Te dejaremos sola.

—Saldré afuera, necesito un poco de aire —dije yendo a la puerta.

—¿Te he pillado en un mal momento? —me preguntó Nadia al otro lado de la línea.

—No —respondí secamente.

Era consciente del estado en el que estaba, una mezcla de rabia, impotencia y angustia.

—Len, ¿pasa algo?

—Es solo que me siento un poco cansada.

—Ah, sigues sin poder dormir. —En está ocasión se equivocaba, pero dejé que lo creyera—. ¿Te apetece quedar?

—¿Hoy?

—O mañana, he pensado que te gustaría ver las fotografías de nuestro viaje.

Era mi oportunidad y no la desaprovecharía.

—He oído en la radio que esta tarde lucirá el sol, podríamos tomar algo en las terrazas del pasaje Bruk.

Miré al cielo, las nubes más espesas y blancas se movían, en el transcurso de la tarde habrían desaparecido.

—La verdad es que necesito distraerme un poco…

—Perfecto. ¿A las cinco en mi tienda?

—De acuerdo, pero… ¿hoy no abres?

—Es nuestro día de descanso.

—Esto… no me acordaba.

—Bueno, pues nos vemos en tres horas, y por cierto, también necesito pedirte un favor.

—¿No me lo puedes decir ahora?

—Después.

—Como quieras.

Colgué y guardé el móvil en el bolsillo del pantalón. Caminé hasta el parque y me di cuenta de que las botas me protegían ante la espesa nieve acumulada en él. Retiré la que había en uno de los dos columpios, me senté y apoyé la mejilla en la cadena que lo sujetaba. Una brisa monótona llegó a mi rostro y aunque el silencio era abrumador, un lejano aullido horadó la pequeña calma. Atenta a ese sonido, escuché como se elevaba hasta alcanzar su nota más alta. Se mantuvo durante unos segundos, eternos, para después no oír nada. Revelaba ferocidad, así lo creí. Podría tratarse de un animal desorientado o que tal vez estuviera luchando por salvar su vida… Me levanté intrigada y dispuesta a investigar cuando vi a Ben acercarse pausadamente.

—Vas a quedarte helada. —Me ofreció su abrigo.

—El frío no me preocupa, gracias. —Vi que lo echaba sobre mis hombros—. ¿Sam?

—Ha tenido un pequeño percance, nada que deba preocuparte, en unos minutos le tendrás aquí —aseguró.

—Acabo de oír a un animal. ¿No estará...? —Comencé a temblar alarmada—. ¿Por qué estás aquí? Ve a ayudarle —dije con un grito ahogado.

—Sería un estorbo. Tranquilízate Len, mi hermano sabe lo que se hace, además es mucho más ágil y fuerte que yo.

—Lo haré yo, déjame pasar. —Estaba furiosa.

—No, si te viera no me lo perdonaría.

—Me da igual, ¡apártate! —Lo empujé, aunque ya me tenía sujeta del brazo sintiendo la presión.

—Si te hago daño, acabaría conmigo. Si te suelto prométeme que no saldrás corriendo.

—Sam no haría una cosa así.

—Por ti sí. —Me soltó—. Ahí lo tienes.

Miramos al otro lado de la calle, estaba esperando a que el semáforo se cerrase para poder cruzar y me sonrió.

—Ben…

—No te disculpes.

—¿Cómo es que estás aquí? Si vienes a contarme lo que ha hecho Ioban, ya lo sé, todo.

—He venido a quedarme… Sabe que os he estado informando de sus pasos. Antes de que me dejase ir me pidió que te transmitiera...

—Dilo.

—«Nuestro pacto fue sellado con el honor de la palabra dada».

—Después de todo voy a tener oportunidad de responderle cara a cara.

—Aunque sea su decisión, puedo asegurarte que mi hermano no lo permitirá, y si te soy sincero yo tampoco.

—Soy el centro de todos los problemas —siseé viendo que estaba a unos pasos—. Desaparecerán cuando lo haga yo. —Fui a abrazarlo.

—Siento haber tardado tanto.

Como respuesta le di un beso en los labios y me retiré.

—Hermano —dijo Sam entrelazando su mano con la mía—, pareces aturdido ¿Ha pasado algo en mi ausencia?

—Siento haberte empujado de esa forma —me disculpé y le rogué con la mirada.

—¿Es eso cierto?

—La detuve cuando quiso ir en tu busca —aclaró confundido.

—Si veo que tiene alguna marca en su cuerpo… —dijo arrastrando las palabras.

—Sam, la culpa es mía, él solo te hizo caso, la que usó la fuerza fui yo. En ningún momento me ha tocado —mentí.

—Bien —me creyó—. Entremos en casa.

—Tenías razón —reconocí una vez dentro y quitándome su abrigo—. Me estaba quedando fría.

—Debo cuidar a mi cuñada. —Fue espontáneo, porque hasta él se sorprendió.

Aproveché que Sam entraba en la sala y les saludaba.

—No sé en qué pensaba, es demasiada presión.

—Por un momento he creído que...

—Ben, no hablaba en serio, además, ¿qué podría hacer? —musité con amargura.

Se fueron yendo antes de que los rayos del sol se lo impidieran. Ben decidió quedarse con mi padre. Barsella salió un momento para después volver.

—¿Papá?

—¿Sí?

—Prométeme que no volverás a marcharte.

—Hija… —Se acercó y me besó en la frente—. Prometido.

La expresión de Ben al mirarme fue de compasión y algo más.

—No me mires así —le dije—, no necesito que nadie se compadezca de mí.

—Entendido.

Había ido a la cocina a prepararme un sándwich, pero solo pude tomar la mitad.

—¿No crees que has sido un poco injusta? —Sam parecía malhumorado.

—Nunca acierto con lo que digo… —contesté resignada.

—No siempre acertamos, pero no es porque nos equivoquemos.

—¿Entonces?

—La forma en la que te has dirigido a él ha sido un poco brusca.

—Tal vez me haya pasado, pero, ¿no crees que tanta amabilidad sea un poco…?

—¿Extraña? —acabó la pregunta confundido.

No pensaba discutir y menos tratándose de su hermano. Algo en mi interior me decía que no debía confiar en él, después de todo, la opinión que tenía de mí, y estaba absolutamente convencida, no había cambiado. Le había mentido hacía escasos minutos, el que yo la utilizase no era suficiente motivo para que Ben lo hiciera aún con mayor fuerza, aparte de que no me contradijo. Esto iba a ser otro problema a añadir. ¿Por qué ese cambio tan repentino? ¿Acaso quería ganarse mi confianza con esa forma tan peculiar de llamarme? No sé si la comparación que iba a hacer era la correcta o acertada, Sam me diría que algo similar me había pasado con Artus. La diferencia es obvia, mi amigo es el hermano que nunca tuve y aunque no lo parezca actuaba como tal y Ben… podría llegar a influir en nuestra relación. Así que mis dudas y desconfianza con respecto a él… Sí, no debía decir nada, tal vez estaba siendo injusta.

—¿No vas a responder?

Estaba cansada, pero una vez más accedería.

—Le pediré disculpas —dije dando por zanjado el tema.

El motivo: que no hubiera sucumbido a sus encantos; era una razón mucho más sencilla para pedir disculpas. Sería capaz de acabar con cualquiera que me hiciera daño, incluido él, su propio hermano.

—Barsella llegará de un momento a otro, mientras estaremos solos —dio por terminada la conversación—. ¿No vas a acabarlo? —Miró el sándwich.

—Creía que tenía más apetito, pero no te preocupes, tomaré algo con Nadia.

—¿Tienes pensado salir?

—Me llamó cuando no estabas, quiere enseñarme las fotografías de su viaje.

—Estaré solo. —Fuimos a la sala.

—Barsella te hará compañía.

—¿Lo haces por lo que ocurrió en Onabia?

—No, en absoluto, puedo quedarme si tu quieres, mi amiga lo entenderá.

—Lo que más deseo es estar contigo, pero no sería justo, ve. Necesitas distraerte.

—Aún dispongo de una hora. —Miré el reloj—. Sam… —Señalé el sofá donde volví a sentarme.

Cuando se sentó él me puse cómoda abrazándole.

—Te prometo que me quedaría así toda la tarde.

—No hagas que cambie de opinión, sabes que lo haría.

Llegué a la conclusión de que no debía hacerme muchas ilusiones, porque solo iba a acceder hoy a dejarme sola y sin protección. No poder salir a la luz del sol no era de su agrado, además los vampiros no eran los únicos enemigos, por explicarlo suavemente.

—Imagino que Melióm te ha sorprendido.

—¿Cómo lo sabes?

—No deja indiferente a nadie.

—Lo puse en duda.

—¿Por qué?

—Tengo entendido que está atribuido a personas místicas.

—Mi Len es un lince —rio.

—¿Lo era Patty?

—Sí. Desde que le conozco lleva arrastrando el dolor de su pérdida, no sé lo que haría yo en su lugar...

—Jamás me uniré a él, antes prefiero...

—Por favor —me silenció poniendo un dedo sobre los labios.

El silencio fue abrumador, violento diría yo, solo escuchaba el latir de mi corazón y el suyo latió tres veces. No debía tomar a la ligera aquella palabra, tenía un significado diferente para los dos. El temor ante ella ahora no me afectaba, pero sí la repercusión que tenía en él.

—No temas mi Len, es tan probable su decisión como dejar que ocurra. Asumo por completo y con valor las consecuencias.

—Sam...

—No digas nada, déjame disfrutar de este momento.

Salí de casa sobrecogida, con el estómago revuelto y una sensación de angustia. Se quedó en el umbral de la puerta, suavizando la penetrante mirada. Minutos antes me había besado y tras retirar sus labios de los míos murmuró:

—Besarte es como la sed que nunca podré saciar.

Me impactó del tal forma que mi corazón se encogió. Ahora lo hacía con determinación y descaro, lo que provocó que enrojeciera y que de nuevo mi corazón latiera a mil por hora. Me hizo prometerle que lo llamaría en cuanto anocheciera. Mi corazón pedía a gritos quedarme, pero mi cabeza pudo más. Mientras caminaba en dirección a la tienda, el reloj de la catedral tocó las cinco con un ruido sordo. Nadia me estaba esperando, siempre tan puntual.

—¡Hola! —me saludó llena de entusiasmo.

—¿A qué se debe ese buen humor?

—¿Tengo que decirlo? —Miró al cielo—. Por fin un día en que es primavera...

Mientras nos dirigíamos a una de las terrazas, mi amiga saludó a las dueñas de las tiendas que les quedaban cerca.

—Por lo que parece ya no te queda rastro del cansancio, los días alejada de aquí te han sentado de maravilla —observó tras sentarnos en una mesa libre.

—Lo necesitaba.

De los dos camareros se acercó el de mayor edad. Nos tomó nota, entró y cinco minutos después nos sirvió. Nadia se quitó la cazadora y subió las mangas del jersey.

—Cómo se agradece, ¿no tienes calor? —Bebió de su refresco.

—Sabes lo que me ocurre cuando los rayos del sol entran en contacto con mi piel.

—Se enrojece rápidamente. Aunque tienes una piel bonita, un poco de color te sentaría bien.

Media hora más tarde terminó de enseñarme las fotografías. En varias de ellas Otto salía haciendo muecas y Vera lo miraba avergonzada, pero solo en una, las demás donde salían juntos se reía con él.

—Esta es preciosa…

—¿Cuál? —Le mostré en la que estaba ella con Etiene besándose—. A mí también me lo parece —se sonrojó.

—Nadia no es por meterte prisa, pero, querías pedirme algo…

—¡Ah sí! Necesito que me sustituyas unos días en la tienda, se acercan los exámenes finales y no dispongo de mucho tiempo.

—Lo haré encantada, aunque si pierdes clientela no me eches la culpa —acepté de buen humor.

—No digas bobadas —se lo tomó en serio.

—Estaba bromeando…

—Mmm… Serás… —refunfuñó queriendo parecer molesta—. ¿Entonces cuento contigo?

—Por supuesto. ¿Lo sabe Vera?

—Está entusiasmada con la idea.

El volver a la rutina, aunque fuera temporal, iba a ser una forma de tener la mente ocupada.

—Bueno —buscó en su bolso—, debes tener un juego de llaves. Te encargarás de abrir y cerrar —me las dio.

—¿Yo?

—Otto y Etiene se turnaban para llevarnos, bueno, Otto. Como tú estás a diez minutos de la tienda, hemos pensado que sería lo más práctico. Queremos que Otto descanse y no madrugue tanto.

—Como quieras.

—¿Te parece mal?

—No, no. —Las guardé.

—Puesto que las cosas se han normalizado, Vera puede volver a casa sin necesidad de que Otto vaya a buscarla.

—¿A qué te refieres?

—¿No lo sabes? —se extrañó—. Han cerrado el caso de los dos chicos que desaparecieron, no encontraron ninguna pista que les condujeran a ellos.

Hice memoria del día que estuve en Onabia y lo que decía la presentadora confirmando lo que dijo Nadia.

—Lo escuché en la televisión hace unos días estando con Selene.

—¿Qué tal le va?

—Se ha integrado muy bien en el pueblo.

—Ayer hablé con Dulce —su rostro se contrajo.

—¿Está bien? —sonaba preocupada.

—Sí, sí, es que ahora que me doy cuenta de que nos estamos separando… Bueno, no exactamente, sino que cada una hace su vida por otro lado —observó apenada.

¡Vaya!, no era la única que se había dado cuenta. Lo pensé hace mucho tiempo, fuera por trabajo o por estudios, ellos seguían manteniendo el contacto. Si no hubiera salido a dar un paseo en Onabia probablemente no la habría visto y tampoco hubiese sabido que vivía allí ni que tenía pareja. De Dulce no me sorprendía, era la más independiente de nosotros, junto con Misti, pero tras saber que estaba bien me quedé tranquila.

—¿Quieres tomar algo más? —dijo poniéndose de nuevo la cazadora. Deberíamos entrar, me estoy quedando helada.

Notamos que se había levantado un viento frío. Miré el reloj, faltaban quince minutos para que dieran las ocho de la tarde. Debía irme, ya que el sol era cada vez más bajo y pronto anochecería.

—Tengo que ir a la tienda, Etiene me encargó unas velas aromáticas para la posada. Puedes quedarte hasta que llegue.

—Me encantaría, pero tenía pensado pasarme por casa.

—Nos pilla de camino.

Llamé al camarero y pagué antes de que lo hiciera ella.

—En Drambuy —aclaré cuando retiró los vasos y se fue así como nosotras.

—Podemos ir los tres después.

—He quedado con mi padre, estará en la parada del bus esperándome.

Mi amiga iba a licenciarse en Bellas Artes, parecía que yo lo había hecho en mentiras.

—Pero me gustaría ver a los chicos —agregué.

—Estaremos en la cafetería sobre las diez. —Levantó la verja y abrió la puerta, mientras hablábamos habíamos llegado a la tienda—. Antes de que te vayas… —Pulsó varios números—. Debes saber la combinación de la alarma, espera, te lo apuntaré en un papel. —Entró y salió con el número apuntado—. Luego te veo.

Mientras iba en el bus recordé todas las conversaciones con sus escenarios y me pregunté cuántos de los que veía en esas escenas volverían a cruzarse en mi vida, a quiénes de todos ellos no vería nunca más. Otra parada más y escribiría sobre ese libro lo que a partir de ahora sería mi presente. Desde que subí un tipo no había dejado de mirarme. Al darse cuenta de que yo desviaba la mirada se acercó.

—¿No sabes quién soy?

Ahora que lo tenía más cerca me era familiar.

—Suministro las bebidas a Artus. ¿No te acuerdas? Emmanuel.

—¡Vaya!, has cambiado. —Sabía que su padre era amigo de Frey.

—Por lo que parece llevas tiempo sin trabajar con Artus, aunque no te ofendas, tu sustituta es preciosa —dijo prendado refiriéndose a Misti.

—Están juntos, son novios.

—Ah, vaya. —Su rostro reflejaba decepción—. Creí que lo eras tú.

—No —reí.

—Me bajo aquí. —El autobús frenó ante la penúltima parada—. Me ha alegrado verte.

—A mí también, saluda a tus padres de mi parte.

—Adiós. —Se bajó.

Yo lo hice quince minutos después. Respiré profundamente y caminé con decisión adentrándome en el bosque. La luna, velada por una nube atrevida, no me impidió llegar a aquel lugar, ya que lo conocía como la palma de mi mano, pero una silueta sentada en una piedra mirando el río hizo que me desviase. Sus cabellos blanquecinos relucían aunque el cielo estuviera entenebrecido por fragmentos de nubes amoratadas.

—¿Frey? —dije acercándome.

—¡Niña! —Se asustó tirando la caña de pescar.

—Lo siento, creí que me habías oído.

—¡Estás de broma! —exclamó aún sin mirarme—. Otro día te atraparé. —Le dijo al pez que escapó del cebo—. Ven y siéntate a mi lado, por hoy se acabó la pesca. Siento haber sido tan brusco. ¿Cómo tú por aquí? Artus me comentó que estabas en Onabia.

—Llegué esta mañana.

—¡Carissia! —pronunció perplejo al mirarme.

—Frey, soy yo, Len.

—Los años no me perdonan.

—No eres el único que me confunde con ella.

—Entonces mi vista sigue perfecta. —Sonrió.

—Ahora que la has mencionado, ¿echas de menos a mi madre?

—Puede decirse que sí —dijo con melancolía.

—Pero conoció a mi padre.

—Niña, aunque no se hubieran cruzado sus caminos, Carissia jamás me habría correspondido, no me dio ninguna esperanza y aunque sea duro admitirlo, fue lo mejor.

—¿Desde cuándo…?

—¿Sé que no era humana? Cuando me mostró lo que podía hacer para que la olvidase y me alejase de ella.

Cerré los ojos recreando la escena, Terry hizo lo mismo conmigo.

—Se dio por vencida al ver que la observaba a lo lejos, la mayoría de las veces me era imposible.

La rapidez de sus movimientos, lo había comprobado por mí misma.

—Pero dejemos de hablar de mí, si estás aquí es por algún motivo.

—Echaba de menos este bosque.

—Y vienes sola, ya que él no puede acompañarte.

—Sé en lo que piensas, pero quería hacerlo sola.

—Imagino que a Sam no le habrá hecho ninguna gracia, lo que siente por ti va más allá de todos los sentidos.

—Eso me da miedo, mucho miedo —le confesé.

—¿Por qué?

—No puedo contártelo.

—Tranquila. —Rodeó mi espalda con su brazo—. No tienes que explicarme nada.

—Gracias Frey —apoyé la cabeza sobre su hombro.

—Le concedió lo que más deseaba, puede hacer lo mismo por ti.

—¿Hablas del árbol? ¿Es posible? ¿A quién te estás refiriendo?

—Tú eres la prueba. Conocía la historia por mí, tal vez no deba...

—Por favor.

—Tienes que saber que al igual que te concede lo que más deseas, debes darle algo a cambio. Pidió ser madre pero no disfrutar de ti.

—Me lo pensaré. —Fue lo único que pude decirle, ya que había dado la vuelta a lo que pudo pasar y conté a mi padre—. Bueno, creo que ya es hora de volver a casa. Tengo que pasarme por la cafetería, Misti habrá preparado la cena.

—Vamos. —Se levantó ayudándome—. Artus se alegrará de verte.

—Me gustaría quedarme un poco más.

—Hace frío.

—Solo serán unos minutos.

—Como quieras.

—¿Frey?

—¿Sí?

—¿Qué tal están las cosas por aquí?

—¿A qué te refieres exactamente?

—Después de lo que pasó con Turner...

—Puedes estar tranquila, dudo que vuelva y si lo hace… ¿No has sido tú la que nos ha puesto protección?

—Te lo ha contado.

Asintió.

—Estuvo varios días mal, decaído. Se sentía fatal por lo que te dijo.

—Lo sé, hablé con él.

—Ahora está más tranquilo, pero noto que aún sigue preocupado.

—Pienso cumplir mi promesa, no dejaré...

—Su preocupación no es solo por Misti, teme por ti. Teme que te enfrentes a ellos para salvarlos —admitió con voz grave.

—No estaré sola, además no soy tan frágil.

Arrugó la frente.

—Piensa un poco Frey...

—¡Cómo no me había dado cuenta antes! —Estaba asombrado.

—Creo que deberías irte, el sonido de tu estómago es una banda sonora.

Rio a carcajadas. Cuando me abrazó recreé los momentos que había pasado detrás de la barra escuchando la historia sobre aquel árbol. Ahora iba a comprobar si era cierto.

Me quedé a unos dos metros de él, era imponente. No me costó nada acostumbrarme a la oscuridad. Me abracé en un intento inútil para protegerme del frío, el aire era cortante y creaba una opresiva y desolada atmósfera. Las nubes se habían agrupado cargadas de nieve y el cielo pintaba negro azulado. No se apreciaba con claridad, pero los expertos habían pronosticado que hoy habría luna llena, al igual que habían dicho que durante la tarde luciría el sol. Me acerqué sigilosamente cuando un fuerte viento me echó hacia atrás.

—Madre, debes dejar que lo haga...

Su respuesta fue soplar con mayor fuerza y llevarse consigo el fular violeta que me protegía del frío.

—Yo no pedí esto.

El viento cesó para dar paso a una intensa niebla. Lloré en silencio, las lágrimas caían y apreté la mandíbula reprimiendo un gemido que anudaba mi garganta. Estaba hecho. Había dado solo unos cuantos pasos cuando… me llegó una algarabía de gruñidos. El instinto me advirtió de que debía salir de allí, pero era demasiado tarde. Subí a un árbol y observé la vaga forma que rondaba. Un silencio glacial se abatió sobre nosotros. Nuestras miradas se encontraron, sus pupilas eran ardientes, relucían en la oscuridad así como su pelo blanco. Absorta escuché a lo lejos terroríficos clamores, él, al pie del tronco les respondió con un aullido lúgubre y salvaje. Bajé con la seguridad que me había transmitido su mirada de ojos pardos. Sus pupilas habían retomado un brillo más dulce, emanaba ternura.

—Eres tú...

Su movimiento de cabeza era de confianza y simpatía.

—Te oí en Kambalya, no pareces un…

225

Alzó las orejas, olfateó y comenzó a trotar con la lengua a un lado. Su cuerpo no era tan visible en la niebla como el de ella. A mí también me llegó su aroma.

—Buen chico. —Palmeó con cariño su cabeza.

La alegría que sentí al verla fue momentánea. Sus respiraciones entrecortadas y el frenético latir de varios corazones… No sabría decir cuántos eran, hasta que comenzaron a rodearme. Sentí que detrás tenía a cinco, uno a mi derecha y dos a la izquierda. Debía hacer algo, pero ¿qué? Estaba en desventaja...

Un enorme trueno retumbó en el cielo precedido de un relámpago que fue azul entre los nubarrones. Me puse nerviosa al ver aquella escena… Ella me mostró que estaba rodeada por una manada de lobos. Su miedo dio paso a la furia de sus gruñidos, a punto de abalanzarse sobre mí… Él lo hizo amenazándoles con sus colmillos, era mucho más grande que ellos.

—¡Basta! —Escuché a Luna en voz alta—. Ella no es nuestro enemigo.

Les vi agachar las orejas y retroceder al tiempo que ella se aproximaba. Desaparecieron así como la niebla.

—Sé consciente de lo que vas a pedir.

—Llegas tarde.

—Len… —Alzó los brazos invitándome.

No lo pensé y fui a refugiarme en ellos.

—Esto tiene que acabar, ya no puedo más… —murmuré.

—¿De qué forma?

—No lo sé, estoy en sus manos —recordé las palabras de Frey.

—Siempre sacrificándote por los demás.

—He nacido para ese cometido.

—¿Y crees que merecerá la pena? Es frustrante. ¡Maldito árbol! No puedo captar nada, solo que vendrías hasta aquí. Aunque estoy segura de que me conecta con mis antepasados.

Antes estuve con Frey, ahora nos sentamos una frente a la otra, y creí que íbamos a estar solas...

—¡Auris! ¡Eves!, dejadles en paz, dudo que sigáis con apetito.

Dos gatos se aproximaron a nosotras sacudiéndose el agua de su extenso pelaje.

—Creía que la aborrecían.

—No son como los demás.

—¿Él tampoco? —Señalé al perro, o más bien lobo, porque el parecido era asombroso.

—Siempre se ha dicho que son fieles compañeros de las brujas. No son mis mascotas.

—He creído...

—Len, ¿acaso piensas que podría tener a mi cargo una manada de lobos? —Soltó una carcajada—. Están a mi servicio, para informarme de todo cuanto sucede.

—Hace tiempo que no sé nada de ti, es normal que haya pensado…

—Bien. ¿Por dónde quieres empezar?, antes déjame decirte que sé todo por lo que has pasado.

—¿Artus?

—Y Sam.

—Porque no me sorprende.

—En un principio pensaba como Artus, no te veía tanto como él para opinar lo mismo, y por tu comportamiento me recordaste a Henry.

—Puede que haya cambiado, pero en el fondo sigo siendo la misma.

—No digo que no lo seas.

—Lo dudaste.

—Todo cuanto me dijeron aquella noche, tienes una parte que odio con todas mis fuerzas.

—Luna...

—Hablo de Ioban. Desde que le vi en la cafetería supe que no iba a traer nada bueno.

—Siempre aciertas en tus predicciones.

—No, te equivocas. Tú supiste antes que nadie que Henry...

—Pude haberlo evitado.

—Era su destino.

No hacía falta preguntar cómo estaba tan segura, era obvio. Con un movimiento de cabeza ordenó que se retirase, antes le dijo:

—¡Caslú!, mantén a la manada alejada, de momento no necesito su ayuda. Auris, Eves, id con él.

Antes de irse se puso frente a mí y aulló. Me apetecía acariciarle... Se acercó y pude hacerlo. Su pelo era tan suave y brillante como reconfortante. No sabía si yo le transmitía lo mismo, sosiego y seguridad, hasta que escuché a mi amiga decir:

—Acepta lo que eres.

—¿Es un…?

—Es como tú.

Lo miré confundida.

—Mestizo. La forma que tiene de comportarse es muy similar a la del lobo, dada su proximidad genética, por ello, necesita un líder a quien seguir.

—Y ese eres tú. No sé por qué creo que me ha estado siguiendo.

—Antes de que nuestros caminos se cruzasen, puesto que su destino está unido al mío, así como el de Auris y Eves, su labor consistía en asegurarse de que no fueras una amenaza. Después el que haya estado con Selene en el refugio, digamos que…

—No ha sido coincidencia.

—Hay personas que llevan una doble vida, Caslú puede parecer un animal doméstico, pero en realidad no lo es.

—¿El hecho de que le haya conocido ahora es por algún motivo en concreto?

—Sí.

—¿Cuál?

—Debía seguir tu evolución. Te mostraré algo.

De su abrigo sacó un paño rojo, lo retiró y pude ver un diario, estaba un poco viejo. Lo abrió donde había una cinta negra que separaba sus hojas.

—Lee. —Me lo tendió—. En voz alta.

—«Nacerá del vientre de una inmortal. Para bien o para mal, será la defensora de los vampiros. Se verá envuelta entre el día y la noche, carne y líquido».

—¿Qué significa?

—¿No lo sabes?

—Sé que habla de mí, pero, ¿qué relación tiene Caslú en esto?

—Sigue leyendo.

—«Miglenia, la vida que te espera es complicada y relativa, esta última exige lejanía para poder enfrentarnos a ella. Caslú te librará del peso, todo lo que proyecte su mente te lo demostrará a través de señales».

—Es mi nombre verdadero —dijo tras escucharme repitiéndolo en voz baja—. Te explicaré lo que quiere decir. —Cogió el diario y lo tapó de nuevo con sumo cuidado—. Ha sido señalado para estar a mi lado, así como en su día ocurrió con mi tatarabuela, bisabuela, abuela y por último mi madre. Pero es Eves quien se comunica conmigo telepáticamente. Auri me protege hasta tal punto que llega a ser muy posesivo, Sein lo lleva como puede.

—¿Sabe que eres...?

—¿Bruja?, por supuesto, no podía ocultarle una cosa así, además, mis salidas nocturnas…

—Artus y tú os…

—Nos veíamos con Turner, era cuando podíamos hacerlo.

—Os puso al corriente de lo que somos.

—Fue nuestro amigo quien me transmitió su preocupación y después me presentó a Turner y a quienes estaban con él —hizo una pequeña pausa—. Len, he vivido tu adolescencia como mía, intentando ayudarte, consolarte. Al igual que tus pesadillas han sido premonitorias, yo con doce años, a esa edad mis sentidos eran agudos y ágiles, y mi imaginación tan viva y desbordante... He ido evolucionando pero más despacio que tú.

—¿Por qué no me contaste lo que te estaba pasando?

—Lo estoy haciendo ahora.

—No confiabas en mí —dije desanimada y dolida.

—Len, mis problemas son míos, tú los habrías hecho tuyos.

—Aun así…

—Dejemos ese tema zanjado. Quiero que me escuches atentamente y si tienes alguna duda o pregunta espera a que termine, ¿de acuerdo?

Asentí. Me explicó, igual que en su día hizo Artus, sobre cómo se enteró de que era bruja. Ella sabía lo que tuvieron que sufrir los padres de Turner a manos de Ioban, pero no quiso decirme lo que les hizo a los suyos. Sería la pregunta más difícil que haría a mi amiga, puesto que se trataba del asesinato de sus padres, pero no hubo oportunidad de hacerla.

**\*\*\*\*\*\*\*\***

—Todo comenzó hace más de un siglo. Mi tatarabuela trabajaba como ama de llaves para un duque. Su relación era cordial y confiaba en ella en todo lo relacionado con su hogar. Por desgracia esa cordialidad y confianza fue disminuyendo, después entenderás la causa. Esa primera noche en que le escuchó hablar en sueños, más tarde llegarían muchas más —puntualizó—, tata se despertó con la sacudida de una fuerte corazonada —se refería a su tatarabuela—. Cuando llegó a su habitación y entró, no sin antes llamar a la puerta, no hubo respuesta. Preocupada ante sus gritos, lo vio en la cama con los ojos cerrados murmurando palabras sin sentido. Entre todas ellas, te habrás imaginado que decía en sueños las que presagiaban tu nacimiento. Tata guardó el secreto y no dijo nada.

»Por asuntos que desconozco tuvo que viajar dejándola a cargo de todo. Cuando regresó, su comportamiento cambió a ser apático, a veces incluso brusco. Mi tata creyó que se debía a un mal negocio, hasta que pasadas unas semanas, en las cuales ella presentía algo, una visita cambiaría todo y respondería a la mala conducta del duque. Sus rostros blanquecinos, llegando a rozar la enfermedad, fueron suficiente respuesta para mi tata. La visión de verles llegar...

—Los más longevos —murmuré.

—En efecto, así como se han cerciorado de que realmente eres la elegida, debían hacer lo propio con él y sus sueños. Le creyeron hasta tal punto que le hicieron uno de los suyos, como recompensa, pero no imaginaron que al hacerlo sus sueños desaparecerían con su humanidad. Si te dijera que no estoy intrigada en saber por qué un simple mortal ha presagiado tu nacimiento mentiría. Supongo que debía ser así, tampoco he indagado para saber más...

Estaba segura de que Luna lo descubriría, no dejaría pasar una cosa así, y menos sabiendo que su tata de alguna manera había estado implicada al descubrirlo.

—Después ocurrió algo terrible —prosiguió.

Le expliqué lo que en su día me contó Sam, sobre la batalla en Onabia, puesto que ella se refería a lo mismo.

—No fue fácil Len… Y si estoy aquí es gracias a ellas, desde mi tata hasta mi madre.

—Creo que Sam se refería a ella cuando dijo que pudo escapar con muchas otras.

—Me ha relacionado con ella gracias a nuestra estirpe. Si nosotras sabemos de su existencia, ellos también conocen la nuestra. Y ahora te voy a explicar cómo sé parte de la historia de mi abuela. Tuve ayuda.

—¿De quién?

—Su nombre es Adara. Llegó a mi consulta por todo lo ocurrido con aquellos chicos que desaparecieron. Quería saber su estado psicológico, puesto que cuando eres periodista en ocasiones te encuentras o descubres casos para los que no estás preparada. La vi tan implicada, hay veces en las cuales no podemos separar nuestra profesión de lo humano del caso.

—¿Cómo de implicada? —Me aterró la idea.

—Si te refieres a mí, lo sabe, así como el resto, pero sin entrar en detalles. Me contó que había una investigación abierta. Hubo un obrero que desapareció sin dejar rastro, al no haber ninguna pista y, sobre todo, como nadie lo había reclamado, ni familiares ni amigos, se ha archivado.

—¿Confías en ella?

Asintió.

—Además, hay un vínculo que nos une.

—¿Cuál?

—Su abuela, fue amiga de la mía. Cuando la abandonaron y las religiosas la recogieron, se dieron cuenta de que no era un bebé como los demás, sus ropas indicaban que eran de alta cuna. Era rubia con los ojos claros. Tanto a ella como al resto de las que estaban allí, el orfanato ha cambiado mucho desde entonces, les adjudicaron el mismo apellido.

»Y aquí viene la parte que anteriormente te decía. Mi abuela se hizo amiga de una chica, a la cual dejó su padre allí cuando murió su mujer. Iba a verla cuando podía y en esos encuentros mi abuela se enamoró de él. Las religiosas del orfanato no se opusieron a que se casasen, tampoco la diferencia de edad se lo impidió, había veinte años de diferencia. A los dos meses, tuvo a su primer hijo y a este le siguieron ocho más. Años después, no puedo calcular cuántos, su marido murió. Recogía frutos de los árboles y una mala caída lo llevó a tener una infección, falleció de gangrena. La abuela de Adara le contó a su madre que se decía que Milenia era conocida como la bastarda de la familia Neda e incluso veía a alguno de ellos acercarse hasta el orfanato y mirar a través de las ventanas, a escondidas. Nunca se lo dijo. Al quedarse sola y rota por el dolor de su pérdida, Milenia se prometió que sus hijos no pasarían hambre, así que tuvo trabajos esporádicos. Los hermanos mayores, cuidaron y criaron a los más pequeños mientras ella esta-

233

ba fuera. Se casó por segunda vez al regresar a Nayvalén. Al volver, los rumores seguían. Un día en que se acercaba al mercado, conoció a uno de sus hermanos. Le contó que quiso saber de ella y que no le importaba ponerse en contra de su propia familia, le dio todo su apoyo e incluso quiso ayudarle para que reclamase tanto el apellido como el resto. Los trámites y las trabas que se encontraron hicieron que no se lo pudiera permitir económicamente, no se pudo llevar a cabo. Supongo que esa familia, los Neda, lo impidieron con su dinero, antiguamente eran los dueños de Nayvalén.

—Vaya historia, Luna.

—Aún hay más.

—Continúa.

—Después de aquello, llevó una vida más o menos normal. Se ganó la simpatía de sus vecinos, otros muchos, por ignorancia y miedo a lo desconocido, le miraban y murmuraban delante de ella. No eran muy discretos que digamos —observó malhumorada—. Era conocida su habilidad para con las hierbas, ya que las utilizaba haciendo ungüentos. Su sabiduría a la hora de distinguir una planta de otra… Calmaba el dolor e incluso curaba ciertas heridas. Adara me explicó que su abuela le contó a su madre un secreto sobre mi abuela. Una noche mientras cenaban, pudo ver en sus ojos algo. Cuando terminaron y fueron a la habitación que compartían, le hizo una predicción. Todo cuanto sabe fue dicho por Milenia.

—¿Todo? Antes has dicho que…

—Recuerda, los detalles. Tampoco hay que entrar en ellos para darse cuenta. Kayla, le contó a su hija y esta a Adara, más que suficiente.

»Y ahora te voy a explicar la parte de cuando volví al orfanato y comprobé algo. Todo seguía igual, excepto la zona de juego. Los árboles y flores que crecían en el jardín ahora descansan desnudos y otros no están. Después de preguntar a la encargada me dijo que desde que dejé el orfanato no ha vuelto a crecer nada. Bueno, a esa conclusión he llegado al decirme la fecha desde que comenzó a ocurrir. Mi abuela convocó a la naturaleza, puesto que se había servido de ella para curar o aliviar a la gente que acudía a ella, lo hizo para protegerme. Ningún ser maligno podría acercarse a mí. Lo siento —agachó la cabeza.

—No me ofendes, continúa.

—Ninguna predicción dijo que estaríamos en el mismo lugar, que llegaríamos a ser íntimas amigas. Yo diría que incluso más que eso, que nadie llegaría a pensarlo o relacionarlo excepto yo. A tus pesadillas directa o indirectamente ha contribuido mi abuela, de ahí que te haya pedido perdón en su nombre y en el mío.

—No me importa. Quiero decir que no puedo culparla, ella solo quiso protegerte.

—Pero lo has pasado mal, muy mal…

—Aunque no lo digas, sabes que es la seña por la cual he tenido que pasar. Y ahora, ¿en qué punto estás…?

—¿Te refieres a lo que puedo hacer, el poder que tengo? Mis visiones no son exactas, pienso que tengo que seguir aprendiendo, saber interpretarlas. Quiero que veas algo antes de continuar explicándote, para que no temas por mí.

Se levantó e iba a hacer lo mismo, cuando Luna hizo un gesto para que me quedase donde estaba. Al verla comprobé que había practicado hasta tal punto que para ella ahora era pura rutina.

—Mi prueba empírica —reveló.

Como fuego que era, debía manejarlo con decisión, pero a la vez con prudencia, modelándolo sin quemarse y transformándolo a su antojo sin destruirlo. Sin lugar a dudas fue un espectáculo. Si ya la admiraba como persona, ahora lo haría aún más. Y aunque en mi interior seguiría temiendo por ella, un poder como ese…

—Sé que tu poder es mayor que el mío, pero puedo asegurarte que temerán al fuego como a la luz del día.

Los sonidos de la noche no me eran ajenos, pero ahora mismo habían adquirido una extrañeza especial, una nitidez peculiar y siniestra. Percibía un lejano y vago zumbido. Hacía frío y el vaho que expelían difuminó sus rasgos como una espesa y misteriosa niebla.

—Han estado en el orfanato —dijo Luna.

Ante mis ojos, presencié el movimiento enérgico y eficiente de sus alas rasgando el aire. Rivalizando con la fuerza de la gravedad, batiéndose en un sencillo duelo con ella y aterrizando al lado de mi amiga, vencedores. Se las veía tan libres como la brisa que emanaba de los árboles. Maravillada, me percaté de que no todas tenían la misma longitud y aspecto.

—Convivieron con nosotros, sigilosas y discretas —agregó.

Las seguí observando. Las gárgolas que tenían menor tamaño, envolvieron su cuerpo con sus alas mostrando relieves, espirales, otorgándoles belleza y grandeza.

—Cada una de ellas representa a un familiar.

—¿Mi madre?

—No. Solo a quienes hayan vivido como humanos.

—Antes has dicho que estuvieron con nosotros. ¿Dónde?

—La mitología dice que están en lo alto de las catedrales o en sus fachadas. Mis antepasados se encargaron de esculpirlos en las paredes del orfanato.

—¿Por qué?

—Se han manifestado porque la batalla es inminente. En el lugar donde nos hemos criado, ha habido secuestros, gente poderosa que quería comprar a los niños que no tuvieran ningún familiar cercano… Han sido los guardianes, hasta ahora.

—¿Cómo es posible que no supiera de su existencia?

—No son visibles ante los ojos de cualquiera, ellos deciden quién puede verles y quién no.

—Pero si soy…

—Eso forma parte del plan de mi abuela. No sabía a ciencia cierta, hasta qué punto estaría protegida, así que se sirvió de sus ánimas para formar un ejército. Podrías haber llegado a mostrar tu parte vampira, aunque no ha sido así —puntualizó rápidamente.

El pulso se me aceleró pensando en mis amigos, en todo aquel que se hubiera cruzado en mi camino por la necesidad de…

—La imagen también me aterra, Len —interrumpió mis pensamientos—. No debe inquietarte lo que no ha sucedido en el pasado.

Durante unos segundos permanecimos en silencio. No realizó ningún gesto agresivo o desafiante. Se limitó a quedarse junto a ella.

—Acércate.

No fue el miedo lo que me hizo dudar, sino la impresionante figura de aquella gárgola. El pelo negro le caía a los lados sobre sus alas, estas permanecían unidas, como si hubiera entrelazado sus dedos pulgares.

—Puedo comunicarme con ellos a través de la mente. Tus oídos no son corrientes, debes concentrarte para poder captarlo.

Asentí. Una de sus manos cubrió mi mejilla y con el dedo índice comenzó a dar toques suaves sobre mi sien. El sonido que percibí era muy similar al de un líquido que fluye, como si vibrase en mi tímpano. Su efecto es sosegado, como una sola nota entonada por varias voces. Nos retrotrae a realidades trascendentes, alineándose como una plegaria, implorando protección. El valle simulaba retorcerse y el suelo comenzó a ser irregular, reparé en que no lo estaba pisando. En ese momento, el ambiente era irrespirable y hostil, pero me sentía sorprendentemente segura. Fue como si no tuviera ningún problema en identificarlos, aunque guardaban escaso parecido con su aspecto real. Cerré los ojos, inspiré y solté el aire poco a poco. Una fuerte convulsión agitó mis entrañas, como una sensación punzante. Resistí el dolor, el frío, como un abrazo gélido que me hizo tambalear y después caer en el bosque. Visiblemente impresionada, Luna me cogió del brazo, sacándome de aquel trance que me tenía sumida en un fotograma. Se dirigió a la gárgola con un ruego de ojos y este asintió con la serenidad esculpida en un rictus de mármol, pero cargado de una profunda humanidad y recuerdos. Mis preguntas ahora se acrecentaron formando espirales. Y creí que en un instante las respuestas bajarían flotando con un suave murmullo; o tal vez fuera solo lo que quería escuchar. No. Mi amiga respondió:

—Hay muchas manos amigas con nosotros. Aunque no todas sean visibles.

—No sé por qué he reaccionado de diferente manera…

—Te he llevado a un estado de inconsciencia. ¿Guardarás el secreto?

—Sí, desde luego, pero…

Voy a archivar esa imagen en algún lugar privilegiado de mi memoria, donde mantengo intactos los recuerdos. Puesto que me había contado parte de su historia, hice lo mismo, sobre todo en lo referente a mi madre. Melióm y después mi padre fueron bien explícitos.

—¿Pensabas que no tendrías alma? —extrañada soltó una carcajada—. ¿Por qué crees que estamos charlando sobre nuestros antepasados? Por supuesto que fue un *shock* para mí, jamás pensé que fueras a ser tú.

»Retrocedamos al día en el que Ioban entró en la cafetería. En ese preciso momento mi instinto me pedía a gritos que debía protegerte. ¿Te acuerdas del comentario de Misti?, incluso yo pensé lo mismo. Cuando tuve en mi poder este diario —dijo y señaló con la mano el bolsillo de su abrigo—, ya había meditado sobre ello, no reaccionaste como se supone que deberías hacer. El deber

que se te ha encomendado es protegerlos, no enfrentarte a tus semejantes, antepusiste tu descendencia por nosotros, tu humanidad
ante la inmortalidad.

—Esté con quien esté, nunca habéis dejado de ser mi verdadera
familia.

—Tu padre y Sam forman parte de ella —observó.

—Al contrario que Artus, nunca has dudado de él.

—¿De sus sentimientos hacia ti? No, y aunque siga viendo lo
que es, un vampiro, ha conseguido ganarse mi confianza. No hemos
compartido veladas juntos, pero a través de una llamada telefónica se
pueden intuir muchas cosas más. Escucharle con la voz entrecortada,
maldiciendo por el simple hecho de no poder acercar su cuerpo al
tuyo para que entrases en calor… No sabes lo que me produjeron sus
palabras. —Acarició mi hombro—. Si sufre así por ti, eso significa
que lo eres todo para él.

—La experiencia te hace hablar así, ¿verdad?

—He conseguido el espacio que necesitaba. Sein, dentro de su
preocupación, ha admitido que hay cosas en las que él no debe entrar,
aunque piense que es un inútil, así me lo hizo saber. Su apoyo es lo
más importante. Nadie me amará como él.

—Entiendo lo que quieres decir.

—Todos cometemos fallos y de ellos aprendemos, mira Artus, no
fue casual su encuentro con Turner. Este último, y a pesar de todo el
dolor y sufrimiento que tuvo que pasar esos días viendo lo que hacían
a sus padres, aprendió algo de Ioban. El punto débil del ser humano.

—Artus era un blanco fácil —observé con amargura—, pero llegaste tú y doy las gracias por ello.

—Nuestro amigo no es tan ingenuo, tiene una mente muy ágil
y no me sorprende en absoluto la rapidez con la que comprende las
cosas. Tarde o temprano se daría cuenta de las intenciones de Turner.
Yo también cometí un error…

—Decirle cómo encontrarles. ¿Puedo saberlo?

—Al principio me fue muy útil, ya que no sabía prácticamente nada, pero la fuerza que me transmite mi madre ha hecho posible que lo consiguiera. Además del diario, me dejó un péndulo, ahora no lo necesito porque los presiento cuando están cerca. Creí que me había deshecho de él, nunca pierdo nada.

Recordé cuando alguno de nuestros amigos e incluso alguna profesora perdían algún objeto. Bien fuera un simple bolígrafo o un colgante, acudían siempre a Luna, puesto que ella lo encontraba con facilidad.

—Artus me dijo que Turner lo llevaba en su cuello. ¿Y sabrán que tú...?

—Anteriormente quise que vieras uno de mis mayores poderes, mi visión no tiene una fecha exacta, pero sí que estaremos unidas cuando lleguen. El caso es que uno de ellos, me impide ver más allá...

—Tiene el poder de anular cualquier don o supremacía.

—Pues tendré que esforzarme más.

—¿Has dicho que estaremos...?

—Una de las causas eres tú, pero tranquila, el deseo de enfrentarme a Ioban me hace más fuerte y ellas estarán conmigo. Len, debe pagar por todos sus crímenes.

—Estoy de acuerdo contigo. Luna, insisto en la pregunta, ¿me ves?

—Reclamarán tu presencia, si no tu padre pagará la desobediencia. Sam no puede impedir que estés.

—O sea, que me pondrá las cosas difíciles.

—Y tú no deberías ser tan condescendiente con él, no tengas miedo a su reacción, o a discutir, siempre estará ahí apoyándote en las decisiones que tomes, tiene que ceder.

—Luna...

—Hazme caso niña, su amor es incondicional. Además es lógico que quiera controlar todo, pero tú también debes hacerlo.

—Ahora entiendo por qué Artus ha cambiado la opinión con respecto a él, eres una maestra con las palabras.

—La experiencia y mi licenciatura en psicología juegan a mi favor —rio.

—¿Cómo está? ¿Sigue yendo a tu consulta?

—Artus. No he conocido a nadie que le cueste hablar tanto de sus sentimientos. Mi diagnóstico es muy claro, culpabilidad. El que sus padres y el bebé que estaba a punto de nacer murieran en aquel fatídico accidente y él sobreviviera… Estaba destinado a suceder. Le hice ver que la vida le ofrecía una segunda oportunidad y quién sabe, ¿si no hubiera pasado, nos habríamos conocido? Probablemente la respuesta sería no. Pienso que todos tenemos un destino marcado, en lo que se refiere a enfermedades o accidentes, y por desgracia no podemos hacer nada para cambiarlo. En su perfil psicológico he descubierto a un chico extraordinario pero también muy introvertido e impulsivo. ¿Cómo podéis estar tan unidos sin que haya sexo de por medio? —me preguntó, aunque lo hacía también para sí misma—. ¿De qué otra forma podría explicarse el nivel de intimidad en el que nuestro amigo nunca dejará de quererte, admirarte y respetarte?

Parecía confundida, tal vez porque ella daba otra interpretación a sus sentimientos. Entonces, la noche que desperté y les vi allí sabiendo lo que era, Artus sintió miedo por mí. ¿Quizás tuviera razón y fuese una señal? ¿Porque los dos nos sentíamos igual, culpables de sus muertes? ¿Debería haberme sincerado con él? No, creo que no, era mejor dejar las cosas así.

—Aparte de cambiar de móvil, también lo has hecho con la melodía —adivinó.

—No he oído que haya sonado.

Lo saqué del bolso y comenzó a hacerlo, miré a mi amiga con él en la mano y me guiñó un ojo.

—Quedamos en que me llamarías —parecía molesto.

—Sam…

—No importa, solo dime dónde estás y pasaré a buscarte...

—Estoy en Drambuy —le interrumpí ansiosa tras escuchar su voz—. En el bosque con Luna.

—Dame veinte minutos.

—De acuerdo.

—Len… —dijo con profundidad.

—¿Sí?

—Debemos hablar sobre esto.

—No sé qué quieres decir...

—No puedo estar horas alejado de ti.

Mi calor corporal subió cuando colgué.

—No lo lleva bien.

—¿Cómo sabes...? Ah ya… debo acostumbrarme también a...

—No se trata de ninguna predicción. Len, las dos necesitamos nuestro espacio, y aunque no lo hacen con mala fe, quieren absorbernos... Bueno, debo irme o mi teléfono sonará de un momento a otro. —Sonrió—. Si me necesitas, ya sabes donde puedes encontrarme.

—Te echaba de menos. —La abracé.

—Es curioso que a mí no me pase lo mismo, estás aquí. —Señaló con un dedo su frente—. Y aquí. —Posó la mano en el corazón—. Nunca olvides que siempre estarás ahí.

Antes de que se adentrase en el bosque y de que yo fuese en dirección a la cafetería (había quedado con Nadia para ver a los chicos a las diez de la noche, aunque ya eran las once), Luna se volvió y me llamó:

—Recuerda que el pasado no nos abandona del todo. Hay gestos que quedan impresos en los músculos, en las ondas de la memoria. Ten cuidado.

Les vi reír, tenían buen aspecto. Otto y Etiene permanecían sentados en una mesa, Nadia estaba de pie hablando con Artus mientras servía unas jarras de cerveza. La distancia era bastante amplia como para saber de qué hablaban. Nadia miraba una y otra vez su móvil, como esperando un mensaje o llamada importante. Tuve la sensación de que Artus le preguntaba y ella negó con un movimiento de cabeza. Nuestro amigo tiró la bayeta sobre la barra con fuerza y lo vi meterse en la cocina. La escena se repetía, pero en esta ocasión no era Turner y tampoco podía escuchar nada, solo los veía como si estuviera ahí con ellos.

—¿No vas a contestar?

Estaba tan absorta en mis pensamientos e intrigada por aquel fenómeno que se repitió, que obvié su pregunta cogiendo de nuevo el móvil pensando que sería Sam, pero al ver quién era lo silencié. Lo siento Artus, ahora no es el momento...

—Si no te conociera pensaría que querías asustarme. Hola Ben. —Guardé el teléfono—. ¿Está mi padre contigo?

—Estoy solo —eludió mi comentario—. También he venido para darte esto. —Me dio el fular violeta.

—¿Dónde lo has encontrado?

—Estaba enganchado en una rama.

—Gracias, no me había dado cuenta hasta ahora de que no lo tenía.

—¿Pensabas entrar? —Miró en dirección a la cafetería.

243

—La verdad es que no, es tarde.

—¿Y puedo saber qué haces aquí? —exigió.

—No tengo porqué darte explicaciones —contesté arrastrando las palabras.

Él me miró con fijeza sin mover sus ojos, en ellos capté una mirada de resentimiento. Mi enfado reemplazó a la cautela.

—Perdóname, no pretendía ser tan brusca, estoy esperando a tu hermano. He quedado con él en que vendría a buscarme.

—Aceptadas. —Sonrió satisfecho—. Si no te importa, me quedaré hasta que llegue, me gusta tu compañía. Además he visto que Sam estaba ocupado, o está perdiendo facultades a la hora de cazar… o bien hay algo que le distrae —añadió molesto refiriéndose a mí.

No le conocía lo suficiente pero sí que después de un halago venía algo mordaz. Me cogió del brazo obligándome a seguirlo y apretó su mano alrededor de él.

—Me gustaría que fueses sincero conmigo —dije manteniendo la calma a pesar de sentir sus dedos clavándose en mi piel—. Ben, ¿a qué has venido?, y no me vale la excusa del pañuelo.

Se detuvo y me soltó, miré a mi alrededor y supe que estábamos en un claro del bosque, entre los árboles, alejados de la cafetería y de la posada.

—Llevo tiempo haciéndome la misma pregunta. ¿Por qué ninguna mujer me ha rechazado y tú sí?

—¿En serio quieres saber la respuesta?

—Creo que te resistes, vi tu reacción al conocerme.

—Eres atractivo, no lo niego...

—Amas a mi hermano. He seducido a mujeres casadas, daba por hecho que querían a sus maridos.

—¿Y eso qué tiene que ver conmigo?

—Aunque estés enamorada de él, te sientes atraída por mí.

Noté que mi cuerpo reaccionaba ante el tono de su voz, aturdida por un cúmulo de sensaciones di un paso hacia él embriagada por su aroma y atracción.

—Suave y cálida —susurró acariciando mi mejilla—. Cuanto más te alejabas, más quería acercarme a ti.

Cada segundo de lucidez daba un paso atrás.

—No te resistas, déjate llevar... Déjame comprobar qué siente él cuando lo hace.

Cogió mi rostro entre sus manos, inclinando su cabeza para poder besarme. Casi lo consigue de no haber sentido aquella sacudida advirtiéndome de que su voz no sonaba igual, le falta su olor, la luz de sus ojos. Desperté de aquel ensueño que Ben provocó y él aprovecho para posar sus labios amargos y fríos en los míos. No duró mucho y tampoco sentí nada, forcejeaba con todas mis fuerzas y conseguí liberarme. Poseída por la rabia, y sin darle tiempo a esquivarlo, le golpeé en la cara haciéndole tambalear.

—¡Buen golpe! —dijo con una sonrisa acariciándose la mejilla izquierda.

Cuando vio que tenía sangre en los dedos, retrocedí viendo que sangraba por un corte en el pómulo.

—Lástima que te defiendas solo con vampiros y a los humanos no les muestres nada de tu fuerza.

—No recuerdo a ningún hombre que haya querido besarme en contra de mi voluntad —respondí con odio.

—Por supuesto... —contestó con una mezcla de celeridad fingida. — ¿Te gustaría saber por qué?

—Adelante. —Me crucé de brazos observando que en su rostro ya no había rastro de sangre.

—Quiero prevenirte, y no de qué sino de quién. ¿Te has preguntado por qué varios de nosotros nos sentimos atraídos por ti? Sí, me incluyo entre ellos.

—No creo que esa sea la palabra adecuada.

—¿Ah, no? Yo pienso que es la correcta. La atracción física entre especies es de lo más normal…

—¿En qué categoría debo incluirte a ti?

—En la de mi hermano. Debo decir que él es mucho más inteligente.

—Y más honesto.

—Esa palabra está muy sobrevalorada… Tal vez hable desde el rencor, lo reconozco. Y si en algún momento te surgen dudas, espero que esta conversación te sirva para aclarártelas.

—No me has aclarado nada.

—Muy bien. —La maldad en su rostro adquirió el mismo tono en sus palabras—. ¿Quién crees que ayudó a tu padre a llevarte al orfanato de Nayvalén?

—¿Sam? ¡Mientes! Mi padre me lo hubiera contado.

—De tener ese recuerdo, lo habría hecho, sí. Y mi hermano, hizo lo mismo contigo.

—Tal vez lo haya hecho por un motivo en concreto —lo defendí.

—¿Cómo cual? —inquirió.

—No saber de dónde provenía, por ejemplo, o quizás era demasiado pronto para saber de vuestra existencia.

—La mentira es un obstáculo para una pareja —insistió.

—Es peor lo tuyo, queriendo poner en mi contra a Sam y Terry.

—No lo has entendido. Quiero que te des cuenta de quién es en realidad mi hermano. —Aceptaré el castigo que me imponga, siempre y cuando no hables de esto con nadie. Tienes que darme tu palabra.

—Nunca cambiarás —le dijo Barsella con desprecío acercándose—. Ven conmigo Len.

¡Maldito seas! —exclamó Sam que apareció de entre las sombras.

Forcejearon durante unos segundos. Barsella tiró de mí apartándome de ellos, pero no hizo falta al ver que desaparecían en el bosque, la rapidez de sus movimientos les difuminó en una amoratada penumbra.

—Suéltame Barsella —grité.

—No, lo mejor es que nos quedemos aquí.

—Si es preciso utilizaré la fuerza y no querrás que lo haga, ¿verdad? —aseguré con frialdad.

—O estoy perdiendo facultades o Sam las está ganando por mí. ¡Qué velocidad! —se quejó mi padre—. Creía que venía a buscarte...

Terry fue la distracción que necesitaba. Una vez que me solté tirando de mi muñeca con fuerza, salí en su busca. Mi padre y Barsella, a una distancia prudente, lo hicieron detrás de mí. El viento era cortante y la oscuridad se asentaba en los sentidos. Debía concentrarme en él o de lo contrario llegaría tarde. Con la respiración irregular, me paré unos segundos, en los cuales escuché la voz de Terry llamándome.

—Madre, necesito que me ayudes... —pensé.

Observé las ramas de los árboles moverse en una misma dirección. Fue suficiente para encontrarles. A varios metros se oían los golpes como si una tormenta eléctrica produjese truenos. Un grito aterrador salió de mi garganta.

—¡Sam! ¡Sam! —grité enloquecida.

Con gran rapidez y agilidad esquivó la embestida de Ben, la distracción de mis gritos le sirvió para atacarle. Me acerqué lo suficiente, puesto que Sam acabaría con él en cuestión de segundos. Su fuerza fue descomunal apartándome y caí con todo el peso del cuerpo sobre mi brazo izquierdo. Maldije en voz baja mientras miraba como mi padre me ayudaba a levantarme.

—Por favor, no lo hagas —le supliqué.

—Deberías hacerla caso hijo —dijo Lisandro llegando con los demás.

No se movió cuando Kraven y Ailen lo escoltaron. Al llegar a nuestra altura, se paró y giro.

—Hermano, siento el daño que he podido causar, pero con ella. —Me miró—. Mis emociones, si se le pueden llamar así, me resultan difíciles de controlar.

—Quitadle de mi vista —fue su respuesta.

—Vamos hija, esta noche te quedarás conmigo.

Nuestras miradas se encontraron y un silencio glacial se abatió sobre nosotros.

—Sam...

—No sientas remordimientos. —Acaricié el susurro de sus palabras, cerré los ojos y me dejé llevar por la dulzura de su voz—. Tengo que irme.

—Voy contigo.

—No te gustaría estar presente.

—¿Por qué?

—Debemos deliberar qué hacer con él.

—Pero… pero...

—Terry —le llamó.

Así como este último y los demás nos habían dejado solos, ahora mi padre se acercaba a nosotros.

—Todo cuanto diga o haga no será suficiente para borrar lo que te he hecho. —Acarició el brazo golpeado—. Te veré en unas horas.

—Sam. —Se detuvo—. No olvides que es tu hermano.

—Y como tal debería respetarme, él mejor que nadie sabe lo que significas para mí. Después de lo que ha hecho, no puedo creer que le defiendas.

—Lo que mi hija quiere que entiendas es ¿soportarías la carga tan pesada de que fuiste tú el que acabó con su propio hermano? —le preguntó.

Terry lo había expresado a la perfección.

—Nunca lo sabremos —le respondió.

**********

—¿Cuál creéis que será su decisión…? —les pregunté una vez en casa.

Barsella miró a mi padre.

—Puede que le destierren o tal vez pidan consejo a los mayores —respondió este último.

Deambulé por mi antigua habitación descalza, iluminada por la luz de una farola que se filtraba a través de la ventana. Terry no había tocado nada, estaba exactamente igual que cuando me fui. Me acerqué al baño a cambiarme, necesitaba mantenerme ocupada para no pensar y me lavé los dientes, me recogí el pelo que unos segundos después solté. Acostumbrada a su baño me golpeé en el brazo dañado al salir.

—¡Ay! —murmuré.

El mío tenía un espacio muy reducido.

—Len, ¿va todo bien...?

—Sí, no pasa nada Barsella. —Fui de nuevo al dormitorio.

Me quité la parte de arriba del pijama, ya que la tela me producía escozor, lo tenía bastante inflamado pero no vi ningún moretón.

—Es demasiado pronto para que aparezca —dijo Barsella entrando con una bandeja—. He pensado que un vaso de leche con un calmante te ayudara a descansar y la inflamación bajará. —Señaló con la mirada mi brazo.

—Yo... Siento haberte hablado como lo hice.

—Si te soy sincera habría preferido que no hubieras salido en su busca... Se lo merecía y de nuevo se ha librado… —dejó la bandeja encima del escritorio, cogió el vaso y la pastilla y me puso cada cosa en una mano.

—Quiero asegurarme de que te lo tomas.

Lo hice mostrándola que no había ningún rastro del calmante en mi boca.

—Te dejaré que descanses...

—No, antes cuéntame por qué has dicho eso, hablas de Ben con odio —observé.

—Te has dado cuenta.

—La tensión que hay entre ambos es palpable.

—No he creído conveniente decírtelo, y ahora puesto que se ha dado el mismo caso… Len, la historia vuelve a repetirse y aunque me cueste admitirlo, le quise.

—¿Estuviste enamorada de Ben?

—Él de mí no, porque fue conocer a tu madre... No quiero entrar en detalles, con ellos recordaría lo ciega que estuve al amarle. —Su dolor seguía latente—. Como ya sabes y has comprobado, tiene un poder de atracción que le hace irresistible, pero yo fui descubriendo que tenía otras muchas cualidades. Siempre ha conseguido lo que ha querido, cualquier mujer que deseaba caía rendida a sus pies. Utilizaba (lo ha vuelto hacer hoy) esa parte frágil y sensible. Después comprobé su reacción ante Carissia, contigo ha sucedido lo mismo, cuanto más lo rechazabas más insistía llegando a producir varios enfrentamientos verbales con Ioban.

—No he notado esa insistencia de la que hablas —aclaré.

—¿No? Querida, todo cuanto te ha dicho y me has transmitido, ha sido para hacerte sentir culpable, sin mucha sutileza —reconoció—. ¿Sabes?, intercedí por él, qué tonta, pero en aquel momento sentí lástima, uno no puede exigir a la otra persona que lo ame, así que tu madre se lo hizo saber. Comprendí que no debía hacer lo mismo, obligarle a que me amase. Detrás de su belleza translúcida hay un ser orgulloso pero a la vez desdichado, deseando tener algo que no puede poseer; sucumbe a la mentira en su obsesiva rivalidad. El objeto en disputa es único, tú.

—El enfoque que tiene sobre lo que hasta ahora ha sido mi vida es poco convencional, creo que hace lo que le resulta cómodo. Pero ¿tan segura estás de que no te correspondía…?

—Tú y tus buenos sentimientos.

Ahora entendía todo cuanto me dijo de Carissia aquel día en el que confesó que sabía de mí, pero…

—Creo que la atracción que despierto en él es diferente a la que pudo sentir con mi madre.

251

—¿En qué te basas para decirlo?

—Es evidente que no me fío de Ben —confesé después de lo sucedido y ahora más— y tampoco soy de su agrado. ¿No fuiste tú la que admitió lo que te ocurre cuando mis amigos e incluso yo estamos cerca...? A parte de ser, por lo que tengo entendido, la única en rechazarlo, de ahí su menosprecio y desconsideración hacia mí, su prioridad es él, yo solo le sirvo para autoafirmarse. Con Carissia fue distinto.

—Es aún peor de lo que imaginaba —observó alarmada.

—Barsella, así como te sucede a ti y a él, creo que… —resoplé enfadada por lo que iba a decir— debo incluir a Sam.

—Dime qué dudas tienes, porque no lo afirmas del todo y eso te hace sentir mal.

—«Besarte es como la sed que nunca podré saciar». Fue la frase que me hizo pensar en ello.

—Entiendo… La interpretación que tú le das es muy distinta a la suya.

—¿Acaso no quiere decir que nunca podrá saciar su sed conmigo?

—No. —Sonrió levemente—. Es mucho más sencillo. Quiere que entiendas… Para él eres una necesidad para poder seguir exist-iendo, a parte de la que ya conoces.

—Me siento fatal por creer… —Tapé mi rostro con las manos—. Barsella, yo…

—Tranquila, será nuestro pequeño secreto, además es lo menos que puedo hacer por ti. Te has ganado mi respeto como en su día lo hizo Carissia.

—No sé qué he hecho para ganármelo.

—Que no le hayas comentado lo que me ocurre cuando estoy cerca de ti. Sam se habría encargado de que me fuera muy lejos, pero no va a hacer falta. ¿Me creerías si te dijera que a pesar de ser lo que soy, tú sacas lo mejor? De no ser así, me habría ido por mi cuenta.

—¿Por qué tengo la sensación de que creéis que no os entiendo? Hasta ahora ha sido fácil, vosotros lo hacéis posible. ¿Qué pasaría si yo me viera en la misma situación? Tomo mi ración sin preguntar de dónde viene, no creas que no sé el proceso que hay detrás, y si... ¿las cosas cambiasen?

—No me había parado a pensar en ello.

—Yo sí.

—Lo daba por hecho y aunque me encanta hablar contigo, debo dejarte descansar, ya has tenido suficiente información por hoy.

—Solo responde a una pregunta más. ¿Hice bien?

—No creo que deba entrar a valorar si hiciste lo correcto o no, eres tú quién debe hacerlo. Tal vez si hubiera estado en tu lugar...

—Habrías intercedido por él de nuevo.

—No, te equivocas. Nadie me ha utilizado y hecho sentir tan desgraciada como Ben.

—Aún lo quieres...

Se levantó y cogió la bandeja.

—No te costará dormir. Qué descanses. —Salió.

Había respondido con su silencio. Aunque no me gustase admitirlo, el calmante iba a hacerlo posible, al menos unas horas. Antes de que mi cuerpo se relajase por completo y los párpados no aguantasen más, vino a mi mente la imagen de ellos en la cafetería; mi intuición fue acertada al encender el móvil, dos mensajes aparecieron en la pantalla y los leí.

¿No habíamos quedado a las diez? Estuve con los chicos esperándote hasta tarde. Mañana te veo en la tienda a las nueve.

Nadia.

El siguiente era de Artus.

Len ¿Ha pasado algo? No me has llamado. Por favor, dime si estás bien...

Contesté a mi amiga:

Lo lamento Nadia, estuve con mi padre. Allí estaré.

Lo complicado iba a ser responder a Artus. Le puse que había estado con Luna, que habíamos hablado durante largo rato y después se me hizo tarde. Puesto que era la una y diez de la noche, Nadia no respondió. Vería el mensaje cuando despertase, siempre decía que dormir con el teléfono encendido le daba malas vibraciones. Para mi sorpresa, él sí lo hizo un minuto después.

—Sigues sin decirlo —leí.

—¿No deberías estar durmi...?

No pude seguir escribiendo porque me llamó. Sonreí levemente. Éramos iguales, si teníamos que decirnos algo, tanto él como yo descartábamos los mensajes, nos parecían fríos e inútiles, aparte de ser una pérdida de tiempo.

—Artus, me siento fatal por haberte despertado.

—No lo has hecho.

—¿Has visto la hora qué es?

—¿Y tú?

—Vale, deberíamos estar durmiendo los dos —bostecé.

—Dejaré que lo hagas si respondes a mi pregunta. ¡Ah!, no digas lo que quiero oír.

—No tienes de qué preocuparte.

—Supuse que como habías desconectado el móvil había pasado algo.

—Cada vez que lo haga no quiere decir...

—Lo sé, lo sé, pero Frey me comentó que estuvo contigo en el bosque y Nadia nos dijo que te pasarías por la cafetería sobre las diez. ¿Tan extraño es que me preocupe por ti? Dudo mucho que Luna haya estado contigo hasta tarde.

—Tienes razón. —Si quería seguir mintiendo debía hacerlo bien—. Como le dije a Nadia fui a ver a mi padre.

—Eso cambia las cosas.

—¿Podemos seguir hablando mañana?, estoy agotada...

¿Qué clase de calmante me había dado Barsella?, hasta el simple hecho de sostener el teléfono me costaba.

—Me pasaré por la tienda, buenas noches.

Respiré profundamente y dije:

—Hasta mañana.

# CAPÍTULO 12
## DESPUÉS DEL AMANECER

Me desperté rayando el alba. Tuve que hacer un gran esfuerzo por despejarme. Recordé que el edredón no lo había retirado y ahora estaba sobre mí, como él.

—Buenos días.

—Hola —respondí adormilada.

—¿Cómo te encuentras?

—Aturdida...

—Creo que se ha pasado con la dosis —gruñó haciendo referencia a Barsella.

—No estoy acostumbrada a tomar medicamentos y menos tan fuertes —la defendí—. Sam… —Me incorporé, pero él no se movió, tenía la cabeza apoyada en su mano derecha.

—¿Te duele? —Acarició el moratón que había aparecido en mi brazo izquierdo.

El color que vi cuando lo miré era violeta.

—No.

—¿Seguro?

—Lo noto un poco pesado. —Hice la demostración intentando levantarlo—. ¿Ves?, parece que está dormido… —dije con humor.

A Sam no le hizo ninguna gracia.

—¿Sabes?, ahora estamos en paz —añadí.

Me observó con gesto extraño.

—Y así como tú me dijiste aquel día, no deberías subestimar tu fuerza.

—Tendría que cuidarte, no...

—También me corresponde hacerlo a mí.

—Sabes que respeto lo que dices, pero no lo comparto.

—Dejémoslo en tablas.

—Con una condición.

—¿Cuál?

—Bésame.

No hacía falta que lo pidiese porque desde que había abierto los ojos era lo que más había deseado. Una vez que me duché y me vestí, puse la cafetera. Todavía quedaba un poco de café en el tarro. Terry y Barsella no estaban, solo él y yo.

—Sam —dije mientras esperaba a que se hiciera el café—, ¿qué futuro le espera a tu hermano?

—Estar alejado de ti.

—No soy la única mujer...

—Pero sí a quien más desea.

—¿No lo volveré a ver?

—Te doy mi palabra.

—Lo siento.

—¿Por qué?

—El que nos hubiera estado informando os había unido más.

—No dudo que al principio quisiera ayudarnos, pero el motivo principal eras tú.

—Sam, no es lo que piensas.

—¡Ah no! Entonces dime.

Y le conté la conversación que había mantenido con Barsella sobre Ben, por supuesto no le había contado la parte en la que había creído… y mucho menos que a ella le había pasado lo mismo

—Y pensar que te he dejado a solas con él…—dijo tras saberlo—. Debí acabar con él cuando tuve ocasión —añadió con una mirada salvaje.

La llegada de mi padre no me dejó calmarlo. Sus miradas se cruzaron cuando salió de la cocina.

—Hola hija. —Sacó un vaso del armario y sirvió en él—. Ten, bebe, anoche no pudiste hacerlo.

Atendí al líquido rojo, ya que el olor me llegó inmediatamente, pero de nuevo volví a mirar a la puerta.

—Es lógico que esté furioso, yo también lo estoy, nos ha engañado a todos.

—¿Has hablado con Barsella?

—Sí. Cariño, se le pasará, ahora debes alimentarte. —Puso el vaso entre mis manos y bebí.

La sensación de pesadez fue disminuyendo, ahora estaba llena de energía. Cuando llegamos a Kitea y entramos en casa, ya que no quiso seguir hablando de Ben, le expliqué que ahora estaba mucho más tranquila y que el motivo era Luna. Sam conocía la historia de sus antepasados, porque unos y otros sabían de su existencia. Quedó impresionado tras saber que su abuela y nosotras habíamos ido a parar al mismo orfanato, así como lo que hizo para proteger a su nieta.

—La estaré eternamente agradecido.

Levanté una ceja.

—A pesar de tus malos sueños, Ioban no pudo encontrarte gracias a ella —dijo satisfecho.

—Me alegra saber que no ves a Luna como nuestra enemiga, ni ella a nosotros.

—Mi conciencia está tranquila, si es que se le puede llamar así. Tu amiga sabe que no fuimos quienes asesinamos a sus padres… Len, no estará sola.

—Nos tiene a nosotros si Ioban…

—Por supuesto, pero hablaba de la manada de lobos... Es curioso que siempre nos hayan ligado con ellos como nuestro enemigo. Siempre he disfrutado de su compañía.

—¿Conoces a Caslú? —Recordé que su padre utilizó esas mismas palabras. Él asintió—. Entonces… Erais vosotros a quienes escuché, pero…

—No le gustó perder, soy más rápido que él.

—Ben creyó que estabas defendiéndote.

—Fui yo quien le dijo que se fuera, mi hermano no debe saber que Luna es nuestra aliada...

Tampoco se fiaba de él, como me hizo saber días atrás. Cuando miré el reloj eran las ocho y media de la mañana. La idea de sustituir unos días a Nadia me entusiasmaba.

—¿Tienes pensado ir a alguna parte?

Le expliqué que mi amiga necesitaba tiempo para estudiar, los exámenes finales estaban cerca y la iba ayudar sustituyéndola en la tienda.

—Aunque no estemos juntos todo el tiempo que quisiera, me parece bien.

—Y... aunque te hubieras opuesto —dije mientras me acercaba y rodeaba su cuello—, habría ido igual.

—No lo pongo en duda. —Besó mi nariz—. Podré soportarlo...

—¡¿Ah, sí?! —dije con picardía.

—Iré a buscarte cuando me lo pidas o quieras. Supongo que querrás hacer vida social con tus amigas. —¿Eran imaginaciones mías o estaba decaído?—. ¿A qué hora debes ir?

—A las nueve, supongo que Nadia quiere explicarme alguna cosa. —Retiró mis brazos—. Sam...

—Ve, no llegues tarde.

—Estás así por Ben.

—No se te puede engañar, ¿verdad? —Movió los labios en un intento por parecer una sonrisa.

—¿Qué puedo hacer?

—Sería egoísta pedirte que te quedases.

Inmediatamente llamé a Nadia.

—¡Hola, Len! Hace media hora que he leído tu mensaje ¿Estás preparada para tu nuevo trabajo? —quiso saber ante mi silencio.

—Nadia, no voy a poder ir. Sam me necesita.

—Tranquila, lo primero es él.

261

—Gracias por entenderlo, te prometo que…

—Tomate el tiempo que necesites, mañana es sábado, solo quería enseñarte donde está todo.

—De acuerdo.

—Espero que se solucione y que no sea nada grave.

—Asuntos de familia.

—Ah… Llámame si necesitas algo.

—Adiós —nos despedimos y colgué.

—¿Por qué lo has hecho? —preguntó detrás de mí.

—Como ha dicho mi amiga, lo primero eres tú. —Me volví—. Sé que todo cuanto diga o haga no podrá reemplazarle, al menos déjame que esté contigo.

—Es a ti a quien no podría reemplazar.

Le animé de la mejor manera que sabía hacer, no tuvo ningún reparo en mostrar los colmillos cada vez que le hacía reír. Los comentarios que hice sobre la película de humor que estábamos viendo fueron más efectivos. Después me ayudó a preparar la comida. Barsella había llenado la nevera por lo que vi al abrirla.

—¿No te molestan los olores? —le pregunté tras masticar un trozo de pollo.

—La verdad es que no.

Terminé y lo recogí todo.

—No estoy seguro de haber hecho lo correcto… —dijo dándome la espalda y mirando a través de las ventanas—. Si ya es una condena lo que somos, el estar solo…

—No digas eso. —Apoyé la cabeza en su espalda y le rodeé la cintura.

—¿Por qué no? El simple hecho de no poder compartir contigo un almuerzo, pasear a la luz del sol...

—Saber que me amas como yo a ti es suficiente.

—Te conformas con poco.

—Tú lo eres todo. ¿Qué más podría pedir? Sam… — En esta ocasión y sin que sirviera de precedente fui yo quien hizo que se volviera y me mirase—. Desde el primer momento que le conocí ha sido sincero. Ben reflexionará sobre lo ocurrido, lo hará por ti. Te estaba protegiendo.

—¿De ti?

—Le entiendo más de lo que creía.

—Len...

—La culpabilidad que siente por lo que te hizo...

—Carissia sabía cuál sería la consecuencia y Terry lo eligió.

Respiré profundamente y cerré los ojos.

—Lo sé todo —confesó.

No, todo no. Y así como dijo él, esperaría el desenlace. Yo lo elegí.

# CAPÍTULO 13
## CRUZADA PERSONAL

El primer día de la semana, Nadia me recibió con la música a todo volumen. A unos cuatros pasos y a mano izquierda habían colocado un perchero, en él colgaban bolsos de diferentes tamaños y colores.

—Hemos hecho algunos cambios —me dijo Vera a mitad de las escaleras donde almacenaban pequeños enseres.

A la derecha estaba el mostrador con multitud de pulseras de cuero e hilo. La caja registradora así como el ordenador a un extremo. Vera cogió un peluche de la estantería donde había muchos más y me mostró que en la etiqueta había un código de barras, al pasarle por un dispositivo este emitía un sonido y el precio aparecía en la pantalla del ordenador quedando registrado. Antes no utilizaban este método.

—Fue Artus quien nos lo aconsejó, hay que modernizarse —reconoció Nadia con humor.

—Puedes dejar aquí el bolso y la chaqueta —dijo Vera acompañándome al baño que también servía de almacén.

Estaba tan ordenado que podías entrar sin ninguna dificultad. Las cajas se veían alineadas en la parte de arriba sobre una

265

estantería de metal. Habían aprovechado muy bien el espacio. Ya podía aprender Artus de ellas, ya que las cajas de bebidas las tenía en el suelo de la cocina, en un rincón.

—Lo hizo Otto, yo me he encargado del resto. —Sonrió.

—Vera y su manía del orden, en esto sois iguales —refunfuñó Nadia.

—Bueno, he de irme, si necesitáis algo, no me llaméis —bromeó—. Por cierto —dijo desde la puerta—, ¿qué tal está Sam?

—Bien, todo se solucionará. —Tenía esperanza de que fuera a ser así.

Los días transcurrieron con bastante clientela, puesto que la primavera estaba llegando a su fin y la gente parecía animada a salir. He de decir que muchos días el tiempo no acompañaba para ir de tiendas, en las primeras horas de la mañana lucía el sol tímidamente, hasta que las nubes cargadas de lluvia lo tapaban totalmente, esto provocaba que el ambiente fuese húmedo y fresco. Quince intensos días después vino Misti.

—Hola, Len. ¿Tienes preparado lo que te pedí? —preguntó a Vera.

—Sí, ahora mismo te lo doy.

Mientras iba a buscarlo...

—Hace tiempo que no vas por la cafetería, por Drambuy. —No mostró mucho interés o eso me pareció.

—He estado ocupada, Misti. —Pasaba muchas horas en la tienda, cuando salía lo que más deseaba era dedicar tiempo a estar con Sam.

—Aquí tienes. —Vera dejó sobre el mostrador cuatro botes de crema y varias cajas de incienso.

—¿Cómo estás? —Guardé los productos en una bolsa.

—Bien, ocupada también.

La entrada de dos chicas de unos dieciséis años mantuvo ocupada a Vera.

—¿Es cierto que las piedras tienen poderes mágicos?

Escuché decir a una de ellas.

—Así es —contestó Vera—, habéis dado con el sitio y la persona adecuada. Precisamente estoy dando un curso sobre la magia de los cristales.

—Pude haber venido antes —captó mi atención—, cuando Nadia seguía aquí, pero al saber que la sustituías… No me voy a andar con rodeos. —Dejó la bolsa en el suelo apoyada contra el mostrador—. Me gustaría que fueras sincera conmigo. ¿Qué sientes realmente por Artus?

Aquella pregunta me pilló tan desprevenida que levanté una ceja.

—¡Vamos!, no te hagas la sorprendida. Estoy cansada de oírle decir Len esto, Len aquello… Para mí la amistad está por encima de todo y no pienso competir por él, se supone que somos amigas...

—¿Tienes dudas con respecto a sus sentimientos?

—No, no sé… —balbuceó—. ¿He hecho algo para que dudes de mí?

—Sé que no tienes la culpa, e incluso todos hemos coincidido en que Sam y tú parecéis una sola persona, os compenetráis muy bien.

—¿Y por qué me preguntas cuáles son mis sentimientos hacia él?

—No lo sé, supongo que es porque no me atrevo a preguntárselo a él.

—¿Te acuerdas del día en el que entraste por primera vez en la cafetería?

—Sí —susurró sonrojándose.

—¿Y de las veces en las que os dejaba a solas poniendo cualquier excusa? Desde fuera podía verse que estaba haciendo de celestina, pero no ¡qué va! Lo que vi entre vosotros fue real, no ha habido muchas ocasiones, pero cuando habla de ti, créeme —dije saliendo del mostrador—, sus ojos se iluminan, e incluso me dio la razón, a su manera —recordé con humor.

—¿De verdad? —Estaba avergonzada.

Asentí.

—Puede que tu inseguridad te haga sospechar. Mira, para mí Artus es muy especial, hemos compartido muchas cosas juntos, y desde que ve en mí a la hermana que nunca tuvo...

—Lo sé, me lo contó, se sentía culpable.

—Como yo —dije sin darme cuenta.

—¿Por qué?

—Misti, de no haber nacido, mi madre seguiría con vida —fue una forma de explicarlo.

—Vaya y pensar… Ahora entiendo por qué estáis tan unidos.

—Él no lo sabe, prométeme que no le dirás nada, a ninguno —murmuré.

—Confía en mí. Perdona. —Cogió su *smartphone*—. Hola, Artus. Sí estoy en Kitea, necesitaba los productos para los masajes. —Me miró—. Me he ido sin decirle nada —me dijo en voz baja tapando el móvil para que no la escuchara—. De acuerdo. Quiere hablar contigo.

—¿Sí?

—Primero tú y ahora ella —refunfuñó.

—No sé a qué te refieres…

—No he sabido de ti hasta ahora, ayer fui a la tienda, ¿y cuál fue mi sorpresa? Nadia me dijo que no ibas a ir, no me dijo el motivo, solo que no te molestase.

—Artus —me impacienté—, pudiste telefonearme, no me hubieras molestado.

—Todavía no he terminado —interrumpió alzando la voz—. No eres consciente del peligro... Luna les veía llegar.

—¿Te lo contó?

—Por supuesto, o no fue consciente de que lo hacía. Aún así, tengo todo el derecho a saberlo. ¿Te sorprende?

—Exactamente, ¿qué te dijo? —Salí afuera haciendo un gesto a mi amiga de que todo iba bien.

Vera dio el cambio a los dos chicas que segundos después salieron.

—Que les vio, lo dices como si hubiera algo más...

—Entiendo tu preocupación por Misti, y no, no hay más —mentí—. Si lo hubiera, tanto Luna como yo no te lo diríamos, pero créeme que tanto su familia como Sam no dejarán que se acerquen a Drambuy o Kitea.

—Hasta ahora no has faltado a tu promesa, pero entiéndeme, no puedo dejar de preocuparme por ti…, por las dos.

—Artus… No lo sigas haciendo y menos en su presencia.

No le dije nada de lo que habíamos hablado, pero sí de cómo se sentía.

—Para mí lo más importante en una relación es la confianza.

—Ella confía en ti y lo sabes. Ponte en su lugar, ¿qué pensarías si estuviera constantemente hablando de otro chico que no fueras tú?

—A ti te conozco desde que éramos unos críos, no es lo mismo.

—De acuerdo, no es el mejor ejemplo…

Quizás mis palabras iban a ser duras o tal vez le hicieran recapacitar, deseaba que esto último sucediera.

—Como le dije a ella eres muy especial para mí.

—Sam lo es aún más —consiguió articular.

—Es un amor diferente.

—No hace falta que digas más, he captado el mensaje.

—Si para ti lo más importante es la confianza, deberías demostrárselo expresando abiertamente lo que sientes por ella.

—¡Vaya!, la conversación con Luna ha dado mucho de sí.

—No necesito hablar con ella, te conozco. Está entrando gente en la tienda y hace frío...

—Pásame a Misti.

—Artus...

—No estoy enfadado —suspiró—. Te haré caso, pero me gustaría...

—Te mantendré informado, solo si es necesario.

—Me refería a vernos de vez en cuando.

—Claro, aunque ahora no disponga de mucho tiempo libre, puedes pasarte por aquí y comprar algo.

Le escuché reír.

—Te paso con Misti. Adiós.

—¿Sabes lo que murmuraban las dos chicas que acaban de salir? —me preguntó Vera.

—No. —Me encogí de hombros.

—Que estabas discutiendo con tu chico.

No era la primera vez que escuchaba lo mismo.

—¿Len? Estás pálida —añadió segundos después—. Ven, siéntate aquí. —Lo hice en la silla con ruedas que estaba detrás del mostrador—. Si te encuentras mal puedes irte, puedo hacerme cargo sola, además falta una hora para cerrar.

—Se me pasará.

—Quizás el cambio de temperatura haya sido un poco brusco —dijo convencida, ya que a ella le pasaba muy a menudo.

En la tienda estábamos a unos veinte grados y en la calle no rebasábamos los diez. Pero el motivo no era este ni mucho menos. Ahora las palabras de Luna tenían más sentido; en ningún momento dijo que estuviera enamorado de mí, solo que me respetaba, admiraba y quería, (eso mismo me sucedía a mí). A no ser que nuestra amiga lo viera a nivel psicológico, y de ser así no me lo habría ocultado, ¿qué ganaría ella con hacerlo? «Nada», pensé.

—Disculpa, joven, ¿me podrías enseñar ese conjunto de collar y pendientes? —le preguntó a Vera una señora acompañada de su marido.

Fueron los que vi entrar minutos antes de hacerlo yo. Abrió la estantería de cristal donde había artículos de mayor precio, relojes de marca conocida, pulseras de plata, así como colgantes de cuero negro. Cada uno llevaba diferentes piedras, se distinguían por el tamaño y color, al igual que por su significado. Vera acudía a su cuaderno de anotaciones para asegurarse de que no confundía el alcance de cada piedra.

No me di cuenta de que había entrado un chico, miraba los bolsos y después lo hizo con los peluches. Me levanté a atenderlo y vi que Misti se había olvidado la bolsa, muy común en ella. Al rato entró de nuevo. Al verla dejé al joven eligiendo un reloj para su novia, me contó que era su aniversario, cumplían dos años de noviazgo y pretendía regalarle un peluche, «¡¡hombres!!», pensé.

—Qué despistada, me he olvidado las cremas —dijo Misti llevándose una mano a la cabeza.

—Ten. —Se la di.

—Gracias. Vera, me voy.

—Creía que ya lo habías hecho —le contestó.

—Ya ves que no. He de irme, Artus y yo tenemos una conversación pendiente —dijo dirigiéndose a mí y se fue sonriendo tímidamente.

Al pasar no pude evitar escuchar la conversación que mantenía aquella señora con Vera.

—Es para nuestra hija. —Miró al hombre que iba con ella—. Muy pronto va a cumplir uno de sus sueños, licenciarse en derecho —le decía a mi amiga.

—Espero que así sea y que el regalo le guste —le respondió Vera y comentó que una amiga nuestra también se iba a licenciar, pero el chico llamó mi atención.

El reloj que eligió era blanco con piedras semipreciosas alrededor de la esfera.

—Buena elección. La garantía es de dos años. —Me pagó—. Si tienes algún problema...

—Perdona, Len, es de tres años. Buenas tardes y gracias —me corrigió y se despidió de la pareja, observando el modelo y marca.

—Discúlpame, no he visto bien la etiqueta.

—No, al contrario, de no haber seguido tu consejo habría quedado como un estúpido con mi novia.

—Llevo quince días y es el primer fallo que cometo. ¿En qué estaría pensando? —pregunté una vez que nos quedamos solas.

—Puede pasarle a cualquiera, no seas tan perfeccionista, Len. Cerremos, no sabes las ganas que tengo de irme a casa, de tener hoy clase...

—Tienes suerte de que Otto sea tan puntual. —Estaba apoyado en la camioneta.

Fue a los primeros que vi, después de Misti. Vinieron a verme mi segundo día de trabajo y seguía igual de bromista, metiéndose conmigo y riéndose a mi costa, la verdad es que tuvo su gracia, aunque lo pasé fatal. Tras conectar la alarma debíamos salir rápidamente, pero al ser mi segundo día (del primero se encargó Vera), no dejó de sonar hasta pasados varios minutos.

—Que descanses Vera. —Bajé la verja.

—¡Vaya!, y yo que quería pasar un buen rato —bromeó al ver que no tuve ningún problema.

—Muy gracioso… ¿Vienes solo?

—Sí, Etiene se bajó en la universidad. Nadia le comentó que estaría en la biblioteca.

Etiene también se divirtió aquel día, le daba codazos a Otto para que dejase de reír y nos ayudaran con la alarma, pero él tampoco pudo dejar de hacerlo, y menos al ver nuestras caras.

Subieron a la camioneta y Vera me llamó.

—Mañana te quedarás sola por la tarde, he de ir a clase más pronto. —Me acerqué a la ventanilla—. Puedes cerrar antes si ves que no entra nadie.

—Vale. ¡Ah!, cuando termines el curso me dirás qué clase de piedra debo llevar.

—No me digas que también crees en eso —comentó Otto.

—Y en otras muchas cosas —dije con tanta sinceridad que Vera me miró con aprobación, él perplejo.

273

—Eso te pasa por preguntar... Vamos cariño.

Crucé la calle y caminé en dirección a casa.

—¿Pensabas que me había olvidado de ti? —susurró detrás de mí.

—No. —Me volví y le sonreí forzosamente.

—¿Qué me ocultas?

—¿Cómo? —Caminé—. No importa, ha sido un día intenso, estoy agotada.

—Len… —Entrelazó su mano con la mía—. No dudo que lo estés, tus movimientos son lentos, pero no me has mantenido la mirada.

—Te lo he dicho, estoy cansada. —Lo miré fijamente.

—Tus ojos me dicen lo contrario.

—He cometido un error en la tienda, nada importante.

Le expliqué lo que pasó.

—Estarías distraída, otro en su lugar pensaría que tratabas de engañarle, fue muy amable contigo.

—Eso mismo pensé.

—Vera tendría que haber sido más discreta.

—No lo hizo con mala intención.

—Pero te dejó en mal lugar con un cliente.

—No creo que fuera consciente.

—Admiro como les defiendes, aunque sea yo el te lo diga. —Entramos en casa.

—No quiero amigos perfectos, sino con sus innumerables virtudes y defectos. Los elegí yo.

A la mañana siguiente…

—Buenos días, Vera —saludó una clienta habitual que yo no conocía—. Y tú eres…

—Len, señora.

—Tutéame muchacha.

—¿Vas a poder llevarlo sola? —le preguntó mi amiga agarrándose a la barandilla para bajar las escaleras.

—¡No! Sabes los problemas que tengo en la espalda, mi marido llegará en cinco minutos.

—En ese caso, necesito que me ayudes —me dijo.

—Vera, esperad a que llegue él.

—Entre las dos podemos.

Subimos un biombo en color plata envejecido envuelto en plástico.

—¡Muchachas!, deberíais haberme esperado...

—Eso mismo les he dicho yo.

—No importa, Leo —contestó Vera con la respiración entrecortada por el esfuerzo—. Creo que Len llevaba todo el peso al ir detrás —añadió extrañada tras ver que no me ocurría lo mismo.

—Pues no lo he notado.

—Ahora me encargo yo. Julia, cariño, paga a Vera mientras lo llevo a la camioneta.

—Deja que te ayude Leo. —Mi amiga salió con él.

—Tienes suerte de tenerlas como amigas, son adorables.

—Lo sé. Han trabajado mucho y estoy tan orgullosa de ellas... El fruto de su esfuerzo y desvelos está aquí —reconocí mirando a mi alrededor.

—Se lo merecen. —Escuchamos el sonido del claxon—. Mi marido me reclama, ha sido un placer conocerte, hablan de ti con mucho cariño y ahora sé que es mutuo.

Vera tenía razón, de seguir el tiempo así tendría que cerrar dos horas antes. Lo hice a las cinco después de almorzar en un pequeño bar cerca de la tienda, donde solían hacerlo ellas. La tromba de agua que cayó en cuestión de minutos obligó a la gente a refugiarse. Esperé y miré en la puerta por si paraba, pero los truenos anunciaban que no lo haría hasta bien entrada la noche. El tráfico era lento, muchos conductores que habían venido de otros lugares y que tenían poca paciencia optaron por salir de la carretera principal dando marcha atrás con sus vehículos y girando a mano izquierda. Los que estaban esperando en la parada del autobús se sintieron aliviados al verle llegar. Debían estar acostumbrados al clima de aquí, pero la tormenta fue tan repentina que no les dio tiempo a coger nada para protegerse. Fui al baño a por el bolso y la cazadora vaquera cuando oí que entraba alguien.

—Voy a cerrar —dije en voz alta.

Al salir miré a mi alrededor y no vi a nadie. «¡Qué extraño!», pensé. Aún más cuando me di cuenta de las huellas que conducían a la parte de abajo. El olor me llegó inmediatamente, fresco, como si hubiera recorrido kilómetros, como si estuviera empapado por la lluvia, hasta que otro aroma fue más penetrante, el suyo. El frenético latir de mi corazón provocó una sonora carcajada.

—¿Quién está ahí...?

Había bajado dos escalones siguiendo el rastro de las pisadas, estas desaparecían en ellas. El silencio inesperado me aturdió, las palabras que decía mi instinto advirtiéndome del peligro no podían ser escuchadas ni percibidas por oídos corrientes, tampoco los de él. Debía sobreponerme al miedo, enfrentarme a él y vencerlo. Al no tener respuesta...

—Si lo que buscas es dinero…

Con decisión bajé otros cuatro. No era el miedo lo que me aceleraba el corazón, sino la sospecha de saber que aquella presencia tenía relación con Ioban. Sabía diferenciarlos. Era consciente del sordo rumor de fondo, una especie de zumbido de ritmo acelerado y profundo. Sin previo aviso... Algo se movió en mi dirección. Solo brillaron unos ojos imponentes llenos de odio y rencor acumulados, sedientos de... cuando me levantó y me tumbó a traición.

—¡Erik! —exclamé furiosa flexionando las piernas empujándolo.

—Len... —pronunció mi nombre como si fuera parte de una canción, mostrando sin tapujos aquella expresión ensombrecida.

—¿A qué has venido? ¿A mostrarme en lo que te has convertido?

—Ya lo sabías. ¿No fue Ben quien os informo?

—¿Algo más? —dije irónicamente retándole. Me sacaba de quicio esa prepotencia.

—Por lo que parece, no te he impresionado. —Miró los objetos de las estanterías, rozando con un dedo el cristal como si los estuviera acariciando—. ¿Y ahora?

Me vi suspendida en el aire, a unos centímetros del suelo, él me tenía sujeta por el cuello con una sola mano. El contacto con ella desencadenó la verdad transportándome, incitándome por un espacio sin límites, a algún momento perdido de mi futuro. Lo viví con tal precisión que resultó fascinante y atrayente, pero se desvaneció rápidamente.

—¡Oh!, lo siento. ¿No puedes hablar?

Solo quedó en mi mente la alegría que me había inspirado y suscitado la certeza de una muerte cercana. Ansiaba sumirme en un sueño perpetuo y cerré los ojos, pero a pesar de mi deseo de caer en la penumbra y en medio del dolor...

—Por supuesto que sí —le respondí con voz ronca por el daño que me estaba haciendo.

Le sorprendió mi cambio de actitud, antes derrotada, ahora desafiante.

—Y dime ¿Qué se siente al ser una víctima? No, espera, no me lo digas, déjame que lo adivine —declaró con pedantería.

Cerré los ojos un poco, me agarré a su brazo con las dos manos y elevé las piernas cruzándolas alrededor de su cuello.

—No malgastes tu tiempo, la víctima eres tú —contesté con la misma soberbia.

Mi cuerpo y el suyo giraron en el aire, él rodó sobre sí mismo escaleras abajo y se levantó de nuevo al tiempo que yo caía de pie.

—Esto no va a quedar así. —Subió rápidamente—. Nos veremos muy pronto, ten por seguro que la próxima vez no tendré piedad. —Aspiró el aire con fuerza y desde la puerta dijo—: Ahora que formo parte de su familia, no llego a comprender qué despiertas en él.

—No es el momento ni el lugar, pero te aseguro que la próxima vez que nos veamos te lo demostraré. —Respiré lenta y profundamente notando las convulsiones—. Además… —había recuperado la firmeza de mi voz, sonó dulce, pero amenazante—, Ioban no dejará que...

—Si no estás con él, no estarás con nadie —concluyó con tono mordaz y desapareció.

Creí que mis palabras así como la forma de defenderme fueron suficientes para intimidarle, nada más lejos de la realidad. Aun así, logré sorprenderlo y él a mí. ¿Por qué? No comprendía el interés de Ioban para conmigo, lo que me hizo pensar... ¿Tal vez porque en realidad no sabía quién era? ¿Lo que representaba? Cuando entró me vio con la mirada perdida, ausente, sin mover un solo músculo, tensa.

—Len… —Se acercó con el semblante relajado y empapado, echando una escrupulosa ojeada a mi alrededor. Inmediatamente su rostro cambió de expresión, las fosas nasales se le dilataron al aspirar con fuerza y sus ojos entrecerrados se movieron nerviosamente, como si cegados por la luz, intentasen enfocar algo más—. ¡¿Dónde está?! —gritó sin apenas contenerse.

—Sabía que estabas cerca.

Iba a salir en su busca cuando…

—¡Len! No he podido llegar antes —dijo retirándome el pelo, observando las marcas del cuello—. Aprendes rápido…

—Luna, ¿me viste?

Asintió.

—Deberías haberla visto Sam…

—No puedes estar hablando en serio —dijo furioso mirando las marcas. En sus ojos distinguí un brillo distinto—. Quédate con ella —agregó con determinación.

—Pienso ir contigo —dije poniéndome la cazadora y bolso.

—No —lanzó un gruñido.

—No te estoy pidiendo permiso, y no me das miedo. —La presencia de mi amiga me daba más seguridad, así como lo sucedido hacía escasos minutos.

Salimos y cerramos la tienda.

—Es imposible que des con él —le advirtió Luna cubriéndose con el impermeable y accediendo a la petición de Sam de quedarse conmigo.

—No dudo de ti, solo quiero comprobarlo por mí mismo.

Si creía que iba a salirse con la suya…

—Ve a casa, allí estarás segura.

—Déjame acompañarte. —Lo detuve.

—Len… —pronunció entre dientes—. Contigo no podría concentrarme en la búsqueda.

La lluvia cubrió su cuerpo haciéndole invisible.

—¿Por qué no me has dejado ir con él? —me molesté con Luna, ella me había agarrado cuando se fue.

—No era el momento oportuno.

—¿Y cuándo lo es? Me dijiste que no fuera tan complaciente...

—Sé perfectamente lo que te dije y lo sigo manteniendo.

—¿Entonces...?

—Tu actitud ha sido por cabezonería, yo confío en ti, pero...

—¿Acaso él no?

—No, no —aclaró con firmeza—. Hay situaciones que debes dejar que las solucionen ellos.

Mientras la escuchaba, sus palabras estaban llenas de fuerza, de energía, podría decirse que también escondían un poco de arrogancia, pero esta última observación la anulé al percibir su calidez, lo cual me reconfortó.

—Len, haz lo que te dicte el corazón… Siempre.

—Gracias Luna.

—Seguiré tu evolución. Puedes ir tranquila, no hay peligro.

Al no tener nada que me protegiera de la incesante lluvia llegué a casa empapada. Sam y Luna no fueron los únicos que sabían de la presencia de Erik. Lisandro, Melióm y mi padre estaban manteniendo una conversación (a juzgar por sus caras, sabía cuál era el motivo de ella) en un rincón de la sala. Mientras Barsella, Ailen y Betsabé escuchaban lo que decían. Esta última acariciaba una espada con suavidad, ensimismada en su acero templado de unos noventa centímetros, hasta que se detuvo en su hoja de doble filo. Por una vez mi presencia pasó desapercibida, hasta que Ciro, acompañado de Kraven, llegó en ese momento anunciando que habían perdido su rastro, más bien, que alguien impedía que lo siguieran.

—No vamos a tener ninguna posibilidad. —Escuché a Terry alarmado.

—Lucharemos de igual a igual —aseguró Lisandro provocando el asentimiento unánime. Permanecieron en tenso silencio, aunque Melióm sacudió la cabeza muy poco convencido.

La postura que estaban adoptando conmigo era un poco cruel.

—¿Por qué lo hacéis?

—Hija, ¿a qué te refieres?

—A hacer como si no estuviera, ignorándome.

—Estamos deliberando qué hacer, no ha sido nuestra intención.

—Así es —admitió Lisandro—. Esto debemos resolverlo nosotros.

—Y por supuesto, no contáis con mi ayuda. —Limpié las gotas que caían por mi frente.

—No quiero que la relación con mi hijo se deteriore —agregó sosegado y firme.

—No seré el motivo por el cual suceda. Disculpadme, voy a cambiarme. —Señalé la ropa mojada.

Salí y con la mirada me encontré con Barsella. Ella desvió la suya aceptando lo que había querido decir Lisandro. No solo ella, sino todos los presentes. Cuando me cambié, escuché que alguien llamaba a la puerta.

—Hija, ¿puedo entrar?

Fui al reposapiés y me senté.

—Está abierta.

—Hola. ¿Puedo sentarme a tu lado?

Alcé los hombros.

—Cariño… —Se sentó.

—Papá, ahórrate el sermón.

—No estás de buen humor…

—¿A ti qué te parece? —resoplé. Nos envolvió el silencio durante unos segundos—. Hasta ahora me he considerado uno de vosotros… —dije llevándome por el corazón.

—Y lo eres.

—No. No, papá, hace un momento no me he sentido así. —Me levanté.

—Solo quiero cuidar de ti.

—¿Ocultándome las cosas? ¿No haciéndome participe de ellas?

—Aunque te lo dijera, no podrías hacer nada.

—Lo has vuelto hacer...

—¿A qué te refieres?

—Tratarme como a una simple humana. —Me volví y lo miré.

—Eres lo único que tengo y si no me diriges la palabra por el resto de tus días… Mi deseo es tenerte conmigo para toda la eternidad.

—En una ocasión —me conmovieron sus palabras, pero aún así insistí—, hace tiempo, te sentiste orgulloso de mí. Si me hubieras visto… Papá, estoy preparada si llega el momento...

—¿Estás segura? —Señaló mi cuello enrojecido.

Instintivamente alcé la mano hacia él.

—Siento que mi parte humana sea tan frágil. De no ser así, no tendría ninguna marca.

—¿Ahora me entiendes? Soy de la opinión de Sam.

—Y yo que pensaba... Lisandro me ofreció su ayuda, pero en vista de que él ha hablado con los dos...

—La situación ha cambiado.

—¿No lo dirás por mí? —Fruncí el ceño.

—Hija… —Señaló el reposapiés.

—¡Dime qué debo entender! —respondí con un ligero arrobo.

—No te dirijas a mí de esa forma. —El enfado se reflejaba en la expresión de sus ojos.

—¿No tengo derecho a saber? ¿A enfadarme? —Seguía fuera de mí.

—No tienes motivos para hacerlo.

—¡Ah no! Mira papá, dejémoslo, ni tan siquiera tú me entiendes.

—Explícamelo.

—¿Tengo que hacerlo? —Me exasperé.

—Como quieras. Por tu seguridad te quedarás unos días en casa.

—¿Cómo?

—Por una vez me gustaría que hicieras lo que te pido, para bien o para mal soy tu padre y me debes obediencia.

—¿En qué año vives? —pregunté irónicamente. Me fulminó con la mirada—. Terry, no percibo el peligro —suavicé el tono e intenté razonar con él.

—No puedes asegurarlo.

—Se marchó cuando percibió el aroma de Sam, dudo mucho que vuelva.

—No lograrás convencerme.

—Muy bien. —Salí de la habitación.

En la sala seguían Lisandro y Barsella. Me crucé de brazos mientras le explicaba lo mismo que había dicho a Terry.

—Bien —comentó Lisandro después de meditar mi explicación—. No creo que aparezca de nuevo, a menos que no esté solo.

—¿Estás cuestionando la decisión que he tomado con respecto a mi hija?

—En absoluto. Cada vez que alguno de ellos aparezca, y dudo que vuelva a repetirse, ya nos ocuparemos nosotros —puntualizó con seriedad—. No podemos privarla de su libertad, el que esté unos días en casa no dejará de ser un puro trámite. Además, está perfectamente cualificada para hacerles frente.

No hizo falta pedir su ayuda, la confianza que me transmitió fue más que suficiente. Terry le mostró sin tapujos aquella expresión ensombrecida.

—Papá. —Me acerqué—. Confía en mí como lo hace él. No me va a pasar nada.

—Es fácil hablar así, Lisandro solo ve en ti a una líder —observó arrastrando las palabras.

—Puedo entender tu rabia amigo, pero no la dirijas hacia mí. Len es tan importante para ti como lo es para mí, la considero parte de mi familia. Y por si lo has olvidado, también soy padre, aunque de distinta manera que tú, al igual que hermano.

Una brisa húmeda entró y con ella Sam. Miró a su padre e hizo un movimiento de cabeza negando. Los segundos que transcurrieron fueron pocos, pero se hicieron largos por lo angustioso y confuso de la situación. Me miró con creciente temor.

—Hijo —captó la atención de Sam.

Imaginaba que querían hablar sobre la visita inesperada de Erick y salieron. Aproveché ese momento para explicar a Barsella y a mi padre cómo forcejeé con Erick. Ella me obsequió con una mirada de orgullo y admiración. En cambio, Terry no ocultaba su inquietud.

—¿Era necesario? —*interrogó Lisandro a su hijo.*

—¿A qué te refieres?

Él me miro impaciente.

—¿No es obvio? Aquel individuo iba a sonsacarle la verdad a golpes.

—*Len está más que capacitada para defenderse.*

—*En ese momento no, algo le ocurría. Lo sentí.*

—¿Y es suficiente motivo para borrar un recuerdo de su mente?

—*El hombre podría haber visto algo en ella. De hecho, le oí decirle que sus ojos eran antinaturales.*

—*Entiendo —meditó unos segundos sobre ello—. Aún así, tenías la opción de haberlo hecho con él.*

—*Padre, no cuestiones mi decisión.*

—*En absoluto, hijo. Solo que manipular a quien amas es más propio de tu hermano.*

—*Proteger, no lo confundas.*

—*Una vida humana quitada resta recuerdos. Recuerda que es otra de las penitencias que debemos pagar por lo que somos.*

—No lo he olvidado. No hay nada de mi existencia que sea tan relevante como para rememorar.

—Siempre hay algo del pasado que es necesario tener presente. Una cosa más antes de volver a casa.

—Dime, padre.

—¿Terry aún desconoce que fuiste tú quien lo acompaño al orfanato?

—Sí. Lo hice por protección. Ioban les hubiera dado caza.

—En eso estamos de acuerdo, pero lo has obviado durante muchos años.

—El hecho de que haya recuperado a su hija le resta importancia.

—Lo que sí la tiene es el cambio que percibo en ti desde que regresaste de Onabia con ella.

—Me he percatado. Padre, volvamos.

Diez minutos después entraron en casa.

—Luna te advirtió que no lograrías encontrarlo —comenté tras ver la complicidad entre ellos.

—No será porque no tengo las habilidades necesarias para hacerlo, su rastro desaparecía en Drambuy. Al volver me encontré con ella, me dijo que había venido por su cuenta. Ioban y los que están con él no saben que ha estado aquí.

Respiré profundamente.

—Con ella estaba Caslú y la manada de lobos —me tranquilizó—. Supongo que Terry te habrá contado la repercusión de su visita...

—Sí, y por lo visto, ya habéis tomado una decisión sin tener en cuenta lo que pienso yo.

—El problema no es ese Len, los mayores están interviniendo en el asunto y entre ellos especialmente Logan James D'Sandoz... El duque del que te hablé, el hombre que aparecía en el sueño de Etiene y que parece que es su tatarabuelo...

El duque; ahora podía dirigirme a él por su nombre, Logan James D'Sandoz. Recientemente fue mencionado en dos ocasiones. La primera estando en Onabia con Sam. La segunda formaba parte de su vida, puesto que la tatarabuela de mi amiga Luna había trabajado en su casa. Conocía la historia por ella, pero hasta ahora desconocía la parte en la que estaba directamente implicado nuestro amigo Etiene y del porqué de su pesadilla en la que vio mi muerte. Ante este hecho me estremecí y la desolación recorrió todo mi cuerpo.

Cuando Etiene vino a mi casa con Nadia y esperó a quedarnos a solas, me explicó toda la historia tras confesarme aquel sueño creyendo que le daría una ansiada respuesta.

—No debiste hacerlo, se suponía que... Era una conversación privada.

—Sabes por qué lo hice. —Una mirada de desconcierto se reflejó en su semblante—. No estaba muy seguro del estado en el que se encontraba tu amigo.

Estaba siendo protector, no paternalista.

—Sam. ¿Quién o cómo te has enterado de tal información?, ¿o lo has mantenido en secreto y te has visto obligado a contármelo?

—Hace dos días que lo sé.

—Y como es costumbre en ti, no pensabas decírmelo.

—Quería estar seguro antes de hacerlo, buscar el momento oportuno.

—Me parece que Erik ha llegado antes que él —dije con ironía y satisfacción.

Me taladró con la mirada.

—Si accediera a quedarme en casa, y no es que vaya a hacerlo, ¿de cuántos días estamos hablando?

Ninguno respondió, lo que me dio pie a seguir.

—Me niego. Me niego a cambiar mi vida —alcé la voz asombrada de mi entereza—. En unos días mi amiga Nadia va a licenciarse y nada ni nadie podrá impedir que esté con ella.

—Bien —comentó pensativo Terry—. Veremos qué se puede hacer, además no creo que sea tan importante...

—No tienes ningún poder sobre mí papá, ellos son mi familia... ¡Tú me abandonaste! —grité desaforada.

Mi padre deseaba enojarse conmigo, pensó que se trata de un simple comentario macabro, pero se dio cuenta de que no era así y me miró fijamente. De pronto, constató que ya no reconocía la ingenuidad en mis ojos. Hacía un momento eran más o menos amables. No mostré ningún signo de dolor, aunque noté que mis mejillas se humedecían. No creía que alguien te quisiera tanto hasta el extremo de ser violento, que ese amor lo utilizase como forma de frustración por todo lo que había sufrido hasta ahora.

—Hija, yo… yo… —intentó acercarse a mí.

Lisandro había sujetado a Sam cuando Terry me abofeteó.

—No vuelvas a hacerlo —Sam se dirigió a mi padre en actitud desafiante y abrumadora, interponiéndose entre ambos.

Jamás podría justificar el alcance de mis palabras, estaba tan arrepentida… Pero a pesar de todo no reuní el valor suficiente para decírselo y me fui. Él quiso detenerme, pero de nuevo se lo impidió su padre.

—Hijo, necesita estar sola. —Le oí decir antes de salir.

Al principio él se resistió, pero acabó cediendo.

# CAPÍTULO 14
## REVELARSE

Caminé y evité, cabizbaja, las miradas de los pocos transeúntes que pasaban de largo ante mí. Era consciente de que me miraban compungidos y extrañados. Pasé ante una multitud de personas que se agolpaban entre empujones y codazos, el griterío era insoportable y descarté subir en el bus. En el momento que llegué a Drambuy, entré en la cueva, acaricié las inscripciones y me derrumbé. Las lágrimas asomaron y resbalaron por mis mejillas. Reflexioné sobre cómo había sido mi vida hasta ahora y, aunque sea absurdo, la comparé con un tobogán. Cuando caes por él tienes la sensación o percepción de que todo se desmorona al deslizarte (la experiencia me hace pensar así), pero siempre hay algo o alguien que te hace subir nuevamente, que te anima a arriesgarte. La caída puede ser dolorosa, en cambio, la subida es la consecuencia de ella.

Mi padre vivió durante mucho tiempo subido a ese tobogán cuando conoció a Carissia, la culminación de su amor llegó conmigo. Su vida se derrumbó tras saber las intenciones de Ioban. Otro en su lugar se habría dado por vencido, pero Terry no, él no, y a pesar de las consecuencias, subió de nuevo arriesgando todo, con un solo objetivo, amparar a su hija. De ahí, lo fría y dura que había sido, así como tan poco agradecida, menospreciando la vida de mi padre. Él nunca me hubiera abandonado, solo que no tuvo elección.

Creí que no podría dormir, de nuevo mi ropa estaba mojada y la cueva no era el mejor sitio para hacerlo. Pero poco me importaba sentir que la humedad penetraba en mi piel haciéndome tiritar o lo incómodo del lugar, y a pesar de ello, el cansancio acumulado se alojó en mi cuerpo y cerré los ojos. Lo vi... Veía el rostro de mi padre consternado. En ese momento experimenté la misma compasión por él que la que a menudo siento por mí misma.

Siete y media de la mañana.

Con un suspiro pesaroso me incorporé y salí de la cueva. A penas había podido pegar ojo, solo un par de horas en las cuales me desperté violentamente. La causa que lo motivó me hirió de tal forma... Recreé en mi mente el día en el que Etiene habló conmigo y Sam estuvo escuchando. Incluso semanas después al ir a verles, él quiso decirme algo más, aunque debió pensárselo porque no lo hizo. Mi memoria selecciona aquellos dos días por el estado de ánimo en el que me encuentro ahora, triste, inquieta y dolida. Pero hubo otro suceso, aparentemente sin importancia, que me hizo viajar a los años vividos en el orfanato, y no fue casual.

Todos habíamos comprobado la realidad de su situación (su experiencia tenía cierta similitud a la nuestra), algunos de ellos llegaban al orfanato por el mismo motivo que le llevó a Artus. También por otras causas, como enfermedades o abandonos de sus respectivos progenitores. De los dieciocho años que pasé allí, vi a muy pocos, aunque no puedo asegurarlo con exactitud, dado que a los bebés los llevaban al otro extremo del orfanato para hacerles una revisión médica y ubicarlos en maternidad. Sin embargo, una niña llamó la atención de Etiene, al verla nosotros nos unimos a él: Henry, Artus y yo.

La inocencia de sus ojos contrarrestaba con su forma de hablar tras hacer aquella pregunta. Su respuesta no dejaba de ser dura pero a la vez sincera. No podían albergar ninguna esperanza de que algún día regresaran, debían asimilarlo a una edad muy temprana. En mi caso no fue así, no tenían constancia de si mi madre estaba viva o no, creo que me resultó un poco más sencillo asimilarlo.

—Ven conmigo —le dijo Etiene—. Te enseñaré todo esto.

La niñera que estaba con ella llevaba en sus brazos un bebé.

—Etiene —le dijo soltando la mano de la pequeña—, en veinte minutos debe lavarse las manos e ir a comer.

Él asintió y ella se marchó. Al principio la niña dudó, pero en cuanto nuestro amigo le sonrió y tendió su mano, la aceptó sin vacilar. Etiene siempre ha sido un ser encantador y también un seductor, aunque sin pretenderlo. En su caso no lo hacía para obtener nada a cambio, como en el plano sentimental o sexual sino que era más bien afectuoso. Su fuerte personalidad despertaba aún más esa faceta seductora, incluso con Henry y Otto, como si él llevase la batuta cuando estaban juntos.

—No la des falsas esperanzas —comentó Henry—. Si está aquí es porque no tiene a nadie que se haga cargo de ella... —Sus palabras escondían algo.

—Es pronto para saberlo —le corrigió molesto—. Tranquila preciosa, estoy convencido de que tu mamá se pondrá bien.

—¿Estás seguro? —La niña se detuvo.

Al oírla, él la miró. Su sonrisa quedó congelada y después se quebró revelando dolor.

—¡Esto es surrealista! —exclamó Henry dando media vuelta.

—No le hagas caso preciosa —le oí decir a Etiene al ver que ella miraba extrañada a Henry.

Artus y yo nos quedamos solos y un silencio glacial se abatió sobre nosotros. No sé si hubo otras más y desde luego aquel día comprobé la tensión que había entre los dos, el motivo lo desconocía, pero Artus no.

—¿Qué les ocurre? —le pregunté sin dar crédito.

—«Del sueño a la muerte solo hay un paso» —fue su respuesta.

—Aristóteles… No entiendo qué...

—Llegará el día en que lo hagas.

Ahora era aún más preocupante, este último presagio de mi nacimiento ¿Etiene lo haría con mi muerte?

La luz era de amanecer crepuscular, entre rojo oscuro y malva. A medida que me acercaba a la que antes fue mi casa empecé a ponerme nerviosa. El tiempo parecía haberse parado, era incapaz de dar ni un paso hacia adelante, ni un paso hacia atrás. Abrí con la llave que cogí del buzón y tenía la esperanza de que mi padre estuviera, pero desapareció en el momento en el que entré y comprobé un silencio inaudito.

Fui de un cuarto a otro decaída, impregnándome con su aroma. Todo seguía igual. Después de haberme lavado las manos y la cara pasé por el salón decidida a esperarle el tiempo que fuera necesario. Un objeto llamó mi atención. Cogí el marco entre mis manos y acaricié sus rostros a través del cristal. Era la misma fotografía que me dio junto con la carta.

—No sabes cómo lamento lo que te dije —susurré dejándola de nuevo en la estantería.

La inquietud se instaló en mí como una nube gris angustiosa tras ver que había transcurrido una hora y mi padre no aparecía. Seguiría esperando a pesar del cansancio, frío y apetito que sentía. Quien sí lo hizo fue Artus, al verme redujo la velocidad y paró el todoterreno justo enfrente. Ante todo debía seguir mostrándome segura de mí misma por fuera, porque nadie tenía que saber el conflicto que se estaba librando en mi interior; entre mis esperanzas y la razón.

—Len… —Una mirada de sorpresa se reflejó en su semblante—. Supongo que has venido a ver a tu padre —añadió cerrando la puerta y acercándose, observando mi rostro y algo iluminó el suyo momentáneamente.

—Algo así —murmuré. Lo intenté, de veras que sí, pero no pude.

—¿Llevas mucho tiempo esperando? Tranquila...

Aquel abrazo lo necesitaba como si se tratase de respirar.

—He sido tan…, tan… cruel —balbuceé apoyando la mejilla contra la tela de su cazadora, absorbiendo el olor de su cuerpo y cerré los ojos—. Le dije algo horrible.

—¿A quién? —quiso saber agarrándome de los brazos y retirándome de su cuerpo para poder mirarme.

—A mi padre.

—Comprendo. —Me envolvió de nuevo con ellos—. Vamos, te prepararé algo caliente y si quieres me lo cuentas.

Subimos al coche y diez minutos después estábamos sentados en la cafetería con dos tazas de café. No sabía cómo explicarle lo ocurrido y le pregunte:

—El cartel que has quitado nada más entrar, ¿significa que has estado de viaje?

En él ponía: «Estaré dos días fuera. Disculpen las molestias. Gracias».

—Sí. Estuve con Misti en Nayvalén.

—¿Fuisteis al orfanato...?

—El motivo por el cual he ido con ella ha sido por trabajo, pero ahora que lo mencionas, sí, la llevé.

Artus me explicó que no quiso dejar pasar aquella oportunidad de volver al lugar donde pasó su adolescencia.

—Y Misti, ¿por qué no ha venido contigo?

—Se ha quedado con unos amigos de la universidad, hacía tiempo que tenía planeado el encuentro y bueno…

—Y tú…

—Económicamente no me puedo permitir estar fuera más días, he tenido unos meses bastante flojos —puntualizó serio—, pero el motivo principal era que quería volver, y por lo que parece no he llegado en el mejor momento. —Su mano envolvió la mía.

A pesar de lo extrañada que me sentí al oírle, capté a la perfección a qué se estaba refiriendo.

—Puedo ayudarte, tengo un dinero ahorrado.

—Te lo agradezco, pero…

—No seas orgulloso.

—No se trata de orgullo, aunque podrías ayudarme de otra forma.

—Dime.

—Yo me encargaría de las bebidas y tú junto con las chicas podríais haceros cargo de la comida, algo sencillo, tipo bufé.

—Contad conmigo, pero… ¿qué se celebra? —Estaba confusa.

—¿No lo sabes? —se extrañó. Negué con un movimiento de cabeza—. Etiene quiere dar una gran sorpresa a Nadia, incluso el lugar que ha elegido es la posada. Frey le comentó que allí tendríamos más espacio. He pensado que las mesas y sillas podemos colocarlas a lo largo del camino, entre los árboles.

—¿Un picnic?

—No exactamente —sonrió—. De todas formas, tenemos tiempo de organizarlo, concretamente dos días para saber si ha conseguido la nota suficiente para licenciarse. Cambiando de tema, ¿puedo hacerte una observación?

Sorprendida, dejé la taza de café sobre el plato.

—Tú dirás.

—Ahora pareces menos irreal y más cercana.

—¡Artus! —exclamé en voz baja. Él me sonrió un poco inseguro—. No sé por qué dices eso.

—Es obvio, tienes un aire calamitoso, aunque eso no consigue restarte un ápice de belleza.

—¿Crees que soy infeliz?

—Respóndeme tú.

—Uno no puede ser feliz al cien por cien, hay seres, personas —rectifiqué rápidamente— que nos lo ponen difícil.

—¿Cómo quién? —dijo serio.

Mi explicación comenzó desde que Erik se presentó en la tienda. Y, al evocar a mi padre y lo sucedido sobre nuestra discusión a causa de aquella inesperada visita, me sentí víctima de un malestar cercano al remordimiento.

—Len… —susurró acercando su mano a mi mejilla y limpiando las lágrimas.

—Hay más… —tragué saliva a duras penas porque inesperadamente se me había secado la garganta.

Artus se levantó para traerme un vaso de agua. Lo dejó frente a mí y después de explicarle quién era uno de los mayores, concretamente Logan James D'Sandoz…

—¡No me lo puedo creer! —exclamó desplomándose en la silla nada más oírlo.

—Esto… Necesito que recuerdes algo, es muy importante para mí.

—Solo dame unos minutos para poder asimilarlo —dijo sin dar crédito.

—No hay tiempo —insistí a pesar de ver la desesperación en su cara.

Hice que recordase aquel día en el que la respuesta a mi pregunta fue una frase de Aristóteles.

—Me gustaría que me explicases qué quisiste decir…

—Etiene está más cerca de la muerte de lo que imaginas… —El tono de su voz estaba cargado con el peso del pasado.

—¿Te refieres a que sus pesadillas no son…?

—Puede que para nosotros sean eso, alucinaciones, pero la realidad es bien distinta —observó con gesto extraño—. Todas sus discusiones han sido por el mismo motivo, Etiene se lo confesó a Henry. Este último, al principio se lo tomó a broma, después…

—¡Claro!, ahora entiendo el interés por aquella niña —dije pensativa.

—Nuestro amigo se sintió obligado para con ella.

—Pero Henry…

—Henry —repitió con su perenne expresión de inquietud en el rostro—. En una ocasión me reveló que el subconsciente de Etiene no distinguía si la experiencia era real o imaginaria. Decía que las casualidades existen, y tal vez tuviera razón, sabes que yo no opino lo mismo, además en algo así…

—¿También te lo contó?

—No, fue Henry. Nunca me he posicionado en el lado de uno o del otro, siempre me he mantenido neutral, hasta que hablé a solas con Etiene.

—¿Cuándo?

—Hace unos meses.

—Acabas de mencionar…

—Aquel día no quise presionarle, tiempo después, cuando ellos casi llegan a las manos, lo hice.

—¿Y?

—Me dijo lo que en su día hizo Henry, el caso es que ahora… —dudó.

—¿Sí? —pregunté con la respiración agitada, temiendo que Etiene hubiera revelado nuestra conversación y lo que suponía para mí.

—Creo que no ha sido del todo sincero…

La ligera arruga de concentración entre las cejas y la postura firme de su boca hacían pensar que estaba en lo cierto. Nerviosa por el significado de sus palabras, retiré el pelo de mis hombros sin darme cuenta de lo que dejaba al descubierto.

—¿Cómo te has hecho eso? —Observó las marcas enrojecidas del cuello. Instintivamente, lo cubrí de nuevo. Las ondas que caían lo tapaban parcialmente debido a la humedad.

—Len. —Me miró a los ojos.

—Erik hizo uso de su fuerza. —Mi amigo dejó escapar una sarta de improperios entre dientes—. Y... yo me defendí.

—Déjame ver. —Se levantó y arrodilló, retiró el cabello hacia atrás y rozó con un dedo la zona enrojecida—. Espero que le hayas dado su merecido a ese mal nacido.

—¿A qué se debe este cambio? —Fruncí el ceño extrañada, pero después sonreí ante su comentario.

—Bueno… —Se incorporó—. No es la primera vez que te enfrentas a ellos… —Entró en el baño, abrió el botiquín que colgaba de la pared y sacó una pomada para los hematomas—. Retira el pelo —me pidió arrodillándose y echando una pequeña cantidad de crema en sus dedos.

Con movimientos circulares fue extendiendo la crema y sentí un leve escozor y algo más. Mi corazón me acercaba a él, pero mi sexto sentido de vampira, junto con mi mente, me hacía dar marcha atrás. Un paso, dos, un tintineo en el corazón, un bloqueo en mi memoria advirtiéndome leves cosquilleos, desde la lengua hasta los pies. Un sabor acedo que estimula el paladar y después lo rechaza.

—Ya está. —Se levantó yendo al baño—. Por lo que parece, estoy en lo cierto —dijo mientras se secaba las manos y se sentó.

Mi silencio lo confirmó. A estas alturas era absurdo negar lo evidente.

—Yo…

—No hace falta que digas nada, Luna me explicó todo cuanto debía saber. Además no es la primera vez que me confiesas un enfrentamiento.

—Lo recuerdo. —Miztli—. Exactamente, ¿qué te dijo? —Respiré profundamente.

—Que el presagio se ha cumplido, puesto que tú estás aquí.

—¿Y te haces una idea de lo que significa?

—Sí, pero no consigo comprender por qué… —No fue muy discreto al mirar mi cuello.

—Desaparecerá como lo ha hecho en otras ocasiones, creo que es una penitencia, por lo que soy.

—¿Penitencia? —repitió molesto.

—Es una forma de hablar. —Sonreí levemente.

—En el fondo lo piensas.

—Tal vez —dije resignada puesto que dio en el clavo.

—Len…

—No te compadezcas de mí. Al nacer, he traído conmigo la existencia de una antigua oscuridad que trae consigo a maléficos seres procedentes de siglos pasados. Ioban y quienes le acompañan son criaturas que buscan el caos. Unas marcas en el cuerpo son insignificantes.

—Ahora mismo lo que siento no es lástima. —Con asombro, incredulidad y rechazo torció el gesto—. Es rabia e impotencia y miedo, miedo a perd…

—Artus, no estamos solos.

—Lo sé. —Apoyó sus brazos sobre la mesa y cruzó las manos—. Me gustaría poder hacer algo, no sé, tal vez si yo…

—¿Sabes lo que significa para mí poder hablar contigo y saber que no saldrá de aquí? ¿Que jamás revelarás lo que soy y siempre me tiendas la mano en los momentos difíciles?

—Aquel día te culpé.

—Y me dolió, muchísimo, pero en el fondo tenías razón.

—Lo hice porque no supe manejar la situación, más bien a Turner… Y desde ese día estamos protegidos gracias a ti, pero…

—¿Sí?

—Luna dijo que les veía llegar —recordó con temor.

—Ah, se trata de eso, y quieres que yo te diga el porqué.

—Así es.

—Su visita consiste en verificar si realmente soy la elegida, puesto que han tenido, digámoslo así, varios farsantes. —En parte le estaba diciendo la verdad.

—De acuerdo, y una vez que comprueben que lo eres…

—Imagino que se irán.

—¿Y Logan James D´Sandoz no querrá conocer a su tataranieto?

—Trataré por todos los medios de que no lo haga.

—Tengo la sensación de que me estás ocultando algo, como en su día Etiene —señaló serio.

—Y yo tengo la impresión de que esto es un interrogatorio —respondí igual de seria—. No quiero que te lo tomes a mal, pero si Luna te explicó todo cuanto debías saber...

—Todo no por lo que veo. —Jugó con una de las cucharas del café—. Está bien. —Pasaron unos segundos—. No más preguntas.

—No es que no puedas hacerlas, simplemente es que hay muchas de ellas que ni yo sé la respuesta. Ahora mismo lo que de verdad me preocupa es saber de mi padre.

—¿Aceptas un consejo con respecto a él?

—Te lo agradecería.

—Dale tiempo, como mucho no dará señales de vida. Lo siento.

—Tranquilo, continúa.

—Cuando mi padre y yo discutíamos, en muy pocas ocasiones, estábamos prácticamente un día sin hablarnos y procurábamos no cruzarnos en casa.

—Nunca me has hablado de ellos. ¿Cómo eran? —Sentí interés.

—Creo que en otra ocasión. —Se levantó y recogió las tazas de café—. Sam viene hacia aquí.

Cuando entró me di cuenta de que le amaba tanto que a veces sentía un temblor incontrolable, y a pesar de ello fui hasta él.

—Hola —suspiré nerviosa.

El saludo entre ellos fue cordial, aunque tuve la sensación de que se estaban reprimiendo porque la tensión era evidente.

—¿Sabes algo de Terry? —rompí aquel silencio embarazoso.

—No. —Me entristeció escuchar su respuesta—. Vamos, te llevaré a casa. —Me cogió de la mano y la apretó deliberadamente.

—Len —me llamó Artus saliendo de la barra y acercándose a mí—, si no te ves con fuerzas para venir a ayudarnos…

—La verdad es que me vendrá bien tener la mente ocupada. —No quise que Sam se sintiera incómodo, pero la demostración de afecto hacia mi amigo era tan normal para mí que no le di mayor importancia, así que solté su mano y lo abracé—. Gracias por todo.

—No hay de qué. Mañana te llamo.

Sam y yo salimos de la cafetería y nos dirigimos al coche.

—¿Por qué necesita de tu ayuda? —quiso saber.

—Etiene quiere dar una gran sorpresa a Nadia, vamos a organizarlo en la posada. —En ese momento vino a mi mente el motivo por el cual había discutido con mi padre.

—Entiendo. —Lo captó a la perfección—. Len… —Noté su aliento gélido sobre mi rostro—. Me entró pánico cuando volví a la cueva y vi que no estabas. —Cerró los ojos y apretó la mandíbula—. Tuve que recobrar la calma y seguir tu olor hasta aquí.

—Necesitaba verlo, pero no estaba en casa —dije con la voz entrecortada.

—Debí pensar que lo harías.

—¿Pero qué creía? —obvié su comentario—. ¿Que me recibiría con los brazos abiertos? —añadí con ironía.

—No te castigues más.

—Puede que sea la única forma de sentirme mejor.

—He reflexionado sobre lo ocurrido —dijo mientras me hacía entrar en el coche— y no sería justo si no te dijera que no esperaba algo así. —Me miró al tiempo que ponía el coche en marcha—. Sin embargo, más injusto sería no decir que su forma de reaccionar creyendo que te protegía deja mucho que desear. —Algunos de mis pensamientos la noche pasada aparecían en voz alta.

»Él creyó que la mejor opción fue dejarte durante dieciocho años en un orfanato. Siendo la decisión más difícil, pienso que pudo reclamarte mucho antes para conocerte, saber tus inquietudes, tus miedos… No pienses que has despreciado su vida.

A menudo fantaseé con la posibilidad de que en algún momento la directora del orfanato me llamase para decirme que tenía una visita, bien fueran mis padres o algún pariente cercano. Por aquel entonces no había leído aún la carta.

—Puede que te dé la impresión de que no le entiendo. La labor de un padre es muy compleja, pero también debería escuchar tus opiniones y no imponerte las suyas creyendo que es lo mejor para ti.

Curiosamente, las palabras no tenían para mí la menor importancia. En ellas había comprensión hacia mi padre, pero lo que de verdad me interesaba era el juego de emociones en su rostro, el tono de su voz, concisa y precisa.

—Tengo la sensación de que hablas de ti haciendo referencia a Terry.

—Sí —respondió rápidamente.

El misterio que me transmitían sus ojos, cuando paró ante un semáforo y me miró, me dejó intranquila.

—Sam, ¿qué ha cambiado?

—Nada, siempre ha estado ahí —recordó con voz grave. La melodía de un móvil interrumpió la conversación—. Ha estado sonando desde bien temprano. —Lo sacó del bolsillo de su cazadora y me lo dio—. Barsella pensó que sería importante. —Confundida lo miré—. Le pedí que viniera hasta aquí.

—¡Vaya!, tengo tres llamadas perdidas y un mensaje. —Me dispuse a leerlo mientras entrábamos en Kitea.

—Es Vera, por lo visto no va a abrir la tienda. Ella también va a echar una mano en la fiesta, se hará cargo de la decoración y más tarde me llamará.

—Bien, así tendremos tiempo de seguir hablando.

Y así fue, porque nada más entrar en casa fuimos directos a la sala. Psicológicamente estaba agotada, lo que hacía que físicamente lo estuviera aun más, pero Sam quería concluir aquella conversación. Fue minutos después, ya que Barsella salió de uno de los cuartos, cuando oyó cómo se cerraba una puerta, y se acercó a nosotros.

—Querida, has debido pasar una noche horrible —dijo preocupada—. ¿Necesitas algo?

—No —susurré observándola. Me di cuenta de que quería estar a solas.

—Si no te importa… —le indicó Sam.

—No puedes acapararla para ti solo —le respondió con cierto malestar.

—En estos momentos preciso hacerlo.

—Os dejaré a solas, pero antes de irme… quiero que recuerdes esto. Tengo mis dudas con respecto a la decisión de los mayores, no obstante —dijo y lo miró reojo—, es necesario…

—No ha sido nada fácil admitirlo, además es pronto para aventurarnos. Si hemos acertado o no…, en esta vida todo conlleva un riesgo, y esta medida no está exenta de él —interrumpió.

—El riesgo del que hablas no puede condicionarte, a ninguno de nosotros, todos estamos expuestos… Está bien, está bien. —Alzó las manos derrotada ante su mirada.

—Debo suponer… —Vi cómo se iba—. Hasta ahora por lo que he comprobado, es que…, desde que te conozco, siempre has querido controlar todo, pero ahora como Erik ha aparecido —pronuncié su nombre con frialdad.

—Sí, es verdad, no contaba con ello. Quiero mostrarte algo. —Se acercó hasta su cazadora que había dejado sobre el sofá y sacó un papel doblado del bolsillo interior—. Ten.

—¿Qué es? —pregunté extrañada.

—Mira atentamente y dime qué ves.

Cuando me fijé en la fotografía, esta tembló entre mis manos al comprobar que era la viva imagen de mi amigo Etiene, aunque había una notable diferencia, tanto en el color de sus ojos como en la madurez de su rostro. Calculé que tendría más de treinta años. Ahora no cabía duda, ¿Logan James D'Sandoz reclamaría a nuestro amigo sabiendo que es su tatarabuelo?

—¿De dónde lo has sacado? —Alcé la vista sorprendida.

—En internet puedes encontrar mucha información —puntualizó con voz gélida—, pero con la ayuda de Adara, una periodista que conoce Luna, pude entrar en los archivos.

—Me habló de ella, aunque aún no la conozco. Aquí dice —leí el pie de foto— que desapareció como muchos otros en la batalla de Onabia, que no han encontrado sus cuerpos…

—Cuando comenzó a haber prensa escrita y fotográfica dieron a conocer su desaparición por ser miembro de la nobleza más alta —me explicó—. Déjame hacerte una observación. —Se sentó a mi lado y cogió la fotografía que aún seguía en mis manos. Al rozarlas noté un pequeño hormigueo, él me miró fijamente y sonrió, también lo había sentido—. Cuando nos convertimos en vampiros, nuestra humanidad permanece, somos lo que fuimos en apariencia.

—He visto como tus ojos, e incluso los míos…

—¿Cambian? —terminó por mí—. Eso es lo que nos hace ser distintos cuando nos enfurecen y provocan. Una vez que dejamos de estarlo vuelven a su estado natural, forma parte de nuestro nuevo ser.

—Entonces, ¿tu rostro y cuerpo —me tembló la voz al recordar cómo le había besado y acariciado— es el mismo…?

—¿Que cuándo era humano? —Sonrió—. Así es, siempre he tenido esta apariencia. Tengo curiosidad por saber por qué has creído que sería diferente. —Parecía contrariado.

—He visto cómo la miras —reconocí abiertamente celosa—, estabas admirando su belleza cuando Barsella me dijo que era una ventaja de ser…

—Len… —soltó una carcajada—, dime, ¿cómo crees tú que la miro?

—No lo sé —murmuré insegura. Sí lo sabía, pero no quería que fuera cierto.

—En primer lugar la observo muy detenidamente porque al hacerlo me doy cuenta de que aunque no sea tu madre actúa como tal, se ha ido molesta… ¿No fuiste tú la que en su día me hizo saber lo que sentías hacia mí haciendo referencia al atractivo de mi hermano?

—Sí, pero ¿esto que tiene que ver con…?

—¿Barsella?, porque ella sí le da importancia al aspecto físico, es más, su criterio a la hora de conquistar a Ben pasa por ser perfecta ante sus ojos, sin pensar que, quizás, mi hermano busca algo más que verse reflejado en él mismo.

—Por lo que tengo entendido no es así exactamente, sentía debilidad por las mujeres hermosas, me confesó. Vamos, porque a mí no me dijo otra cosa.

—Es su forma de protegerse, de no ser vulnerable frente a sus sentimientos. Con Carissia le ocurrió y tras ser rechazado se prometió a sí mismo que no le volvería a suceder, pero no contó… —Entornó los ojos pensativo—. Creo que se estuvo debatiendo, pero tus negativas sinceras han aumentado aún más si cabe el interés por ti.

Fruncí el ceño.

—Imagino que has hablado…

—Con los dos —reconoció calmado.

Mi sorpresa fue evidente.

—Me suplicó que fuera a verle de vez en cuando, no tiene muchas visitas en el lugar donde está. —Asimilé la noticia sin pestañear, aunque sentí una mezcla de alivio y cautela. En este orden—. ¿Sabes?, me diste una lección de principios, a pesar de tener cierta animadversión hacia él.

—¿Por qué me cuentas ahora esto? —Estaba asombrada ante tanta sinceridad.

—No quiero que te quede ninguna duda de lo que siento por ti, lo que soy y de cómo está transcurriendo todo —calló.

—Nunca lo he dudado —dije rápidamente sabiendo que había mentido. Al principio sí lo hice. Me miró con recelo, pero optó por no decir nada—. Dime si me equivoco, hay algo más. —Le miré con ansiedad.

—Artus sabe que no puede expresar sus verdaderos sentimientos cuando estoy a tu lado y yo no quiero adoptar una postura posesiva, pero con él no puedo, y tampoco quiero, evitarlo.

—Me ha ayudado mucho —sabía perfectamente que iba a decirme algo de Artus.

—Lo sé, y no quiero que dejes de acudir a él siempre que lo necesites, pero… procura no confundirle.

—Hablé con él, le dejé claro cuáles eran mis sentimientos. —Me sonrojé.

—Pues deberías hacerlo de nuevo —comentó sin mucha sutileza.

—¿Crees que no lo hago? —pregunté con sorna.

—Me he explicado mal —dijo por encima—, aunque fantasea con la posibilidad de ser correspondido —observó incómodo—. Me refería a que darle más información de la necesaria no le está beneficiando, todo lo contrario. Está demasiado implicado.

—Turner le ha contado mucho más, además, no he sido la única en hacerlo, y te aseguro…

—Está claro que Turner no ha sido una buena influencia y por favor, no estés a la defensiva conmigo —dijo sin que sus ojos perdieran de vista los míos.

No sabía qué decir, qué hacer, y bajé la cabeza cohibida.

—Mírame —murmuró levantando mi rostro por la barbilla.

—No pretendía. —Tenía los ojos cerrados, respiré y expulsé el aire, me mojé los labios y le miré.

—Si quieres seguimos hablando más tarde. —Parecía distraído, fruncí el ceño—. Estás muy fea así —dijo divertido—. Bien, prosigamos.

—¡Vaya! No te sigo.

—Mejor no lo hagas. —Su semblante cambió por completo—. Creo que Luna se ha visto presionada por Artus.

Parpadeé repetidas veces confundida, pero al final pregunté:

—¿Qué te dijo? —sospeché que no era algo bueno.

—Primero Artus me comentó algo, pero después ella lo corroboró.

—¿A qué te refieres? —insistí ansiosa.

—Después él volvió a mí y me pidió, me rogó que lo convirtiera. Quiere estar presente cuando Logan, Yuvent y Elazar lleguen.

Sabía de su existencia (últimamente aparecían en casi todas las conversaciones) e incluso podía poner rostro a unos de ellos, ahora solo me faltaban los otros dos.

—¿Es una broma no?

—¿A ti te parece que esté bromeando? —Me fulminó con la mirada.

Me levanté torpemente y fui a coger las llaves del coche, cuando él se adelantó y me bloqueó la entrada poniendo un brazo a través de la puerta.

—Déjame que salga, voy a hablar con él quieras o no.

—Lo haremos los dos.

No pensaba discutir, estaba demasiado cansada para hacerlo, aun más porque sabía que sería una pérdida de tiempo.

—Te has propuesto contarme todo aunque suponga verme alterada.

—Es mejor que lo sepas por mí y no por boca de otros. —Apretó los labios.

—Sabes que no dejaré que cometa el mismo error que mi padre.

Asintió y puso el coche en marcha.

—Él puede elegir… —dije con un hilo de voz.

—Lo sé.

—Yo nací siendo así, tú… —Se me quebró la voz.

—Tranquila, he asumido por completo lo que soy, aunque me gustaría cambiar algunas cosas para disfrutar más de ti… Mi mayor recompensa es que estaremos juntos para toda la eternidad.

Me dio un vuelco el corazón, pero me mantuve serena y consciente de lo que había hecho. Nadie lo sabía, incluido él. Me miró extrañado. Para algunos podría ser un acto de cobardía, por no aceptar las cosas y con ello cambiar lo que el destino tenía reservado para mí, o de valentía por perturbar ese mismo destino arriesgando todo, incluso toda una vida junto a él.

—¿En qué piensas? —Noté su mano sobre la mía, mirando cómo me mordía el labio.

—En que no creo que tenga ningún derecho en pedirle que no lo haga, me preocupa que no entre en razón por este motivo.

—Pero sí si eres la causa que le impulsa a querer hacerlo —admitió con expresión dura—. Salgamos de dudas —añadió.

Aparcó justo enfrente de la cafetería y salimos. Las cortinas que daban a las ventanas estaban echadas, no se oía nada. Me acerqué hasta la puerta y al intentar abrirla…

—Está cerrada —le dije y miré a través de ella—. Puede que se haya acostado un rato.

Iba a llamar al timbre por si estaba en lo cierto y estuviera en la parte de arriba, cuando…

—Len.

Me di la vuelta. La distancia entre ambos era de unos cinco metros.

—¿Por qué estás ahí parado? —pregunté alzando la voz y arrugando la frente.

—No busques más, Artus no está —aseguró una vez que estuvo frente a mí con un hilo de voz. Su expresión era de preocupación.

—¿Cómo lo sabes?

—¿Tienes el móvil aquí? —Evitó mi pregunta señalando el bolso con la mirada.

—Sí, ¿por qué?

—Localiza a Luna y después déjame que hable con ella.

Hice lo que me pidió. Metí la mano en el interior del bolso y con manos temblorosas lo busqué. Cuando lo sostuve, miré en los contactos y marqué. Se lo pasé y antes de que mi amiga respondiera…

—Hizo un trabajo para mí, más bien para Ben —calló tras oír su voz al otro lado de la línea—. Soy yo, necesito que vayas lo antes posible a la casa. Sí, está conmigo. —Colgó y me lo dio—. Vámonos. —Estaba alarmado.

No me dio tiempo a decir nada. Cogió mi mano y emprendimos una carrera. Nos adentramos en el bosque, antes dejamos atrás la posada, las casas donde vivían mis amigos, nuestros vecinos del valle pasaron fugazmente. El suelo estaba mojado y resbaladizo por la lluvia del día anterior, a la velocidad que íbamos vi con asombro como las gotas se elevaban lentamente y después caían con la misma lentitud sobre nuestra ropa. Cuando llegamos frenó con tanta rapidez y brusquedad que nuestras manos se separaron y yo avancé unos metros más. No me atreví a coger aire, a tragar saliva o a mover un solo músculo, hasta que alcé la vista… Palidecí.

Había estado allí meses atrás.

Ahora, a plena luz del día, no pude evitar que de nuevo me asaltaran los recuerdos, cada uno con una información más cruel. No recordaba la casa muy bien, porque fui llevada allí inconsciente, a excepción de la ventana por la que salí y salté. Henry se equivocó tras afirmar que Ioban mandó construir otro piso más. Por lo que pude apreciar y ver, había transformado el tejado, estaba pintado de blanco, para que los rayos del sol no se filtrasen a través de él, un poco ilógico, sonreí con amargura. También estaba muy inclinado, supuse que sería para evitar el sobrepeso de la nieve y que no se acumulase. En ese momento recreé en mi mente el salto. No tuve miedo, solo incertidumbre al no saber cómo iba a caer. Ahora esa inseguridad pasó a ser confianza y satisfacción, y más viendo la altura. Si la cafetería, así como la posada, podía llegar a tener de cinco a seis metros (puesto que tenían dos plantas), esta llegaría… Pensarlo me produjo una sensación de vértigo, más cuando reviví en mi mente cómo mis brazos querían aferrarse al aura, encontrar algo sólido donde pudiera agarrarme, pero caí como un gato, de cuclillas, amortiguando el salto con las manos.

—No reconocí el valor que tuviste al hacerlo —recordó con voz suave pero sofocada.

—Hubiera preferido haberlo hecho sin presión alguna —respondí dándome la vuelta con el rostro distorsionado.

—Eso tiene mucho mérito y más sintiéndote presionada. No se es más valiente por superar las adversidades u obstáculos, sino los miedos que los producen, algunos de los cuales nos alertan.

—¿Cómo ahora? —pregunté mirando a la figura que se aproximaba a nosotros, percibiendo un escalofrío de temor bajando por mi espalda.

Mientras caminaba con pasos suaves y medidos, vi cómo con un gesto enérgico apartó su pelo rubio que el frío viento le puso en el rostro. Nuestras miradas se cruzaron y pude apreciar que sus ojos no habían perdido ni un ápice de su agudeza.

—Hola Len. —Me abrazó tiernamente, su voz era tan agradable y cariñosa.

—Luna —respondí con la misma ternura, aunque nerviosa.

—No te preocupes. —Se retiró—. Esto acabará pronto… No debéis traspasar la línea.

—¿Qué línea? —repetí con cierta crispación en el rostro.

—Te lo demostraré —dijo Sam colocándose a su lado.

Me quedé inmóvil, expectante, él estaba muy cerca de Luna, tres pasos delante de ella. Entornó los ojos con expresión peligrosa.

—Ahora —pidió mirándola y apretando los dientes.

Cuando se acercó y quiso atravesarla...

Mi cuerpo colisionó, impulsado hacia atrás por una fuerza maligna y arrolladora, que desde luego, no debió ser liberada, no contra él, de ahí que me interpusiera desplazando su cuerpo con precisión. El golpe fue profundo y hueco, como una onda de choque atronadora. Un lamento agudo, desentonado, me atravesó el corazón y retumbó en mi cabeza.

—¡No! ¡No! —gritó horrorizado.

Me asomé al borde de un mal sueño, enfrentándome a la oscuridad más sobrecogedora, me sentía violenta, pero la realidad cobró protagonismo. Estaba arrodillado, sujetándome por la nuca con su frente pegada a la mía, pronunciando mi nombre como si fueran caricias, y me dejé ir... Todos mis sentidos estaban en armoniosa sintonía, excepto uno. No quería abrir los ojos, si lo hacía desaparecería la magia que se había depositado entre ambos.

Poco a poco me fue sacando de aquella ensoñación, sin llegar a perder la consciencia, cuando advertí la proximidad de su cuerpo, el aroma que desprendía, fresco y sensual, haciendo que mi vientre se contrajera por la atracción sexual que estaba influyendo en mí.

—Era innecesario —le recriminó mi amiga.

—Yo creo que no —replicó—, quería que se sintiera segura mañana en la celebración, ahora... —Su voz se quebró.

Al cabo de unos minutos volví a escuchar:

—Vuelve a mí, por favor… —suplicó contra mi boca.

Sentí un leve cosquilleo que le dio pie a añadir:

—Insensata, cuando despiertes me vas a oír.

Oh no, su tono ha cambiado, parece que está furioso conmigo. Y escuché un sonido fino, pero sofocado. La oscuridad dio paso a una deslumbrante luz, la de sus ojos.

—El instinto me advirtió que debía hacerlo —dije asustada y viendo que tenía los ojos dilatados por el pánico.

—Déjame ver si está bien. —La sospecha teñía su voz—. Niña, ¿puedes levantarte? —No pudo ocultar cierta ansiedad.

—Creo que sí. —Evité mirarle apoyando las manos en sus hombros. Él me levantó.

—¿Cómo te sientes?

—Un poco mareada. —Le miré de reojo sonrojándome. Su reacción fue apretar los labios, pero en sus ojos se podía atisbar un destello de luz intensa pero grave.

Luna se mantuvo fría en todo momento. Aunque no estaba muy segura de que esto pudiera beneficiarme, se lo agradecí en silencio.

—Voy a comprobar si tienes alguna herida —me examinó, comenzando por mi cabeza y terminando en mi espalda.

—Es un milagro que no te hayas roto nada —dijo aliviada pasados unos segundos—. Toda tuya. —Le sonrió con picardía.

—¡Oh no! —murmuré.

—¡Oh no! —repitió enojada—. Si de mí dependiera, ahora mismo te daría una bofetada ¿Te haces una idea del susto que me has dado? —Estaba realmente enfadada.

—Pero, tú dijiste… —recordé su comentario cuando Erik se fue, «aprendes rápido».

—Ya sé que es tu cometido, pero ¿en serio creías que si le fuera a ocurrir algo se lo hubiera permitido? —Sacudió la cabeza decepcionada.

—Lo… Lo siento.

—No. —Su tono se suavizó—. Por lo visto el ensalmo también te ha afectado, tienes una parte de ellos.

—Estoy bien —susurré intentando acercarme.

—No esperaba lo contrario —afirmó segura de sí misma—, y eso es lo que importa. —Me detuvo al levantar su mano—. Tengo que resolver algo —suspiró—. Necesito serenarme, podéis pasar. —Señaló la barrera invisible y dio media vuelta adentrándose por el bosque.

Él tampoco parecía estar de buen humor, lo leí en sus ojos y resoplé.

—¿Te acuerdas del día en Onabia, cuando me apartaste al ver a aquel oso?

Asentí confundida y mi labio inferior tembló, sabía perfectamente que había ejercido la misma fuerza. La camisa que llevaba dejaba una mínima parte de su pecho al descubierto.

—Iba a ser una experiencia similar…

Parpadeé repetidas veces angustiada, ¿le habría producido algún daño?, me preguntaba.

—Solo queríamos que te dieras cuenta de que mi hermano no puede ir a ninguna parte, a menos que Luna se lo permita.

—¿Y por qué ibas a hacerlo? —Alcé la voz—. Con una explicación hubiera bastado.

Levanté el brazo y por unos segundos sus músculos se relajaron tras sentir el contacto de mi mano contra su pecho.

—Cierto. —La retiró y entrelazó sus dedos con los míos—.

Pero no debemos decepcionar a nuestro público —dijo con ironía.

Después de unos segundos se inclinó hacia mí y murmuró:

—Tú y yo hablaremos más tarde.

¡Genial!, no solo me iba a llevar una reprimenda de mi amiga… sino que no supe qué decir y más cuando a escasos metros de la casa estaba observándonos. A su lado tenía a Artus, este último dio un paso atrás aturdido.

—Hermano —saludó Ben calmado.

—¿El espectáculo ha sido de vuestro agrado? —le preguntó con sarcasmo.

Soltó mi mano para estrechar la suya e inmediatamente noté su brazo alrededor de la cintura.

—Hola, Len —me saludó con amabilidad.

—Hola —respondí igual de formal.

—Además de ser preciosa e inteligente también eres muy fuerte —pronunció Ben con mucho énfasis, acariciándose el pómulo izquierdo. En él tenía una cicatriz.

Desde luego no esperaba ningún halago, sino algo mordaz, quizás se debiera a Sam o tal vez por haberlo comprobado. Me esforcé en definir ese momento en un intento de no sentir compasión y dejé de mirar la cicatriz. Artus parecía que seguía absorto…

—¿Estás…? ¿Estás bien? —tartamudeó mirándome con los ojos muy abiertos.

—Sí, creo que sí.

—¿Cómo has conseguido salir ilesa? —No daba crédito.

—Te he contado varios episodios…

—Nunca te habías enfrentado a la magia, al poder de Luna.

Antes de que pudiera responder avanzó hasta nosotros y me estrechó entre sus brazos. A regañadientes Sam se apartó.

—Maldita sea Len. ¡Casi me muero del susto! —Se percibía tormento en su voz apagada.

—¿Debería decirte lo mismo? —Me retiré incómoda, aunque su preocupación me conmovió no pude responder a su abrazo. Así no.

—No has podido mantener la boca cerrada, ¿verdad? —Apretó el puño furioso, mirando a Sam.

Como respuesta a sus palabras, el cuerpo de Sam se tensó y gruñó.

—¿Por qué no te mantuviste al margen sabiendo lo que sentía por ella? —Me miró de reojo, consciente de lo que había revelado y que hasta ahora había negado.

—Veamos… —comenzó pensando en la respuesta.

—Jamás te he querido de esa forma —dije adelantándome y observé que se ponía blanco—. Yo no puedo amar a dos personas a la vez. —Palideció aún más, porque sabía lo que escondían mis palabras—. Además —dije y la voz de mi conciencia apareció, «no seas dura con él, no seas dura con él, es tu amigo», repetía en voz baja pero con un matiz de decepción—, ¿por qué me has mentido de esta forma? —La hice callar—. Me hiciste creer que me querías como a una hermana, ¡por favor! —exclamé poniendo los ojos en blanco—. ¿Sabes cómo suena? Es… Es…

—No sigas, haces que parezca un pervertido.

—Yo no lo hubiera descrito mejor.

Escuché una risa detrás de mí.

—Ve dentro —le dijo Sam a su hermano.

—Necesito hablar con él a solas. —Vi cómo se alejaba y entraba en esa casa—. Sam, por favor…

Al principio se resistió, pero acabó cediendo, no sin antes hacerle una advertencia, que tuviera cuidado con lo que decía y hacía.

—Len. —Acarició mi mejilla una vez que se aseguró de que estábamos solos—. Yo… yo… —balbuceó intranquilo.

Ojalá tuviera la capacidad de Luna para mantenerme fría, pero no, me retiré y él dejó caer la mano resignado.

—Me gustaría saber algo. ¿Qué ha cambiado desde esta mañana? ¿Cuánto hace de eso? ¿Una hora nada más?

—¿Aún tienes el descaro de preguntármelo? —Le lancé una mirada de reproche—. Que hayas acudido a él —dije entre dientes.

En el coche, mientras íbamos en su busca, me había debatido mentalmente entre la alegría agridulce y la vana ilusión de que mi amigo en realidad no hubiera hecho algo así.

—¿Te haces una idea de lo que ha sufrido por querer estar conmigo? ¿Sabes lo que me hace daño? Que yo he confiado en ti en muchos aspectos, te he contado cosas que no… no… —Moví la cabeza negando—. Esto me parte el corazón.

—Mentir me ha resultado más fácil que intentar ocultar la verdad —confesó—, siento mucho haberte desilusionado, pero he obrado de acuerdo con lo que sentía. ¿De manera egoísta?, tal vez —se preguntó—. La primera vez que te vi cuando llegué al orfanato me impresionaste, lo achaqué al estado emocional en el que me encontraba, pero días después me di cuenta de que no fue así. No te mentí cuando te dije que me habías transmitido serenidad. Cada vez que te miraba, había algo en tus ojos verdosos que te confería un brillo extraño, magnético.

Durante unos segundos nos envolvió el silencio.

—Disfrutabas más con las conversaciones serias que con los coqueteos de nuestros amigos y otros chicos del orfanato —recordó con una levísima sonrisa—. Yo intenté hacer lo mismo, sin mucho éxito, puesto que no reaccionaste. Todo lo contrario —reconoció calmado—. En vez de seducirte, fuiste tú la que lo hizo conmigo. Así que me conformé con estar a tu lado, seguirte hasta aquí, viendo una nueva oportunidad. Siendo la última —murmuró pasándose la mano entre sus cabellos—. Todo iba según lo planeado, e incluso conseguí que trabajaras para mí, por supuesto no he decirte que lo hice porque quería estar contigo el máximo tiempo posible.

Sentí vergüenza porque estaba siendo más sincero que nunca.

—A nadie más le confesaste tus miedos hasta que tu padre apareció, después… Ahí todo cambió. Comenzamos a discutir, y no te culpo porque la mayoría de las veces tenías razón, pero… Comenzaron a ser mentiras inocentes, algunas piadosas, hasta que las tuyas dejaron de ser creíbles para mí.

—Nunca te he mentido, solo que no te he dicho toda la verdad.

—Lo sabía, lo sabía —repitió satisfecho.

—Y ahora me alegro de ello —dije en un tono de deliberada indiferencia.

—¡Vaya!, te has vuelto una cínica.

—Por favor… —reí con amargura—, yo no escondo mis verdaderos sentimientos por miedo a ser rechazado.

—Eso ha sido un golpe bajo. —Capté el desagrado de su voz y eso provocó en mí un extraño sentimiento de furia.

—Lo sé —dije impasible.

—Sé lo que pretendes. —Levantó una ceja y me miró expectante.

—¡¿Ah sí?! —me burlé—, creo que no. Veamos… ¿qué opina Misti de todo esto?

Por un momento vaciló.

—Lo acepta, el que esté enamorado de ti. —Parecía relajado.

—Siempre lo ha sospechado, pero no me refería… Es igual, qué opina sobre que quieras…

—No, no serías capaz. —Estaba ansioso—. Eso supondría…

—¿Que ella, así como todos, se enterasen de lo que soy? Puedes apostar por que lo haría.

—No juegues conmigo Len. —Apretó los dientes furioso.

—Eres tú el que piensa que esto es un juego —le grité.

—Tú mejor que nadie sabes que tarde o temprano nuestra amistad iba a desembocar en algo más pasional y profundo. Hubo complicidad desde el principio, roces, miradas, comentarios y atracción sexual.

—¡¿Cómo te atreves a decir algo así?!

—¿No es cierto? —preguntó desconcertado.

—En lo que se refiere a la atracción sexual, ¡por supuesto que no! —Me hervía la sangre—. ¡Hasta aquí! Si me entero de que vuelves a acudir a él o a su hermano, ten por seguro que hablaré con Misti, y no te haces una idea de lo que tengo en mente.

—Dudo que te creyera —habló con prisa e ironía.

—Además —obvié su comentario—. ¿Tan seguro estás de que, si se diera el caso, no te volverías un asesino? —Sintió el impacto de mis palabras porque no se lo esperaba—. Y de ser así, Luna tendría que hacerse cargo, o nosotros, también me incluyo.

El miedo se reflejaba en su rostro.

—Si ellos lo han logrado, ¿por qué yo no? —replicó con valentía, aunque esta fuera una máscara.

—He leído en sus ojos el tormento que ha pasado, y puede que sea una egoísta o una maldita cosa…

Las lágrimas asomaron a mis ojos, no, ahora no, los cerré con fuerza y se detuvieron.

—¿Debería alejarme de él?, tal vez sí, pero no puedo porque le amo con todo mi ser. Es como si estuviera entre dos líneas. Ha caminado sobre una de ellas intentando mantener el equilibrio.

—No sé a dónde quieres llegar —dijo sin comprender.

Respiré profundamente cuando detecté una presencia y sentí unos brazos fuertes detrás de mí rodeándome.

—Me he mantenido en ella gracias a ti, no hay caminos rectos y aun con sus curvas, nunca me he desviado, quizás haya habido cierto desequilibrio producido por el temor a perderte.

No conseguí retenerlas más… Me apoyé contra su pecho con fuerza, como si me fuera a fundir en él.

—Yo también te amo —murmuró contra mi pelo—, más de lo que puedas imaginar…

Me di la vuelta y me colgué de su cuello.

—Vamos Artus —escuché decir a Luna.

—Bien, pero antes quiero…

—Ahora no —le recriminó—. No mereces que ella te quiera.

—¿Cómo?

—Lo que has oído, haría lo que fuera por protegerte y tú… Qué decepción.

—Te llevaré a casa. —Me levantó en brazos sin terminar de escuchar lo que le decía.

—Eras la única que podía hacerle entrar en razón —dijo Ben detrás de nosotros—. Yo me negué —me reveló—, por si te sirve de algo.

No pude mirarle ni responderle, porque no podía dejar de llorar y no atendía a las palabras de consuelo de Sam. Llegamos a casa y fuimos directos al dormitorio.

—No te vayas… —sollocé tumbada en la cama.

—No voy a ninguna parte.

Iba a tumbarse encima del edredón cuando giré la cabeza sintiendo el cosquilleo de las lágrimas que bajaban por mis mejillas y levanté la ropa de la cama. Él nos tapó a ambos amoldándose a mi cuerpo y me rodeó con su brazo abrazándome fuerte.

Cerré los párpados creyendo que no los volvería a abrir, como si mis pestañas fueran las protectoras de mi voluntad, pero desde el primer segundo en que los cerré, los recuerdos del día anterior con el rostro de mi padre y el de Artus comenzaron a amontonarse desordenados. Hay momentos buenos y no tan buenos, estos últimos no los quería revivir, pero mi subconsciente estaba siendo atacado, reflexionando sin encontrar ninguna solución. Al final, vencida por el peso del letargo, me entregué rendida por unas horas a un recóndito sueño.

# CAPÍTULO 15
## PUNTO FRÍO

Me desperté en mitad de la noche, repitiendo mentalmente aquella palabra seguida de su nombre. Recorrí con la mirada la habitación y me detuve en sus ojos, era difícil identificar tantas emociones en su rostro. Me sonrió.

—¿Cómo te encuentras? ¿Te duele algo? —Lo vi ansioso. Negué con un movimiento de cabeza—. Sé que Luna lo ha comprobado, pero me gustaría echar un vistazo —dijo serio. Intercambiamos una mirada.

Si su forma de comprobarlo era esta… Mi respiración comenzó a ser más agitada.

—¿He sido demasiado brusco? —Me dio la vuelta. Estaba demasiado acalorada para contestar—. No lo entiendo —frunció el gesto.

Debía recuperar el control, lo hice a duras penas, aun así le dije:

—Quizás se deba a que ahora mi cuerpo se regenera rápidamente.

—¿Cómo has llegado a esa conclusión? —Me lanzó una ardiente mirada.

323

—Luna no hizo ningún comentario. —Retiré el pelo para dejar visible el cuello—. Supongo que ya no hay marcas. —Me tembló la mano que lo sujetaba.

—Cierto.

—Es extraño que no te hayas percatado —dije divertida y con voz ronca.

—Será que tengo otras cosas en mente… —Sus ojos ardían con un incontrolable deseo.

«¡Madre mía!», exclamé mentalmente. Su boca era tan tentadora como las palabras que salían de ella.

—Len… —Sentí su aliento sobre mi nariz, cuando me besó y su lengua se fundió con la mía.

Aquel temblor me inundó con una exaltación inédita, como si ante mis ojos hubiera descubierto un mundo desconocido. Mi boca no dio tregua, pasé de la suya a la mandíbula, después a sus orejas, atrapando el lóbulo entre mis dientes, dando pequeños mordiscos. De sus labios sensuales salían quejidos de placer. Mientras nos alimentábamos ávidamente el uno del otro con besos violentos, tomó el control. Sus manos me recorrieron ardientemente posesivas, invasivas, mientras me miraba con un deseo, una pasión y una excitación tan fuerte que hizo que yo me excitase aún más, deseando fervientemente tenerlo dentro de mí. Sentí calidez y laxitud al notar como llenaba mi interior. Su espalda se tensó y empujó con movimientos espasmódicos al culminar su placer. El éxtasis me embargó segundos después cuando el orgasmo me llegó.

Lo contemplé mientras se ponía los vaqueros, ensimismada en su cuerpo perfecto, relajada al comprobar que no tenía ninguna marca en su pecho por mi culpa. La necesidad de ir al baño interrumpió tan delicioso espectáculo.

—¿Te apetece comer algo? —preguntó sacando una camiseta del armario y deslizándola por su figura atlética.

«Sí, a ti», pensé risueña. ¿Cómo podía seguir deseándole? Mis mejillas ardieron.

—Algo ligero —conseguí decir—, y café.

—¿Café? —se extrañó, ya que evité mirarle.

—Dudo mucho que vuelva a dormir hasta mañana —dije haciéndome la distraída. Miré el reloj de pulsera que había dejado en la mesilla, eran las diez de la noche.

—De acuerdo, te haré un desayuno trasnochado —dijo con humor.

—Tú no…

—Len, no necesito alimentarme todos los días, estoy —dijo y me dio un fugaz beso en los labios— satisfecho. —Acarició mis brazos por encima de su camisa, era lo único que tapaba mi desnudez.

—¿Eres consciente del efecto que produces en mi cuerpo? —murmuré conteniendo la respiración y apretando los labios.

—Así es. —Rodeó mi cintura con un brazo—. ¿Y tú en el mío? —Rozó con el dedo índice mis labios y un instante después posó la palma de su mano en mi corazón—. Y aquí… —Cerró los ojos y abrió los labios—. Late muy deprisa, es gratificante y maravilloso.

Con una maniobra perfecta y rápida me dio la vuelta y me empujó suavemente hacia el baño.

—Entra ahí o no me haré responsable de mis actos… —Salió.

Abrumada por la emoción le hice caso y abrí el grifo de la ducha. Mientras el agua caliente caía por mi cuerpo, sentí cada caricia y beso que él había depositado en mí haciéndome temblar. Toqué mis labios hinchados como si aún permanecieran los suyos. Con el albornoz y el pelo húmedo entré en la cocina. Cualquier duda o pensamiento que hubiera tenido en el pasado fue disipado en ese momento, me amaba como yo a él. Me acerqué hasta la encimera, en un plato había varias tostadas, margarina y mermelada de fresa, mi favorita. El delicioso aroma del café me inundó.

—¿Cómo sabías que me gustaría? —Señalé la mermelada y sirviéndome.

—Te he observado durante mucho tiempo —confesó con voz suave pero intensa.

¡Mis mejillas van por libre! Me ruboricé. Su respuesta fue sonreírme con picardía.

—Estás muy sexi. —Me retiró un mechón de pelo y lo olió.

Casi me atraganto, pero conseguí disimular cogiendo de nuevo la taza y dando otro sorbo.

—Sam… —Su proximidad era una distracción, me hizo dudar.

—¿Sí? —Noté su aliento en mi nuca. Al ver que no contestaba, se retiró.

—Antes… —Su cercanía no me dejaba pensar con lucidez. Consciente de que mi corazón latía a un ritmo desenfrenado, me bajé del taburete y llevé la taza al fregadero—. ¿Sigues enfadado? —Quise saber sin mirarle.

—No. Bueno…, un poco, creo.

Me di la vuelta y le mantuve la mirada.

—¿Crees que…? —Levanté una ceja extrañada.

—Como te dije ayer siempre ha estado ahí… Estás perfeccionando tus habilidades, has sido más rápida que yo, e incluso llegarás a ser más fuerte, y eso me asusta, no te haces una idea… —Tensó la mandíbula y cerró los ojos.

—Y, ¿por qué no te alegras por mí? Míralo por el lado positivo, así les podré hacer frente cuando lleguen.

Era difícil decir cuál de las dos cosas me aterrorizaba más, el hecho de enfrentarme a ellos o que él lo impidiera.

—Deberías confiar más en mí —Me puse enfrente.

—Por supuesto que confío en ti, de quien no me fio es de Ioban. —Una mirada de odio se reflejó en su semblante.

—Me mantendré en un segundo plano.

—¿Harías eso por mí? —preguntó con una mezcla de sorpresa y cautela.

Asentí.

—Lo que sea, no soporto verte sufrir.

La sombra de la culpabilidad acechaba incesante.

—Con una condición —añadí sin aliento.

—¿Cuál? —Parecía relajado, aunque me miró expectante y con cierto recelo.

—La palabra es instruir, dejarás que Lisandro lo haga.

Leí en sus ojos el desagrado que le producía, pero accedió con un requisito, que estuviera él.

—Tú también te vas a exponer —le dije recordando las palabras de Barsella—, es por mí ¿verdad? A que no pueda medir mi fuerza y…

—No debes preocuparte, mi padre te enseñará a controlarlo.

—Ojalá lo hubiera hecho antes de… —Posé las manos sobre su pecho—. He visto a Ben…

—Ejerces distinta fuerza con unos y con otros, es tu forma de protegernos. Además, el que sea mi hermano no le da ningún derecho a hacer lo que hizo, se propasó contigo y tuviste que defenderte.

—Cuando le golpeé estaba poseída por la rabia, por un momento me sedujo, pero no eras tú —dije rápidamente temerosa de ser tan sincera con respecto a él.

—¡Ah sí! —exclamó con aire misterioso.

Respiré aliviada al no percibir enfado en su mirada.

—Esta es mi chica. —El orgullo se reflejó en sus ojos.

—También me confesó lo que le hiciste a mi padre, ocultarle que fuiste tú quien lo acompaño al orfanato. ¿Por qué lo hiciste?

—Ioban os seguía el rastro —admitió con brusquedad.

—¿Conmigo también lo has hecho?

—Sí, ¿quieres saber el motivo?

—No, confío en ti, aunque sí deberías hacérselo saber a Terry.

—De acuerdo, se lo contaré. ¿Ahora entiendes mi decisión con respecto a mi hermano?

—Claro. Pero antes dijo que se opuso.

—El hecho de que no pueda ir a ninguna parte le ha hecho reflexionar.

—Él lo ha hecho, pero por lo visto…

—Sí, Artus, de ahí que tu amiga se haya ido tan molesta.

—¿Por qué?

—Veras, fue todo tan precipitado que a la hora de hacer el ensalmo se olvidó de algo fundamental, no debería pasar ningún ser vivo.

—¡Vaya!, estoy segura de que va a culparse durante mucho tiempo.

—No tendría por qué.

—También es amigo suyo.

«Nuestra amistad no volvería a ser igual», pensé.

—Has sabido manejar la situación, por eso estoy orgulloso de ti.

—El sentimiento es mutuo.

—¿Por qué lo dices?

—Sé que has oído toda la conversación, pero te agradezco que no hayas interferido a pesar de…

—¿Escuchar todo cuanto siente por ti? La verdad es que no creí que fuera a expresarlo tan… abiertamente.

—Yo tampoco. —Me encogí de hombros.

—Cuando te oí hablar de esa forma sobre mí no pude, lo sabes, ¿verdad?

—Hubiera preferido que no lo hicieras.

Me cogió por la cintura y sin ningún esfuerzo me sentó en el taburete, así nuestras miradas estaban a la misma altura.

—No eres una egoísta y tampoco una maldita cosa, no quiero volver a oírte decir eso.

—Hay ocasiones que me siento así.

—¿Así, cómo?

—Puestos a ser sinceros atraigo todo lo malo y los que están a mi alrededor sufren… en concreto tú.

—Eres muy valiosa para muchos, más para mí. —Puso su mano derecha en mi corazón—. Me pertenece, aunque hay momentos que debo compartirlo con otros. Sé que me quieres y eso disminuye el sufrimiento.

—Gracias por decirlo en voz alta.

—De nada.

—Sam.

—¿Sí?

—¿Mi padre aún no ha llamado?

Negó con un movimiento de cabeza. Mi preocupación era evidente y me alarmé porque habiendo transcurrido toda la noche todavía no había dado señales. La inquietud se instaló en mí como una sombra gris angustiosa.

—Después de lo que le dije, es normal que no quiera hacerlo, pero me gustaría llamarle y saber si está bien.

—Bien, quédate aquí. —Salió de la cocina para volver en un instante. Ten. —Miré extrañada su *smartphone*—. El tuyo no tiene batería, esto…

—¿Qué pasa?

—Luna llamó para preguntar cómo estabas, le dije que dormías, una hora después lo hizo Vera, ella y Nadia iban a ir de compras.

—¡Vaya!

—Creo que quería que la distrajeras para ocuparse de decorar la posada.

—¿Y cómo se lo ha tomado?

—Bien, no te preocupes, le comenté lo mismo, dijo que no te despertase y, la verdad, no pensaba hacerlo.

Resoplé.

—Tuve que decirle que no te encontrabas bien desde ayer, y…

—¿Y?

—Barsella se ofreció a ayudar a tu amiga. Mencionó algo de tener la mente ocupada, realmente está muy molesta conmigo. Como una madre gruñona. —Se le escapó una carcajada tan contagiosa que me uní a ella.

—Me alegra verte más relajada.

—Tú haces que me sienta así —murmuré pestañeando.

—Len. —Me rodeó con los brazos por la cintura.

—Y Luna, ¿cómo está después de…? —pregunté apoyada en su pecho.

—Hablará contigo mañana, con los dos exactamente.

Respiré profundamente, me retiré y alcé la vista. Sentía tanta curiosidad como yo.

—Creo que ha averiguado algo y quiere compartirlo con los dos, eso es bueno. —Acarició mi mejilla.

—Sí. —De repente y sin previo aviso comenzaron a humedecerse mis ojos.

—Mi vida. —Me abrazó con fuerza—. Sí, lo sé —musitó en mi oído—, ha sido demasiado para ti en estas cuarenta y ocho horas, vamos, desahógate.

No podía contactar con mi padre, así no. Qué equivocada estaba al pensar que no podría volver a hacerlo.

Antes de quedarme profundamente dormida…

—No tengo nada que perdonar —susurró detrás de mí—. Sueña conmigo, te quiero.

Me desperté sobresaltada pensando en lo que dijo, sentándome en la cama. No estaba a mi lado sino en el reposapiés mirándome con dulzura. Inmediatamente se levantó y se sentó al borde.

—¿Qué ocurre? —Movió sus ojos nerviosos.

—¿Qué dije esta mañana? —Le miré con ansiedad.

—¿En sueños?

Asentí.

—Perdóname Sam —respondió sin rodeos tras verme alterada.

Gemí, cubriéndome la cara con las manos. Me las retiró y dijo:

—He elegido estar contigo con todas las consecuencias. —Parecía confundido.

Hablar con Artus me hizo reflexionar. Había aprendido sin mucho esfuerzo que a veces tienes que hacer algo cruel para detenerte y no continuar, para evitar hacer algo peor. La sombra de la culpabilidad estaba tan presente que me atravesaba el pecho. Si le decía la verdad, correría el riesgo de que no volviera a confiar en mí, y eso no podría soportarlo.

—Háblame —exigió con voz gentil.

—No puedo mantenerme en un segundo plano.

¡Caramba!, te has vuelto una experta en ocultar la verdad, mintiendo descaradamente ante él, a la persona que te ama incondicionalmente. «Cínica», la voz de mi amigo retumbó en mi cabeza.

—Me encanta que seas tan sincera conmigo.

«¡Oh no!, no vayas por ahí, te lo suplico». Me removí en la cama furiosa conmigo misma, ¡Muérdete la lengua Len! Tiene que ser así, debe ser así, o él o yo… Él, siempre él.

—¿No estás molesto? —Recobré el control y aparté de mi mente aquellos pensamientos.

—No, confundido tal vez sí.

—Luna me advirtió que...

—¿Qué? —bramó.

Di un respingo, me asustó.

—Mi padre estará con ellos —conseguí articular trabajosamente.

—¿Y por qué no me lo has dicho antes? —Parecía un volcán a punto de estallar.

—No lo sé. —Eludí mirarle—. He creído que mi amiga se...

—Luna no puede interferir. ¿Debo recordarte que uno de ellos, Elazar, tiene el poder de anular cualquier don o supremacía? —Su tono fue cortante y su expresión resentida—. A veces pienso que tienes un plan por ahí escondido —dijo señalando mi frente y suavizando el tono—, y no quieres que yo me entere. —Se levantó frustrado.

—No, no tengo ningún plan —mentí de nuevo, «¡qué novedad!», pensé cerrando los ojos—. Hice mal y lo sé. —Me levanté—. Pero no era el momento. —Se dio la vuelta cuando notó mi presencia—. Fue minutos antes de que tu hermano… —callé.

Era obvio que mi respuesta no le satisfacía.

—Bien. —Apretó los labios—. Debo hacer una llamada.

Salió de la habitación y me invadió la tristeza. Me abracé a la almohada para intentar detenerla.

Eran las dos de la tarde cuando Luna llegó. Me duché rápidamente para despejarme y Sam entró en la habitación para avisarme. Su tono de voz fue amable, pero sus ojos decían lo contrario. Resoplé.

Fuimos a la parte de arriba donde había otras dos habitaciones, las puertas estaban abiertas y no había nada en ellas, solo un armario empotrado en cada una. Dejamos atrás el dormitorio y baño. Nos dejó pasar y cerró la puerta. Era un despacho con una estantería llena de libros, una mesa amplia con su ordenador portátil y papeles ordenados a un extremo. Nos sentamos en un sofá de dos plazas negro a juego con la mesa. Me sorprendió que no hubiera curioseado antes para saber qué había aquí.

—Bueno, tú dirás —se dirigió a mi amiga con formalidad.

Ella le miró, después a mí y frunció la frente. Nos explicó por qué podía comunicarme con la naturaleza. Era obvio que el hecho de haber compartido con ella todos esos años en el orfanato había provocado la capacidad de hacer de sus poderes los míos. No obstante, sería pasajero. Nunca me había comunicado con mi madre sino con la suya. Una punzada de dolor me atravesó el pecho. Las palabras de Melióm resonaron en mi cabeza sin percatarme de que también lo estaba haciendo en voz alta.

—Niña. —Sentí el contacto cálido de sus manos sobre las mías—. Es cierto que ella siempre ha estado contigo, aquí. —Señaló con el dedo índice mi corazón—. Vuestras almas están conectadas, sé que te va a parecer inaudito, pero… —Miró a Sam—. Hay una parte de vosotros que sigue siendo… —evitó la palabra humano—. Ahora mismo estoy viendo esa parte inmortal, espiritual en cada uno —nos miró—. Vuestro cuerpo capto y con ello revelo vuestra capacidad de entender, sentir y amar, sobre todo esto último… —explicó al ver nuestras caras contrariadas

Él se acercó y arrodilló frente a mí, me ruboricé viendo que sus ojos no perdían de vista los míos.

«Nada en la vida y la muerte debe ser temido, solamente comprendido. Ahora es hora de entender más, para temer menos».

Los dos, absortos por aquella cita vimos cómo se emocionaba. Después de unos minutos en silencio, sabíamos que debíamos recuperarnos de esa revelación. Luna prosiguió de pie y nosotros la miramos expectantes desde el sofá, agarrando nuestras manos.

—Sé que has estado en el lugar donde fueron enterradas —me dijo.

—En Onabia —interrumpió Sam.

«Estás sobre un cementerio», fueron las palabras que él me dijo.

—Cuando te mostré el diario y hablamos, tu subconsciente me trasladó hasta aquel lugar y he podido tener una conexión mucho mayor con ellas, te dije que las sentía, ahora es mucho más que eso —reconoció emocionada—. Gracias niña, y a ti por haberla llevado… —No pudo seguir.

**\*\*\*\*\*\*\*\*\***

—Todavía estoy… —reconoció cuando Luna se fue.

—¿Impresionado? —le pregunté mientras cogía el vestido negro. Disponía de una hora para arreglarme, lo hice decaída al ver por la ventana que lucía el sol.

—Y aliviado, pensar que ella puede ver algo más en mí…

—Yo también lo creí. —Dejé que la tela se deslizase por mi cuerpo con indiferencia.

—Eres incapaz de ver algo bueno en ti —observó detrás de mí y nuestras miradas se encontraron a través del espejo del baño.

—De acuerdo, tengo alma como tú —resoplé molesta.

—¿A qué se debe ese humor?

—No quiero ir a la fiesta si no es contigo —refunfuñé—. Perdona.

Salimos y los rayos del sol se filtraban a través de las ventanas del dormitorio.

—Luna está un poco triste porque Selene y Dulce no pueden venir, antes de que se fuera me lo contó, y si yo tampoco voy…

—No la defraudes y diviértete.

—No creo que pueda, Artus estará y después de…

—Luna me prometió que ella y Sein no te dejarían un minuto sola. Además, sabes manejar los conflictos, no te preocupes, dudo que si quiera vaya a querer hablar contigo, aunque… —Me recorrió con la mirada entornando los ojos y su sensual boca se abrió reprimiendo algún sonido.

—¡Qué! —exclamé nerviosa intentando averiguar qué pensaba.

—Ni siquiera ese vestido es tan hermoso como lo que tapa.

—Si sigues diciéndome esas cosas y observándome así, me quedaré.

—No me retes —dijo con un matiz de humor, aunque tenso.

—No pretendía tal cosa.

—Tú y tu forma de disculparte. —Sonrió abiertamente.

—Me estás tomando el pelo —dije yendo a la cama y poniéndome unos zapatos de tacón de siete centímetros. Eran sencillos, negros, pero me gustó la elección de Barsella al ir a comprarlos, aunque no sé en qué estaría pensando, si pretendía que fuera a durar mucho tiempo con ellos puestos…—. Bueno, ya estoy. —Me levanté torpemente dada la altura, pero me gustó porque ahora podía mirarle más de cerca.

—Preciosa.

—¿De verdad? —Le sonreí con picardía.

¡Vaya!, no estaban tan mal, y caminaba perfectamente con ellos hacia el baño.

—No te estaba tomando el pelo. —El deseo se reflejaba en sus ojos.

Se me erizó el vello de los brazos, estaban expuestos porque el vestido era de manga corta, con escote palabra de honor e incrustaciones de cristal, caía por mi cuerpo amoldándose a las curvas hasta encima de las pantorrillas. Dejé el colorete a un lado y me volví. No pude evitar besarle, apretándome contra su cuerpo, su lengua se enredó con la mía.

—Para. —Me apartó bruscamente—. Llegarás tarde y no quiero estropear tu precioso… Debe ser Luna. —Salió huyendo de mí, sonreí avergonzada por haberme abalanzado sobre él de esa forma.

Escuché que llamaban por segunda vez, porque la primera no la oí. Fui a abrir.

—Estás muy guapa. —Me miró de arriba abajo y fijó sus ojos en mis zapatos—. Y muy alta. Hola Sam —le saludó con una sonrisa—. No sé por qué noto cierta timidez —se burló.

Escuché una carcajada detrás de mí.

—Y tú… —Le di un pisotón al entrar y él hizo un gesto de dolor falso. —Te queda muy bien.

—¡No seas boba!, es un simple trapo. —Me aparté para que entrase, pero no vi a Sein. —Llegará en cinco minutos, está trabajando. —Frunció el gesto.

El vestido que llevaba era blanco, con el mismo corte que el mío, con pedrería en las mangas anchas. El pelo lo tenía recogido como a mí me gustaba, dejando visible su rostro poco maquillado.

—Voy a por el bolso. —Entré en el dormitorio y escuché que decía…

—Niña, coge una chaqueta, creo que refrescara aún más.

Me conmovió de tal manera que no pude moverme. Solamente lo miré, estaba sentado en el reposapiés con unos documentos y parecía concentrado en ellos.

—¿Sigues aquí? —preguntó sin levantar la vista.

—Tengo que coger… —dudé.

—Ah sí. —Se levantó con una lentitud impropia de un vam… de él y me ayudó a ponerme la cazadora—. Estás temblando.

—No quiero ir sin…

Me dio la vuelta y silenció mis palabras con un beso.

—Quiero que te diviertas, y antes de que te des cuenta estaré contigo.

—¿Me lo prometes?

—Confía en mí. Vamos, no hagas esperar a Luna, ya he tenido una discusión con ella y por hoy es suficiente —sonrió levemente y yo también.

\*\*\*\*\*\*\*\*\*

Recordé la tensión del momento…

—Me acaba de confesar que Terry será el objetivo para que ella acuda ante ellos. ¿Por qué no me lo has dicho? —preguntó a Luna, su ira apareció de nuevo.

Yo la miré disculpándome.

—Puedo impedir que ocurra —respondió tranquila.

—No, no puedes, y tampoco dejaré que lo hagas —dijo Sam.

Le había explicado lo mismo que a mí, sobre Elazar. La emoción que sentí al comprobar que también se preocupaba por ella me conmovió.

—Y menos en tu estado —añadió.

—¡¿Qué?! —dije en voz alta.

—Está embarazada y creo… —Tocó su barriga haciendo que se sobresaltara—. Que son dos.

—Pero… pero… —Era la primera vez que la oía balbucear—. ¡Si no lo sabe nadie! Bueno, solo Sein.

—¿Estás…? ¿Estás…? —No podía articular más palabras.

Después de abrazarla y felicitarla...

—Ahora no se trata solo de ti, y no quiero que ella —dijo y me miró fijamente—, vuelva a pasar por lo mismo que como con Henry.

Creo que escuchar su nombre me hizo palidecer.

—De acuerdo —respondió y se tocó el vientre con ambas manos—, pero si tengo la más mínima intuición de que algo va mal...

—Te aseguro que no ocurrirá.

—No seas tan arrogante, hasta ahora me las he arreglado sola.

—Me ofende que pienses eso de mí, solo quiero vuestra seguridad —volvió a mirarme, esta vez con amor—. Si tengo que apartar el peligro con malas artes, lo haré.

—No lo dudo Sam, no lo dudo. —Su tono fue irónico, pero sus ojos revelaban agradecimiento.

\*\*\*\*\*\*\*\*

—Sein ya está aquí —dijo Luna al vernos—. ¿Y esa cara? Len, que solo van a ser un par de horas... —me regañó—. Cómo no me he dado cuenta antes. —Me abrazó al ver que las lágrimas inundaban mis ojos—. No te dejaré ni un minuto sola, mantendré alejado a Artus. —Fue una promesa hecha y dicha para los dos—. Si te sirve de consuelo él tampoco lo está pasando bien.

Después de todo, el cariño que le tenía no iba a cambiar.

—Despídete. —Me empujó a sus brazos, él esperaba en el umbral de la puerta ansioso—. ¿Nos vemos luego Sam? —Otra promesa de Luna.

—Por supuesto.

Fue como si entre ellos hubiera un lenguaje oculto.

—Estás preciosa y muy sexi con esta cazadora motera. —Me subió la cremallera.

—Es por el vestido y los zapatos. —Las lágrimas dieron paso al nerviosismo por su cercanía.

—¿Por qué no aceptas un halago sin más? —refunfuñó.

—Vale. —Evité su mirada.

—Recuerda. —Me levantó el rostro por la barbilla—. Debes cumplir tu promesa. —Me plantó un beso suave y sonoro en los labios—. Y baila como tú solo sabes —dijo con mucho énfasis.

«Llevo mucho tiempo observándote», recordé. ¿Me había visto bailar mientras me ocupaba de recoger la casa?

—La respuesta es sí —respondió a mi pregunta sin haberla formulado, sonriendo burlonamente—. Ten. —Me dio su móvil—. Por si necesitas hablar conmigo, yo cogeré el tuyo, aún no tiene la batería completamente cargada. Hasta luego, Len.

El rubor me acompañó hasta el coche, de hecho, en todo el trayecto hasta Drambuy.

—Estás muy cambiado —le dije a Sein.

Llevaba una camisa blanca con una corbata estrecha de seda a juego con los pantalones oscuros, la americana estaba perfectamente doblada en el asiento de atrás a mi lado.

—Es extraño verme sin el mono azul del trabajo, ¿eh? —Me guiñó un ojo a través del espejo retrovisor interior—. Tú también estás muy guapa. —Su tono era igual de paternal que el de Luna.

—Felicidades, futuro papá.

—Gracias. —Instintivamente cogió su mano y la besó—. Ha sido toda una sorpresa, pero estoy encantado.

—Vais a ser unos padres estupendos y muy protectores —bromeé y ella lo captó de inmediato.

—¿Y qué padre no lo es? —respondió como si hubiera hecho un comentario absurdo.

—Tienes razón.

El rostro de Terry vino a mi mente, cerré los ojos. Tenía que haber hablado con él, pero supuse que lo habría hecho Sam después de lo que le conté.

—Por lo que tengo entendido… —La miró de reojo. Ella le acarició su brazo y se volvió para poder mirarme.

—Le he explicado que tanto Sam como tu padre deben arreglar unos asuntos de trabajo y que se reunirán con nosotros en cuanto puedan —sonrió.

El gesto que hizo era más propio de Sein, lo que tiene vivir en pareja.

—¡Cómo les entiendo! —pensó en voz alta y las dos le miramos.

Cuando llegamos no pudimos ver a Nadia, estaba rodeada por nuestros vecinos y compañeros de universidad, pero su risita se oía y no cabía en sí de júbilo. Fuimos sorteando globos de látex de diferentes colores, guirnaldas que colgaban de los árboles esparcidas por el suelo. La verdad es que se había congregado una gran multitud. Otto nos hizo una señal levantando el brazo y gritando: «¡Aquí!, ¡Aquí!». Fue imposible llegar hasta él sin llevarnos algún que otro empujón o pisotón.

—¿De dónde ha salido tanta gente? —preguntó Luna al llegar hasta Otto—. A la mayoría no la conozco.

—Ya sabes, comida y bebida gratis, el boca a boca y… Esto es lo que ocurre. —Miró en todas direcciones.

341

—Vamos, si estás encantado. —Cogí el vaso de plástico que me ofrecía.

—Es limonada, está bastante cargada de ron, pero un día es un día —bromeó—. O dejan de mirar así a mi novia o voy a tener que repartir algún que otro puñetazo.

Los tres miramos en su misma dirección. Vera estaba realmente preciosa, llevaba un vestido azul con la espalda al aire, perfectamente maquillada y con el pelo recogido, algunos rizos le caían por las mejillas. En cuanto nos vio caminó hasta nosotros, podría haberlo hecho patinando, porque a su paso se advertía el reguero de babas de muchos chicos y hombres. Algunas mujeres la miraban con envidia, otras molestas daban codazos a sus maridos embobados. Casi me atraganto de la risa cuando pensé esto.

—A mí no me parece gracioso —dijo Otto detrás de mí.

Le miré y la risa cesó. Palidecí.

—¡Hola chicos! ¿Os gusta cómo ha quedado? —Señaló a nuestro alrededor.

—Bonito y sencillo —contestó Sein advirtiendo a Otto. Luna hizo lo mismo con desaprobación.

Vaya torpeza y qué manera de empezar una fiesta.

—No empieces Len —me dijo Luna en voz baja—. Tú no tienes la culpa de que él no pueda controlar sus celos enfermizos. ¿De acuerdo?

Asentí.

—Hay que ver, nena, cómo vamos progresando… —Fue su manera de pedirme disculpas señalando que me había maquillado. Fue el único que me lo dijo en su día. —Voy a ver qué quiere Frey. —Este le hacía señales desde la entrada de la posada—. ¿Me acompañas? —pidió a Vera y su buen humor se esfumó.

—Sí, sí. —Captó su tono al instante. Se presagiaba una discusión.

—¿Estás mejor? —me preguntó antes de marcharse.

—Sí, Vera. Ve, hablamos luego.

—Sin la ayuda de Barsella no habría terminado a tiempo —añadió.

En cuanto a Nadia y Etiene, este la sacó de la multitud y la llevó a un extremo de las mesas donde había una gran cantidad de bebida y comida fría. Debería haberlo preparado con ellas y Misti, a quien no vi por ninguna parte.

—Chicas, mientras buscáis un sitio para poder sentarnos yo me encargo de llevaros algo para picar, ¿qué os parece?

—Gracias, cariño. —Besó en la mejilla a Sein—. Vamos a ver dónde podemos encontrar… —Tiró de mí mientras buscaba con la mirada—. Perfecto, aquí. —Varias mesas redondas y pequeñas estaban colocadas debajo de los árboles—. Solo hay dos, necesitamos otra silla.

—Ya voy yo.

Ella aceptó de buen grado, parecía cansada, ¿sería por el embarazo? Primero me encontré con Frey, mientras me abrazaba comentó entrecortadamente que me había echado de menos. El sentimiento era mutuo le contesté y que más tarde se acercase hasta nuestra mesa para poder hablar, ahora tenía una misión, encontrar una silla. Soltó una carcajada y las arrugas se le acentuaron aún más en sus ojos. En la sala de la posada, donde se reunía la gente a leer, jugar a las cartas o ver la televisión quedaría alguna, me dijo.

Después me encontré con Emmanuel, el chico que repartía las bebidas a la cafetería, recordé. Estaba eufórico y nervioso, le habían pedido que fuera el *disc-jockey*, me contó que compaginaba los dos trabajos y que era la primera vez que lo hacía con un gran público.

—Alguien me ha pedido una canción para ti —dijo sonriendo dulcemente y agradecido por mis palabras de ánimo ante ese reto.

343

—¡Ah sí! —Eludí su sonrisa, aunque solo estaba siendo amable—. ¿Quién?

—Ah no, es una sorpresa. —Me guiñó el ojo.

¿Qué les pasaba a todos con ese gesto?, me pregunté frunciendo el ceño.

—Dijo que harías eso. —Señaló la frente—. Y que te dijera que estás muy fea.

El corazón me dio un vuelco y miré en todas direcciones, pero no, él no estaba sentía los rayos del sol en mi cara, en los brazos… Cuando me los froté por el excesivo calor me di cuenta de que había pasado una hora, las siete de la tarde, vamos Len, ya queda menos, me animé.

—Hasta luego —interrumpió mis pensamientos.

—Adiós Emmanuel. —Pero ya se había vuelto, aunque me correspondió levantando la mano.

—Lo tenías todo preparado… —le dije cuando respondió a mi llamada—. Me…

—No estarás molesta, ¿verdad?

—No, no. —Entré en la posada y busqué un dormitorio vacío, cuando lo encontré cerré la puerta tras de mí y me apoyé en ella.

—¿Bailarás conmigo?

—No sé bailar en pareja.

—¿No? Bueno, me tienes a tu entera disposición para enseñarte. —Había un matiz de humor en su voz, pero sabía que lo decía en serio—. Deberías volver con tus amigos.

—Es que…

—Len, me lo has prometido.

—¿Y cómo quieres que lo haga si tú no estás aquí? —dije con un hilo de voz.

—Como has hecho antes, cuando aún no me conocías…

—Tampoco he salido mucho, bueno, tal vez ahora no —le corregí.

—Lo sé —se calló—. Tengo que colgar.

—¡No! —Me espantó la idea.

—Por favor, vuelve a la fiesta, y sal de la habitación.

—¿Cómo sabes que estoy…? —Miré la pantalla y volví a ponerlo sobre la oreja.

—Con mi teléfono puedo localizarte en cualquier lugar.

—Serás, serás —dije enfadada, después una risa nerviosa me apaciguó.

—Me tomaré una copa o dos, y así no podré bailar contigo —le estaba retando.

—Sí, sí podrás, además, puedo llevarte a casa en el estado en el que estés, lúcida o…

—¿Haciendo alarde de su fuerza? —me burlé.

—Por supuesto.

Me eché a reír.

—Algún día seré yo quien te lleve a ti.

Me mordí el labio, el silencio nos envolvió.

—Ese tipo de bromas no me agradan.

—Me he dejado llevar, no pretendía…

—No se te ocurra disculparte, puedes bromear cuanto quieras, excepto con eso —dijo con voz cortante.

—De acuerdo —respondí secamente—. Luna se preguntará donde estoy.

—Ve, y por favor…

—No, tienes razón. Voy a colgar y me uniré…

—¿Qué voy a hacer contigo…? —Parecía más relajado, pero no lo sabía con seguridad.

—Primero venir aquí, segundo bailar conmigo, tercero llevarme a casa y por último compensarme por no contarme lo que habías planeado.

—¿Todo por ese orden?

Su imagen recorriéndome con la mirada… mis mejillas ardían.

—Sí. —Tragué saliva, tenía la boca seca.

—Como ya te he dicho antes y no me cansaré de repetirlo, estoy a tu entera disposición, Len —dijo con voz suave pero profunda.

—Te tomo la palabra. —Estaba sin aliento.

—Pues entonces hasta luego —nos despedimos e iba a colgar cuando pronunció mi nombre.

—¿Sí?

—Ve a beber algo, pareces deshidratada.

—¡¿Cómo?!

Soltó una carcajada y colgó. Me quedé mirando el teléfono atontada y con un incontrolable deseo de verle, besarle, acariciarle… Salí con una sonrisa amplia que se desvaneció en el momento que le vi.

—Hola —saludó nervioso.

—Hola, Artus.

—No te he visto llegar.

¿Acaso era una disculpa? Iba arreglado de forma informal, con pantalones beige y camisa rosa pastel, pero he de reconocer que estaba muy atractivo.

—Debo irme, llevo diez minutos buscando una silla. Estoy con Sein y Luna, nuestra amiga se preguntará dónde me he ido.

—Si quieres puedo acercarme a la cafetería y…

—No, no hace falta —le interrumpí.

—Estás muy guapa. —Nada más decirlo me recorrió con la mirada, ahora sí veía la forma en la que lo hacía.

—Gracias.

—¿Me vas a responder con monosílabos?

Me encogí de hombros.

—No esperaba menos. —Se pasó la mano derecha por el pelo—. Esto es muy incómodo, parecemos dos extraños.

—¿Pensabas que iba a ser diferente? —pregunté con toda la tranquilidad que me fue posible.

—No, la verdad es que no.

—Déjalo estar, y quizás con el tiempo…

—¿Es un adiós definitivo? —murmuró decaído.

—Seguiremos viéndonos, tenemos amigos en común, pero no…

—¿Me odias? —Esa pregunta me sorprendió.

—¿Eso crees?

—Sí… No. No lo sé —vaciló.

—¿Qué clase de respuesta es esa? —refunfuñé.

—No lo hagas. —Una mezcla de espanto y angustia se reflejó en su semblante.

—El mayor daño que me podías hacer era acudir a él y a pesar de ello lo hiciste, pero no te odio.

—Sabes el motivo. —Se relajó visiblemente.

—Tienes toda la vida por delante.

—Ahórratelo, el resto sé cómo termina.

—Muy bien —resoplé apretando los labios—. De ahora en adelante te pediría que mantuvieras las distancias. Necesito tiempo para reflexionar.

—Lo intentaré, pero no te aseguro nada. —Su soberbia estaba fuera de lugar.

—Artus —dije entre dientes.

—Ya veo —dijo Luna con Nadia a su lado. Esta última no parecía darse cuenta de la tensión.

—¿No te dije que te mantuvieras alejado de ella? —Escuché que le decía mientras Nadia me agarraba del brazo y salíamos.

—Creo que tu afán de protección va demasiado lejos —la respondió irritado.

—Y lo dices tú, precisamente. —Se volvió.

—¿Qué ha sido eso? —me preguntó Nadia desconcertada.

—Diferencias —suspiré.

—Creo que te vio entrar —reconoció mirándole.

Quizás me había seguido. Puse mala cara. Luna se acercó a nosotras con cierta crispación en el rostro.

—Reunámonos con los demás —nos dijo.

—¿Te esperamos? —le preguntó a Artus cuando estuvo frente a nosotras.

—No, dame un momento Nadia, voy a ver si hay suficiente bebida.

—Les diré a Otto y Etiene que te ayuden.

—Gracias, puedo arreglármelas.

—De acuerdo, hazlo con Misti.

Inmediatamente sus ojos pasaron de los suyos a los míos, el vestido de mi amiga no era el único que estaba blanco.

—No me has dicho nada. ¿Te gusta? —Me distrajo.

Nadia dio un par de vueltas sobre sí misma con gracia y estilo. Llevaba una camisa blanca sin mangas con lazada corta y falda negra hasta las rodillas.

—Estás muy elegante, y más delgada.

—Me he pasado este último mes estudiando, es producto del estrés.

—¡Que recuerdos! —observó Luna.

Estaban muy guapos. Cuando llegamos Vera estaba sentada sobre las rodillas de Otto, este llevaba una camisa turquesa abotonada y pantalones oscuros, y parecía más relajado hablando con Sein mientras acariciaba la espalda de su novia. Etiene se levantó al vernos, su camisa blanca no tenía cuello, realzando su piel morena, y llevaba unos pantalones de vestir negros. La mesa estaba completamente llena de platos con mini sándwiches y canapés variados, rellenos de pollo y cebolla caramelizada. Cuando los probé me gustaron tanto que repetí, el sabor era tan suave que se deshacían en la boca. También había ensaladas césar y de pasta.

Disfrutamos de la comida y charlamos. Artus vino y se sentó diez minutos más tarde. Parecía concentrado en los platos, haciendo ver que no nos prestaba atención ni a Luna ni a mí, pero podía sentir cómo me escudriñaba con la mirada y el destello de ira que había en sus ojos cuando miraba a lo lejos. Una parte de mí quería saber qué producía esa furia, pero opté por no volverme. Escuché los proyectos de Nadia: iba a exponer unos cuadros en la tienda después de unas merecidas vacaciones. Los retratos que nos hizo a todos, el material que utilizó, creo recordar si no me equivoco, fue el carboncillo.

—Deberíamos quedar un día, para volver a hacer el tuyo —comentó en voz baja.

La miré sin comprender y bebí un sorbo de mi copa de vino blanco.

—Quería pagarme una gran cantidad de dinero por él, que yo rechacé —puntualizó ofendida—. Insistió tanto que no me dejo opción y se lo regalé. Creo que he estropeado la sorpresa —añadió tras verme asombrada.

—Sam, ¿tiene mi retrato? —murmuré alucinada.

Asintió.

—Lo miraba con tanta devoción… —sonrió abiertamente.

—¿Y cuándo…?

—Vamos chicas, dejad de hablar. —Vera nos cogió a cada una de la mano llevándonos a la pista de baile.

—¡Vamos, chicos! —exclamó Emmanuel a través del micrófono—. La fiesta no ha hecho más que empezar.

Ellos le respondieron entre vítores. La canción terminó para dar paso a otra. Comencé a bailar con timidez y mis amigas dieron vueltas alrededor de mí animándome y yo las correspondí entre risas y miradas cómplices. No sé si fue por el exceso de alcohol (había bebido tres copas de vino blanco y un vaso de limonada de Otto), por la seguridad de tenerlas ahí conmigo o todo a la vez…, pero me dejé llevar. El aire era más fresco, pero ninguna se percató. Moví las caderas al ritmo de la música, levantando los brazos, fue como si me hubiera transportado; estaba en mi casita, descalza, con un camisón de seda corto, subiendo uno de los tirantes que se deslizaba por mi hombro, escuchando la canción a través de los auriculares, sonriendo, mordiéndome el labio inferior, yendo al salón dando saltitos, cerrando los ojos, con movimientos tan sensuales que hasta yo me sonrojaba, pero nadie podía verme, excepto…

Cuando los abrí me ruboricé tras recordar sus palabras. Me encontré con las miradas de aprobación de mis amigas, ellas también estaban un poco ebrias. Nuestra risa se mezcló con la música y el bullicio. Nadia me cogió de la mano y me hizo girar, miré en dirección a la mesa donde estábamos, pero no vi a Luna y tampoco a Artus. Noté su presencia y me revolví discretamente para ponerme entre ambas, estaba un poco mareada.

—Pero que… —protestó Nadia observando el cielo.

Las nubes comenzaron a agruparse y el sol desapareció entre ellas.

—¡Chicas! —Julia y Leo, la pareja de la tienda, les hicieron señales y mis amigas fueron hasta ellos.

Fue la distracción que él necesitaba, su mano envolvió la mía y tiró de mí alzando el brazo por encima de mi cabeza y haciéndome girar. Noté que el vestido se me levantó dejando que mis piernas se vieran aún más. ¡Qué vergüenza!

—Me gusta verte tan desinhibida, pero ten en cuenta que no estás sola —me aconsejó Artus.

A nuestro alrededor las parejas seguían bailando, pero un grupo de chicos no lo hacía. Estaban sujetando la bebida, observando de reojo y hablando entre ellos, no podía saber lo que decían porque la música estaba demasiado alta, aunque por su expresión…

—No pienses mal.

Me volví y le miré.

—Solo les estoy dando a entender… —Levanté una ceja incrédula—. Sí, lo sé, no soy tu pareja —puntualizó rápidamente.

—Y tú lo has creído muy conveniente. —Me solté de su mano y me aparté incómoda tambaleándome.

—Sí, a no ser que quieras que ellos pongan en práctica lo que sus miradas lascivas llevan tiempo pensando. —Les miró con desagrado

—No seas absurdo, es Vera quien acapara todas las miradas.

—Yo sé lo que he visto —dijo entre dientes—. Y creo que se han dado por aludidos —advirtió con una sonrisa de satisfacción—. Antes dejabas que te envolviera entre mis brazos…

Resoplé ante aquel comentario.

—Tú lo has dicho, antes de saber que… —Cogí aire, no quería volver a discutir—. Para ti las palabras «mantener las distancias», ¿qué significan? —No le di opción a responder. —Si me disculpas, no me apetece bailar más.

La palidez de su rostro me hizo pensar si no estaba siendo demasiado dura con él, aunque no me miraba, lo hizo por encima de mi hombro.

—Preciosa, me debes un baile. —Acaricié el susurro de sus palabras, cerré los ojos y me dejé llevar por la ternura de su voz, por el contacto de sus manos frías y suaves rodeándome el vientre, su cuerpo se pegó al mío como un imán—. Mi chica y yo necesitamos un poco de intimidad —le dijo duramente dándome la vuelta y sin esperar respuesta—. Len… —suavizó el tono.

—Deberías darme las gracias. —Noté la arrogancia en su voz.

—Te escucho. —Había captado su atención.

—Si no me hubiera acercado, lo habría hecho cualquier otro, y te puedo asegurar que sus intenciones no eran nada honestas. —Apretó la mandíbula evitando mirar la zona donde se encontraban.

No dijo nada, parecía meditar sus palabras.

—¡Por favor! —exclamé sin percatarme de que lo hice en voz alta.

—En ese caso, te lo agradezco —admitió con amabilidad y me miró con fijeza—. Aunque te puedo asegurar —puso mucho énfasis en estas palabras dichas anteriormente por él— que se hubiera defendido muy bien sola.

Mi amigo enmudeció.

—Y dudo que tus intenciones fueran más honestas que las de ellos. Procura mantenerte alejado, como ella te ha dicho.

La tensión era tan palpable que los rumores se hicieron susurros al cesar la música. Artus le hizo un gesto de desdén, dio media vuelta y se marchó. Bastó una sola ojeada para darme cuenta de que algunos invitados formaron corros en torno a nosotros, inmóviles y expectantes; él les dirigió una mirada feroz con un leve gemido sibilante. La gente se dispersó inmediatamente.

—Esperaban ver una pelea —murmuró hundiendo su rostro en mi pelo.

—Sam. —Seguía aturdida.

—Vamos a olvidar este pequeño incidente. —Besó mi cuello—. Me tienes aquí, ahora baila conmigo.

Respiré profundamente por la nariz.

—¿Estás bien? —bromeó sutilmente y nuestras miradas se encontraron.

—Sí —balbuceé, los efectos del alcohol habían desaparecido, pero ahora estaba embriagada por él.

—Déjate llevar.

—De acuerdo —vacilé.

Y me dejé ir. Comenzó a sonar un piano acompañando la voz de un hombre, otra de mujer le respondía, me paré.

—Quiero que la escuches conmigo —dijo rodeándome por la cintura—. «Porque te necesito esta noche, más que nunca» —repitió la letra en mi oído moviéndome—. «A la única a quien amo, no hay nadie en el universo tan mágico y maravilloso como tú».

La melodía llegó a su punto álgido, sin voces, la percusión llegó mezclándose con la batería, el bajo y más instrumentos. Él me alzó hasta quedar a su misma altura, sus ojos brillaban con intensidad, apoyé las manos sobre sus hombros, estaba dichosa de verle. Hubo un murmullo de euforia contenida detrás de nosotros que provenía de más de una persona.

—«Un eclipse total del corazón» —agregó al terminar la canción y bajándome, consciente de que nuestros cuerpos reaccionaron ante aquel contacto.

—¡Guau!, chicos, nos habéis dejado a todos pasmados. ¡Así se baila! —nos dijo Otto tras acercarnos.

Agaché la cabeza cohibida, no me gustaba llamar la atención y menos de esa forma, pero con él era prácticamente imposible, y más al fijarme en cómo iba vestido. Llevaba un traje negro, la americana era de terciopelo a juego con la camisa y la corbata estrecha, y un cinturón platino que resaltaba. Parecía un actor de cine que iba a una gala a recoger un premio. Era el hombre más atractivo, guapo y seductor que jamás había visto.

—¿En qué piensas? —susurró con aire misterioso.

De fondo se escuchaba la música.

—Nadie podría eclipsarte, estás arrebatador —suspiré con timidez.

—Gracias.

Felicitó a Nadia por su graduación y saludó a Vera. Nos sentamos junto a Luna, que me guiñó un ojo sonriendo. Había hecho que Sam estuviera aquí gracias a su magia. La miré agradecida.

—Deberías aceptar los halagos sin más —observó de nuevo dedicándome una mirada de complicidad—. Tímida y atractiva, una combinación irresistible.

—Sam. —Me ruboricé.

Media sonrisa curvó sus labios. Minutos después llegaron Sein y Etiene con unas copas y una botella de champán. Brindamos por Nadia.

—Muy apropiada la canción. —Di un sorbo a la copa.

Por un momento le cambió la cara.

—Aquella noche pude leer en tus ojos que me necesitabas —dijo con voz contenida—. Fui un necio y por si fuera poco te dejé al cuidado de mi hermano. —Vi en su rostro una oscura expresión de ira controlada—. No volverá a ocurrir, te lo prometo.

—Estabas enfadado porque había quedado en verme con Artus.

—Sí, pero también porque tu padre y el mío estaban con Melióm y este…

—Todo eso ya está olvidado. Espero —dije y con el dedo índice recorrí su pecho— que solo bailes así conmigo.

—¿Estás intentando seducirme? —Su expresión cambió por completo, parecía fascinado.

—Tal vez.

—¡Descarada! —bromeó y se relajó.

Pasadas las diez de la noche, mis amigas y yo nos sentamos en las sillas porque habíamos estado bailando durante una hora sin parar. Los zapatos me estaban matando, pero nos lo estábamos pasando tan bien…

—No, gracias Otto, creo que ya he bebido suficiente —rechacé otra copa de champán.

—Ten —Sam me dio un vaso de agua fresca.

Los chicos seguían sentados alrededor de la mesa hablando de sus cosas, aunque de vez en cuando los ojos de Sam no perdían de vista los míos. Él y Sein habían congeniado desde el principio, les escuché algo del trabajo de este último.

—Lo necesitaba. —Respiré agitada—. Creo que he bailado más que nunca.

—Len. —Nadia se acercó a la mesa acompañada de otra chica—. Esta es Adara, es clienta de la tienda y como es periodista, ha escrito varios artículos sobre ella.

—Hola —le saludé.

Llevaba un vestido rojo de raso, abierto en la zona de los pechos pero sin que estos pudieran verse. También era muy alta.

—He oído hablar de ti.

—Yo también de ti. Encantada.

—Supongo que sabes cómo conocí a Luna.

Asentí.

—¿Te parece que hablemos en un sitio más tranquilo? —Le indiqué.

—Por supuesto. —Lo captó de inmediato puesto que los demás no debían escuchar aquella conversación, excepto Luna y Sam.

Tanto mi amiga como él nos siguieron con la mirada mientras nos dirigíamos al interior de la posada. Fuimos al despacho de Frey, allí el sonido de la música era menor.

—No sabía que tuvieses relación con Nadia y Vera y mucho menos que les hicieras un reportaje.

—Qué directa. —Sonrió—. Me gusta.

—Disculpa, no pretendía ser tan…

—No, no —me interrumpió—. No es lógico que alguien, en este caso yo, que llega de fuera se inmiscuya en la vida de las personas a quienes conoces. Vayamos por partes.

»El artículo que escribí sobre la tienda de tus amigas, la verdad es que fue por pura casualidad. En el periódico donde trabajo hay un boletín cultural donde hay secciones de lugares para visitar, restaurantes a los que acudir y varios reportajes más. Después, la investigación que llevé a cabo fue a consecuencia de tener sustituir a un compañero. Me asignaron su caso del departamento de sucesos y el cambio fue bastante considerable. No calculé las consecuencias hasta que fue demasiado tarde.

—Algo me comentó Luna.

—Siempre he creído que hay algo más que habita entre nosotros, pero nunca imaginé que me toparía con ello de pleno.

—Te refieres a las brujas, ¿verdad?

Cierta indecisión se reflejó en su semblante, así que opté por no mencionar a Sam, de momento. Una ráfaga de aire me rozó el cuello, como si alguien hubiera entrado sin ser visto. O como si simplemente esa persona quisiera ir al baño.

—Hay detalles que desconozco, aunque sé de la procedencia de Luna porque su abuela entabló una buena amistad con la mía. Lo que no llego a comprender es lo que le contó a mi madre a propósito de la predicción que tuvo sobre ti. —Movió sus manos nerviosa y retiró por unos segundos su mirada de la mía. —Fui al registro civil, concretamente al departamento donde tienen inscritos a los niños del orfanato, y busqué tu partida de nacimiento. En ella aparece el nombre de Terry Cooper, pero el de tu madre no… ¿Fue ella quien te abandonó sin decírselo a tu padre? —preguntó desconcertada.

—Murió al darme a luz.

—Siento mucho remover el pasado. —Me agarró la mano dándome su apoyo.

Durante unos segundos guardamos silencio.

—Adara, mi padre lo hizo para protegerme.

—Comprendo…

Con ese gesto me demostró que estaría de mi lado.

—No soy la única persona que se ha percatado de ese detalle. Aquella mañana, un hombre estaba buscando la misma información, le escuché decir que era investigador privado, Miller, así se llama. La encargada me buscó con la mirada y le oí como decía: «Esa señorita, periodista, también ha venido por el mismo motivo». Antes de que Miller me viera salí a toda prisa de allí. Lo hice llevándome el documento.

—¿Aún lo tienes?

—No, al día siguiente volví y lo dejé. Sabía que la mujer que me atendió tendría turno de tarde, así que aproveché para devolverlo y así me ahorraría tener que inventarme una explicación convincente.

—¿Por qué no quisiste que lo viera?

—Por que también relacioné el fallecimiento de tu amigo con las desapariciones de los dos jóvenes.

No hizo falta preguntar más, aunque…

—¿Has vuelto a saber de él?

—¿De Miller? No. Está fuera de la ciudad. Tiene otros casos por investigar.

—Adara, con respecto a Henry…

—Sé perfectamente que la causa de su muerte no es la que indicaba la autopsia. Me doy cuenta de que lo hicisteis para salvaguardar vuestra identidad.

—Te agradezco la comprensión, ¿cómo pudiste ver el informe?

—Tengo mis contactos en el hospital. Pero has de saber que antes de dejarlo fui a la consulta de Luna. Cuando se lo mostré, se percató de inmediato. Con el certificado en sus manos, la visión que contemplé estalló en mis ojos como fuegos artificiales. Comenzaron a revolotear letras en el aire, uniéndose unas con otras. Su capacidad de concentración no se vio alterada por ningún estímulo. Mis cabellos se erizaron al escuchar el ensalmo. Y era a su madre a la que aclamaba. Como si fuera una llama encendida en medio de la oscuridad, comenzó a arder con un fulgor entre rojo y negro. Los reflejos del fuego danzaron y la atmósfera se volvió sobrenatural. Pero algo no me cuadraba, ya que no eran solo letras creando palabras. También reparé en los números, concretamente, una fecha. Su presencia espectral era como una sombra inerte. Se volvió y se difuminó con el fuego. El silencio fue absoluto, creo que contuve el aliento más de lo que pretendía. La tenía tan cerca que descubrí mi reflejo bañado en el líquido mágico de sus pupilas. Sus recuerdos fluían con cierto delirio. Terminé embebida en su magia.

—Estoy tan desconcertada como sorprendida… Utilizó la magia delante de ti.

—Luna confía en mí, por favor, haz tu lo mismo —rogó.

—¿Así, sin más? ¿Por qué seguiste investigando?

—Tenía que averiguar qué significaba esa fecha y todas las preguntas que se me ocurrían se me antojaban absurdas. Pero a riesgo de parecer una chiflada, hice mis cábalas.

Era lista como un rayo veraniego, radiante y certero.

—Si Luna proviene de una familia de brujas, debo suponer que tú no formas parte de ella. Tu amiga es mortal.

—¿Quieres saberlo aunque suponga...?

—¿Temerte? No creo que seas peligrosa —afirmó con determinación.

Su respuesta me dejó atónita.

—Adara...

Una llamada telefónica nos interrumpió.

—Disculpa, Len. —Sacó el móvil de su bolso—. Es mi marido —me dijo—. Hola, cariño, ¿te llamo en cinco minutos? De acuerdo. Sí, ahora voy a tu encuentro. —Colgó—. Perdona, me tengo que marchar, pero seguiremos hablando.

Después de la conversación que había tenido con Adara me sentí desorientada. Era como si aquello que había estado ocultando lo conociera todo el mundo. O al menos lo sospechara. Así me dirigí de nuevo al salón y no salí de mi aturdimiento hasta que Sam se acercó a mí.

—Len —me dijo cogiéndome de la mano y apretándola suavemente. Miré en la misma dirección que él.

La noche no podía ir mejor, a unos metros, mi padre, Barsella y ¿Walnut?, parpadeé sorprendida, se aproximaban. Inmediatamente fui hasta ellos. Ese chico despertaba en mí cierta simpatía, es más, el tiempo que coincidimos (poco), le cogí cariño. Me saludó con su habitual sonrisa tímida.

—Querida, estás preciosa, y los zapatos estilizan tu figura. —Su tono era maternal.

—Gracias, Barsella. —La besé en la mejilla.

—¡Oh! —exclamó confundida llevándose la mano a ella.

—¿Qué? —Me quedé perpleja.

—Nada cariño, es solo… Que hace mucho tiempo que nadie…

—Pues tendrás que ir acostumbrándote.

—Sí, por supuesto. —Agradecida se apartó.

Ahora no sabía qué hacer, estaba inmóvil y nerviosa.

—¿No vas a dar un abrazo a tu padre? —Extendió los brazos. Su aspecto era joven pero su tono revelaba muchos años dejados atrás.

No vacilé ni un segundo. Fue como la primera vez, le abracé con fuerza entre sollozos, temiendo que se marchase de nuevo.

—Cuánto lo siento hija, muchísimo —murmuró dándome repetidos besos intentando apaciguarme—. No llores cariño —se percibía tormento en su voz.

Levanté la vista sorbiéndome la nariz.

—Toma. —Me dio un pañuelo—. Límpiate, no querrás que sea yo el que lo haga —bromeó.

En este momento de lo que más me avergüenzo es de la manera en la que mi padre me perdonó. Me trató con tanta ternura que era como si hubiera sido él el único que hubiera hecho y dicho algo cruel. Pensé que tenía que evitar que se repitiera.

—Terry, amigo, ¿cómo estás hombre? —lo saludó Frey y estrecharon sus manos.

Una vez que mis amigos intercambiaron unas palabras con mi padre y este felicitó a Nadia, Frey le llevó a una mesa y Barsella y Walnut se unieron a ellos.

—Debemos ponernos al día Terry. —Le oí decir mientras caminaban.

—¿Cómo estás? —Sam tiró de mí con suavidad y me hizo sentarme sobre sus rodillas.

—¿Le llamaste?

—Sí —respondió un poco inseguro, temiendo mi reacción.

—Eres un amor. —Le rodeé el cuello con los brazos y besé sus labios—. Gracias.

—Necesito ir al baño. —Oí decir a Vera.

—Te acompaño. —Me levanté con cierto disgusto—. Ahora mismo vuelvo.

—Si no lo haces, iré a por ti —sonrió.

—¿Va todo bien con Otto? —Le pregunté mientras caminábamos.

—Sí, sí, me cuido mucho para mantener esta figura y si no puedo ponerme esta clase de vestidos porque a él le dé un ataque de celos, debería sentirse orgulloso. Solo me interesa él.

—Vaya, demuestras mucha seguridad, Vera.

—¿Tú crees?

—¿Lo dudas?

—Hay ocasiones que me hace sentir insegura.

—Pues no se lo permitas.

—Eso intento, en el fondo es un buen chico —suspiró.

—Lo sé. Tú primero —parecía no poder aguantarse.

Después de lavarse las manos me dijo que no había toalla para secarnos, que volvería en un minuto con una limpia. Le esperé haciendo lo mismo, enjaboné las mías y después las aclaré. Dejé que el resto del agua cayera sobre el lavabo.

—Por lo que parece algunas se divierten y otras debemos ocuparnos de todo. —Dejó la copa llena sobre el mármol.

—Hola a ti también Misti —dije secamente, no sé a qué venía… ¡Oh no! ¿Habló Artus con ella?

—Artus y yo tuvimos una conversación cuando estuvimos en Nayvalén. Le dije que se fuera, no soportaba la idea de compartir nuestra cama ni un minuto más con él mientras pensara en ti —dijo sin rodeos—. Ayer me contó que tuvo una fuerte discusión contigo, aún no sé el motivo y quiero que me lo digas tú —alzó la voz.

—No, no puedo.

—¿Cómo que no puedes? ¡Qué me lo cuentes! —gritó de nuevo furiosa.

—No. —Me mantuve firme.

Ahora una mentira me sería muy útil, pero ¿cuál? Vamos piensa Len, piensa. Poseída por la rabia me tiró el contenido de la copa en la cara.

—¿Pero qué te pasa? —Vera entró, se acercó y comenzó a limpiarme.

Tuve una sensación desagradable en los ojos, me picaban y veía borroso.

—No los abras Len, están irritados. —Me cogió por la cabeza y escuché el ruido del agua—. No te muevas o te mojaré el vestido.

—¿Qué ocurre? —Oí decir a Artus.

—Pregúntaselo a tu novia —contestó Vera molesta—, le acaba de tirar vino en los ojos.

—¡¡Misti!! Pero, ¿qué demonios? —dijo malhumorado.

—Perdóname, Len —susurró. No dije nada—. Por favor, dime algo. —Estaba muy arrepentida.

—No te acerques —exigió Vera, y escuché unos pasos detenerse.

—Tú y yo hemos terminado —agregó Artus con dureza.

—Lo que nunca ha empezado no puede acabar —le respondió Misti.

Nunca les había visto así, no sabía si se trataba de pánico o de rabia.

—Salid de aquí —se dirigió a ellos aún más molesta.

¡Vaya!, surtió efecto.

—A ver. —Me retiró el pelo—. Vas a oler a vino. —Puso mala cara.

—Creo que nunca te había visto así, estás más molesta que yo. —Sonreí levemente.

—Sé perfectamente lo que siente por ti, en realidad lo sabemos todos. —Parpadeé sorprendida y debido al escozor—. Y tú no le correspondes.

Sam me llamó.

—Aquí —respondí—. No le cuentes lo que ha sucedido —murmuré.

—¿Estás segura?, es el baño de la chicas —dijo indeciso.

—Sí, sí, pasa.

—Debe saberlo.

—No, por...

—¿Qué es lo que debo saber? —Me miró serio—. ¿Por qué estás empapada? —Se quitó la americana y la echó por encima de mis hombros—. ¿Y ese olor? Estás temblando —refunfuñó.

Vera no hizo caso a mi suplica y se lo explicó mientras cerraba los ojos.

—Nos vamos. —Rodeó mi cintura—. Gracias, ella no me lo hubiera dicho.

—¿En serio os vais?

—Sí, o no me haré responsable de mis actos. Hasta ahora he

sido muy paciente —contestó con voz amenazadora—. Puedes decirles que se encontraba indispuesta.

—Claro, pero, ¿y tu padre? —me preguntó y respondió él.

—Le llamaré de camino a casa, adiós Vera.

—Adiós.

La irritación disminuyó, pero aun así tuve que parpadear por las luces que proyectaban distintos colores en la pista. Ajenos a nosotros siguieron bailando.

—Iremos más rápido. —Me cogió en brazos y sentí el azote del viento en el rostro—. No los abras —pidió refiriéndose a mis ojos.

No pude calcular lo que tardamos en llegar al coche, ¿segundos, minutos? Me dejó en el suelo y escuché una puerta.

—Espera. —Me quité los zapatos apoyándome en su brazo, el alivio llegó inmediatamente.

—¿Mejor? —Su enfado fue reemplazado por la preocupación.

—Sí.

Antes de subirme al coche…

—No me he despedido.

—¿Quieres volver y hacerlo? —gruñó, la idea no le gustaba en absoluto. Negué con un movimiento de cabeza ante la posibilidad de volver a encontrarme con Misti y Artus.

—Bien, entra.

Durante el trayecto a casa ninguno habló, hasta que de pronto y sin previo aviso preguntó:

—¿Por qué hay una parte de ti que aún no confía en mí?

—Lo hago plenamente —dije rápidamente.

—Tu amiga me ha demostrado mucha más confianza al contármelo. —Me miró de reojo.

—Hasta ahora me has protegido y quiero que lo sigas haciendo —balbuceé nerviosa mirando por la ventanilla—, mi manera de hacerlo es diferente. La reacción que ha tenido Misti ha sido propia de una chica enamorada que pretende evitar a toda costa que nadie enturbie su relación. No quería implicarte en una discusión de chicas, es algo que debo solucionar yo. Su relación está rota.

—Comprendo.

—Querrán saber qué ha ocurrido —protesté.

—Tú no has hecho nada —dijo con una mezcla de afecto y frustración—, eres un blanco fácil para ellos —agregó apretando los labios enojado—. Tu amigo no se va a dar por vencido contigo, y ahí pienso intervenir.

En cuanto llegamos a casa fue más que evidente que no podía seguir con el vestido así.

—Creo que necesito una ducha. —Observé mirando el vestido mojado y pegajoso, y fui al baño.

Me lo quité, debajo llevaba un camisón de satén del mismo tono para que no se transparentase nada.

—¿Y no es mejor un baño? —enmudeció, en sus ojos brilló un fulgor enigmático.

Fue una sincronización perfecta. Nos besamos salvajemente, él me levantó y rodeé su cuerpo entrelazando mis piernas. La tensión sexual era tan evidente y nos habíamos reprimido durante tantas horas que los dos nos liberamos, él extasiado pronunciando mi nombre, yo con gemidos de placer.

Me tumbé boca arriba en la bañera apoyando la espalda contra su pecho y descansando la cabeza en su hombro, cubiertos de agua y espuma. Pronuncié su nombre adormilada. Como respuesta, me besó en la frente.

—¿Dónde tienes mi retrato?

Sentí una leve sonrisa sobre ella.

—Deberías prestar más atención a todo lo que te rodea. —Fue un juego de palabras.

—Lo hago —protesté sin mucha convicción.

—Está colgado en mi despacho, encima del sofá.

—¿Y por qué quisiste pagar por él?

—¿No es obvio? Nadie debe observarte como lo hago yo. —Apretó la mandíbula.

—Quiere volver a hacerlo, dibujarme.

—Si no queda más remedio —resopló, pasados unos segundos.

—Es solo un retrato.

—Lo sé.

—Pero…

—Desprendes tanta vida en él… Que no quiero olvidarlo.

Medité sus palabras consciente de que en ellas había algo más.

—Pagaré por él antes de que lo haga otro.

Me distrajo de mis pensamientos.

—Sam…

—Calla, no quiero seguir hablando de ello.

Adormilada percibí que mi espalda estaba apoyada contra la bañera. Entorné los ojos y le vi con una toalla alrededor de la cintura, me cogió y me envolvió con el albornoz. Le rodeé el cuello al tiempo que me sentaba en la cama. Deslizó un camisón después de levantarme los brazos y me cubrió con la ropa de la cama.

—Sueña conmigo Len —musitó detrás de mí.

Sus palabras surtieron efecto.

*********

Seguíamos en la fiesta de mi amiga, bailando en la pista completamente solos. Yo me movía sensualmente pegada a su cuerpo y gemí ante su proximidad, él reaccionó quedándose quieto, tenso, su presencia produjo aquel cambio. Artus se acercaba a nosotros con una sonrisa salvaje, ocultando su mano derecha detrás de la espalda, se paró. Toda mi atención estaba puesta en él, en su forma de sonreír, por su expresión parecía estar ido. Lo que escondía era un cuchillo de grandes dimensiones, lo alzó y la hoja brilló, se subió la manga de la camisa y sin dejar de mirar a Sam se hizo un corte en el brazo. La reacción no vino por parte de él, sino… Respiré con fuerza y las fosas nasales se me dilataron absorbiendo el olor dulzón.

—Len —advirtió sujetándome del brazo y me apretaba tanto que medio me arrastró. Consciente de mi fuerza tiré de él empujándole, y sin mirar atrás salí disparada y poseída—. No es lo que tenía planeado —habló Artus con la voz distorsionada.

Alcé la vista sin dejar de concentrarme en la sangre que se derramaba.

—Si es la única forma de que me desees, ¡hazlo!

Aturdida y aterrorizada me eché hacia atrás apretando los puños.

—¡Hazlo! —gritó de nuevo. Negué dando otro paso, estaba siendo una tortura. Tal vez él… —Le miró por encima de mi hombro.

Al volverme se interpuso entre ambos.

—Esa etapa ya está superada —reconoció con tono mortífero.

Se estaba desangrando y le vimos desplomarse en el suelo.

*********

Me incorporé en la cama angustiada, con un sudor helado recorriéndome la espalda y repitiendo mentalmente, «ha sido producto de una alucinación, sí, un sueño». Después de todo lo acontecido era de esperar, pero fue toda una revelación descubrir que no era inmune a la sangre humana.

—¡Qué horror! —murmuré tapándome la cara con las dos manos.

¿Fueron sus palabras las que me hicieron retroceder o, sencillamente, darme cuenta de que lograría dos de sus objetivos? El primero que le deseara de cualquier forma. El segundo ser inmortal, a pesar de que posiblemente ninguno hubiéramos parado a tiempo y con ello le hubiéramos causado su muerte. Y, ¿por qué desafiaba de esa manera a Sam?

«Hay sueños mentirosos niña», recordé decir a Luna la noche que hablamos en el bosque. «Artus está atrapado por la culpabilidad que siente de estar vivo y ellos muertos (sus padres y el bebé), y tú… por lo que él evoca en ti». Con lo cual cabría la posibilidad de que no sucediera, aunque sí era real lo que me hizo sentir. Aunque Luna tuviera razón sobre ellos, él no se iba a dar por vencido (las palabras de Sam vinieron a mi mente). ¿Estaría en lo cierto?, hasta ahora no se había equivocado en todo cuanto dijo de mi amigo.

# CAPÍTULO 16
## FELICIDAD MOMENTÁNEA

Con un gesto involuntario de dolor salí de la cama. Abrí la ventana y me fijé que el cielo. Estaba oscuro, bajo espesos velos de nubes que lo cubrían de un manto gris melancólico.

Su voz provenía del despacho, él ya me había oído y reclamó mi presencia a su lado. Hablaba por teléfono.

—Por supuesto, que se tome el tiempo que sea necesario. No, no. —Sus ojos no perdieron de vista los míos cuando me apoyé en la mesa—. Sé que hay gente muy cualificada para el puesto, pero yo tengo a la candidata perfecta. —Me sonrió con aire misterioso—. Lo tendré en cuenta, Paul. Sí, gracias por avisarme. —Colgó.

—Hola —saludó poniendo una mano a cada lado de la mesa, muy cerca de mis caderas.

—Paul, ¿trabaja para ti?

—Sí, ahora lo hará para los dos.

—¿Cómo?

—He arreglado unos papeles, un trámite sin importancia, y este es el resultado. —Sacó de un cajón unos documentos, eran los mismos que le había visto el día anterior antes de irme a la

371

fiesta—. Léelo si quieres, solo falta tu firma. —Volvió a sentarse mientras me los daba.

—No creo…

—Lee a mitad del folio.

—Sam Cass, con domicilio en Kitea y sin coacción alguna cede el cincuenta por ciento a Ayelen Cooper… —Dejé de leer—. ¿Por qué lo has hecho?, no necesito…

—Calla. —Tiró de mí y me hizo sentarme en sus rodillas—. Verás, creo que necesitas mantenerte ocupada en algo y he pensado ¿qué mejor lugar para hacerlo que en su empresa? No. —Iba a protestar, pero él puso un dedo sobre mi boca—. Escucha y luego podrás replicar cuanto quieras.

—Está bien —dije resignada.

—Paul me ha llamado porque Larisa ha sido ingresada en el hospital de neumonía y ya sabes el resto.

—¡Ah!, ¿y quieres que haga yo su trabajo? Estás de broma, ¿no?

—Nunca he hablado más en serio.

—No tengo ninguna titulación o...

—¿Y quién dice que debas tenerla?

—Es un sector que apenas conozco…

—Tu trabajo consistiría en brindarles asesoramiento técnico acerca del vehículo que quieran adquirir, aconsejarles según sea la persona, si necesitan un coche familiar o deportivo. Lo harás muy bien —me animó.

—La verdad...

—¿Es un sí?

—¿Puedo pedir algo a cambio?

—Por supuesto. —Me observó atentamente curioso.

—No creo que esté capacitada para ese trabajo, así que de momento no firmaré nada. —Miré de reojo el documento un poco incómoda—. Seré una empleada más.

—Len —refunfuñó—, quiero que todo lo mío pase a ser tuyo.

—Vivo en tu casa.

—Nuestra —replicó torciendo el gesto.

—Vale. —Me mordí el labio.

—No hagas eso —resopló con fuerza.

Evité mirarle.

—Si voy a trabajar, me quitará tiempo de estar contigo. Además de estudiar todas las prestaciones que tiene un coche, precios...

—No exactamente, tendrás tiempo de ponerte al día con eso.

Levanté una ceja sorprendida.

—Iremos juntos, hace meses que no voy y siendo el jefe debo supervisar algunas cosas. ¿Pensabas que te iba a dejar sola? —bromeó.

—Si me lo hubieras dicho antes, te habría dicho que sí sin vacilar. —Le miré sin poder contener una sonrisa.

Me correspondió.

—Habrá días que no pueda acompañarte —reconoció frustrado—, aunque Paul te ayudará en lo que necesites, tengo plena confianza en ese hombre. —Cierta desilusión se reflejó en mi semblante—. Aunque tal vez podamos solucionarlo —dijo pensativo—, puedes cogerte el día libre cuando no pueda ir.

—Y, ¿qué clase de empleada sería? —Fruncí el ceño—. No sería justo.

—Aunque no hayas firmado, eres tan dueña como yo de la empresa, puedes hacer lo que quieras.

—Seguiría siendo injusto para los demás empleados.

—Además —ignoró mi comentario—, me gustaría que te quedases conmigo. Últimamente no hemos pasado tiempo juntos.

Tenía parte de razón, sustituir a Nadia en la tienda durante un mes y con horario de mañana y tarde… ¡Qué demonios!, también deseaba pasar con él el máximo tiempo posible.

—De acuerdo, tú ganas. —Alcé los hombros y con un gesto involuntario de dolor me encogí al notar un leve pinchazo en la cabeza.

—Len… —susurró poniendo su mano en mi nuca—. Vamos, un analgésico te aliviará.

—Ayer fue un día… Demasiadas emociones y bastante alcohol —balbuceé con cierta inquietud.

—No te sientas culpable —respondió serio, incorporándose.

—No te hace ninguna gracia.

Una mirada de desconcierto se reflejó en su semblante.

—No es por lo que tú crees. El hecho de haber bebido más de la cuenta es insignificante en comparación con lo que sucedió después.

—Solo es un dolor de cabeza.

—En la próxima fiesta, estaremos solo tú y yo —interrumpió.

Parpadeé sorprendida. Antes de salir me detuvo cogiéndome de la mano.

—Nadia es muy buena —comentó mirando el retrato con admiración.

Hice lo mismo, observé que no faltaba ningún detalle; el pelo ondulado cayendo sobre mis hombros, las pestañas largas y los labios carnosos estaban perfectamente delineados, e incluso las pecas en la mejilla derecha. Mi piel no era apta ni inmune a los rayos del sol, ahora sabía el porqué. Lo que más me llamó la atención era que parecía ensimismada en algo, mi amiga me hizo sentar en una butaca y mirar hacia un punto fijo para poder dibujarme. Henry, Otto y Etiene, cada uno en un breve espacio de tiempo, nos interrumpían, más bien a ella, así que yo me relajé, pero en cambio Nadia perdió los nervios, les puso mala cara y decidió acabarlo en mi casita. Lo que quedó patente fue el no ver las ojeras, me habían acompañado durante tanto tiempo que era extraño.

—¿Qué pensabas? —quiso saber sin dejar de observar el cuadro.

—No lo recuerdo —respondí con franqueza—. Colaboré con ella, nada más. —Me encogí de hombros.

—Ahora mismo estás siendo sincera.

Le miré sin comprender.

—El despacho es mucho más acogedor porque tú estás presente, y por lo que parece no pareces muy colaboradora, podrías mostrar cierto entusiasmo.

—Me gusta que lo tengas aquí —dije sin presión alguna—, lo que ocurre es… no importa.

—Sé que tus pesadillas dejaron huella en tu rostro, es lógico que no te veas reflejada, pero es tu vivo retrato. ¿Sabes lo que más me gusta?, que he besado y besaré cada centímetro de él, nunca me cansaré Len, nunca.

Atónita y sin poder responder fuimos a la cocina. Las mejillas me seguían ardiendo, incluso cuando me terminé el café con el analgésico. Llevé la taza al fregadero y me volví.

—Me gustaría poder expresar lo que me haces sentir.

—No necesitas palabras. —No se movió—. ¿Lo percibes? —preguntó con voz contenida, seguía inmóvil.

La atmósfera se estaba cargando por momentos, como si hubiera recibido una descarga eléctrica producida por un relámpago. No, eran nuestros cuerpos. Suspiré lenta y profundamente y me di cuenta de que él también lo hacía. Una fuerza invisible me invadió e hizo que no pudiera sujetarme.

—S… —Llegó antes de que terminase de pronunciar su nombre.

Me rozó el cuello y se estremeció cuando sus labios entraron en contacto con mi piel, mi mente quedó en blanco, se me escapó un débil gemido.

—Len… Últimamente no puedo quitarte las manos de encima. —Fue espontáneo, aunque parecía culparse.

—Me deseas como yo a ti. —Mi voz sonó entrecortada.

—Mis sentimientos por ti son mucho más profundos. —Inhaló una bocanada de aire.

—Lo sé. —Le di un fugaz beso en los labios—. Todos tenemos necesidades. —Me sonrojé, me armé de valor y le pregunté—: ¿Cuánto hace desde la última vez?

En un primer momento torció el gesto, un segundo después se relajó.

—De eso hace mucho tiempo.

—Sabes que fue mi primera vez, y contigo.

—¿Necesitas saberlo? —Pude leer en sus ojos lo orgulloso que estaba de ello. No por el simple acto, sino por ser su primer amor.

—La verdad es que no estoy muy segura, solo pretendía hacerte ver que no es algo terrible el que quieras...

—Contigo ha sido… no tengo palabras para expresarlo.

—Nuestra primera vez. —Me agarré de su cuello y lo besé.

Con un movimiento rápido y perfecto se retiró, dio un paso atrás con gesto de disculpa y visiblemente molesto por la interrupción.

—Hola querida —me saludó con cariño—. Sam —le miró de reojo avergonzada.

Barsella iba vestida con un pantalón de color crema y un jersey a juego.

—¿Todo bien? —Posó las manos en mis hombros.

Asentí. Se la veía más relajada, e incluso el pelo lo llevaba suelto. Aquel día sentí celos, pero ahora la complicidad entre ella y Sam era por un motivo muy diferente, y no sé por qué tuve la sensación. ¿Sería por Ben?

—Hola hija. —Observó mi rostro con detalle. —¿Has descansado?

—Sí, y bastante —respondí un poco avergonzada.

—Creo que tendré una conversación con ese chico —dijo serio—. Estoy al corriente de lo que pasó con tu amiga y Artus. —Miró a Sam.

Los dos fueron a la sala, se suponía que querían hablar y Barsella aprovechó el momento, pero antes le pregunté:

—¿A qué se debe este cambio? —Señalé su pelo, le caía hasta la cintura.

—Eres muy observadora querida —bromeó con timidez.

—Conmigo no seas vergonzosa. —Sonreí y me senté, seguíamos en la cocina.

—No puedo evitarlo.

—¿Vas a decírmelo? —insistí.

—¿Debo hacerlo? —rio.

—Vamos, no te hagas de rogar.

—Mi relación con Ben está siendo diferente.

Me explicó que ella se encargaba de llevarle su ración.

—Digamos que la situación por la que se ha visto privado de «libertad» hace que valore las cosas de otra forma.

—Eso quiere decir que entre él y tú...

—No cariño, entre nosotros no va a suceder nada. Ben no me quiere de esa manera.

—¿Cómo estás tan segura?

—Hay veces que eres tan ingenua...

—¡Basta! —exclamé molesta—. No quiero volver a oír que siente lo mismo por mí como en su día le ocurrió con mi madre, estáis equivocados.

—Sam no suele equivocarse, no lo hizo con tu amigo.

—Es diferente.

—No lo es, ¿por qué teniendo la oportunidad de convertirle se negó?

—El castigo hubiera sido aún mayor.

—Puede que sea una de las razones, pero la principal es que sus sentimientos por ti son verdaderos, y eso es una prueba de ello.

—Mi corazón pertenece a una sola persona.

—Eso es más que evidente querida.

—Hay veces que pienso… que el hecho de ser...

—La elegida —interrumpió con un hilo de voz.

Me estremecí al escuchar esa palabra y pensé que todos cuantos decían sentir algo por mí, lo hacían por ese motivo. Ben decía la verdad. No se habría arriesgado tanto perdiendo su libertad.

—¿Puedo pedirte un favor? —dudé a la vez que temí.

—Lo que quieras —dijo con curiosidad.

—Esto… yo… —Miré de reojo la puerta.

—No quieres que nos oigan.

Negué con un movimiento de cabeza.

—Vamos. —Me rodeó los hombros con su brazo—. Voy con Len para hacer algunas compras —les comunicó al ir a la sala.

Intenté protestar, no es lo que tenía pensado, pero ella ya lo había decidido por las dos.

—E iremos a un salón de peluquería —añadió.

—Ah no, me gusta como está. —Alcé una mano negando.

Mi padre y Sam nos observaron, parecían divertirse.

—Si te lo cortas a capas obtendrás más volumen. Crecerá —me animó—. Voy a por tu cazadora. —Salió rápidamente sin darme opción a responder.

—No hagas nada que tú no quieras —comentó Sam acercándose.

—Bueno. —Me distrajo—. Un corte de pelo no me hará daño. —Cogí un mechón entre mis dedos.

—A mí me parece que está perfecto —aseguró con dulzura.

—Debo estar presentable para mi nuevo trabajo, ¿no crees? —bromeé—. ¿Qué diría el jefe?

Mi padre salió discretamente.

—Se enamoraría de ti perdidamente.

—¿Sí? Vaya… Y yo que pensaba coquetear con él...

Soltó una carcajada.

—¿Nos vamos? —Barsella se asomó precavidamente.

Me volví y asentí.

—¿Necesitas algo? —le pregunté.

—Sí, que vuelvas sana y salva —dijo serio.

—Lo haré, ir de compras no es una de mis actividades favoritas.

—Pues vas a decepcionarla. Qué te diviertas.

Me dio un casto beso en los labios, se quedó mirándome y me crucé con Terry.

—Te he avergonzado, ¿verdad?

—No digas tonterías hija —se apresuró a decir—, necesitáis intimidad. Ve o Barsella entrará a por ti —se mofó.

Una hora después…

—Por lo que parece debe ser muy importante.

—No sé si ha sido una buena idea. —Salíamos de una tienda con unos pantalones vaqueros grises, otro en crudo y una cazadora de piel camel.

—¿Hablar conmigo o ir de compras? —dijo con cierta ironía—. No debemos volver con las manos vacías, él podría sospechar.

—Pues terminemos. —Señalé mi pelo.

Me llevó a un salón de belleza, estaba en una zona peatonal donde las tiendas se repartían a cada lado de la calle, zapaterías, *boutiques*, perfumerías. Mientras ella hablaba con el peluquero y le especificaba cómo quería el corte, una chica más joven que yo se sentó a mi izquierda y comenzó a hacerme la manicura.

—De acuerdo, señora —contestó—, voy a sanear las puntas y después se lo corto a capas. ¿Le parece bien? —me preguntó a través del espejo, necesitaba mi aprobación.

—Sí.

Cuando terminó me aconsejó que lo secara boca abajo, elogiando mí rizo natural.

—Así su rostro es mucho más visible, no sé por qué se empeña en taparlo —comentó.

Y ahora sin ninguna distracción… Necesitaba que ella cuidase de ellos una vez que yo...

—¡Vaya! —resoplé.

—¿Tienes hambre? —No hizo ningún comentario.

Parpadeé sorprendida.

—No.

—Debes comer algo. —Entramos en un café donde los platos con todo tipo de dulces y bollería inundaban el local—. Ve a una mesa. —Se volvió y pidió a la camarera.

Elegí una bastante apartada, detrás de una columna iluminada por focos que había en el techo. Miré la hora y eran las doce del mediodía, me froté las manos sudorosas sobre el vaquero y colgué la cazadora en el respaldo de la silla.

—Como vas a pedirme un favor, yo también quiero que me hagas uno a mí —dijo al regresar y calló al ver a la camarera.

Esta dejó sobre la mesa un café con leche, un bollo y una botella de agua que sirvió en una copa.

—Gracias —le dijo.

—A usted señora —se fue.

—Come un poco y después hablamos. —Me acercó el plato.

—Esto es chantaje—. Cogí el tenedor y el cuchillo y partí un trozo, me lo llevé a la boca, estaba delicioso, pero dejé los cubiertos, no podía comer más, tenía un nudo en el estómago.

—Algo es algo —señaló—. Has estado toda la mañana ausente, pensando en cómo explicármelo, adelante, te escucho.

—Yo… esto…

—Querida. —Posó su mano sobre la mía y la apretó con cariño.

Revelar a Barsella lo que había hecho no entraba dentro de mis planes, pero sí las consecuencias que traerían.

—Si ellos deciden que me una a Ioban —me negué a pronunciar sus nombres. «Debes darle algo a cambio», recordé las palabras de Frey—. ¿Cuidarás de mi padre y en especial de Sam? —Consciente de la pregunta que había formulado sentí un escalofrío.

—Querida, confía en nosotros, no dejaremos que ocurra, nos enfrentaremos a ellos de igual a igual. Tu lugar está aquí.

—No soportaría la idea de que a alguno de vosotros le sucediera algo, eso me aterroriza.

—Elazar tiene el don de anular cualquier poder, no así nuestras habilidades. —Sonrió con malicia—. Lo que no tengo claro es cómo te va a afectar a ti.

—No me importa.

—Debería, ten en cuenta que tal vez después de que Luna hable con los dos debas replantearte, debamos replantearnos, hasta qué punto llegan tus habilidades. Sabes diferenciarnos, has peleado bien. Aunque tu parte humana es débil, nuestra forma de sentir no es distinta a la vuestra, y tú has conseguido calmar su instinto asesino —hizo referencia a Ben— poniendo en riesgo tu vida. Es una sensación que aún no ha sabido describir y la cicatriz que tiene en su rostro nos hace pensar en el daño que puedas llegar a hacerles.

—Todos estáis expuestos —murmuré—. Tenías dudas pero era necesario.

—Hay, digámoslo así, un cincuenta por ciento de riesgo, tanto para ti como para nosotros.

—Gracias por tu confianza —dije irónicamente.

—No pretendía causarte malestar. Cuando llegue el momento estoy segura de que harás que me trague mis palabras y lo que pienso al respecto. —Miró de reojo hacia las ventanas del café. Mi campo de visión era relativamente pequeño, solo podía verla a ella.

—Entonces, ¿cuidarás de ellos?

—Tu confianza en mí siempre ha sido mucho mayor que la mía. Te doy mi palabra, eso he de concedértelo.

Aliviada por sus palabras y por la sinceridad que me transmitían sus ojos...

—Eres la madre que nunca he tenido —reconocí una vez que salimos del bar y caminábamos.

Ella se paró asombrada.

—Jamás me habían dicho algo tan... hermoso —admitió con voz gentil.

—No solo lo pienso yo, también Sam.

—¿En serio?

Asentí.

—Eso quiere decir que podré interferir en cualquier decisión que tenga que ver contigo, ¿como tu progenitora? —tanteó con una mezcla de alegría y cautela.

—Creo que lo has estado haciendo hasta ahora.

—Muy inteligente. —Sonrió—. ¿Sabes?, le va a encantar.

—¿Tú crees? —Rocé con la mano el cabello, estaba mucho más suave al tacto.

—Te da un aspecto mucho más juvenil... Tienes el mismo color que el de tu madre —elogió sin apenas notar el dolor por su pérdida.

—¿Viste la cara del peluquero? —reí—, no parecía estar muy seguro de tus indicaciones...

—Len. —Su tono cambió, así como su cuerpo, estaba rígida y su expresión era de disgusto—. Actúa con normalidad.

—Y, ¿por qué no iba a hacerlo...? —callé.

Artus se aproximaba a nosotras serio.

—Hola —nos saludó—. ¿Puedo hablar un momento con ella a solas? —se dirigió a Barsella.

Esta última me miró y yo asentí. Aunque se quedó a cierta distancia.

—Puede oírme —bufó.

—O eso o nada. —Le puse mala cara.

—De acuerdo. —La miró de reojo, vi que me sonreía complacida.

—Antes de que digas nada, ¿me estás siguiendo? —Mi pregunta le sorprendió.

—¿Te lo ha dicho? —reconoció molesto.

—No. Estoy en lo cierto —refunfuñé.

—Anoche te fuiste sin despedirte, solo quería saber cómo estabas.

—Podías haberme telefoneado.

—Sí. —Torció el gesto—. ¿Qué te has hecho?

—¡Vaya! ¿Te interesa saber que me he cortado el pelo?

—De ti, todo.

—Por favor, esto cada vez es más difícil para mí, no quiero llegar a odiar… —respiré profundamente consciente del significado de esa palabra que no pude terminar.

—En ti no puede habitar ese sentimiento.

—Tal vez no, pero no puedo perdonar lo que hiciste y no sé si algún día llegaré a hacerlo. Necesito tiempo para pensar, para procesarlo.

Con cierta crispación en el rostro dio un paso atrás.

—Sabes que siempre me tendrás —añadió pasados unos segundos. No le respondí, tenía claro por qué—. Cuídate Len. Adiós.

No sé si sonó a una despedida, pero deseé abrazarle. Me contuve, todo estaba muy reciente y más el sueño de anoche. Barsella se acercó a mí cauta.

—Ni una palabra, esto quedará entre tú y yo. —Tiró de mí entrelazando su brazo con el mío.

—Gracias, Barsella —respiré profundamente.

—De nada, cariño, la paciencia de Sam tiene un límite y esto hubiera supuesto… —enmudeció.

Aparté de mi mente la imagen de ellos dos discutiendo.

—Sabe que le quieres y no le haría daño, porque te lo estaría haciendo a ti.

Cuando llegamos a casa estaba mucho más tranquila. Barsella era una persona con la que se podía hablar.

—Estás preciosa y mucho más juvenil—dijo en cuanto entré por la puerta. Dejé las bolsas y me senté en el sofá—. ¿Cansada?

—Un poco, ir de compras es aburrido.

—¿Has almorzado?

—He tomado algo, Barsella ha insistido en ello, pero creo que comeré algo—. El dolor de cabeza había disminuido aunque me seguía sintiendo fatigada y más por el encuentro con Artus.

—Bien, ¿te apetece algo en especial?

—¿Una sopa?

—Voy a ver qué puedo hacer —dijo distraído.

—¿Vas a cocinar tú? —Me sorprendí.

—No es una de mis actividades preferidas… —se mofó.

—Seré sincera si no me gusta —me burlé.

—¿Ah sí?, me lo estás poniendo difícil. —Torció el gesto intentando parecer enfadado—. Te sorprenderé.

—No lo dudo. —Me levanté, necesitaba ir al baño—. ¿Cuánto tiempo necesitas?

—Ve. —Señaló las escaleras—. Te avisaré en cuanto esté.

Me di la vuelta e iba a subir cuando se interpuso entre ellas.

—Te he echado de menos —dijo contra mis labios y absorbí su aliento fresco—. Y estás preciosa.

—¿Sí? —Me alcé de puntillas.

Puso sus manos alrededor de mi cintura y me dejó en el primer escalón. Reí, ahora estábamos a la misma altura.

—La próxima vez iré contigo.

—¿De compras?

—¿No te gustaría?

—Sería muy interesante… y divertido.

—¿Te estás burlando de mí?

—No, no se me ocurriría —reí de nuevo.

—¡Descarada! —exclamó y me dio un beso en los labios haciendo que mi risa cesara. —En quince minutos estará su sopa. —Hizo una reverencia con la mano y salió hacia a la cocina.

—¡Madre mía! ¿Se puede ser más feliz? —me pregunté.

Cuando bajé a la cocina (veinte minutos después), lo hice con un pantalón desgastado, que era muy cómodo, y una camiseta de manga corta. Estaba destemplada así que cogí una sudadera, en ella podía caber otra persona, pero siendo de él y teniendo su aroma… Tenía muy buen gusto con la ropa, esa en concreto era azul marino y de tacto muy suave (sin llegar a ser de terciopelo), con capucha y dos bolsillos en la parte delantera.

—¡Qué bien huele! —comenté desde la puerta.

—Está todo controlado —dijo a través del móvil y removiendo el contenido de la cazuela con una cuchara de madera—. Si no le gusta es porque me has dado mal las indicaciones. —Colgó, la pantalla cambió y en ella vi mi retrato.

—¿No me digas que has tenido que llamar a...?

—Terry. —Me miró disculpándose.

—Habría cocinado yo.

—La próxima vez. ¿Un poco grande para ti no? —bromeó al verme con su sudadera.

—Bueno, yo estoy en tu despacho y en tu teléfono… —me encogí de hombros y me senté. Empecé a comer, estaba estupendo. —Para ser la primera vez, he de decirte que está deliciosa. —Terminé todo, no dejé un solo fideo en el plato.

—¿Más?

—Sí, por favor.

—¿Quieres comer algo más? —preguntó minutos después.

—No, es suficiente. —Llevé el plato al fregadero—. Mi estómago está satisfecho. Tu comportamiento ha cambiado, conmigo no tienes por qué… —Nos sentamos en el sofá.

—Quiero que nuestra relación sea lo más normal posible. Si tengo que salir de compras, cocinar para ti...

—Me conformo con que estemos juntos. —Cambié de posición y me acurruqué a su lado.

—Vas a tener frío. —Intentó apartarse.

—No. —Lo detuve—. Me he aclimatado a tu temperatura, me di cuenta hace dos noches, cuando dormiste a mi lado.

Le vi mirar su sudadera.

—Eres especial.

—Tú haces que me sienta así. —Me ruboricé—. Esto… —Me moví para poder verlo—. ¿Cuándo empiezo a trabajar?

—¿Ansiosa? Tenía planeado llevarte mañana.

—¿Sí?

—Quiero que conozcas a Paul y te familiarices con el lugar, está a quince minutos de aquí.

—¿Y él sabe que soy tu…?

—No, mañana es un buen momento para hacérselo saber.

—Puede pensar que por el hecho de ser tu pareja...

—Déjalo Len, soy el dueño y como tal puedo hacer lo que quiera.

—¿Sin tener en cuenta lo que pienso yo? —Puse mala cara. Me acarició mi mejilla—. Empezar en un trabajo siendo la chica del jefe no me va a poner las cosas fáciles.

—Paul no es ese tipo de hombres.

—Aun así, no me sentiría cómoda —insistí.

Ahora el que ponía mala cara era él.

—Como quieras. —No parecía enfadado, tan solo un poco molesto.

—Puedes hacerlo cuando lleve un tiempo.

—Quizás no haga falta. Me va a resultar un poco difícil, pero me comportaré como un profesional cuando estemos juntos en la oficina. No te prometo que vaya a lograrlo.

No me había parado a pensar en ello, evite mirarle de nuevo sonrojada.

—Veo el rubor en tus mejillas —dijo con humor.

E hizo que me ruborizase aún más.

Cuando me desperté estaba sobre sus rodillas, apoyada contra su pecho, creía que las voces que escuchaba provenían de la televisión.

—Hola. —Parpadeé retirándome un poco—. ¿Cuánto he dormido?

—Una hora. ¿Te hemos despertado? —hablaba en plural, me volví con timidez y vi a Barsella y Lisandro. Enrojecí de vergüenza. Sam me observó divertido apartando un mechón de pelo que caía por mi frente.

—Necesito ir al baño. —Me excusé nerviosa.

Al pasar les salude evitando mirarlos. Lisandro me correspondió con cariño y Barsella soltó una risita.

Me lavé la cara y los dientes, saqué los pantalones y la cazadora de las bolsas y lo guardé en el armario.

—Se te veía muy relajada entre sus brazos —reconoció con humor entrando en el dormitorio—. Vamos, querida, no seas tan vergonzosa, somos tu familia.

Me hizo sonreír.

—Eso está mejor —señaló con aprobación.

—¿Por qué está aquí?

—¿Lisandro?

Asentí.

—No está siendo una tarea fácil convencer a Sam, la idea de verte en acción no...

—Ya lo hemos hablado y creí que había quedado claro —refunfuñé.

—Lisandro necesita tiempo para instruirte y en vista de que vas a estar ocupada...

—¿Lo ha hecho para que no pueda...? —dejé la pregunta en el aire y bajé las escaleras como un ciclón.

Cuando entré en la sala él me miró con gesto de disculpa.

—¿Pensabas que no iba a enterarme? —Mi voz sonó más aguda de lo que pretendía—. Lo tenías todo calculado, ¿verdad?

—Len. —Se acercó.

—¡No! —Levanté una mano para que se detuviera—. No me toques —le advertí con la respiración agitada.

Una mirada de desconcierto se reflejó en su semblante.

—Muy bien, adelante, hazlo, pero yo no estaré para verlo —dijo arrastrando las palabras y salió disparado.

El sonido de la puerta al cerrarse fue como un trueno. Lisandro me detuvo poniendo sus manos en mis hombros.

—Déjale unos minutos a solas.

—Siempre sabes qué hacer y decir en momentos como este.

Negó con un movimiento de cabeza.

—Mis métodos no son los más adecuados, pero sí los más efectivos, debes saberlo —reveló.

—Estoy dispuesta a lo que...

—Lo sé, no temas Len, accederá por el bien de ambos, en un par de días me pondré en contacto contigo. Adiós.

Barsella antes de irse con él me dijo:

—Volverá y lo hará más calmado, si me necesitas házmelo saber. He grabado mi número en tu teléfono.

—Gracias. ¿Dónde estarás?

—Estamos en Drambuy, con tu padre.

—De acuerdo.

Una vez que se fueron me sentí sola. ¿Debería irme también o esperarle? No sabía de qué humor lo haría cuando volviera. Estuve viendo la televisión durante una media hora, cogí un libro y lo dejé minutos después, no podía concentrarme en la lectura. Opté por ir a su despacho y encender el ordenador. Miré mi correo, muchos correos eran de publicidad y fui borrando uno por uno sin leerlos. Hasta que vi uno de Nadia.

«Asunto: El día más feliz de mi vida queda reflejado en estas fotografías».

Me hizo sonreír y necesitaba hacerlo. Pinché en el archivo. En muchas de ellas estaba feliz y muy favorecida. En otras salíamos todos, Sein miraba a Luna con devoción, Otto miraba orgulloso de Vera e incluso Emmanuel junto a Frey, simulando ser el *disc jockey*. Cuando estuvimos sentados en la mesa, no recordaba haber visto a nadie con ninguna cámara de fotos. Las mejillas me ardieron al verme bailar con mis amigas, la persona que las hizo no perdió ningún detalle.

Mi respiración comenzó a ser más agitada de lo normal, captaron el momento en el que él y yo bailábamos, eclipsando incluso a fotografía. Estaba impresionante. Me quedé absorta mirándole. Ante la posibilidad de ver alguna más pulsé en la siguiente con el corazón latiendo fuerte. Quedó patente que no fue indiferente para el fotógrafo ya que había dos más. Una mueca de enfado apareció en mis labios. En una de ella estaba sentado de perfil ligeramente hacia la derecha, tenía un dedo apoyado en la mejilla y otro en la nariz larga y recta, observando con intensidad, su mirada hipnótica y misteriosa me abrasaba incluso a través de la pantalla del ordenador. Ahora mismo podíamos estar juntos compartiendo este momento y haciéndole saber yo lo que me hacía sentir. Suspiré y mi corazón se encogió y estremeció. La siguiente… ¡Madre mía! Como si estuviera en una sesión de fotos, miraba al frente apoyado contra un árbol, con las manos metidas en los bolsillos del pantalón, su boca amplia sonreía con tanta sensualidad… Dibujé con el dedo índice sus labios, casi me caigo del taburete.

—¡Mierda! —exclamé colocándome de nuevo y reí.

Fue una risa nerviosa y después me limpié las lágrimas con el dorso de la mano. Eres patética Len. No sé cuánto tiempo más estuve pegada en la pantalla viéndole. Lo apagué, tenía una idea en mente.

# CAPÍTULO 17
## LA OTRA CARA

Entré en el dormitorio y de la funda saqué mi portátil, lo encendí y volví a mi correo, guardé la fotografía en una carpeta donde tenía muchas más y elegí la opción de cambiar el fondo de pantalla. Ahí estaba él, tan atractivo que era imposible quitarle los ojos de encima, sonreí pero un minuto después dejé de hacerlo. Decidí responder a Nadia, dudé que estuviera conectada, me imaginaba que la fiesta en su honor había durado hasta bien entrada la noche.

Cuando di a enviar, me levanté del taburete y bebí agua. Esperé su respuesta durante unos minutos, porque siendo las siete de la tarde supuse que estaría despierta. Me metí en una página web donde se anunciaban compra venta de coches para informarme un poco.

—Bueno, ya está —dije bostezando, cerré la libreta y la guardé en el bolso. Iba a desconectarme cuando recibí un correo de Nadia.

—He dormido muy poco. Tengo una resaca terrible. ¿Cómo estás?, te fuiste sin despedirte.

393

—No quería fastidiarte. Sí, se te veía un poco contenta.

—Pues espero que pase pronto este dolor de cabeza… ¡Oye! No sabía que mañana empezabas a trabajar ¿Comemos juntas?

—Tómate un par de aspirinas. Pasado mañana, ¿te parece bien?

—Sí. Te llamo para confirmar la hora. Voy a tumbarme. Suerte en tu nuevo trabajo. Adiós Len. Un beso.

—Gracias, otro para ti.

Hablar con ella me vino bien. Dejé el ordenador en la cocina y fui de nuevo al dormitorio. Iba a llamarle cuando vi que su teléfono estaba sobre la mesilla. ¿Tan grave fue lo que le dije?, me pregunté. Pensé en comer algo, pero el no saber dónde podía estar me ponía ansiosa y mi estómago no recibiría bien nada sólido. Sin nada que hacer pensé en darme un baño. En un principio la idea me pareció buena, pero después tras recordar que habíamos estado los dos... Me enfadé conmigo misma y decidí ducharme. Me acurruqué en el sofá y puse la televisión. No sabía de qué iba la película, había comenzado hacía tiempo, pero no cambié de canal, cerré los ojos y le veía en aquella fotografía, arrebatador, seductor, elegante.

Parpadeé al ver la pantalla, era el único sonido que se escuchaba, la voz del presentador fue la que me despertó. ¿Tanto tiempo había transcurrido? Ya que eran las doce de la noche. ¡Vaya!, sí que debía estar enfadado. Me levanté.

—¿Sam? —pregunté a través de la puerta del despacho, no hubo respuesta pero vi que había luz—. ¿Eres tú? —Nerviosa la abrí—. ¿Por qué no me has contestado?, me tenías preocupada… —Estaba detrás de la mesa.

—Creí que hablabas en sueños. —No le dio importancia.

—Pues ya ves que no, ¿puedo saber dónde has estado? —Evité ser brusca.

—Por ahí…

—Estaba preocupada —repetí, y me acerqué.

—Ve a dormir. —El hecho de verme tan cerca le incomodó.

—¿Qué he dicho para que estés así? —murmuré.

—Como si no lo supieras —dijo arrastrando las palabras.

—No, no lo sé —alcé la voz.

—Que no te tocase —reveló sin ninguna sutileza.

—Estaba furiosa —resoplé—, y sabes el motivo.

—No volveré a interferir, te doy mi palabra. Mañana si no deseas venir conmigo lo entenderé.

—Tu intención es buena y creí que ya lo habíamos hablado, de ahí que no me esperase algo así. Tu padre dijo que era por el bien de ambos.

—He accedido, si es lo que quieres oír.

—Pensé que ya lo habías hecho —le recordé.

Apretó la mandíbula.

—Debo revisar unos documentos, si me disculpas. —Abrió uno de los cajones, los sacó, se sentó y comenzó a leerlos.

—Mañana iré contigo, a no ser que cambies de opinión. —Capté su atención y apartó la vista de ellos—. No te molesto más. —Salí sin darle opción a responder, aunque dudé que quisiera hacerlo.

Y así fue, a las nueve y media de la mañana salimos de casa y entramos en el coche, llovía. Terminé de arreglarme media hora antes, me esforcé en hacerlo eligiendo una camiseta de manga larga en tono pastel, vaqueros, las botas que me regaló y la cazadora que me compré el día anterior. Me miré en el espejo del baño de refilón, era consciente del cansancio mezclado con la preocupación e inquietud, de ahí que no dedicase ni un solo segundo para comprobarlo.

Cuando fui a la cocina a servirme una taza de café le vi subir, no quería compartir el mismo espacio conmigo, y mucho menos el dormitorio. Demasiado cruel viniendo de él, ¿o tal vez era un castigo? Ahora me daba cuenta del efecto que le produjeron mis palabras. Sostuve la taza en el aire, deleitándome al verle. Iba vestido con unos pantalones vaqueros negros, a juego con la cazadora de piel y una camisa blanca.

—¿Nos vamos? —dijo cogiendo el mando del coche.

—Sí —tartamudeé.

Aparcó en una de las muchas plazas que estaban vacías. Los escalones nos llevaron a dos puertas de cristal y, mientras abría, observé los grandes ventanales que rodeaban el edificio. Al entrar pulsó un interruptor, las luces iluminaron el suelo de hormigón pulido: a mi izquierda había dos turismos, uno blanco y otro negro, de cinco puertas; a mi derecha… sentí la adrenalina nada más verle, un BMW M6. Silbé maravillada.

—Fue el capricho de un multimillonario. Es una pena, no lo disfrutó —me explicó.

Levanté una ceja perpleja. Cuando vi el que estaba a su lado, fue un flechazo a primera vista. Sí, lo sé, un poco ilógico tratándose de un cuatro por cuatro, pero este… un Range Rover Evoque.

—También es del mismo tipo —añadió.

Saqué los apuntes del bolso y les eché un vistazo.

—Veamos. —Me puse al lado del BMW y leí mentalmente—. Motor, gasolina; potencia, 560 CV; cambio automático de siete marchas con doble embrague; velocidad máxima, 250 km/h, de 0 a 100 km en 4,2 segundos. Pasé una hoja y después otra. ¡Vaya!, no sabía nada de aquel cuatro por cuatro.

—Esta es tu mesa.

Alcé la vista. Era amplia y blanca, con su ordenador, una carpeta a su lado y varios ficheros en la parte izquierda. Me acerqué.

—Ahí tienes toda la información que necesitas —señaló—. Ven —le seguí hasta una puerta, él se quedó a un lado, abrió y dejó que entrase primero—. Mi despacho.

La mesa de escritorio estaba sobre una alfombra de pelo grueso en tonos grises, negros y rojos, con dos sillas en la parte de delante. El perchero se encontraba a mi derecha, en el otro extremo una estantería con ficheros numerados. Cuando miré a mi alrededor, los ventanales eran diferentes, estaban tintados. Se acomodó en la silla giratoria y encendió su ordenador.

—Voy a ponerme al día —susurré decaída.

Entre él y yo la tensión seguía siendo palpable.

—Len.

—¿Sí? —Me volví nerviosa y con cierta esperanza.

—Paul no tardará en llegar. —Se removió incómodo y desvió la mirada—. Por favor, hazle saber que estoy aquí, quiero hablar con él.

—De acuerdo —salí.

Estaba siendo tan profesional… y no tenía idea del porqué de su actitud. Fui hasta mi mesa, dejé la cazadora y me senté. Alcé la mano, suspiré aliviada, todavía conseguía producirle ese efecto, pero me enfadé conmigo misma, debía comportarme y ser tan competente como él, mi labio inferior lo agradecería. No me percaté de la hora hasta que Paul se acercó a mi escritorio.

—Salgamos a almorzar.

Miré de reojo el despacho.

—En nuestro contrato se especifica que tenemos una hora para hacerlo.

Tenía una figura esbelta, impecable, pelo rubio peinado hacia la izquierda de forma descuidada. Calculé que tendría cuarenta y cinco años. Sus ojos grises eran grandes, le conferían una mirada calmada e irónica. Bajo su boca fina y pequeña, la barbilla de línea recta y firme estaba oscurecida por la barba de dos días.

—Por lo que veo no tienes coche. —Se puso la americana gris del traje e hice lo mismo al tiempo que apagaba el ordenador.

—Me ha traído Sa… el jefe —respondí evitando mirarle.

—Ah… —Su rostro no reveló nada.

—Cass, nos vamos —le dijo llamando a la puerta, sus ojos se encontraron con los míos.

—Bien. —Parecía molesto.

¿Debería quedarme? No, lo descarté inmediatamente. Paul sospecharía y mi estómago pedía urgentemente algo sólido.

—¿Cuánto tiempo llevas trabajando en la empresa?

Nos acomodamos en una mesa que parecía reservada para él, porque cuando entramos le saludaron con familiaridad. El restaurante al que me llevó estaba a diez minutos. Era un local bastante concurrido donde la gente almorzaba con el tiempo justo para volver a su trabajo. Los camareros anotaban en sus libretas y se metían en la cocina con un ritmo frenético. Él pidió un bistec con patatas fritas acompañado de una cerveza sin alcohol. Yo me decanté por una hamburguesa de pollo, ensalada y agua.

—Tres años —dijo mientras comía—. El hecho de que nuestra relación sea buena no quiere decir que pueda traspasar los límites entre empleado y jefe. —Bebió un poco de cerveza.

Estaba haciendo alusión a cuando llegó, le dije que Sam quería verle, sin utilizar el apellido como él.

—La próxima vez lo tendré en cuenta.

—Muy perspicaz. —Sonrió irónicamente—. Puedes dirigirte a él como quieras, pero siendo tu primer día… —observó sin ánimo de ofender—. Y, ¿cómo te contrató?, de las entrevistas me suelo encargar yo. —Percibí curiosidad.

¿Decirle la verdad? No, aún no le conocía.

—Mi padre y él se conocen, son amigos desde hace algunos años y me ofreció el puesto. Antes has hecho mención al contrato, de momento no he firmado nada. —«Si supieras que podría ser tu jefa», pensé.

—Entonces estás a prueba.

—Digamos que sí, pero que quede claro que por ser la hija de...

—Tranquila. —Levantó las manos—. No pienso juzgarte, pero si no lo haces bien tendré que informarle, normalmente nunca viene y debo encargarme de todo.

—De eso estoy segura. —Se le veía muy competente, de ahí que Sam confiase tanto en él—. Espero que no tengas que hacerlo. —Bebí un trago de agua—. Además, no creo que vaya a estar mucho tiempo. Este puesto es de Larisa, no quiero que a su vuelta se quede sin él.

—Sincera y humilde, en este negocio debes ser más ambiciosa —comentó.

—Me conformo con desempeñar bien mi trabajo.

—Para ser tan joven, tienes las cosas muy claras.

—No te voy a sermonear sobre mi vida, que ha sido complicada, pero soy una privilegiada. Hay personas a las que conozco que lo han pasado peor. —Vinieron a mi memoria todas y cada una de ellas.

—Tengo la sensación de que te sientes culpable, ¿me equivoco?

—Creo que deberíamos volver. —Odiaba ser tan transparente.

Me levanté e iba a pagar cuando...

—No, hoy invito yo. Cuando cobres tu primer sueldo —dijo y sacó unos billetes de su cartera—, lo harás tú.

—Puedo permitírmelo —protesté.

—No, otro día. —No dio lugar a más discusión.

Si no tenía bastante con Terry...

—Gracias Paul.

—¿Por la comida o la conversación? —bromeó entrando en el coche.

—Creo que nos vamos a llevar muy bien. —Sonreí levemente.

—Le agradezco su confianza señorita Cooper —me correspondió utilizando mi apellido a modo de broma.

—Siento mucho si te he incomodado con mi última pregunta.

—No, no te preocupes.

Cuando entramos en el edificio, la puerta de su despacho estaba abierta, pero no había rastro de él. Una hora después le vi entrar y desvié la vista del ordenador. Estuve memorizando cada detalle, prestaciones, los años de antigüedad así como los kilómetros, y de repente mi mente quedó en blanco.

—Señorita Cooper, ¿puede venir a mi despacho? —exigió con aire despectivo—. Por favor.

La mesa de Paul quedaba a unos diez pasos de la mía, nos estaba mirando discretamente. Me levanté y entró detrás de mí.

—He pensado… —comenzó y sacó unas llaves de su cazadora— que deberías tener un coche. —Se acercó, me agarró del brazo y las dejó en la palma de mi mano, su contacto me aturdió—. Vas a venir por tu cuenta, el jefe no trae al trabajo a sus empleados. —Se retiró.

Me limité a mirarle enfadada, pero no dije nada.

—Como tú querías —añadió.

Aún me quedaba un poco de orgullo, así que…

—Gracias, señor Cass, ¿algo más?

Sus ojos helados brillaban de furia.

—No, puede seguir con lo que estaba haciendo —sugirió impasible caminando hacia la mesa.

Mi enfado reemplazó a la cautela.

—Mañana he quedado con Nadia para almorzar. No quiero causar más molestias.

Resopló desconcertado.

—Len… —Su tono había cambiado, parecía que se ablandaba un poco.

—Gracias. —Me volví y salí.

Resopló de nuevo. A las seis en punto Paul y yo entrabamos en nuestros respectivos coches. Yo, en el cuatro por cuatro con el que habíamos ido a Onabia, me encantaba.

—Conduce con cuidado —me dijo bajando la ventanilla de su turismo—. ¡Caramba!, vaya manera de llover.

—Tú también, hasta mañana.

Salió dando marcha atrás y cogió la autovía. Hice lo mismo e iba a girar cuando inesperadamente la puerta del copiloto se abrió. La lluvia caía por su rostro, dejé de respirar, estaba tan sexi...

—Conduce. —La cerró.

—Pero...

—Quiero asegurarme de que llegas a casa sana y salva.

—¿Lo quiere mi jefe o Sam?

—Ambos.

Me arrepentí de ser tan brusca, dada la preocupación que vi en su semblante. Los últimos vestigios de la hora punta de la tarde y la lluvia torrencial hicieron lento el regreso a casa. Cuando llegamos, dejé la cazadora y el bolso sobre el sofá.

—Habla conmigo, por favor —le supliqué, ya que no me había dirigido la palabra en todo el camino.

—Ya te lo he dicho, he accedido. ¿Qué más quieres oír?

—Tu perdón.

Me miró con el rostro distorsionado.

—Estaba furiosa, y no es una excusa, pero...

—No solo fueron palabras, no podré borrar la expresión de tus ojos al decirlas.

—¿Tan poco me conoces como para llegar a pensar...?—Capté el desagrado de mi propia voz—. Hazme saber hasta cuándo durará el castigo, porque el daño puede ser irreparable. —Cogí el bolso y la cazadora y subí al dormitorio.

A la mañana siguiente atendí la llamada de una pareja, en la que la voz de ella interrumpía constantemente.

—Cariño, deja que hable yo. Sí, se lo preguntaré —le decía pacientemente.

Quedaron en venir a ver uno de los dos turismos por la tarde. Estaba nerviosa, probablemente sería mi primera venta. A las dos menos cuarto me abrigué y cogí el teléfono del bolso. Leí el mensaje que me había enviado mi amiga.

«Te espero a las dos en punto en la catedral, luego decidimos dónde ir. Nadia».

—He quedado para almorzar.

—¿Tienes una cita? —preguntó divertido.

—No, Paul, con una amiga. —Sonreí y guardé el móvil con manos temblorosas.

—¿Y por qué estás tan nerviosa?

«Qué observador», pensé.

—Tal vez sea mi primera venta —le expliqué que había quedado por la tarde con una pareja.

—¡Caramba!, tu segundo día y...

—Tal vez.

—Yo tardé un mes —me reveló.

—Creo que ella me va a poner las cosas difíciles —hice referencia a la forma de interrumpir a su novio.

—Las mujeres sois más exigentes —aseguró.

—Todas no, Paul. Todas no.

La mañana había transcurrido con tranquilidad. De vez en cuando me volvía y miraba discretamente el despacho, pero no salió en ningún momento, hasta que escuchó que me iba. Esperó a que Paul lo hiciera antes.

—¿Hablabas en serio?

Le miré sin comprender.

—¿Piensas que te estoy castigando?

—¿Por qué me lo preguntas aquí pudiendo hacerlo en casa?

Apretó los labios y resopló impaciente.

—Sí —decidí finalmente.

—Esa no es mi intención. —Me miró con fijeza.

—Quién lo diría —dije sarcástica eludiendo su mirada.

—Len… —pronunció con angustia.

—Me evitas constantemente, en todos los sentidos, y ¿quieres que crea que no es un castigo?

—Dame un poco más de tiempo —pidió con mayor ansiedad.

—Tomate el que necesites, pero no solo sufres tú. Debo irme. —Miré el reloj—. Nadia es muy puntual.

Me conmovió, pero como había dicho, necesitaba tiempo y espacio. Yo no pretendía invadirle. Llegué cinco minutos tarde. Mi amiga miraba su reloj cuando cruzaba la carretera, la saludé levantando la mano.

—Por fin has cambiado de aspecto —dijo observando mi corte de pelo. —¿Dónde te apetece ir?

—Lo dejo a tu elección. —Alcé los hombros distraída.

Fuimos al pasaje Bruk, dejamos atrás los bares donde solíamos ir y caminamos un poco más.

—Este restaurante ha sido inaugurado hace una semana, ayer me trajo Etiene a cenar para celebrarlo más íntimamente. —Sonrió sonrojándose.

Un hombre trajeado nos abrió la puerta y saludó cortésmente.

—¿Mesa para dos? —nos preguntó.

—Sí —respondió ella.

—Bien, por aquí, por favor.

Le seguimos a un amplio comedor y nos llevó hasta una mesa dónde podíamos disfrutar de la vista.

—¿Les parece bien?

—Perfecto —dijo Nadia.

—Ahora mismo les toman nota. —Volvió a la entrada.

—Este sitio no es un poco…

—¿Lujoso? Puede que te lo parezca, pero no deja de ser un restaurante. —Se quitó el abrigo y lo dejó en una silla diseñada para ello—. Te atienden de maravilla y la comida es excelente.

No supe qué pedir, en la carta vi tantos platos y tan elaborados... De primero mi amiga pidió crema de calabaza, de segundo, un taco de bonito a la plancha con pimientos verdes. Yo me decanté por la ensalada de pasta con verduras crujientes y salsa de yogurt, y escalopines de ternera con salsa de setas.

—¿Hasta qué hora duró la fiesta? —pregunté sirviendo el agua en nuestras copas.

—Hasta más o menos las seis de la madrugada. —Puso los ojos en blanco—. Pero mereció la pena.

—Siento haberme ido sin deciros nada.

—Tranquila, sabemos el motivo por el cual lo hiciste.

—¿Vera?

Asintió.

—Tarde o temprano tenía que suceder, Len, nosotras distinguimos perfectamente cuándo un chico nos mira con interés.

—Todas menos yo.

—Tú también —me corrigió.

El camarero nos trajo el primer plato.

—¿Quién hizo las fotografías? —pregunté cambiando de tema. No pasó inadvertido para ella.

—Vino recomendada por Frey. —Introdujo la cuchara en su plato y apartó una tira de cebollino—. Creo recordar que se llama —pronunció varios nombres y negó con un movimiento de cabeza—. Ya me acuerdo, Larisa.

—¿Larisa? —repetí sorprendida dejando el tenedor sobre el plato, podría ser una coincidencia pensé.

—En su tiempo libre se dedica a hacer reportajes fotográficos, bodas, fiestas, graduaciones. Se retiró antes que nosotros, estaba muy pálida y el viejo Frey se ocupó de ella.

—¿Cómo es? Quiero decir físicamente —seguí comiendo.

—Déjame ver. —Cogió su bolso y sacó una *tablet*—. Fue el regalo de Etiene. —Deslizó su dedo índice por la pantalla—. Veamos, estoy segura de haberla visto junto a Emmanuel y Frey. Sí, aquí está. —Me lo enseñó.

Respiré profundamente. El parecido con Paul era más que evidente (¿otra coincidencia?), aunque su cabello recogido a un lado en forma de coleta era más oscuro. El vestido largo y negro, con escote corazón, hasta las rodillas y con mangas cortas de encaje, le quedaba como un guante. Debía reconocer que era una chica muy atractiva y su figura era espléndida.

—¿Sabes dónde trabaja? Aparte de hacer...

—En una empresa de compraventa de automóviles —enmudeció.

Nos envolvió el silencio, hasta que dije:

—Trabaja para Sam, yo la estoy sustituyendo —le expliqué—. ¿De qué se conocen? —Señalé a Frey.

—Su padre y él son viejos amigos.

—Le conozco. Trabajamos juntos.

—Y no lo sabías, ¿verdad?

—No.

—Qué casualidad, ¿no crees?

Me encogí de hombros. No creo en ellas, pero tal vez en esta ocasión... Sentí la tentación de verle aunque fuera a través de la pantalla y deslicé mi dedo sobre ella. Ahí estaba, arrebatador. Sin poder explicarlo, mi cuerpo reaccionó como si pudiera sentirle cerca. Pasé a la siguiente fotografía nerviosa y las imágenes pasaron rápidamente, una fotografía tras otra, no conté cuántas había. Las instantáneas eran de él caminando hasta detenerse ante la cámara sonriendo relajado. Por unos segundos fui presa de una cólera irracional, no me sonreía a mí si no a otra.

—No ha sido indiferente para ella —dijo en voz baja.

El camarero retiró los platos, dos minutos después trajo el segundo, mi apetito había desaparecido.

—¿Celosa? —Sonrió. La miré enfadada—. El que tenga éxito entre las mujeres no quiere decir... No deberías tener ese sentimiento, él te adora.

—Ahora mismo no estoy muy segura —murmuré.

—¿Habéis discutido por esa chica? —hizo referencia a Larisa.

—No las ha visto, creo. —Miré la pantalla, pude leer en sus ojos la complicidad entre ambos, supuse que se acercó a ella para evitar que le fotografiase más.

—Come un poco. —Alargó el brazo y cogió la *tablet* dejándola a un lado de la mesa—. ¿Quieres hablar de ello?

—Me gustaría preguntarte algo y que tu respuesta sea lo más sincera posible.

—De acuerdo, antes, pruébalo. —Señaló el plato.

Quedó satisfecha cuando lo hice. La carne estaba deliciosa y muy tierna, se deshacía en la boca. Fue una pena no poder comer más. No le expliqué el verdadero motivo de nuestra discusión, aunque se hizo a la idea tras confesar las palabras que tanto daño le habían causado.

—Eso para un hombre es… terrible. —Sabía de lo que hablaba—. Pero cuando nos enfadamos y creemos tener razón decimos lo primero que se nos viene a la cabeza sin pensar en el daño que podemos hacer a la otra persona.

—¿Crees que mis palabras llegaron a mis ojos?, quiero decir…

—Bueno, hace unos minutos casi me fulminas con la mirada, no he tenido mucho tacto, y esa es la razón por la cual lo has hecho. Si él considera que sí, entonces amiga mía, no ve lo que yo.

—Gracias. —Sonreí con timidez y parpadeé evitando que se me saltasen las lágrimas.

—No te culpes por expresar abiertamente lo que sientes en cada momento.

—¿Cómo le hago entender?

—Lo amas y de eso no puede tener ninguna duda, abrázalo, acarícialo y bésalo aunque no quiera, dejará su orgullo a un lado. —Suspiró pesarosa.

—Percibo… ¿Estáis bien Etiene y tú?

—Lo vuestro ha sido motivado por una discusión, en cambio… la razón que le lleva a hacer algunos comentarios hirientes… —Dejó los cubiertos sobre el plato y cruzó las manos—. Debo hacerte una confesión, antes te pediría que no me juzgases.

—Gracias por tu confianza. —Puse mala cara.

—No te enfades, sé la opinión que tienes al respecto. —De nuevo cogió la *tablet* y encontró lo que buscaba—. Me he enamorado de este hombre —dijo abrumada por la emoción—, y él de mí.

Mientras observaba la fotografía, su cabello liso y rubio enmarcaba un rostro delgado, sus ojos azules revelaban determinación mezclado con la timidez al mirarla.

—¿Cuándo?, ¿cómo?

—Es uno de mis profesores, bueno, era. —Su voz fue melodiosa—. No lo sé, surgió.

Su respuesta fue inquietante, porque si dudaba era motivado por el miedo a ser juzgada.

—Y, ¿qué pasa con Etiene?, ¿lo sabe? —pregunté alzando la voz.

—No. —Parecía ofendida.

—Y, ¿tú y él habéis…? —vacilé.

—¿Por quién me tomas?, por supuesto que no.

—Vaya, lo siento.

—No importa, entre nosotros nunca ocurrirá nada. Es, digámoslo así, un amor platónico.

—Pero… no lo entiendo.

—Él me hace sentir que soy especial, sabes lo que significa, ¿verdad?

Las dos nos sonrojamos.

—Cada hombre o mujer piensa y siente de forma diferente. ¿Por qué puedo querer a dos hombres? Tal vez tenga esa capacidad o quizás busque ciertas carencias… El caso es que me he enamorado, y quiero muchísimo a Etiene, no le dejaré nunca, a no ser que lo haga él.

Me conmovió de tal forma que opté por no decir nada.

—Siento mencionarlo, pero ahora sé perfectamente por lo que está pasando Artus —reconoció con cariño tras pronunciar su nombre—. Sus sentimientos por Misti son diferentes, a ti te quiere más.

—Por favor, Nadia, no sigas —pedí molesta.

—¿Nunca percibiste nada? —lo ignoró.

—Le quiero, pero no de esa forma, y jamás he pretendido darle ninguna esperanza —reconocí con sinceridad.

—Quizás haya interpretado tus señales de forma distinta.

—¿Señales? —arrugué la frente.

—Hay ocasiones que he captado un halo de misterio en ti, y eso les atrae. Aparte de ser una chica muy atractiva —observo rápidamente—. Aunque tú no lo veas, pienso que le has seducido sin ser consciente.

—¿El que seas tan sincera es por algún motivo en concreto? —pregunté de mal humor.

—Sí, hablé con él en la fiesta, le dije que no tenía ninguna posibilidad, solo con veros bailar… ha sido muy comentado por la gente que estuvo, y que nunca antepondrías vuestra amistad.

—Misti —susurré.

Si hubiera tenido a Larisa frente a mí, ahora mismo el agua no estaría en la copa, pero, ¿por qué culparla? Si ejercía ese efecto en mí, ¿la habría seducido sin ser consciente?, ¿o lo hizo ella? La oportunidad de verle la había aprovechado bien, ya que Sam no iba mucho por la empresa.

—Len, donde quiera que estés vuelve —bromeó, aunque ninguna rio.

—Perdona.

—¿Tienes tiempo para tomar un café?

—¡Mierda! —Miré el reloj—. He quedado con una pareja para ver un coche. —Me levanté rápidamente.

—¿A qué hora? —Cogió la *trench* y guardó la *tablet* en el bolso.

—Ya llego diez minutos tarde. —Me puse la cazadora y saqué del monedero unos billetes.

—Invito yo. —Los guardó en mi bolso.

—No. —Fui más rápida que ella al coger la cuenta—. Quédese con el cambio —le dije al camarero.

—Gracias señorita, espero que la próxima vez vuelvan con más apetito. —Recogió los platos sin apenas tocarlos moviendo la cabeza descontento.

—La comida estaba deliciosa, recomendaré este sitio a todos mis amigos —le contestó.

—Nadia. —Tiré de ella.

—Solo quería ser amable. —Caminamos deprisa y nos despedimos.

—Conduce con cuidado, y si necesitas hablar…

—Te llamaré. —Crucé la carretera corriendo y me subí al coche.

Cuando entré hablaban con Paul.

—Lo siento. —Me acerqué y me presenté estrechando sus manos.

—No importa, ahora solo queda probarlo —dijo mirando a su novia entusiasmado.

—El señor Cass quiere verte —me dijo Paul al oído—. Ya me encargo. —Fue hasta su mesa y sacó las llaves de un cajón, le seguí hasta ella.

—¿No puede esperar? —murmuré.

Me miró contrariado.

—Especificó que te lo hiciera saber en cuanto llegases.

Resoplé, no hacía falta que me lo dijera. Él ya sabía que estaba.

—Seguirá siendo tu primera venta, has conseguido traerles hasta aquí, y eso normalmente no sucede —añadió en voz baja—. ¿Nos vamos? —preguntó a la pareja.

—¿Querías verme? —Entré y cerré la puerta.

—Si no quieres que sospeche, deberías ser más puntual. Tenías una cita con un comprador, de no estar Paul, ¿quién les hubiera atendido?

¡Vaya!, su humor seguía siendo el mismo.

—Tú. —Me encogí de hombros.

—¿Yo? —bufó—. Si estoy aquí es... para no perderte de vista, ¿o debo recordarte lo que sucedió en la tienda de tus amigas?

—No lo he olvidado —le respondí calmada.

—¿En qué momento decidiste que no tenías apetito?

—¿¡Cómo!? —exclamé desconcertada, e inmediatamente me di cuenta de que mi cuerpo me lo advirtió.

—Estaba inquieto, responde, por favor —pidió con voz gentil.

—Esto... —titubeé—. Nadia ha conocido a otra persona, no puedo decirte más. —Jamás dejaría de confiar en él, pero contarle que se había enamorado de otro... estaba segura de que haría mención a Artus.

—Esta noche cenarás algo sólido, debes estar fuerte para cuando mi padre decida... —enmudeció.

—Sam… —Me acerqué hasta su mesa, cuando apoyé el trasero en ella mi pierna rozó la suya, se estremeció y apretó la mandíbula.

«Hazlo aunque no quiera», la voz de Nadia revoloteó en mi cabeza y mi cuerpo respondió ante ella. Me senté sobre sus rodillas y cogí su rostro con ambas manos, deseaba besarle, no sabía hasta qué punto lo necesitaba.

—No —murmuró serio retirándome las manos y dejándolas sobre mis piernas—. Ahora no.

Bajé la mirada, no estaba avergonzada, si no todo lo contrario, pálida. Me incorporé y caminé compungida, saliendo del despacho sin prestar atención a mis pasos, estaba demasiado conmocionada por su rechazo. ¿Quería que sintiera lo mismo? Su castigo, ¿terminaría aquí?

Mientras colocaba unos papeles de mi escritorio, la puerta y la rampa se accionaron al mismo tiempo. Paul aparcó el turismo blanco y bajaron.

—Señorita Cooper, me debe una —dijo de buen humor.

—No, la venta es tuya. —Alcé los hombros distraída.

—¿Va todo bien?, estás muy pálida. —Su preocupación fue evidente.

—Creo que me ha sentado mal el almuerzo. —Sonreí levemente—. Están esperando —susurré mirando a la pareja.

—En una hora u hora y media podéis venir a recogerlo, ya es vuestro. —Estrecharon sus manos y se fueron.

Colgué el teléfono exasperada.

—¿Algún problema? —preguntó ojeando los papeles que habían firmado—. Pareces enojada.

—Normalmente tengo mucha paciencia, pero creo que ese tipo me estaba poniendo a prueba. —Miré el teléfono poniendo mala cara—.

413

Estaba interesado en el BMW M6. Si mañana decide venir no pienso atenderlo —admití incómoda.

—No seas niña… —comentó calmado.

Eso me dio pie a…

—¿Qué tal está Larisa? —pregunté en voz alta consciente de que él me oiría, aunque lo habría hecho igual si lo hubiera murmurado—. Bueno, tu hija.

Alzó la vista perplejo.

—Es a ella a quién estoy sustituyendo.

—Mañana le darán el alta, lo mejor es que se recupere en casa. ¿Cómo lo sabes?

Le expliqué lo que me contó Nadia, haciendo referencia a que era una chica muy guapa y que el parecido entre ambos era evidente.

—No deja indiferente a nadie. —Miró de reojo el despacho—. Tiene muchos admiradores…

En ningún momento lo dudé. Un ruido procedente de él nos distrajo. Abrió la puerta con fuerza, su expresión no dejaba lugar a dudas, estaba furioso.

—Quiero hablar contigo —le dijo a Paul—. Ahora —gruñó.

Pasó delante de mí haciendo un gesto tranquilizador con la mano. Cierto nerviosismo se concentró en mi estómago.

—Entre tu hija y yo nunca ha ocurrido nada —le decía con dureza.

Me detuve a escasos pasos de la entrada y quedé paralizada, mi corazón era el único que se movía frenéticamente.

—Es una chica muy bonita —continuó—, pero el caso es que yo amo a otra mujer, desde hace tiempo.

—Algo intuía —le respondió.

—Quiero que quede claro para ambos.

—Me pidió que fueras a verla, saldrá del hospital a última hora de la tarde.

—¿Mañana?

—Sí. Oye Cass, no creo que a la señorita Cooper le haya molestado, a no ser que estemos hablando de ella.

—Muy astuto Paul, muy astuto.

No podía seguir escuchando más, con la excusa de que debía llamar por teléfono, lo cogí y salí.

—Hola querida —me saludó con cariño.

Miré el móvil extrañada. Había marcado el número de mi padre, ¿por qué respondió Barsella?

—Hola, ¿está Terry por ahí? —pedí con cierto malestar. —Pásamelo.

—Len, ¿va todo bien? Ahora mismo se pone, ¿sabes?, está cocinando. —Su tono era divertido.

—¿Cocinando?, ¿para quién?

—¿No es obvio?, para ti… —Soltó una carcajada.

—Ah…

—Ten. —Le escuché decir.

—Hola hija.

Necesitaba oír su voz sosegada, aunque la imagen de verlo cocinando podría llegar a ser surrealista.

—Iba a ir esta tarde a verte y necesito saber que te alimentas bien. —Típico de un padre.

—Papá —protesté.

—Debes estar fuerte —advirtió con seriedad—. Barsella insiste en saber si todo va bien, ha notado cierto malestar en tu voz. Dime, ¿es por el trabajo?

—No, todo está bien. Esto… ¿tú sabías que me mantendría ocupada y vigilada por...? —callé.

—No cariño, aún no he tenido la oportunidad de hablar con él sobre ese tema, ninguno sabíamos de sus intenciones.

—Si lo haces, has de saber que mi decisión no va a cambiar. Por si intenta que medies entre ambos.

—¿Sabes lo orgulloso que estoy de ti? Eres un lince.

—En algo me tengo que parecer a mi padre, ¿no? —Sonreí—. Te quiero.

—Y yo a ti hija.

Colgué. Aproveche para llamar a Misti, pero su teléfono estaba desconectado. Cuando entré, Paul estaba en su mesa y la puerta del despacho cerrada.

—¿Una llamada importante señorita Cooper? —No alzó la vista, miraba el ordenador impasible.

—Eh… sí, necesitaba hablar con mi padre.

—Entiendo.

—Espero no haberte metido en ningún problema —musité.

—Puedes estar tranquila —murmuró alzando la vista.

Media hora después la pareja regresó y Paul les hizo entrega de las llaves. Cuando se fueron, se dirigió al baño que estaba a mano izquierda de su mesa y a unos dos metros. Con un gesto involuntario de dolor me recliné en el asiento. Respiré profundamente cerrando los ojos y lo expulsé por la boca. Mi estómago protestó con un ruido sordo. No pasó inadvertido para él, salió y caminó hacia mí. Levanté la mano libre haciéndole ver que estaba bien. Lo ignoró y se inclinó, nuestras miradas quedaron a la misma altura, la suya era de preocupación.

—¿Cuánto hace que no te alimentas?

—Eh… no me acuerdo —respondí con dificultad.

Él resopló.

—Vamos, te llevaré a casa.

Sin ningún esfuerzo me ayudó a levantarme. Mis piernas no obedecían la orden de mi cerebro. «Por favor, os necesito, no hagáis que esto se convierta en un espectáculo», pensé. En ese momento Paul salió del baño, y por un segundo reaccionaron, creo que fue por la vergüenza. Sam me sujetaba con fuerza por la cintura. Se aproximó hasta nosotros con grandes zancadas.

—¿Qué ocurre?

—Ve al despacho, coge las llaves de mi coche y apárcalo en la entrada. Voy a llevarla a casa.

Hizo lo que le pidió, también cogió mi bolso y la cazadora.

—Sabía que algo pasaba, la he visto más pálida de lo habitual —comentó como un padre ansioso.

—Paul —dijo impaciente e inmediatamente su tono cambio—, gracias.

—Espero que te mejores —me dijo.

—Me tendrás aquí mañana —pese al dolor bromeé.

A duras penas pude caminar, lo hice al ver que estuvo tentado a cogerme en brazos. Ya en el coche, me quitó de las manos el cinturón de seguridad y lo abrochó, quise protestar pero opté por no hacerlo. Cerré los ojos y me recosté en el asiento. No quería preocuparle más de lo necesario y me quedé quieta, sin mostrar ningún signo de dolor, aunque mi estómago no parecía colaborar.

—Len. —Su voz era increíblemente profunda.

Abrí los ojos y le miré.

—Dime cómo estás.

«He visto tantas veces cómo sientes el dolor que jamás podré acostumbrarme», recordé sus palabras y el tono que usó al pronunciarlas.

—Está disminuyendo —mentí alargando el brazo y envolví su mano con la mía.

No sé si fue por el contacto o porque sabía que le estaba mintiendo, pero mi respuesta no le convenció. En esta ocasión aparcó mucho más cerca, en una bocacalle estrecha donde no había salida. Se apeó del coche rápidamente, abrió la puerta y me tendió la mano. Agradecida por su contacto, me estremecí.

—¿Puedes caminar? —Sin darme opción a responder y en una fracción de segundo me levantó y caminó conmigo en sus brazos.

—Mi estómago no me impide caminar, bájame —dije sin mucha convicción.

—No. —Puso mala cara.

Sentí la tentación de besarle, nuestros labios estaban tan cerca... Antes de esconder mi rostro, intercambiamos una mirada, en sus ojos pude ver un destello, él también había sentido lo mismo.

—No te muevas. —Me dejó en el suelo y fui hasta el sofá.

Dos minutos después la necesidad fue tal...

—Despacio —sugirió con dulzura.

Dejé el vaso en el aire y alcé la vista. ¿Te divierto?, me pregunté tras ver su expresión burlona. Mis labios estaban mojados por el líquido, saqué la lengua con descaro y lo saboreé despacio sin apartar los ojos de él.

—Len —resopló impaciente.

Bebí el resto y puse el vaso sobre la mesa, satisfecha, muy satisfecha, sonreí mentalmente. Visiblemente molesto respondió. Mientras hablaba por teléfono cogí el mando de la televisión. Su mirada penetrante acercándose a mí, ¡uf!, me había librado por los pelos consciente del efecto que le produjo. ¿Y qué?, era lo que quería ¿no? Sonreí con picardía. Poco a poco mi estómago se fue calmando. Me tumbé en el sofá viendo la previsión del tiempo. Vaya, ahora estaba mucho mejor, aunque cansada. Escuché unos pasos detenerse.

—¿Cómo te encuentras?

—Bien.

—¿No has percibido ninguna señal advirtiéndote de que lo necesitabas? —La sospecha teñía su voz.

Me incorporé ligeramente y negué con un movimiento de cabeza. Nos envolvió el silencio durante unos minutos y la imagen de ver cómo se desangraba… Si ya era bastante desagradable, como para pensar en ese sueño como señal.

—La culpa es mía. ——Meneó la cabeza—. Debí prever...

—No.

Se lo expliqué, saltándome la parte en la que Artus decía que le deseara de cualquier manera. Mientras lo hacía agarré uno de los cojines abrazándolo con fuerza y palideciendo de miedo.

—Verás. —Me miró con gesto tranquilizador—. Tienes la capacidad de soñar y solo ha sido eso, un sueño.

—Pero no soy inmune a la sangre humana —admití.

—Te acostumbrarás como nosotros y llegará un momento en el que ni te moleste o perturbe, aunque siempre estará presente —añadió tranquilo.

Su actitud me dio pie a preguntar:

—¿Por qué estabas tan molesto con Paul?

—¿No es obvio? —Torció el gesto.

—Has sido muy brusco con él.

—Te insinuó que entre su hija y yo… le vi. —Señaló—. La conversación hubiera derivado a una discusión entre nosotros. No soy uno de sus admiradores, si supiera lo que soy ahora mismo no estaríamos hablando de esto —dijo arrastrando las palabras.

—¿Le dijiste que...?

—No hizo falta, es un hombre muy astuto.

—Y muy observador —puntualicé.

—Tienes la edad de su hija.

—¿Hacía tiempo que no la veías?

—Sí, desde que fuiste a vivir a Drambuy.

Un profundo silencio nos envolvió.

—Está enamorada de ti.

—Mi relación con ella ha sido profesional y escasa. —Quería que me quedase bien claro.

—Vamos, Sam, no hagas de esto un drama, no me importa —reconocí sin mucha convicción—. No soy la única que no es inmune a tus encantos.

Una mezcla de satisfacción y contrariedad se reflejo en su semblante. «Aunque ahora no estemos en el mejor momento de nuestra relación», pensé para mí.

—Si quieres saber lo que me ha molestado...

Aún seguía en la cocina. Volví y lo dejé sobre la mesa. Consciente de que su imagen aparecería encendí mi ordenador y evité mirarle, pero no pude resistirme y lo hice de reojo. Se sorprendió. Seleccioné la carpeta y ahí estaba, una tras otra, lo giré para que las viera, yo las tenía grabadas en mi retina.

—Son solo unas fotografías, pero…

—Quise ser amable, nada más.

—¿Y? —Estaba ansiosa por saber.

—Cuando vi entrar a Misti al baño detrás de vosotras supe que Artus no tardaría… —calló—. Larisa aprovechó el momento —continuó—, no fui muy cortés con ella y la aparté de mi camino. Llegué justo después de ver a ambos salir, pensé que habían discutido y que el motivo de esa discusión habías sido tú. ¿Y qué me dices de esta? —Giró el portátil apretando los labios.

Ni tan siquiera me di cuenta de que nos hubieran fotografiado. Artus girándome, mis mejillas ardieron de vergüenza tras ver el momento en el que la cámara había captado el vuelo de mi vestido. Era obvio que estaba incómoda, en cambio él parecía como si ese fuera uno de los pocos momentos románticos que hubiera experimentado en su vida hasta ese momento.

—¿No te has parado a verla? —Su voz denotaba cierto misterio.

Negué con un movimiento de cabeza. Sonrió con picardía y en sus ojos hubo un fulgor enigmático.

—Lo mejor es que la borre. —La marqué y a punto de hacerlo, él me detuvo posando su mano sobre la mía.

—No hagas un drama de esto. —La retiró rápidamente.

—*Touché* —dije con ironía.

Y este cambio de humor, ¿a qué se debía? Me pregunté confundida, por no mencionar las palabras que utilizó. Yo lo hice para hacerle ver lo arrebatador que estaba, en cambio él... Di a la opción salir y apagué el ordenador. «Si quieres que la borre tendrás que pedírmelo tú», pensé furiosa.

—Debo volver a por tu coche.

—Haz lo que tengas que hacer. —Me levanté—. Terry no tardará en venir. —No me di la vuelta pero noté su mirada penetrante en la espalda.

Esto no estaba siendo nada fácil y me dio igual que percibiera mi enfado.

# CAPÍTULO 18
## ESTABA ANUNCIADO

Cuando llegó Terry me relajé por completo y fue una distracción. Mi padre sirvió la cena que había cocinado mientras hablábamos del trabajo (la devoré, no sabía que estuviera tan hambrienta), aunque no hubo mucho que contar. Sobre mis amigos y la relación que tenía con cada uno de ellos, no tuve ningún problema en mencionar a Artus, pero para él sí lo era. Tampoco podía borrar de un plumazo todo cuanto viví con él en el orfanato.

—Ve a la sala. —Me dijo satisfecho recogiendo el plato vacío.

—¿Cómo es que cocinas tan bien? —le dije desde la puerta.

—Tuve que aprender. Tus abuelos no estaban capacitados para ello. —Me hizo una señal para que me fuera.

Le hice caso, me tumbé en el sofá (no estaba acostumbrada a cenar tanto) y cerré los ojos bostezando.

\*\*\*\*\*\*\*\*\*\*

La batalla había llegado a ese punto culminante. Bajo la lucha incesante sentí un aliento pasajero en mis mejillas, después escuché un leve gemido sibilante. Luna levantó sus brazos y pronunció el ensalmo:

—¡Por el poder de mi estirpe! —dijo perforando la noche y uniéndose a la tormenta.

Mientras elevaba su invocación, las descargas eléctricas producidas por los rayos enfurecidos chocaron por encima de nuestras cabezas con una claridad nítida y sin sombras. Ella estaba sobre las aguas del río agitado, salpicando con sus gotas en el aire, y entonces les vi. Ioban y Tuivano sujetaban con fuerza a Sam cada uno de un brazo. Muchos otros eran impactados por los rayos, los que lograban escapar saltaban a los árboles y se deslizaban reptando por el suelo como insectos. Uno de ellos captó mi atención, se dirigía al río y llevaba una capa amplia y ondulante, como una figura espectral, no pude ver su rostro. Fui hasta él emitiendo un gruñido hosco.

—¡Márchate Len! ¡Vete! —Oí como decía con roncos gritos.

Eché a correr en su dirección sintiendo el frío viento de la muerte aproximándose. Saltaban sobre mí, se ponían enfrente, giraban y surgían detrás de mí como si fueran enemigos invisibles. Golpeé y aparté a todo aquel que se interponía, cayendo con estruendo en medio de la vegetación, arrancando los árboles al caer sobre ellos. Un grito aterrador salió de mi garganta.

—¡Sam!, ¡Sam! —grité y grité enloquecida hasta quedarme afónica.

Tuivano corrió en mi dirección, gigantesco, temible, salvaje, con las pupilas dilatadas. Me elevé en el aire sin darle opción a reaccionar, caí sobre él golpeándole con violencia y furia. Dejando escapar un horrendo silbido, cayó hacia atrás. Su cuerpo yacía a un lado sin cabeza.

Se fueron retirando entre amenazas y gruñidos cada vez más

débiles, cado uno por su lado en la oscuridad. El brillo de las llamas atrajo mi atención, el cuerpo de Tuivano ardía. Luna dejó una estela en su trayectoria y desapareció. Justo ante mí, una figura oscura surgía y ascendía cada vez más densa. La voz de Terry sonaba lejana:

—Shh, tranquila hija, has tenido una pesadilla...

**********

Las convulsiones eran reales y mi respiración estaba agitada.

—¿Sam está bien?, ¿él está bien? —pregunté varias veces. Después de haberme deshecho de Tuivano no le había vuelto a ver.

—Sí, cariño —me tranquilizó.

Cuando me apartó y pude verle… el orgullo y cierta angustia se reflejaba en su mirada.

—Papá—murmuré.

—No. —Posó sus manos sobre mis hombros—. Nunca he visto cómo reaccionabas ante un mal sueño y que puedas llegar a hacer esto. —Se giró—. Mira.

Lo hice.

—Pero, ¿qué? —Como si algo o alguien la hubiera golpeado, la mesa estaba partida en dos mitades. El reloj de sol esparcido por el suelo en varios pedazos y mi ordenador… ¿Dónde estaba?

—Es lo único que se ha salvado, lo guardé mientras dormías —reconoció tras verme buscándolo con la mirada—. ¿Cómo...? —Seguía asombrado.

Me levanté de un salto observando a mi alrededor.

—No puedo creer que lo haya hecho yo. —Me asusté agitando la mano derecha en el aire. Estaba enrojecida y un poco inflamada.

—Ponte esto. —Regresó serio colocando una bolsa de hielo sobre ella.

—Hija... quiero saber qué ha provocado...

Mientras se lo explicaba el miedo fue desapareciendo, como aquel día en Onabia cuando me enfrenté a aquel mamífero. Ahora mi confianza iba creciendo por momentos.

—¿No pudiste verle?

Negué con un movimiento de cabeza.

—Es Elazar, ¿verdad? —sospeché.

Su silencio lo confirmó.

—Y ahora, ¿qué hacemos? —Señalé los desperfectos.

—Yo me encargo.

—No le cuentes nada —dije con voz estrangulada. Me miró contrariado—. Por favor papá, por favor —le supliqué.

—Cariño, no tiene nada de malo el que...

—Por favor —repetí angustiada.

—¿Por qué quieres ocultárselo?

—No está muy entusiasmado con la idea de que Lisandro...

—Comprendo —dijo abstraído yendo a la cocina—. Es extraño. —Metió los trozos en una bolsa—. Él, con todos los medios de los que dispone, ha intentado evitarlo sin conseguirlo —aseguró mirándome— y yo, siendo tu padre...

Me arrodillé frente a él.

—Porque confías en mí, sé que lo haces, y Sam... aún no acepta lo que soy.

—La elegida.

Asentí.

—¿Sabes lo que haces? —Señaló los desperfectos.

—Sí, ¿me ayudarás? —Puse un mohín.

—Lo que tiene que hacer un padre por su hija... No estoy conforme —dijo levantando el dedo índice—, pero tampoco debo inmiscuirme en vuestra relación, a no ser que haya pasado algo entre vosotros y yo deba saberlo.

—Eh, no —vacilé—. Papá, como has dicho, en una pareja hay diferentes opiniones, nada más.

—Bien. —Era obvio que mi respuesta no le satisfacía, aun así no replicó.

—Cariño, ve a dormir, es tarde —añadió.

—Gracias. —Le di un beso en la mejilla, dejé la bolsa de hielo en la pila de la cocina y subí al dormitorio.

Cuando fui a coger el mp3 vi que tenía una llamada perdida e inmediatamente llamé.

—Hola Len —titubeó—, ¿qué tal tienes los ojos? —preguntó avergonzada—. Siento mucho no haberte llamado antes... —vaciló sintiéndose culpable.

—No importa.

—Perdóname, por favor.

—Misti, entiendo la reacción que tuviste, le quieres, muchísimo.

—Sí, pero tú eres mi amiga. En su día me dejaste claro cuáles eran tus sentimientos, la culpa no es tuya sino de él.

¿Por qué tuvo que decirme tan abiertamente lo que siente por... ti? Siempre lo he sospechado y habría preferido…

—Vuestra relación tiene que estar basada en la confianza y quizás creyó...

—Me gustaría que confiase en mí en otros aspectos, tal vez tú…

—No puedo explicarte el motivo de nuestra discusión. Si lo hago, tendría que... A Sam no le gustaría.

—¿Por qué tanto misterio? —insistió.

—¿No es obvio?

—Ah, comprendo, estaba contigo cuando Artus se sinceró.

—Sí, más o menos.

—Supongo que él también lo sabía.

—Como tú. Le quiero, no sé si como a un hermano, y espero que no haya interpretado...

—Tranquila —me interrumpió—. Hubo un momento en el que dudé de ti, ahora no. Has sido nuestra celestina —soltó una risita nerviosa.

—Después de la fiesta le vi. Iba con una amiga de mi madre.

—Barsella. Nos ayudó en tu lugar.

—Lo sé. Pues... creo que se despidió. —No pude evitar decirlo con tristeza—. Misti, lo mejor es poner cierta distancia entre él y yo, no vernos durante un tiempo.

—Yo lo he hecho, llevo unos días alojada en la posada. Quiero luchar por nuestra relación, pero por el momento no estoy capacitada, necesito pensar.

—Entiendo, ¿cómo se lo ha tomado? —Sentí que las dos le habíamos abandonado.

—¿La verdad?, no muy bien —resopló—, tiene que aceptarlo o de lo contrario… no volveremos a estar juntos.

—Hablaría con él, pero...

—No —dijo rápidamente con cierta brusquedad—. Aunque no durmamos en la misma cama, nuestra relación sigue siendo por trabajo, no te haces una idea de lo duro que es.

¡¡Vaya!!, no lo sabes tú bien Misti.

—He de dejarte, voy a cenar algo o el viejo Frey subirá a mi habitación y me regañará.

—Adiós —nos despedimos.

El silencio era abrumador.

A las nueve y media de la mañana entré en el edificio, encendí las luces, miré el despacho y entré, no había ni rastro de él, pero sí su aroma. Salí y dejé la puerta abierta, verla cerrada me hacía sentir incómoda. Fui a mi mesa, la de Paul estaba vacía, así que supuse que estaría en el hospital visitando a su hija y que llegaría más tarde, pero las horas pasaron (tres exactamente) y ninguno apareció.

Quien sí lo hizo fue el hombre con el que hablé el día anterior, el interesado en el BMW M6. Antes de que terminara de entrar, cerré la puerta de su despacho. La idea de estar sola no me entusiasmaba, pero tampoco debía temer y menos a aquel tipo. Sin embargo, después de ese sueño estaba en alerta. Era moreno, de un metro ochenta aproximadamente y ojos oscuros, cuya mirada cínica y perturbadora no le restaba ni un ápice de atractivo y más cuando sonrió de forma angelical.

—Señorita Cooper —me saludó y me estrechó la mano.

—Señor Anderson.

—David, por favor.

—Bien, David. ¿Desea saber algo más sobre él? —Señalé el deportivo—. Aparte de lo que hablamos ayer por teléfono.

—Sorpréndeme. —Su mirada inquietante podía lograr en un segundo congelar la sonrisa de cualquiera.

—Pues… —En un principio vacilé tras ver cómo me observaba.

Ahora no estaba muy segura de haber elegido la ropa apropiada. Una camisa negra entallada, abierta a la altura del pecho, un pantalón ajustado a juego y unas botas de punta con tacón de seis centímetros.

—¿Decía? —Captó mi atención. Su aspecto de niño modoso me crispó.

—Es un coche que en carretera tiene un comportamiento excelente, el control de movimientos de su carrocería en curva es sensacional, así como la suspensión y los neumáticos de bajo perfil con llantas de veinte pulgadas. La frenada es totalmente eficaz, pero hay que tener en cuenta y ser razonable, manejamos un coche de dos toneladas.

—¿De cuántos años de antigüedad estamos hablando? —No parecía haberle impresionado.

—Dos años, y eso nos lleva a doce mil kilómetros recorridos.

—¿A quién perteneció?

—Fue de un multimillonario, ¿es un problema?

Ladeó la cabeza pensativo. No pareció importarle, supuse que como él, también disponía de mucho dinero para comprarse este y los que quisiera, pero siendo de segunda mano me hizo dudar.

—¿Habría algún inconveniente en salir a probarlo en carretera? —Se le veía ansioso por hacerlo, como un niño con un juguete nuevo. No tendría más de veinticinco años.

—Eh no… Antes déjeme que vaya a por las llaves.

—Tutéame, no soy mucho mayor que tú. —Sonrió con simpatía, pero detrás de ella pude ver algo más.

—Espera aquí. —No le correspondí, solo fui amable.

Me comporté como una autentica chiflada tras llamar a la puerta de su despacho, entré haciéndole ver que iba a hablar con el jefe. Le llamé por teléfono, pero no hubo respuesta y opté por mandarle un email:

> Tengo a una persona muy interesada en el BMW M6 y necesito saber dónde están las llaves. En vista de que no estáis, me veo obligada a salir con él.
>
> PD: Nunca he conducido un deportivo y no sé si estaré a la altura.
>
> Espero que el cliente quede satisfecho.
>
> Len.

Di a enviar. Dos minutos, tres, cinco, no hubo respuesta. Cuando llamé a Paul me dijo que estaban en el segundo cajón de su mesa, me dio la clave de la caja fuerte que yo memoricé, tenía un llavero inconfundible. «Es el coche en miniatura», me concretó aportando este dato con cierta ironía dirigida al multimillonario. Por el ruido de fondo supe que estaba en la calle.

—¿Es el tipo con el que hablaste ayer?

—Sí.

—Conduce con cuidado, ese coche es muy seguro, pero también es un peligro.

—Lo tendré, esto… ¿Qué tal está tu hija?

—Mucho mejor después de saber que le dan el alta. Ahora mismo Sam está con ella —calló.

431

—¡Ah! —me sorprendí—. De ahí que no me haya contestado. —Suspiré decaída—. Te dejo, el señor Anderson parece impaciente. —Colgué.

—¿Algún problema señorita Len?

—Un malentendido, nada más —dije yendo a la mesa. Tecleé el código y saqué las llaves, pero cuando me ponía el bolso en el hombro derecho mi móvil sonó. Leí su email.

Len, al cliente hay que concederle lo que pide.

PD: ¿Obligada?, creí que te gustaba este trabajo, y esa es la mejor parte.

«Sí, porque estás tú», pensé.

Quedará conforme con tu manera de conducir. Hasta luego.

Sam.

Ni tan siquiera pensé en responder, tampoco me dio opción. Aquellas palabras quedaron grabadas en mi mente. El hecho de estar en el hospital y con Larisa me molestó aún más.

—¿Nos vamos? —le dije abriendo la puerta.

Cuando me senté estaba muy cerca del suelo. Nos pusimos el cinturón de seguridad, la puerta y rampa se abrieron, metí la llave en el contacto y arranqué. El motor rugió como estaba yo rugiendo por dentro. Pisé el freno y después quité el de mano, puse la marcha directa y entonces pisé el acelerador. Cuando salimos disparados, sentí la adrenalina. Me dirigí hacia la carretera comarcal que nos llevaría a Onabia. Estaba concentrada, no quería rebasar los ochenta kilómetros por hora, así que levanté el pie del acelerador, debía hacerme con el control del deportivo, habituarme a él, y eso requería conducir muchos kilómetros. Mi acompañante estaba muy callado, abstraído más bien.

—Bueno, por ahora, ¿qué te está pareciendo?

—Se puede mejorar, ve más rápido, está diseñado para ello.

Dudé, pero inmediatamente pisé el acelerador anestesiada por la adrenalina y furiosa tras recordar esas malditas palabras del email.

—Nena, no estés tan tensa. Disfruta del momento, de conducir este deportivo. —Posó su mano sobre mi pierna y comenzó a acariciarla.

—Quizás se deba a la compañía. —Sin contemplaciones se la quité de un manotazo, lo que hizo que redujera la velocidad. No estaba dispuesta a tener un accidente por su culpa.

—Si no te hubieras contoneado de esa forma y agachado mostrando el sostén a juego con tu blusa, ahora no estaría tan excitado. —Metió la mano en ella, cuando se la aparté los botones volaron.

El forcejeo continuó, él intentando sobarme, yo dándole manotazos cada vez más fuertes mientras intentaba controlar el coche. Mi codo impactó sobre su mejilla izquierda, él gimió de dolor llevándose la mano a ella.

—Peleas bien, eso he de concedértelo. —Se abalanzó de nuevo y tiró de mi cabello.

Pese al dolor reaccioné, di un volantazo y el coche giró. De haber ido a mayor velocidad hubiéramos volcado, sin embargo, nuestros cuerpos solo se movieron hacia un lado y otro bruscamente. Eché el freno de mano, desabroché su cinturón de seguridad al mismo tiempo que el mío, salí rápidamente y abrí la puerta. Comencé a controlar mis emociones con la intención de que él no lo percibiera, hubiera aparecido… Borré la imagen de mi mente.

—¡¡Fuera del coche!! —grité.

Seguía aturdido, le agarré del brazo y tiré de él. Lo saqué del coche y me interpuse entre él y la puerta abierta. Vi en su mano derecha un mechón castaño. Estaba lleno de magulladuras, pero de igual modo, se lanzó hacia mí. Con rapidez y agilidad mi puño impactó en su boca, no pudo esquivar el golpe y su cuerpo cayó hacia atrás sobre la carretera.

—¡Esto no va a quedar así! —gritó intentando levantarse y escupiendo sangre—. Mis abogados se encargarán de ti. —Estaba rabioso.

Rodeé el coche y me subí.

—¡¿Cómo voy a volver maldita zorra?! —Miró a su alrededor desorientado.

—No es mi problema —dije satisfecha. Tenía en mente dejarle ahí tirado—. Mandaré a alguien a buscarte. —No es que me hubiera apiadado de él, en absoluto, pero la idea de verle ahí esperando le haría reflexionar sobre lo sucedido—. Disfruta del paisaje David, ¡ah!, ya sabes donde puedes localizarme. —Sonreí con malicia. Quité el freno de mano y conduje de vuelta.

Cuando llegué, aparqué el BMW en la entrada, frenando lentamente. Era perfectamente consciente de que entré como un ciclón. Paul levantó la vista y abrió los ojos perplejo.

—Ve a buscar a ese tipo —le indiqué más o menos en el kilómetro donde lo había dejado tirado—, pero no tengas prisa —añadí con ironía.

No sé si fueron mis palabras y la forma de pronunciarlas o por mi aspecto, pero no se movió y se quedó con la boca abierta asombrado. La puerta del despacho se abrió e iba a mi encuentro, pero el ruido de los tacones yendo hacia él le detuvo. Cerré el despacho y con furia dejé sobre la mesa las llaves del coche.

—Si al cliente hay que concederle lo que pide —dije con sarcasmo—, yo no estoy incluida en la venta. ¡¡Mírame!! —Señalé la blusa rota poseída por la rabia.

—No puedo creer que lo hayas vuelto a hacer —dijo arrastrando las palabras con furia, cogió su cazadora y con manos habilidosas me la puso.

Mis pechos y parte de mi estómago estaban al descubierto.

—Tengo bastante experiencia en solucionar los conflictos —respondí mordaz—. ¿Qué tal Larisa?, me alegra saber el interés que ella despierta en ti —dije entre dientes.

—Quien me importa eres tú —dijo y llamó a Paul sin dejar de mirarme con ojos helados.

—¿Sí? —Paul entró.

—Asegúrate de traerle aquí. —Su expresión era salvaje—. Creo que debo tener unas palabras con él.

—No —dije alzando la voz y sosteniendo su mirada—. Llévale donde te diga —le reté.

—Paul —insistió e hizo caso omiso a la provocación.

Este último vaciló unos segundos.

—Lo siento, pero debo seguir las órdenes del jefe —reconoció y compartió su enfado.

Le oímos irse y el silencio fue absoluto e instantáneo. Dominando su ira, me sometió a un examen exhaustivo, admirando y maldiciendo a través de sus ojos, con osadía, ya que se suponía que le incomodaba tocarme. No Len, debes mantener una actitud más racional y menos emotiva. Es como si le hubiera dado a mi cerebro la orden de que debía mantenerme fría. ¿Lo conseguiría?

—Tú ya has hecho tu parte, y al hacerlo te has puesto en serio peligro. ¿Valía la pena asumir el riesgo porque estabas enfadada conmigo? —Cerró los ojos, en ese momento me di cuenta del profundo sufrimiento que le había causado—. Paul me advirtió que no estabas muy entusiasmada con la idea de atender a ese tipo, no lo pensé y salí en tu busca. El hecho de que él viniera conmigo... Hubiera llegado a tiempo —se lamentó con rabia.

—Tú... estabas con ella.

—Era una visita de cortesía —refunfuñó.

—Pero te importa.

—Me importas tú. —Estaba frustrado—. Quería disculparme por la forma tan brusca en la que me comporté en la fiesta, pero también decirle que no podría haber nadie más, solo mi Len.

Alcé la vista y mi corazón dio un vuelco, contuve el aliento. «Bésame, acaríciame, haz borrar sus asquerosas manos sobre mi piel con las tuyas», pensé. Cerré los ojos y mis labios temblaron.

—Para, por favor. —Ahora mi respiración era irregular, sus ávidos dedos habían despertado mi deseo por él.

—Len…

La tensión sexual se palpaba en el aire.

—Me asusta la idea de volver a mirarte cuando estoy...

—No —dijo contra mis labios—, tienes todo el derecho a estar así, por él, por mí. Quien necesita escuchar tu perdón soy yo.

—Basta de palabras. —Me retiré lo suficiente para poder verle y mi pensamiento anterior fue dicho en voz alta.

No me dio un beso principesco, ya que él lo necesitaba incluso más que yo. Sus voces nos interrumpieron. Paul hablaba exasperado, él le respondía con sarcasmo. Unos minutos más y habríamos hecho el amor ahí mismo. Su actitud cambió en un abrir y cerrar de ojos, antes se había relajado, ahora volvía a estar tenso y en sus ojos no había deseo, sino la cólera anterior.

—Si pudiera le arrancaría la cabeza, pero no quiero que me veas como un asesino, me importas demasiado. —Sus palabras fueron pronunciadas con miedo.

—Nunca te podría ver de esa forma.

—Mi Len —susurró con dulzura poniéndome de nuevo su cazadora—, no tientes a la suerte, mi paciencia tiene un límite, y últimamente…

—No pienso hablar si no es en presencia de mis abogados —le espetó—. Vienen hacia aquí.

—Les atenderé con mucho gusto —respondió irónicamente mi compañero.

—Paul —le llamó como a un amigo.

—El jefe quiere hablar contigo, te has metido en un buen lío chico. —Le vimos a través de los cristales señalando el despacho.

Le dedicó aquella sonrisa angelical y caminó con expresión cínica. Me hervía la sangre.

—Cuando compruebe lo que has hecho a su bonita cara —musitó detrás de mí—. Tranquila… —sugirió con calma.

Como si fuera tan fácil. El incidente fue haciéndose cada vez más nítido a medida que se aproximaba, pero ahora no recordaba sus asquerosas manos, si no las de Sam. Le miré y me sonrojé.

—Acabaré lo que he empezado… —En ese momento su deseo no le podía enmascarar—. Déjame a solas con él —añadió y sus ojos se oscurecieron.

Entró sin llamar. Le había golpeado con fuerza pero no sabía hasta qué punto lo había hecho... El pómulo derecho lo tenía enrojecido e hinchado, mi codo impactó sobre él dentro del coche, y el labio inferior roto, la sangre seca se le acumuló en la comisura de los labios y su camiseta, aunque no toda porque escupió sobre la carretera. Le vi inclinarse con un gesto de dolor, sus costillas también habían sufrido daño. Instintivamente cerré la mano derecha en un puño, después la abrí y así hasta en tres ocasiones. Vio aquel gesto y me sentenció (recordé que me había amenazado con sus abogados), yo le dirigí una mirada llena de desprecio y me volví.

Estaba haciendo un gran esfuerzo por no golpearle de nuevo. No pasó inadvertido para él cuando Sam cogió mi mano y la besó.

—Sam…

—Confía en mí.

Salí. La actitud arrogante de David cambió, pude leer el pánico en sus ojos al ver que se estaba enfrentando a la actitud, salvaje y siniestra, de Sam.

Tanto Paul como yo estuvimos esperando, de vez en cuando intercambiábamos una mirada, la suya era tranquilizadora desde su mesa. Me asombró su eficiencia al verle trabajar. En cambio yo… estaba sentada y mi pierna derecha no dejaba de temblar. La puerta se abrió y me levanté rápidamente. Tenía la cabeza agachada y los hombros hundidos. Caminó y se paró. Tres hombres vestidos con impecables trajes y maletines fueron a su encuentro.

—Señor Anderson —dijo uno de ellos—, ¿va todo bien? —Observó su rostro golpeado—. Déjeme que llame a la jefatura de policía y que se personen, después iremos hasta el hospital y pediremos un parte de lesiones.

—No va a hacer falta, ha sido un malentendido, vámonos.

Su mirada fría e implacable les siguió hasta que se fueron. Respiré aliviada por el momento, pero corrí a su despacho.

—¿Qué ha pasado?, ¿qué le has dicho?, ¿cómo has conseguido…?

—Eh, tranquila —sugirió con dulzura levantando la mano—. Ven. —Me hizo sentar sobre sus rodillas—. ¿Tenemos que hablar de ello ahora? —comenzó a acariciarme la nuca.

—Sí —respondí con la respiración entrecortada.

—Lo único que debes saber es que no volverá a molestarte, esta noche iré a hacerle una visita para que no lo olvide.

Su respuesta me corto el aliento.

—No tienes de qué preocuparte, es más, la idea me divierte… —Sonrió con malicia.

—Sam…

—Lo has conseguido sin ningún esfuerzo —deliberadamente cambió de tema—, y no es que me sorprenda, pero sí que no te hayas percatado.

—Mi furia hace desaparecer cualquier otro deseo.

Supe en el momento que hablaba de su herida, la sangre y él cayendo sobre la calzada me impactó, más por el hecho de conseguir tumbarle, y aunque mis fosas nasales se dilataron por el olor dulzón, solo podía sentir desprecio.

—¿En serio? —bromeó.

—Contigo todo es diferente.

—Mi Len. —Abandonó la nuca y cogió mis manos—. No tiene buen aspecto —observó con amargura.

—Ha merecido la pena. —Sonreí orgullosa—. Quiero irme a casa —añadí un instante después contra su pecho.

En el momento que me puse en pie, hacía un buen rato que no sentía la adrenalina, mi cuerpo se abandonó y percibí cierta debilidad.

—Yo te llevaré. —No pasó inadvertido para él.

—No, dame solo unos segundos y podré salir por mi propio pie.

Aunque aceptó, lo hizo a regañadientes.

—Menudo gancho de derecha tienes señorita Cooper. —Se acercó, Paul—. Lástima que vayas a tener inmovilizada esa mano durante unos días —observó.

Le miré agradecida.

—Paul, ¿te harás cargo? Seguiremos en contacto por teléfono.

—Como siempre señor Cass.

—Gracias por todo —le dije.

—¿Es una despedida?

Sam y yo intercambiamos una mirada.

—No lo sé —dudé.

—Ya veremos —dijo apretando los labios—. Ahora lo que necesita es estar alejada de aquí por unos días. —Rodeó mi cintura con su brazo.

—Deshazte de él —agregó mirando el BMW.

—¿¡Qué!?, ¡no!...—dije perpleja.

—No quiero que nada me recuerde a ese tipo y lo que ha sucedido ahí dentro —gruñó.

—Pero… ganarías una buena suma de dinero, díselo tú, Paul.

—Tengo el suficiente como para vivir cien años, haz lo que te he dicho, y no pienso discutir sobre ello. Si te dan algo por él en el desguace, tómalo como un extra por tu impecable trabajo.

—Gracias señor Cass, lo haré como algo personal.

Obedecía las órdenes del jefe, pero además porque sabía que su hija podría haber estado en mi lugar. El desenlace hubiera sido… Sé que había sentido celos de ella, pero jamás la desearía algo tan horrible.

—Es una lástima —suspiré abrochándome el cinturón del Jaguar.

—Puede ser sustituido por otro. —Arrancó—. Además, no quiero seguir hablando de ello, por favor —pidió amablemente y tecleó en la pantalla de su *smartphone*—. Barsella, necesito que vayas a casa lo antes posible. Sí, vamos de camino —colgó.

—Tampoco es tan grave.

—Eso tendrá que decirlo ella cuando lo vea.

—¿Vas a volver a estar tan gruñón?

—Depende.

—¿De qué?

—En que me repliques o no.

—Solo expreso mi opinión. —Respiré con fuerza y retuve el aire.

—Lo acepto —dijo con calma—, pero no le quites importancia a algo que sí la tiene. —Alargó el brazo en el momento en el que paró ante un semáforo, levantó mi rostro por la barbilla y me dio un beso—. Siento que te haya parecido tan gruñón. —Sonrió y volvió a besarme.

Había cruzado los brazos sobre mi pecho crispada, ahora, un poco incómoda al ir sujeta por el cinturón, los tenía alrededor de su cuello correspondiendo a su beso. Lo que empezó en su despacho, después en el coche, y una vez que Barsella me aplicó una pomada y vendó mi mano, terminó en la cama. Con el edredón cubrimos nuestros cuerpos desnudos, él de lado sobre su brazo izquierdo, yo tumbada boca arriba observando la mano y poniendo muecas.

—Len.

—¿Mmm? —Captó mi atención.

—Cuéntame qué pasó anoche con tu padre.

—¿¡Cómo!? No sé a qué te refieres, pero la respuesta es nada.

—¿Habéis discutido? —insistió.

—No. —Me sentí un poco presionada—. ¿Te lo ha parecido?

—Tal vez por el tono que usó al pedirme que no te molestase —dijo confundido.

—Y, ¿desde cuándo haces lo que te pide? —bromeé.

—Hablo en serio.

Instintivamente miré la mano y resoplé.

—Es que no sé si debería hacerlo...

—¿Hacer el qué?

—Explicarte el motivo por el cual se ve así.

—Terry no... —Su mirada siniestra igualó el tono.

—Mierda, ¡no! —dije rápidamente incorporándome y tapándome con el edredón.

—¿Qué intentas decirme? ¿Ha habido alguien más a quien...? —Estaba bastante inquieto.

—Solo en sueños.

Se extrañó.

—Estos dos días han sido muy difíciles para mí, el que tu padre vaya a instruirme no debería afectar a nuestra relación.

—Lo siento —repuso con pesar.

—Y entiendo que para ti no sea fácil —continué—. Hace tiempo me dijiste que me darías tu apoyo, ahora le necesito, te necesito a mi lado, pero no quiero presionarte.

—No, soy yo el que te ha hecho sentir así, influyendo en tu decisión, buscando la manera, incluso... —Torció la boca con desagrado—. Nunca me habías mirado así, di por hecho que estabas furiosa y lo utilicé en mi propio beneficio, me he excedido creyendo que el resultado iba a ser distinto, pero... —Se acercó y cogió mi rostro entre sus manos—. No pretendía hacerte daño.

—Lo hacías cuando me rechazabas. —Bajé la mirada decaída.

—Perdóname. —Me estrechó entre sus brazos—. He desperdiciado estos dos últimos días por mi orgullo, pero te puedo asegurar que ha sido lo más difícil, casi ha sido una tortura, créeme, tenerte tan cerca y negarme a... —Me retiró para poder mirarme—. Y te confieso que... incluso he sentido celos de Paul, y ese maldito —dijo entre dientes.

—Tú también eres mi debilidad —dije con mucho énfasis.

Con los ojos entornados, perdidos en la fascinación de lo que había escuchado...

—Esa es la reacción que esperaba. —Respiré con cierto alivio, ahora venía la parte más complicada, explicarle el sueño.

Cuando terminé...

—¿En ningún momento te has percatado de que faltaban? —Hice referencia a la mesa y el reloj de sol.

—No.

Le observé intentando averiguar el porqué tenía esa expresión misteriosa.

—¿Vas a contármelo o no?

—¿Confías en mí?

—Sam... —pronuncié su nombre impaciente.

—Quiero que siga siendo una sorpresa, ¿puedes esperar a mañana? —pidió retirándome un mechón de pelo y rozando con sus labios mi cuello.

—Solo dame una pista para hacerme una idea... —Callé al sentirlos en mi hombro, ascendiendo de nuevo por el cuello, la garganta, deleitándose en lo que hacía.

—¿Decías? —Solo paró en ese momento.

—De acuerdo —susurré casi sin aliento—, esperaré a mañana.

—Mmm, ¿no me replicas? —bromeó con voz ronca acercándose a mi boca.

—¿Debería? —respondí contra la suya, él se estremeció.

Sus ojos ardían con un incontrolable deseo seguido de la angustia tras revelarle aquel sueño. Intuí que necesitaba hacerme el amor para liberarse de algo y me sumergí en sus ojos oscuros y brillantes mientras entraba en mí, solo en una decima de segundo sacudió la cabeza, como si quisiera borrar alguna imagen. Se desplomó sobre mi liberado en cambio yo…

—¿He sido demasiado brusco? —preguntó contra la almohada.

—No.

—¿Te he hecho daño? —insistió, se incorporó y me miró con fijeza implorando una respuesta que le dejara satisfecho.

—¿¡Qué!?, ¡no!, ¡no! —exclamé aturdida—. ¿Por qué lo piensas? —Posé mis manos sobre su pecho musculoso y tenso, seguía dentro de mí.

—Su expresión despiadada avanzando… —Se retiró y tumbó boca arriba.

—Solo ha sido un sueño.

—En el cual has salido malherida.

—Si hubiera sido real, ahora él no estaría y tú...

La melodía de su teléfono nos interrumpió. Antes de responder se puso el pantalón vaquero, yo cogí el camisón, lo deslicé por mi cuerpo y volví a la cama.

—No —decía—, la llamé para que se ocupase de ella. —Hubo un silencio, tenso diría yo, tras ver su expresión sombría—. Lo comprobaré mañana. Sí, te lo haré saber. —Colgó.

—¿Tú padre?

Asintió apretando la mandíbula.

—Deberías dormir. —Se sentó y dulcificó su mirada.

—Solo si te quedas conmigo.

—No hay mejor lugar donde quiera estar. —Sonrió levemente.

Se tumbó a mi lado y me rodeó con su brazo con fuerza.

—Sam —susurré. Habían pasado varios minutos y aún seguía despierta.

—Necesita saber si estás en perfectas condiciones físicas —respondió a mi pregunta sin haberla formulado.

Imaginé que Barsella se lo había contado.

—Anoche no te oí llegar. —Lo mejor era cambiar de tema y me giré.

—Me sugirió que no lo hiciera y caminé hacia el despacho, pero algo llamó mi atención, la música seguía sonando y tú dormías. Es la segunda vez que falto a mi promesa. —La amargura de su voz ensombreció su semblante.

—Me pediste tiempo, y aunque lo acepté a regañadientes...

—Deberías estar hecha una furia conmigo y sin embargo…

—Lo estuve, pero si quieres que nuestra relación sea lo más normal posible… pues bien, las parejas discuten y después se reconcilian. Olvidemos estos dos días, por...

Me silencio poniendo un dedo sobre mi boca.

—Está olvidado. Ven —Me acurruqué contra su pecho—. Estaré contigo mi Len, siempre.

Sus palabras surgieron de su boca emitiendo una claridad que no es de este mundo. Tenía el acento mismo de la verdad y sinceridad. Sabía que estaba haciendo un gran esfuerzo.

********

Mi latido, mi mente y piel estaban conectándose a una realidad existente y cambiante. Una auténtica angustia recorrió mi cuerpo provocando un indescriptible dolor que me sacudió entera. El escozor me hizo abrir los ojos, estaba tan confusa que dudé de si era real o no y me sobresalté ante el sonido de su voz.

—Len, ¡para! —Me agarró con fuerza ambas muñecas.

Creí que seguía en aquel profundo sueño hasta que la realidad cobró protagonismo. Con asombro e incredulidad miré la venda que cubría mi mano, desgarrada, varios trozos estaban esparcidos sobre el edredón.

—Pero, ¿qué...? —Intercambiamos una mirada y después se concentró en ella.

—Déjame que lo haga yo, no te muevas —Me pidió con voz firme.

Cerré los ojos y tragué saliva, pero no me atreví a mover un solo músculo y retuve el aire en los pulmones. Mientras él se deshacía de ella, aquella punzada de dolor ardiente disminuyó considerablemente hasta el punto de desaparecer. Lo hizo cuando la zona enrojecida e hinchada desapareció ante nuestros ojos.

—¡Maldita sea!, Len, respira —exigió con voz amenazadora.

No sé cuánto tiempo estuve sin hacerlo, expulse e inhalé de nuevo una gran bocanada de aire.

—¿Cómo estás? —dulcificó su tono de voz cogiéndome la mano y examinándola.

—Un poco alucinada.

—¿Te das cuenta de lo que esto significa? —Capté el orgullo en su voz.

Esto provocó en mí un extraño sentimiento. Alcé la vista y nuestras miradas se encontraron, en ese momento pude leer que aceptaba lo que soy, la elegida.

—Tu nivel de recuperación está por encima del nuestro.

—Esto debería hacer que tu preocupación por mi sea menor. —Fue una sugerencia que me hizo sentir esperanzada.

—Mmm. —Sonrió—. Me temo que eso no va a ser posible.

—Lo entiendo, yo tampoco podría llegar a hacerlo.

Su última confesión antes de quedarme dormida me dejó anonadada.

—Llevo muchos años condenado a vagar por esta inhóspita tierra, hace tiempo que las cadenas que me aprisionaban han sido abiertas. Tú eres la llave, mi salvación.

# CAPÍTULO 19
## ÚLTIMAS CONSECUENCIAS

*S*emanas después ya habíamos abandonado Kitea y nuestra casa. Sí, por primera vez lo dije. Todos los muebles y ropa fueron llevados a la nueva mientras disfrutábamos de un fin de semana en Onabia. La nevera estaba llena, Barsella se había ocupado de ello, pero yo me había olvidado de algo.

—Sam, necesito comprar unas cosas —dije desde la puerta—. Me he olvidado la bolsa de aseo. —Sonreí tímidamente.

—De acuerdo —aceptó de buen grado—. No tardes —me pidió serio y con mucha sutileza.

Y pensar que unos minutos alejada de él me iban a poner tan nerviosa… ¡Vaya!, no seas tan absorbente. Compré lo que necesitaba y volví dando un paseo, las nubes amenazaban lluvia. Me había acercado hasta el refugio, seguí las instrucciones que me dio un anciano, aunque me avisó de que no encontraría a nadie.

—Creo que se han llevado a los animales a otro lugar y esa chica rubia...

—Selene —le dije.

—Sí, se fue con su pareja de vacaciones.

Cuando llegué tenía razón, no había rastro de mi amiga y el refugio permanecía vacío, aun así pude captar su olor y el de ellos.

De vuelta a la cabaña se lo comenté a Sam, me tranquilizó diciéndome que probablemente Selene necesitaba descansar y me animó a que la llamase por teléfono. Lo hice, pero no hubo respuesta, saltó el buzón de voz y dejé un mensaje.

Ahora estábamos en Drambuy, en el lado opuesto del río. Este nos separaba de la posada, cafetería y del resto del valle, rodeados por el bosque y una carretera estrecha y empinada. En una de las partidas de búsqueda cuando desapareció un turista, Frey iba conmigo y me comentó que la casa llevaba mucho tiempo deshabitada. Muy pocos sabían que hubieran construido allí una casa de dos plantas.

Sam estaba incluso más entusiasmado que yo con la sorpresa. Insistió en taparme los ojos, cuando los abrí... El aspecto que presentaba era muy diferente a como la recordaba. La decoración era la misma, no faltaba ni un solo detalle, asombrada y feliz me colgué de su cuello, él me correspondió alzándome en el aire por la cintura y dando vueltas.

—¿Te gusta? —preguntó bajándome sin soltarme.

—¿Estás de broma? Me encanta. —Le miré y después lo hice a mi alrededor, la chimenea, ahora sin libros ni discos, calentaría la casa, el reloj de sol, la mesa de cristal.

—Creo que tu padre se ocupó de ello. —Señaló estos dos objetos—. De ahí que no me percatase.

—Nuestro hogar.

—Mmm, me gusta oírtelo decir.

—¿Sí? —Sonreí—. Me gustaría aportar algo, tengo el dinero que Terry me dejó.

—Ya lo haces con tu presencia.

Le miré fascinada.

—Espero que Luna tenga el suficiente espacio ahora que va a ser madre —dijo detrás de mí admirando la vista y rodeándome con sus brazos.

Me había acercado hasta los ventanales mirando el amplio bosque que nos rodeaba. Apoyé mi cabeza contra su pecho y recordé la conversación que tuvieron dos semanas antes. Luna le decía que no podía aceptar semejante regalo, pero Sam no quiso escuchar un no como respuesta.

—Es lo menos que puedo hacer por ti y Sein, me has ayudado con mi hermano sin pedir nada a cambio —recordó.

—Sabes que lo hice por ella. —Me miró con cariño.

—Lo sé, y de ahí que te esté tan agradecido. Acéptalo como pago por mi gratitud.

—¡Pero hablamos de una casa! —exclamó Luna perpleja.

—Solo es un sitio donde vivir, sin ella no habría lugar para hacerlo.

Perdida en la sinceridad de sus palabras no pude retener las lágrimas.

—Mi Len —murmuró con ternura—, ¿por qué lloras?

—Estaba recordando lo que hablasteis. —Me volví—. Y porque soy muy feliz.

—A pesar de aguantar mi mal humor —bromeó, aunque se contuvo para no expresarlo.

—Te pedí que lo hicieras, es tu forma de protegerme, y yo siento que debo hacer lo mismo.

—Ha sido tan nuevo para ti como para mí, aun así… ven. —Me llevó hasta el sofá y me hizo sentarme encima de sus rodillas, le gustaba tenerme así.

—He de hacerte una confesión. —Levantó la vista, sus hermosos ojos fijos y aterrados me observaron con prudencia—. Nunca has sido una pesadilla y si lo dije en voz alta mientras dormías, es porque no creí que fueras a ser un sueño maravilloso convertido en realidad. Mi sueño, necesidad, eres tú y lo seguirás siendo para toda la eternidad. Cuando miro a través de tus ojos veo tu amor por mí, el deseo… Respiro y siento tu aroma penetrar en lo más profundo de mi ser, ahora que sé que tengo alma, las nuestras están unidas, ¿qué más puede pedir un hombre que retenerte a su lado? —Con suma delicadeza me cogió la barbilla—. Haré lo que sea para no perderte.

¡¡Qué había hecho!!, ¡No!, ¡no!, y mi mente recreó todo, desde el momento en que llegué y me arrodillé junto el árbol expresando mentalmente aquel deseo. Me había aferrado a no cumplir con las exigencias de mi destino y ahora a través de sus palabras volvió a mí para recordarme que no podemos cambiarlo. ¿Iba a ser la artífice de mi propia muerte? La inquietud recorrió mi cuerpo provocando una sacudida, palideciendo de miedo. La sombra de la culpabilidad… cerré los ojos con fuerza, me negué a llorar. Él había expresado y confesado en voz alta sus miedos, en cambio yo…

—Eh… —Captó mi atención—. ¿Qué te ocurre?, ¿en qué piensas?

—Eres más humano de lo que muchos aparentan ser.

Con los ojos entornados, ensimismado y fascinado por mis palabras...

—Nunca he querido matarte, sino que contigo mi apetito es distinto.

Dos días después de que nos trasladáramos a la nueva casa, Lisandro comenzó a poner en práctica sus técnicas, iba a aprender del mejor.

—No te lo tomes como algo personal, pero debes hacer todo lo posible por liberar de tu cuerpo y mente tu parte humana. —Se aproximó evaluando mi reacción.

—De acuerdo, ¿cómo?

—Concéntrate, cierra los ojos si crees que es necesario. Ella siempre te ha acompañado, tu inmortalidad es tu armadura.

Hice lo que me pidió.

—Ya está iniciando su travesía hacía ti —añadió y se retiró.

La noche había sido lluviosa, agudicé mis oídos y pude captar el golpeteo de las gotas cayendo, resbalando sobre los árboles, mezclándose con el susurro de los animales y el caudal del río. Estaba tomando conciencia lentamente, aclimatándome a esta criatura que no dejaba de ser yo, descendiendo a mis recuerdos humanos y apartándolos con los dientes apretados.

Abrí los ojos. Todos excepto él estaban frente a mí detrás de Lisandro. Betsabé tenía los brazos extendidos a cada lado de su cuerpo, me alivió ver que no empuñaba una espada, «por el momento», pensé. Kraven parecía expectante, con los brazos cruzados sobre su pecho. Su belleza me aturdió, y más por el hecho de que intentase captar su atención. Deliberadamente caminé hasta él, debí poner mala cara, ya que Sam me mantuvo la mirada. Debería estar prohibido sonreír de esa forma, me mordí el labio nerviosa e inmediatamente dejé de hacerlo consciente del efecto que le producía. Eunice se retiró molesta y me fulminó con la mirada. Ciro y Ailen se quedaron junto a mi padre y Barsella…. Era difícil identificar tantas emociones en sus rostros.

—¿Estás preparada? —preguntó.

—Sí —respondí ansiosa.

—Comencemos. Debo saber y asegurarme de lo rápida que eres. Hijo...

Pensé que lo hizo para que me fuera más fácil, caminó y se puso a su lado. Sus ojos no se movían, en ellos había una mirada vacía, ausente, aunque su rostro se endureció.

—Len… —dijo Kraven.

Asentí. E inmediatamente cada uno por un lado corrió en mi dirección y reaccioné. Corría sin rumbo mientras oía el eco de la persecución, podía sentirlos a mis espaldas. Vi a Eunice intentando alcanzarme, sus manos querían cogerme y fallando por unos centímetros, sonreí orgullosa. Lo que no esperaba era ver a Ailen y Ciro, se suponía que no iban a participar, me desconcertó hasta el punto de caer y rodar.

—He estado a punto de alcanzarla. —El sonido de su voz cada vez estaba más cerca. Mientras me levanté—. No dejéis que escape —les dijo a Ailen y Ciro.

—Sí, claro, Eunice. —Escuché la respuesta de Kraven mofándose de ella.

Ninguno tenía la intención de parar y por un momento la expresión de Ailen me hizo vacilar. Sus ojos llameaban pero no de furia sino de ¿miedo?, o tal vez ¿de incertidumbre? Embestir contra ellos no era la mejor opción y detenerme tampoco. Por primera vez me sentí como uno de ellos en todos los aspectos. Entonces, ¿qué hacer?, ¿tal vez si…?

—¡¡Basta!! —vociferó con voz mortífera, interponiéndose entre ambos.

Cuando le vi mis sentimientos afloraron, me detuve a escasos centímetros de él. ¿Por qué estaba enfadado? ¿Por qué se dirigió a mí? Torcí el gesto y comencé a respirar con dificultad.

—¿Qué demonios pretendías hacer? —preguntó con brusquedad—. Ellos no son tus enemigos.

Les miré disculpándome.

—Vamos Sam, no seas duro con ella —intervino Kraven—. Cinco vampiros persiguiéndola y ninguno hemos logrado alcanzarla, deberías estar orgulloso y no molesto.

—Por supuesto que lo estoy —le espetó con voz áspera—, pero debe parar por el bien de ella y vosotros.

—Ailen. —Me acerqué, seguían intercambiando opiniones—. No pretendía...

—Len —contestó y posó sus manos sobre mis hombros—, lo que me infundes no es miedo, sino respeto. Eres la elegida y como tal pensé, ¿con qué habilidad nos sorprenderá? Ten en cuenta que aún eres un enigma para nosotros, debíamos hacerte ver que llegado el momento ellos no se detendrán.

—Lo sé. —Respiré profundamente y me sosegué—. Te refieres al sueño. Jamás os haría algo así.

—Ninguno lo hemos puesto en duda, una de tus muchas habilidades es saber diferenciarnos.

—Ya pero él… —Se le veía relajado riendo con Kraven, mientras este le explicaba como Eunice casi consigue alcanzarme. Ella bramó y un instante después se aproximó y rio intentando captar su atención.

—Reacciona así porque te ama, no le des más importancia. Tengo curiosidad...

Eunice seguía mirándole y escuchándole abobada. Visiblemente molesto por su cercanía la ignoró y nuestras miradas se cruzaron, me dedicó una sonrisa disculpándose. Ella le observó con una expresión resentida.

—¿Qué pensabas hacer una vez que nos hubieras tenido a Ciro y a mí enfrente?

—Tal vez…

Cerré los ojos, necesitaba concentrarme. Me estremecí al ver su sonrisa libidinosa, con los labios abiertos contuve el aliento, su imagen era más que perturbadora y estaba abrumada por la emoción de ver que Eunice era indiferente para él.

—Len… —dijo Ailen.

Hubo un silencio sepulcral. La expectación hechizada se apoderó de ellos. Quería confundirme en las sombras, hacerme invisible. Una fuerte sugestión invadió mi cuerpo, dominando la voluntad de esa criatura, la humana, quise retroceder al punto de partida. Les vi y oí con claridad, mantenían una conversación. Lisandro, Barsella y mi padre no se dieron cuenta de que estaba frente a ellos. Un instante después llegó Sam, fue el más rápido, seguido de Kraven y los demás. Ahí se percataron de mi presencia.

—¿Cuánto tiempo llevas ahí? —me interrogó Lisandro con la mirada.

—No mucho —respondí embargada de una alegría inexplicable.

—*Sui generis.*

—De su propio género, única.

—*Quod erat demonstrandum* —dije.

—Había que demostrarlo. No es la primera vez que ocurre —observó con ojos expertos.

—No. —Recordé aquella primera vez, cuando Artus hablaba con Turner fuera de la cafetería. La segunda estando con Ben, aunque fue diferente, su presencia me alteró.

—Tu proyección ha sido magistral… la técnica que has utilizado es separar tu inmortalidad del cuerpo humano.

—¿Cómo es posible que pueda llegar a hacerlo? —le preguntó Terry admirado.

—Su descanso siempre se ha visto alterado. Su sueño no es normal, porque una parte de ella no necesita dormir.

Aquella revelación nos dejó a todos sin palabras, pude percibir la fascinación en cada uno de ellos, hasta que la voz discordante de Melióm profanó aquella pequeña calma. Con él estaba Walnut, entre los dos sujetaban a…

—¡¡Detective Miller!! —exclamé con asombro, incredulidad y cierto rechazo. Lo habían convertido, pero, ¿quién?, ¿por qué?

—Señorita Cooper, cuánto tiempo —me saludó con los ojos enrojecidos.

Tenía el rostro congestionado por la sed de sangre, sus fosas nasales se expandieron aspirando mi aroma. Ni tan siquiera la amenaza de ver a Sam a mi lado le produjo efecto. Le empujaron y quedó frente a mí.

—Lucha —dijo Lisandro sin contemplaciones.

—¿¡Qué!? —dije sin dar crédito.

—Esto no es serio —replicó Miller, un segundo después soltó una risotada.

—¡Ah no! —Terry entornó los ojos con expresión peligrosa—. Espera un momento —advirtió mi padre aproximándose a Lisandro, él se aparto de mi lado y le acompañó maldiciendo entre dientes.

—Ioban te manda recuerdos… —me dijo Miller con desprecio.

Y sin más preámbulos se abalanzó sobre mí. Con rapidez y agilidad esquivé la embestida a la vez que le golpeaba con todas mis fuerzas, el sonido fue profundo y hueco como una onda expansiva. Su cuerpo se elevó en el aire chocando con un árbol, las ramas caían a su paso, desgarrando sus ropas, después chocó con otro, hasta que se desplomó en el suelo. A lo lejos observé cómo intentaba levantarse hasta que se dio cuenta de que no lo lograría. Trató de arrastrarse con las manos, pero no avanzó mucho. Lisandro les hizo una señal y Melióm y Walnut fueron hasta él.

—¿Quién demonios eres?, ¿cómo es posible que una chiquilla sea capaz de herir a un...? —Le falló la voz, tampoco podía mantenerse en pie. Ellos le sujetaban cada uno de un brazo.

Eso mismo me pregunté tras ver que estaba lleno de magulladuras, ¿cómo era posible si solo le había golpeado una vez?

—La elegida —reveló Lisandro con orgullo y respondió a mi pregunta.

—Ioban no me dijo tal cosa, solo que ella formaba parte de un pacto que no se cumplió.

Terry y Sam gruñeron al unísono.

—Hermano, déjame que acabe con él. —Los ojos de Ailen llameaban.

—No, dejemos que se vaya. ¿No crees que ya ha tenido suficiente? —bufó—. Debe informarles de lo sucedido.

—No me creerán y tampoco se detendrán.

Mientras ellos hablaban Sam comenzó a examinarme la mano.

—Estoy bien.

—Has aprovechado que estábamos distraídos —bramó mi padre.

—Calma Terry, tu hija está perfectamente, no podemos decir lo mismo de él.

—¡No quiero calmarme! —le espetó con dureza—. Llévala a casa, Sam.

—Pero, papá...

—No me repliques. Ahora no.

—Vale —respondí con un hilo de voz.

—Cariño. —Besó mi frente y sujetó mi rostro con ambas manos—. Esto no formaba parte de tu...

—Dejadnos solos. —Le oí decir a Lisandro.

Al igual que nosotros, ellos también se fueron.

\*\*\*\*\*\*\*\*

—Sam.

Habíamos caminado en silencio. En esta ocasión se quedó de pie dándome la espalda mirando a través de los ventanales del salón.

—Terry y yo hablamos antes de que mi padre comenzase a instruirte. —Respiró hondo frustrado—. Cada día que pasa nuestro temor se va acrecentando. —Apoyó su brazo sobre el cristal ocultando su rostro—. Sé que tu amigo Etiene vaticinó algo con respecto a ti, que todos estábamos allí excepto tú. —Utilizó las mismas palabras—. Te suplico que no sigas con esto.

En ese momento sentí la dolorosa opresión de ser la elegida.

—Hazlo por tus amigos, por Terry…

—Lo haré por ti —dije contra su espalda abrazándole—. Crees que me puede suceder algo mientras…

—Sí. —Se volvió—. Pero podemos evitarlo.

—¿Por qué estaba aquí?

—Miller. Ellos se dieron cuenta de que podría descubrirles, siguió una pista que le llevó hasta Nayvalén, donde viven…

—¿Dónde? —pregunté nerviosa.

—En el palacio que da nombre a la ciudad.

Retrocedí viéndome sentada en clase de historia. Luna y yo estábamos castigadas sin poder ir a ninguna excursión durante un mes por aquella noche en la que mis amigos nos gastaron esa broma. No pudimos ir con los demás. Tanto la profesora como Artus nos explicaron aquel impresionante palacio. Era renacentista, con ventanas góticas en la fachada principal. De las tres plantas, la baja tiene un jardín privado y todo está labrado enteramente en piedra caliza de sillería. Hubo un cambio de estilo, sus tracerías góticas fueron sustituidas por pilastras renacentistas. La portada, en arco de medio punto, se decoró con finos grutescos, observándose delfines y temas botánicos. «El lugar era siniestro», nos dijo Artus intentando hacerse el valiente, pero en sus ojos se podía leer el miedo. «Tiene una biblioteca histórica», dijo eufórica la profesora, «que se divisa en cuatro secciones: manuscritos, impresos, legajos, e incunables y raros». Esto último llamó la atención de nuestro amigo. Nos explicó que de allí había cogido una obra y que había leído sobre seres procedentes de la noche, algo premonitorio, así como no ir Luna y yo, pensé.

Se lo hice saber a Sam.

—Creo que el destino jugó a nuestro favor, me incluyo porque de no haber sido así, ahora no estaríamos juntos. Dudo que te hubieran dejado marchar.

—E imagino que mi padre está hablando sobre esto con el tuyo, aparte de no instruirme más.

Asintió. Aquí terminó mi experiencia con el entrenamiento, aunque no fue la única.

# CAPÍTULO 20
## SOLSTICIO DE VERANO 21 DE JUNIO

A mediados de julio mis amigos y amigas, con destinos diferentes, se fueron de vacaciones. Un día antes Vera nos citó a todas en el restaurante donde estuve la última vez con Nadia. No supimos el motivo de aquella celebración hasta que estuvimos todas sentadas. Hubo dos ausencias, Dulce y Selene, esta última se puso en contacto con Vera por WhatsApp, excusándose por no poder venir ninguna de las dos. Creímos que estarían juntas.

—Es extraño —comenté a Luna mientras íbamos de camino, habíamos quedado en ir juntas—, hace semanas que la dejé un mensaje en el contestador.

—Ya sabes cómo es Selene, se olvida de todo el mundo cuando está con su pareja y la vida le sonríe —respondió—. Bueno, ¿cómo te va a ti? —Fue demasiado obvio que quería cambiar de tema de conversación.

Comencé por los dos sueños, ella se paró.

—Su deseo no es que le conviertas. Tú —reveló— has hecho lo correcto, poner distancia entre ambos.

—Aunque le eche de menos…

—Lo sé, Artus ha decidido no volver a mi consulta.

—Vaya.

—Con respecto a… He influido en él porque en su día te dije que estarías presente cuando ellos lleguen. ¿No pudiste verle?

—No —dijo refiriéndose a Elazar.

—Yo tampoco consigo hacerlo. —Estaba frustrada.

—Luna…

—Niña, voy a decirte algo, mis poderes vienen de fuerzas externas a mí, pero están bajo mi control. Cada una de ellas me ha aportado algo, desde mi tata hasta mi madre, las visiones, el fuego, los conocimientos, la fuerza para superar los problemas y peligros externos. En tu caso, tu poder ha estado oculto dentro de ti y ahora debes confiar en tu fuerza interior, la experiencia emergerá, te ayudará a tomar la decisión correcta.

—Lo hice por él, no quiero que su relación cambie por mi culpa, Lisandro es su padre, en cambio yo...

—Contigo ha descubierto un mundo desconocido, tú formas parte de él y sin ti… Recuerda lo que dijo cuando me regaló la casa. No necesitas ninguna instrucción, el instinto te dirá lo que has de hacer. Vamos —dijo y entrelazó su brazo con el mío— o llegaremos tarde.

—¿Qué tal llevas el embarazo? —Nos pusimos en camino.

—Tengo los tobillos un poco inflamados, por lo demás estoy perfectamente.

—¿De cuánto estás?

—De nueve semanas y tres días. Sí, es demasiado grande para tan poco tiempo. —Tocó su barriga—. Son dos… —dijo feliz y orgullosa.

—No quiero que estés cuando lleguen, por favor.

—Ya veremos Len, ya veremos.

—Por favor —insistí.

Nadia nos saludó, estaba fuera del restaurante.

—¡Futura mamá! Misti y Vera nos están esperando.

Entramos y esta última se levantó y nos dio un par de besos. Después dejó frente a nosotras una cajita roja con nuestros respectivos nombres. Cuando se sentó nos dijo:

—Podéis abrirla, es un regalo. —Estaba entusiasmada.

Lo hicimos. Cada una sacó un colgante, la piedra que llevaba era diferente en tamaño y color. Observé la mía atentamente, sentí un leve escalofrío. Era un cuarzo púrpura.

—Es una amatista —me dijo Vera—. Esta empapada de la magia antigua, aleja el insomnio y las pesadillas, puedes lograr tener sueños agradables e incluso proféticos.

Misti señaló la suya.

—Es un cuarzo rosa, para el amor incondicional —le explicó con un deje de ironía, ella enrojeció, creo que por ambas cosas.

—Dime qué significa la mía —preguntó ansiosa Nadia. Su piedra era de un intenso color verde.

—La esmeralda, es símbolo de la primavera, esperanza y el amor.

Nadia me miró de reojo, parecía ser la única que sabía lo del profesor. La piedra de Luna era sorprendente. Gracias a su color blancuzco cristalizado, con un fenómeno óptico, vimos una serie de reflejos nacarados de efecto lunar.

—Se llama selenita —dijo Vera—, está estrechamente vinculada a la luna.

—Muy apropiado —comenté.

—Está relacionada con el sueño, los poderes de telepatía y clarividencia. No he de decir por qué he escogido esa para ti, tienes un don para encontrar objetos.

—Muy lista. —Levantó una ceja y sonrió—. ¿Me permites? —Captó mi atención.

—Así como con el resto de las vuestras —añadió Vera.

Aún no la había tocado, pero ella la envolvió en su mano y pronunció unas palabras en voz baja, imperceptibles a nuestros oídos. Se trataba de un ensalmo.

—Ten. —Me la dio.

—¿Qué…? —murmuré extrañada.

—No puedes utilizarla y sabes por qué.

—Vaya, gracias.

—La magia de la que dispone no es apta para un ser inmortal —musitó.

Se notaba por su coherencia y profesionalidad que lo hacía por mi bien. Aparte de la luz del sol, en el caso de Sam, y no alimentarme, en el mío, había factores o riesgos de los cuales no estábamos del todo seguros. Noté un puntito de madre tolerante y benévola. Así es mi amiga, protectora conmigo.

# CAPÍTULO 21
## PRIMEROS DE SEPTIEMBRE

La espera se estaba haciendo angustiosa, hasta el punto de ser desesperante. Quería que llegase esa festividad, Mabon. Quedaban veintiún días para que el día y la noche, la luz y la oscuridad permanecieran en equilibrio, y así pudiera pasear con él sin temor alguno. Mientras esperaba, todo volvió a la normalidad, mis amigos regresaron y volvieron a la rutina de sus respectivos trabajos.

Yo cogí la costumbre de mi madre, salía con un libro y me sentaba bajo un árbol, aunque he de decir que solo de vez en cuando. Su sola compañía me bastaba para distraerme. Uno de esos días el sonido de aceros que chocaban entre sí me distrajo, agudicé mis oídos y lo seguí. Betsabé estaba practicando con Eunice mientras Kraven las observaba, no había rastro de Lisandro, ante la duda les pregunté:

—Están hablando con Ben. Tu padre y Sam le han acompañado —me dijo Betsabé. En su mano tan diestra la hoja parecía cobrar vida.

—¿Por qué?

—Nos será de gran ayuda para cuando ellos lleguen —respondió Kraven.

—A no ser que tú interfieras en su decisión —añadió Eunice arrastrando las palabras.

—No me han dicho nada, ¿te parece suficiente motivo? —contesté irritada.

—La causa que le ha llevado a estar privado de libertad eres tú —recordó con desprecio—. ¿Te haces una idea de lo que significa para nosotros el encierro?

—Cuidado Eunice —la advirtió Kraven.

—No, deja que hable. Y dime, en tu opinión, ¿qué debería haber hecho?

—Dejarte llevar... y dejarle ir...

—¡Ah ya!, para darte la oportunidad de acercarte a Sam. Pues deberías hacer lo mismo, irte, porque como te vuelva a ver intentando seducirle...

—¿Celosa? —Soltó una carcajada.

—No, no tendría por qué.

— ¿Ah no? —Parecía confundida.

—Yo que tú me mantendría en un segundo plano. ¿No te has dado cuenta que cuando te acercas a él, él lo hace aún más a mí? Nos amamos, ¿quieres interferir en una pareja que daría lo que fuera el uno por el otro? Soy consciente de lo hermosa que eres, pero Sam busca algo más y esa soy yo.

Kraven silbó ante mis palabras y Eunice se marchó.

—Betsabé, ¿puedo?

Ninguno de los dos dijo nada cuando se fue.

—Claro, ¿estás segura? —preguntó con cierta prudencia.

—Sí. —La cogí al vuelo.

—La jian es una espada recta de doble filo —comenzó a explicarme—, tiene tres cuerpos diferenciados en la hoja. El extremo más próximo a la punta está afilado, es delgado, flexible y frágil.

Requiere precisión y velocidad, la hoja se apoya y se desliza para cortar. El cuerpo medio se utiliza para conducir y desviar, con él puedes golpear y cortar. El cuerpo superior es para situaciones en las que se precisa fuerza, como para interceptar un golpe. ¿Quieres probarla?

Asentí.

—Bien, si en algún momento quieres parar me harás una señal, ¿de acuerdo?

—Sí.

—Kraven, avísanos si ellos aparecen.

—Será un placer.

Me puse enfrente, ella hizo lo mismo. Sujetó la empuñadura con las dos manos y descargó sobre mí. De nuevo se abalanzó con una expresión salvaje, me entró el pánico y comencé a dar estocadas sin orden, aun así conseguía frenar las suyas. El atronador chocar de las espadas y el olor dulzón de la sangre la detuvo. Me había hecho un corte en el brazo. Unos segundos después desapareció. Abrió los ojos como platos, asombrada.

—Continúa. —La anime haciéndola ver que estaba perfectamente.

Con la espada ensangrentada falló y paré otra estocada, hasta que sentí el acero brillante y frío debajo de mi barbilla. Era hábil y rápida, sujeté su hoja con las dos manos soltando la mía, apartándola lejos y con un movimiento rápido las dos se elevaron en el aire. Cogí su espada de acero templado al vuelo y apunté con ella a su cuello. Kraven silbó de admiración.

—Bien hecho —me dijo Betsabé—, es una lástima que ellos no te dejen practicar más.

—Temen que me suceda algo.

—Tienen parte de razón —comentó Kraven—. Debes limpiar la espada y además cambiarte de blusa.

Una vez que llegué al río lo hice. Al volver se la entregué a su dueña, pero sucedió algo imprevisto.

—¿¡Cómo has hecho eso?! —preguntó desconcertada.

La espada había vuelto a mí, sentí la empuñadura en la mano.

—No lo sé —dije pasmada.

—¿Lo has visto? —le preguntó a Kraven.

—Sí, veamos. —Se acercó y la solté de nuevo clavándola en la tierra—. ¿Te importa hacer de señuelo?

—¿Qué pretendes hacer...? —interrogó Betsabé.

—Al igual que sucedió con su amiga, quiero comprobar si puede hacer de nuestros dones los suyos.

—Podría destruirme —añadió asustada.

—De acuerdo, no podemos arriesgarnos, ve a cazar y lo que traigas que esté de una pieza.

Salió disparada.

—¿Tan seguro estás de que pueda llegar a hacerlo?

—Algo me dice que sí.

El coyote estaba tan asustado como yo. Ella le había atado con una cuerda al tronco más próximo. El animal no dejaba de ir de un lado a otro emitiendo sonidos desgarradores presagiando su muerte.

—Len. Me cogió la mano y sostuvo durante un minuto—. Kraven tenía los ojos cerrados y apretaba su mandíbula—. Con esto bastara, inténtalo.

—¿Y si le hago algún daño? —La idea no me gustaba.

—No lo harás, yo confío en ti. Hazlo o se romperá el cuello.

No podía verle sufrir más, y pensar que una vez quise salir con él a cazar…. Esto es diferente me dije, además no tengo deseos al verlo puesto que me alimentaba con frecuencia.

—¡¿Ahora qué?! —exclamé perpleja.

—Acércate con cuidado y posa una mano sobre su cuerpo.

Caminé ante la duda y la revelación de que podía adquirir sus poderes. Cuando le miré sus ojos me transmitieron miedo, pero siendo un animal salvaje también ferocidad.

—No lo pienses, solo dispones de unos segundos —advirtió Kraven.

—Shh, tranquilo, voy a liberarte. —Primero quité la cuerda, en el momento que le toqué hice alarde de mi rapidez, le vi huyendo de nosotros.

—Como su nombre indica eres digna de ser la elegida —concedió Kraven.

—Gracias.

—Será mejor que vuelvas a casa.

—¿Se lo haréis saber a Lisandro?

—Que no te quepa la menor duda —agregó fascinado.

Metí la espada en su funda y volví a casa.

\*\*\*\*\*\*\*\*\*

—Hola, ¿por qué te has cambiado?, estabas preciosa con esa blusa —dijo acercándose mientras preparaba algo de comer.

—He estado en el bosque practicando con Betsabé —expliqué

a pesar de que se pondría furioso. A estas alturas no podía seguir mintiendo y menos a él—. La rasgó y se rompió.

—¿¡Qué?! —exclamó como pensé.

—Eh. —Levanté la mano, en ella tenía una cuchara de madera—. Tú tampoco me dijiste que irías con nuestros padres a hablar con Ben.

—Me lo prometiste.

—Sí y no he faltado a mi promesa, solo me enseñó a manejar la espada. Además me resulta mucho más sencillo cuando ninguno de vosotros estáis. —Eché el contenido de la sartén en un plato, las verduras a la plancha olían espléndidamente—. Por cierto, está guardada debajo de la cama.

—Esto no se justifica porque no te haya dicho a dónde iba.

—No me estoy justificando, todo lo contrario. Vi la oportunidad y no la desaproveché, o, ¿habrías preferido que te hubiera mentido?

—Por supuesto que no —refunfuñó aunque su gesto se suavizó—. Creí que Betsabé no podía separarse de ellas, quiero decir, que nadie podía tocarlas excepto ella.

—Pues ya ves que no, también… he comprobado lo que Kraven siente cuando utiliza su poder.

—¿Eso significa lo que creo?

Asentí.

—Así que la próxima vez que te enfades —dije una vez que le expliqué lo que había hecho y sentido con su don—, te congelaré —bromeé. Aunque me gustas más así. —Me alcé de puntillas y le besé.

—Mi Len… —Se retiró y resopló—. Se te quedará frío. —Señaló el plato.

—Lo calentaré después —dije con la voz entrecortada.

—No quiero que dejes de comer por mi culpa.

—Está bien. —Me retiré un poco mohína y comencé a hacerlo—. ¿Qué ha pasado con tu hermano? —pregunté entre bocado y bocado.

—Hemos decidido darle una nueva oportunidad. —Me miró satisfecho.

—Kraven me comentó que lo hacíais porque va a ser de gran ayuda cuando ellos lleguen.

—Cuantos más mejor, pero si vuelve a intentar algo contigo…

—Eunice le acompañará. —El tenedor, ahora sobre la mesa, estaba partido en dos mitades, me bajé del taburete y fui a coger otro—. La advertí que dejase de tontear contigo o de lo contrario…

—No te sientas amenazada por ella, porque solo me interesas tú. —Me dedicó una mirada de complicidad.

Había anochecido.

—Tengo curiosidad —dije una vez que vacié el vaso lleno del liquido rojo—, ¿cómo se ha tomado Lisandro el que..?.

—Quería disfrutar viendo tus habilidades, pero cuando tu padre le explicó lo que dijo tu amigo Etiene, no insistió. También sabe lo concerniente a él.

—¿Está decepcionado contigo? Has interferido…

—No mi Len, sabe lo que significas para mí y ante eso no hay discusión.

—¿Ha afectado a vuestra relación? —Temía que fuera así.

—Sigue siendo la misma, no debes preocuparte.

—No quiero estar por encima de ella ni ser la causante de una discusión entre vosotros.

—¿Te quedarías más tranquila si te lo dijera él?

—No, te creo, pero…

—En una ocasión te dije que quería que nuestra relación fuera lo más normal posible, pues bien, un hijo no tiene por qué tener las mismas opiniones que su padre. Fin de la cuestión.

Una hora y media después terminó la película. Todo estaba en calma hasta que escuchamos un aullido.

—¡Caslú! —dijimos al unísono.

Cuando salimos trotaba ha nuestro encuentro.

—Eh… —le acaricié su pelaje blanco y suave—. ¿No estará Luna contigo? —Miré por encima de él buscándola.

—Creo que viene a retarme. —Sam soltó una carcajada.

Como respuesta aulló, sus pupilas ardientes irradiaban.

—Demuéstrale que puedes ser más rápido que él. —Le animé.

Sam me dedicó una mirada penetrante.

—¿Temes que pueda ser más veloz que tú? —me burlé.

—Si consigo volver antes que él, tú serás mi recompensa. —Me rozó el cuello con sus labios.

—Vamos Caslú —titubeé consciente de su contacto—, no le dejes ganar. —Le desafié sonriendo con picardía.

—Mmm… —Parecía pensar en algo y le rocé con un dedo su pecho mientras le hacía una señal para darle ventaja—. ¿Te gusta jugar…? —Salió disparado.

Aguardé. La sola idea de verle ganar… Estaba muy seguro de hacerlo porque no iba a ser la primera vez. ¡Uf!, me sonrojé y los músculos del vientre se contrajeron. Por otra parte que fuera tan arrogante…

—Un beso para el ganador —dijo detrás de mí.

Me volví. Le vi llegar trotando con la lengua colgando aún lado.

—Mmm…

—Len… ¿en qué estás pensando? —En su voz había cierta cautela, pero sus ojos brillaban divertidos.

—Primero tendrás que cogerme. —Salí corriendo, aunque pude sentirle a mis espaldas.

No se detuvo cuando llegamos al río, me adelantó, porque saltó y ahora el que esperaba al otro lado era él.

—¿Necesitas que te ayude? —preguntó mofándose.

Sentí el hocico de Caslú en mi cintura, empujándome con suavidad animándome a saltar. Como una fiera salvaje salté, pero su sonrisa libidinosa fue una distracción lo que me hizo caer. Saqué la cabeza y le miré furiosa salpicando el agua. Nadé en el lado opuesto donde estaba él.

—Len. —Atrajo mi atención—. Tú has comenzado con este juego, te doy la oportunidad de volver a mover ficha —se burló.

Arrogante, pensé mientras oía castañetear mis dientes. No creí que el agua estuviera tan fría.

—¿Estás bien? —Su tono burlón había cambiado.

—Sí —dije tiritando.

Debía concentrarme, ¿cómo? Me quite la chaqueta de punto y la tiré a un lado, las gotas que caían por mi frente me hacían cosquillas, así que las retiré al igual que el pelo y salté de nuevo. Levité por encima del río durante unos segundos, la imagen se repetía, en está ocasión no era Luna sino yo, pero viendo su gesto de preocupación caí de pie frente a él. Lo escuchamos aullar con regocijo y se marchó.

—Qué voy a hacer contigo. —Me quitó la camiseta de manga corta y me puso su cazadora—. En cuanto lleguemos a casa te darás un baño. —No parecía enfadado tan solo un poco molesto.

—Lo que tú digas —Le sonreí temblando—. Pero ha merecido la pena. Te debo un beso…

—Después —dijo serio.

—Sam. —Hice un mohín—. Quiero besarte ahora.

—Te aseguro que no hay nada que me apetezca más, pero antes me aseguraré de que recuperas tu temperatura habitual.

\*\*\*\*\*\*\*\*\*

—¿Está a tu gusto? —preguntó mirándome.

—Perfecta —dije desde la bañera jugando con la espuma—. Ven, te haré un sitio.

Se descalzó e iba a bañarse conmigo cuando sonó el teléfono. No me acostumbraba a ver mi retrato en su *smartphone* cada vez que le llamaban, mis mejillas se tiñeron de rosa. Claramente molesto contestó y un segundo después se relajó cuando vio el efecto que produjo en mí.

—Sí, está aquí dándose un baño. De acuerdo, ahora mismo te la paso. —Se puso tenso—. Es Terry. —Tapó el móvil con la mano—. Parece enfadado.

—¡Genial! —Sacudí la espuma de la mano y me sequé con la toalla que él me dio—. Hola papá.

—Betsabé y Kraven nos han contado tu aventura —gruñó sin rodeos—. Me he visto obligado a llamarle a él porque el tuyo está desconectado.

—No tiene batería, te habrán dicho cual ha sido el resultado, ¿no?

—Hija, aun así…

—Estoy bien y es lo que importa —interrumpí.

—Pásame a Sam —no me replicó.

—Quiere hablar contigo. —Se lo di y me sumergí en el agua. Cuando salí retiré el jabón del pelo y rostro. Él ya había colgado—. ¿Y bien? —Cogí el albornoz y me cubrí con él.

—Los dos pensamos que has tenido un momento de debilidad y en vista de que nosotros no estábamos te has sentido más segura —concedió distraídamente puesto que mientras hablaba, y por un instante, mi cuerpo desnudo estuvo presente.

—No me he puesto en peligro si es lo que crees Betsabé sabía lo que hacía y yo…

—Tú también —admitió. Pude leer en sus ojos cierto orgullo, aunque su preocupación seguía muy presente.

—Ahora eres tu quien no me replica.

—No ha sido a propósito, surgió. Ve a dormir, estaré en el despacho.

—¿No te quedas conmigo?

—Volveré en un momento. —Miró su reloj—. Debo contestar unos correos de Paul.

—Ah, ¿qué tal está? Y Larisa, ¿ha vuelto a trabajar? —Por alguna extraña razón necesitaba saberlo.

—Le gustaría volver a verte y que conocieras a su hija. Ella parecía un poco contrariada porque en tan poco tiempo conseguiste vender dos vehículos.

—No fue así. —Fruncí el ceño—. Paul se encargó de la venta de uno de ellos y el BMW M6…

—Estás muy fea —observó con humor ante mi gesto—. Él no lo cree así —dijo distraído.

—Larisa, ¿tenía un comprador?

—Por lo que sé, quería comprobar lo que se siente al conducir un deportivo, nunca lo ha hecho. Si existe un Dios, le estoy agradecido porque no fuera ella quien… —calló.

—Te importa… —Susurré—. Así como su padre. —Me conmovió su sinceridad aunque percibí cierto dolor en el pecho, alguien más estaba en su vida y su seguridad le afectaba—. ¿Irás a verla?

—Lo hice cuando estuvo en el hospital. —Me miró extrañado—. Ahora no tendría por qué. Ve a la cama, pareces cansada —añadió, no quería seguir hablando de ella.

—Mmm. —Bostecé pensando que el ejercicio había sido agotador y que la próxima vez debería tenerlo en cuenta, puesto que también era humana—. He de secarme el pelo, Sam —dije desde el baño, retiré la toalla que lo cubría y cogí el secador—, no puedo pedirte que no lo hagas, es más, a ella la has conocido antes y entre vosotros hay un vinculo, sí, profesional. No puedo impedir que no te relaciones con otras mujeres y para ti su padre es más que un empleado, ¿me equivoco?

—Sabes el motivo de que no pueda tener ninguna relación con ella. —Me quitó el secador de las manos—. Me importa su seguridad porque Paul es un gran hombre, fue él quien hizo de padre y madre con ella y si la perdiera…

—¿Su madre…?

—Los abandonó cuando tenía dos años, ha vuelto, y ahora intenta recuperar el tiempo perdido.

—Vaya, pobre chica.

—Se ha excedido en darle todo cuanto le pedía, pero hay cosas que el dinero o una cara bonita no pueden comprar… —Fue un juego de palabras—. Necesito que entiendas que por encima de todo estás tú, siempre tú.

—Sam. —Me mordí el labio nerviosa.

Retiró mis dientes con su lengua, gemí ante su invasión y me amolde a su cuerpo.

—Debes contestar a Paul —dije sin aliento ante aquel beso.

—Después, ahora quiero hacerte el amor…

\*\*\*\*\*\*\*\*\*\*

Fui de un lado a otro inquieta. Creí que el motivo era porque me había acostumbrado a que él velase mi sueño. Fue perturbador y poco profundo, me levanté e iba a salir para ir a su despacho cuando… A través de la ventana vi la silueta de Tuivano sobre el cristal, gigantesca y temible, aunque lo vi permaneció inmóvil un momento. A pesar del sueño y cómo lo atacaba, aún me sentía intimidada por él. Traté de no aparentarlo, confiando en mí misma, aunque no podía contener el aliento, sobrecogida. Di un paso atrás, escuchando los latidos de mi corazón acelerado, él no se movía, retrocedí de nuevo sin entender qué pretendía. Eché una rápida ojeada a la puerta abierta, no sabía qué hacer, mi campo de visión era relativamente pequeño y la capacidad de moverme nula, estaba estática, hasta que… Apreté los dientes, iba a llamarle, pero llegó a mi lado levantando una brisa falsa. Contemplé su rostro salvaje sin apartar los ojos de Tuivano. Cruzó una mirada conmigo y leyó una breve expresión de pánico.

—Quédate aquí —murmuró y salió disparado.

—Sam, puede ser una trampa —dije detrás de él con voz estrangulada.

—No salgas —me exigió.

477

—¿Y si tengo razón? —pregunté a mitad de las escaleras, pero no hubo respuesta.

Desapareció.

Subí rápidamente y cogí su teléfono con manos temblorosas, mientras esperaba a que contestaran, me fui vistiendo.

—Papá, Tuivano está aquí —dije en cuanto respondió anudando las deportivas—. Sam ha salido en su...

—Vamos para allá. Tú, ¿estás bien?

—Sí, quien me preocupa es él —añadí angustiada.

«Sí, quien me preocupa es él, puede que le estén esperando...», mis propias palabras me horrorizaron.

—Barsella está de camino. Cariño, somos diez vampiros contra uno, tranquilízate. Dudo que hayan venido todos, lo habríamos sabido.

Hubo un silencio en el que caí de rodillas, luchando por llevar aire a mis pulmones. Experimenté el último soploó de vida de esta larga espera, la angustia y el terror de no tener un porvenir con él. Si debía darle algo a cambio a ese maldito árbol. Sam, no, no, me maldije.

—¡Hija! —exclamó alzando la voz al no tener respuesta.

—Terry, me encargaré de ella —dijo Luna que acababa de entrar por la puerta y había cogido el teléfono del suelo—. Niña, coge aire por la nariz y expúlsalo muy despacio —Se arrodilló frente a mí—. He de colgar, Terry, debéis llegar antes que nosotras.

—Luna, mi hija...

—Solo es un ataque de pánico. —Colgó.

Comencé a soltarlo entre sollozos. No fue una coincidencia que Caslú apareciera unas horas antes, la prueba de verme levitar y saltar un gran obstáculo debía superarla y lo había hecho. Reclamarían mi presencia puesto que le tendrían como en mi sueño. Luna presagió que sería mi padre pero este último estaba avisado. Sabían que él era mi debilidad, así como yo para él, y si algo me importaba en este mundo era Sam. De ahí que Tuivano y su sola presencia fuera suficiente para hacerle ir tras él. Ante la imagen de su enfrentamiento sentí un fuerte dolor en el pecho. Con el dorso de la mano me limpie las lágrimas, dejé de lloriquear y alcé la vista.

—¿Estás preparada? —me preguntó—. Porque si no es así, los míos y yo te respaldaremos, uniremos nuestras fuerzas. —Su rostro expresaba valentía—. No disponemos de mucho tiempo, la hora de la batalla ha llegado.

Cuando salimos no estábamos solas.

—Barsella, no puedo quedarme a esperarle, necesito saber si estoy equivocada —dije tras verla.

—¿En qué?

—No creo que Tuivano haya venido solo, ¿no le dijo a Miller que les informase? —recordé—. Sabes el motivo de mi ataque de pánico, ¿verdad? —Me volví hacia mi amiga.

—Ellos te suplicaron que no volvieras a exponerte ante Lisandro por temor a… —admitió. Lo sabía.

—Ahora me ocurre lo mismo, Sam está solo.

Miró por encima de mi hombro, así como Barsella se volvió. Caslú llegó con los demás lobos, Auris, Eves y…reprimí un escalofrío al verles.

—¿¡Qué?! —exclamé tras ver sus cabellos dorados, relucían por la luna—. Sois reales.

—Debes escucharles —dijo mi amiga—, es muy importante.

Retrocedí al momento del presagio, pero ahora sus palabras fueron diferentes.

—En la luz, noche me había concebido mi madre, Mabon, ten presente ese día —dijo el de mayor edad.

—Habrá sucesos que moldearán tu destino, lo has cambiado al acudir a él —observó la niña.

—Has hecho tu elección.

—Yo era lo que tú eres. Tú serás lo que soy.

—Recordarás tu pasado, has vivido el presente y el futuro lo has escrito en cuanto fuiste a aquel árbol —añadió el pequeño.

—¿Quiénes sois? —les pregunté.

La niebla apareció y cubrió el suelo, se elevó envolviendo sus cuerpos y desaparecieron.

—¡No!, no os marchéis… —Mi voz sonó de desesperanza.

—Deben hacerlo.

—Pero…

—Representan tu pasado, presente y futuro, forman parte de lo que eres, ahora vámonos.

—Luna…

—Debo deshacer lo que has hecho, pero hay cosas del destino que no podemos cambiar o decir, hay que dejar que ocurran por sí solas. Deberás mover las agujas del reloj a tu favor y te llevaran por su sendero. No importa lo oscura, larga y fría que sea la noche, observa en tu horizonte la luz del anochecer anunciándote que no debes temer a nada ni a nadie. No esperes a que el destino llegue, debes empezar con tu fuerza y existencia, esta última recibirá un sopló de tu nuevo ser.

Cuando llegamos fue como mi pesadilla, en cuanto se dieron cuenta de quién era pararon, unos frente a otros, pero con una notable diferencia. Betsabé se echó la mano por encima del hombro y desenvainó una espada, esta y dos más cayeron al suelo, como ocurrió conmigo fueron hasta él, Elazar. Kraven y Ailen estaban furiosos puesto que también había anulado sus dones. Cerré las manos en un puño percibiendo que eran una piedra, solidas y frías. Pestañeé repetidas veces sintiendo una ceguera momentánea, después el ardor en mis pupilas… Las espadas tintinearon, pero no debía mostrarles ningún indicio de lo que me estaba ocurriendo, pararon.

—La elegida —dijo extendiendo sus brazos y echando atrás su capucha que ocultaba su rostro.

Tenía los ojos marrones y el pelo oscuro, le llegaba por los hombros. Había en él algo místico.

—Soy humano —me reveló.

Le miré confundida.

—E inmortal, aunque no necesito alimentarme como tú, como ellos. —Se volvió y los miró.

Y ahí estaban, Logan James D´Sandoz, que era un retrato de mi amigo Etiene. Y Yuvent un vampiro con rasgos siniestros.

—No me interesa lo más mínimo lo que tengas que decir, ¿dónde está Sam? —rugí.

Se retiró para que pudiera verlo. Ioban y Tuivano le sujetaban, este último le soltó y vino a por mí. Sabía lo que tenía que hacer. Me sugestioné de tal forma que le pillé desprevenido, acabé con él como en el sueño. Sam e Ioban luchaban ferozmente como los demás. Veía a Lisandro deshacerse de muchos, puesto que habían estado escondidos entre la maleza y los árboles, eran multitud de vampiros. Hasta que ese momento fue clave.

Un miedo espantoso estalló en lo más profundo de mi alma, con un jadeo horrorizado retrocedí, no podía apartar la vista de los dos cadáveres, Selene y Dulce. Los tiraron y rodaron por el suelo, pálidos, estáticos. La tormenta lumínica fue violenta, los resplandores atravesaban el cielo. Toda la furia de Luna se vio reflejada en él. Me volví con brusquedad sin preocuparme en lo más mínimo de la presencia del cuchillo y tampoco de quien lo empuñaba.

Pude captar la mirada de desprecio y resentimiento de Erik mientras veía la hoja brillante penetrar lentamente, me encogí con los ojos fijos en él. La estridencia del grito había sido de tal magnitud que un ligero temblor me removió, respiraba con dificultad. A ese chillido le acompañaron varios más, me transmitían histeria, furia, todo el dolor y temor enfrascado en unos segundos, pocos, pero de gran agonía.

Me llegaron sollozos aterrados y ruegos, el grito crecía y al otro lado percibí movimientos claramente de lucha, aunque distorsionados Una figura con sus imponentes alas cubrió y después se elevó con los cuerpos de mis amigas entre sus garras. Quienes estaban con él lo escoltaron, pero otras muchas gárgolas se unieron al combate. El viento azotó emitiendo un gemido sepulcral cuando pronunció el ensalmo. En medio de las voces y el dolor creí escuchar la voz de Sam y sabía que me estaba muriendo. El alboroto estaba cobrando dimensiones inquietantes. Otros gritos trágicos, continuaban en un intento desesperado por no caer en la lucha.

—¡Llévatela de aquí! —gritaron mi padre y Lisandro.

Sus músculos de acero me levantaron. Cuando llegamos a casa me dejó en la cama.

—Len, mi Len, te pondrás bien, eres la elegida, regenérate por favor…

—Su ritmo cardiaco es demasiado acelerado —dijo Barsella.

—¡¿Qué significa?! —bramó.

—Sam… —dije en voz muy baja, por mi sonido el cuchillo había perforado un pulmón. Suspiré agonizando, tosía expulsando sangre por la boca.

—La perdemos. —Su rostro expresaba un profundo desaliento.

—Llevémosla al hospital.

—Demasiado tarde. —Posó su mano en mi corazón y dejó de latir.

No quería esperar a tener un final rápido, pero si podía acelerarlo, dejaría de luchar. A pesar de sentir su beso, fue nostálgico, se me anunciaba aquel inevitable tránsito en el cual reflexioné.

Déjame que me despoje de mi amargura, que el sol no juegue a crear reflejos verdes en mis ojos y produzca marcas en mi piel, y el viento no revolotee entre mis cabellos, así como la lluvia, nieve, resbale y golpee todo mi ser. Quiero saludar al frío, a las mañanas y noches de viento, quiero ser invisible, siendo un recuerdo de lo que fui, sin escuchar ningún sonido ni ver ninguna sombra.

Nadie buscará en mí cobijo o amparo. No habrá sonrisas, solo las arrugas de la tristeza, el recordar todos los momentos en los que se formaron nuestra amistad: Luna, Artus… Mencioné a cada uno de ellos, perdonadme.

Desprenderme de los seres podridos, hice lo mismo, pronuncié a cada uno de ellos. Hacer un recuento de mis heridas y darles tiempo a sanar. Las fuerzas se guardan y mis deseos están bajo tierra, solo ella sabe que existen, hasta lo que no se ve, ni se sabe, ni se siente.

Déjame dormir una letargo sin horas, lo justo para renacer. Sam, mi amor, me alimentaré de tu silencio sincero, beberé de tu oscuridad, hincaré bien fuerte mis raíces en ti y sentiré tu latido.

Ahora, en este tránsito se irán tejiendo los hilos que me unirán a tu aroma, sonido, palabras y a tu cuerpo.

Amor, no sé si volveré…

# AGRADECIMIENTOS

A mis amigos y a Cris Alfaraz,
por estar siempre a mi lado.

28322374R00291

Printed in Great Britain
by Amazon